U0938439

忘記過去就意味着背叛

許子東文集

（第五卷）

為了忘卻的集體記憶

（增訂本）

許子東 著

商務印書館

出版統籌：杜　辰
責任編輯：馮孟琦
裝幀設計：涂　慧
排　　版：肖　霞
責任校對：趙會明
印　　務：龍寶祺

為了忘卻的集體記憶（增訂本）

作　　者：許子東
出　　版：商務印書館（香港）有限公司
香港筲箕灣耀興道 3 號東滙廣場 8 樓
http://www.commercialpress.com.hk
發　　行：香港聯合書刊物流有限公司
香港新界荃灣德士古道 220-248 號荃灣工業中心 16 樓
印　　刷：美雅印刷製本有限公司
香港九龍觀塘榮業街 6 號海濱工業大廈 4 樓 A 室
版　　次：2025 年 7 月第 1 版第 1 次印刷

ISBN 978 962 07 4735 9（平裝）
ISBN 978 962 07 4742 7（毛邊本）
Printed in Hong Kong

許子東：《為了忘卻的集體記憶 —— 解讀 50 篇文革小說》，北京：生活・讀書・新知三聯書店，2000 年。

許子東：《當代小說與集體記憶 —— 敘述文革》，台北：麥田出版，2000 年。

許子東：《許子東講稿（卷一）—— 重讀「文革」》，北京：人民文學出版社，2011 年。

《許子東文集》出版說明

《許子東文集》十一卷，前三卷均為現代作家論，第四至第六卷是論文集和兩項專題研究，第七至第九卷都是以文本細讀為中心的文學史論述。第十卷為作者自傳，曾在人民文學出版社出版，現為增訂本。第十一卷為媒體言論集，收錄若干過往節目觀點與報刊文章。

上世紀八十年代的中國現代文學研究者，大都從作家論起步，之後進入文學史、古代文學、文化研究、人文學史或思想史等領域，很少有人一再重複現代作家論。文集作者卻在幾十年間，先後寫了三本作家論（《郁達夫新論》《細讀張愛玲》《重讀魯迅》）。對於這種目前在學術生產工業中已經不佔主流的研究方法和出版體例的長期堅持，在學界引起注意。第二卷《細讀張愛玲》（張愛玲逝世三十週年紀念版）是皇冠版和中華書局《張愛玲的文學史意義》兩書的合併，另附討論《色，戒》《小團圓》的電視談話。《重讀魯迅》的重點是魯迅對「主奴關係」的研究。全書並非企圖研究魯迅是怎樣一個人，或者還原魯迅作品的本意，而是記錄作者幾十年來閱讀 / 重讀魯迅作品的閱讀經歷以及體會感悟的變化過程。一百年來，魯迅的作品照見了國人走過的道路，照見了世人的面貌與內心，也照見了中國的理想與現實。文集作者半生都在着迷郁達夫的真率、張愛玲的優美和魯迅的深刻。

文集第四卷收集作者從 1984 年到 2014 年間的論文與隨筆，其中大部分寫於八、九十年代，曾經發表於《文學評論》《文藝理論研究》等學術期刊。〈當代小說中的現代史〉原是其中一篇論文的題目，預示了後來的研究方向，現作為文集第四卷書名。整個第四卷反映作者八十年代之後很長時間在學術上的猶豫和嘗試，從分析文學現象到試驗理論方法，從注重現代文學到關心當代小說。文集第五卷是一項藉用俄國形式主義理論的專題研究，開始於 1989 年芝加哥大學的魯思訪問研究計劃，1997 年作為博士論文提交香港大學。2000 年以《為了忘卻的集體記憶 —— 解讀 50 篇文革小說》為書名，由北京：生活・讀書・新知三聯書店出版（三聯・哈佛燕京學術叢書）。該書的台北麥田繁體版書名是《當代小說與集體記憶 —— 敘述文革》。人民文學出版社 2011 年再版時題為《許子東講稿（卷一）—— 重讀「文革」》。此書主題原是擔心國人健忘，可是時代循環，過去不會消失，人既有可能兩次進入同一河流，書也還沒有完全過時。文集第六卷是《小說香港》。作者長期在香港的大學任教並擔任中文系主任，曾經編選了四五本「香港短篇小說雙年選」。編選過程中閱讀了數千篇香港本土的中短篇小說（主要是九十年代的作品），同時也首次在嶺南大學開設香港文學的課程。卷六的部分內容曾以《香港短篇小說初探》為書名出版，2007 年獲第九屆香港中文文學（文學評論）雙年獎。

第七卷《許子東現代文學課》是作者在香港嶺南大學一年級本科課程的錄音文字，當時有騰訊新聞現場直播。課堂實錄文字或有資料不全等缺陷，但也保留了直播的氣氛及現場效果，成為一本文字、資料、音頻及視頻同時存在的教科書。《許子東現代文學課》收入文集卷七，大幅增加了研究性質的論文和其他講座文字、直播對談。《重讀二十世紀中國小說》（上下）及續篇《二十一世紀中國小說選讀》是作者近年的工作，有別於傳統的從時代或從作家出發的文學史模式，這幾冊重讀和選讀，努力嘗試以文本細讀為主體，重新梳理文學史發展線索。

整套文集，既有文體分類，也按時序編排。除了第三卷《重讀魯迅》，文集其餘各卷基本按寫作與出版時序編輯。

《為了忘卻的集體記憶》編輯說明

本書是一項專題研究，原題為「中國當代小說中的『文革敘述』」。最初是 1989 年芝加哥大學魯斯研究計劃的一部分。1999 年作為博士論文獲得香港大學中文學院哲學博士學位。2000 年 4 月由北京三聯書店出版，書名改為《為了忘卻的集體記憶——解讀 50 篇文革小說》（列入三聯・哈佛燕京學術叢書）。書中所謂「文革小說」，特指 1980—1990 年代中國（內地）出版的描寫「文化大革命」的小說。

此書的繁體版《當代小說與集體記憶——敘述文革》2000 年由台北麥田出版。2011 年此書由北京人民文學出版社再版，書名改為《許子東講稿（卷一）——重讀「文革」》。此文集的第五卷，保留了三聯・哈佛燕京版的書名和台北麥田的繁體版內容，並增加了五篇相關的論文和一篇談話筆錄。

本書主要不是討論 1966 到 1976 十年間在中國發生的事情，而是討論這些「史無前例」的事情，怎樣在八十和九十年代的中國小說中被記憶被敘述。本書將這些「文革敘述」視為二十世紀中國小說發展的一個特殊階段。本書的討論主要從文學批評的技術層面，從「文革記憶」的技巧規律展開。

人文版《重讀文革》序[1]

「人文」要出我三本集子，既收舊文，亦有新作。第一卷《重讀「文革」》包括我幾乎全部有關這個課題的論文。第二卷自選「文革小說」研究項目之外的文學批評文章。第三卷則匯集其他與電視有關的言論、筆記。

本卷大部分文章在2000年曾結集收入在三聯．哈佛燕京學術叢書出版，原題是《敘述「文革」》，出版社改題為《為了忘卻的集體記憶——解讀50篇文革小說》。據說當時叢書學術委員會主任季羨林教授聽到此書是重新解讀「文革」便有些質疑，後來經過其他編委解釋才知並非（至少不會全是）「新左派」重新評論「文革」。在這本書裏，我主要做兩件事：一是嘗試借用一種現代文學理論——普羅普（Vladimir Propp）的結構主義方法來解讀具體複雜的中國文學及文化現象；二是嘗試從文學角度討論文化大革命如何成為一種被閱讀乃至再讀的「文本」。拙作出版後有不少批評，缺陷疏漏當然不少。本想借這次出版機會，將研究範圍擴大至五六十部或七十部「文革小說」（主要包括近十年的作品），但因為生病，這個重寫計劃也暫時沒有完成。期待日後還有再版續寫的機會。

1　收入《許子東講稿（卷一）——重讀「文革」》，北京：人民文學出版社，2011年第1版。

但這一卷《重讀「文革」》，還是對《為了忘卻的集體記憶》做了很大程度的修訂增刪。一方面是文字修訂，另一方面是增加了第六章到第九章的內容。更重要的修訂是在借用普羅普研究方法方面。當我十年前寫作此書初稿時，普羅普的代表作 *Morfologiia skazki*，並無完整中譯，我是通過別人的論著，間接引用他的研究成果。我也參考過該書的英譯本（*Morphology of the Folktale.* First Edition translated by Lawrence Scott, Second Edition revised and edited by Louis A. Wahner. Austin: University of Texas, 1977），但普羅普的文學研究，近乎於科學方法，很多公式、圖表，文字艱澀。感謝賈放、施用勤老師，前幾年託人送我他們新譯的弗拉基米爾·雅可夫列維奇·普羅普的《故事形態學》（北京：中華書局，2006 年），使我這次可以更全面引用普羅普的有關方法，並和我所歸納的文革小說敍事功能逐一對照。不僅引發了對中國的特殊的文學文化現象的一些新的思考，而且在方法論上也儘可能做到自圓其說一些。

最近十年常越界電視，有網友、觀眾批評我常常在討論現實問題時提到「文革」，「為甚麼老是念念不忘呢？」這是他們的疑問。說實話，也是我自己的疑問。

我想，於私，是個人記憶。至今仍會在夢中見到父親在電子管收音機前聽「九評」、北京女紅衛兵抄家時親切的目光：「別害怕，你是可以教育好的子女」、街上群眾歡呼剪人褲腿、下鄉火車啟動時的哭聲混合《東方紅》樂曲聲、下放幹部告訴驚訝的村民「尼克森要來了，毛主席決定，這一次不殺他」……

怎麼辦呢？生死在這個時代，偏偏這些印象刻得最深。我很羨慕那些腦子也能和軀體及生活方式一起與時俱進的人們，可我就是不行。有次雪天住進維也納一個城堡，做夢卻在江西坐手扶拖拉機，山崖旁路很窄……

於公，則是公民義務。上世紀末有報紙約稿，要評述二十世紀中國最重要的文化事件。重要事件當然不少：「五四」、1949、「文革」、改革開放……但1949是政治事件，改革成果也主要是經濟奇跡，「五四」當然是中國文化巨大轉折，但這種傳統向現代的維新過渡，也是借鑒日本與俄國的經驗。真正「史無前例」、最有「中國特色」甚至舉世無雙的，還是文化大革命——國際共產主義運動的一個極端實驗。幸與不幸，我們都在其中。

1976年以來，三十多年過去了，時間上已相當於從《新青年》到北平和平解放整個「新民主主義」革命歷史時期。說明「文革」這個歷史事件太巨大了，以至於人們至今缺乏足夠的心理、文化和政治距離來正視它、重讀它。

一方面，「文革」中批判的一切：修正主義、法權、「全民黨」理論、「經濟妖風」、官僚制度、學術權威、帝王將相才子佳人等等，今天幾乎全部「復辟」了。而另一方面，文化大革命中的「紅衛兵精神」、「大字報」、單位名稱、「為人民服務」、唱紅歌、嚴打示眾、世襲特權、語言暴力等等，以及更重要的「窮比富好，多比少好，民比官好」的意識形態假設，又都在現實及網絡中繼承乃至發揚。怎麼詮釋中國成為世界第二經濟體與文化大革命的正反關係？怎麼理解六十年是一個整體？「文革」對中國人來說，究竟是「負債」還是「遺產」？再過幾百年，在人類和中國歷史上，人們又會如何重讀「文革」——雖然回答不了這些太重大的問題，至少，我們讀書人也應該在自己的職業道德內，做些力所能及的有關敘述和文法的閱讀工作吧。

又是十年過去了，我很驚訝，類似的研究還是很少。這也給我的工作一點信心：重讀「文革」或許剛剛開始。

目錄

附錄

當代小說中的「十年」記憶

《為了忘卻的集體記憶》導論

阿多爾諾（Theodor Adorno）在《否定的辯證法》（*Negative Dialektik*）中的一段話後來常常被人引用：「在奧斯維辛集中營後，你已不可能再寫詩 —— 這樣說也許是錯的。但提出一個不太文明的問題卻沒有錯：在奧斯維辛集中營後，你能否繼續生活？……」[1] 中國內地的情況似乎稍有不同：在「文化大革命」以後很長一段時期，文學創作也變成不可能，除非你敘述文革。

為甚麼要敘述或閱讀「文革故事」？是否就是因為你要在文革以後繼續生活？

事實上，自 1977 年以後一直到九十年代，相當多數的中國（特指內地，下同）當代小說，都和文革背景有關。如何回憶和敘述文革的過程與細節，如何梳理和解釋文革的來源與影響，這是一個至少在八十年代時，很少中國當代作家能夠忽視和回避的題目（在某種意義上，今天的中國作家仍然無法忽視和回避這個題目）。假如不先講述文革的故事，倘若不先給文革一個「說法」（借用張藝謀電影人物秋菊的說法），很多中國作家（及讀者）似乎都不能從文化、道德及價值觀的斷裂心創中真正「生還」，他們與傳統文化及「五四」的種種精神聯繫都很難延續。雖然文革小說的創作動機與風格可以很不相同：有的作品被寫成文革的歷史見證，有的作品直接對文革作政治控訴，也有作品，意在討論文化課題或形式探索，卻以文革為敘述背景。但所有這些小說形式的「文革敘述」，不僅已成為當代文學中非常重要的文學現象之一，而且也是以現代漢語書寫的讀者最多、影響最大的一種「文革敘述」。因為某些特定歷史文化條件的原因，文學（尤其是小說），數十年來已成為國人談論、敘述「文化大革命」的主要方式。而對年輕一代及後人及「外人」來說，所謂文革，首先是一個「故事」，一個由不同人所講述的「故事」，一個內容情節大致相同格式細節卻千變萬化而且可以引出種種不同詮釋的「故事」。文革期間，已經在製造這個「故事」（我以後也希望能夠討論這方面的「作品」，比如發表在《朝霞》上的小說。）文革以後的「文革故事」，其實已是「重讀文革」。而這個「重讀文革」的小說版本，至少到目前為止，比政治文獻版本或歷史教科書版本流傳更廣，影響更為深遠。

本書想對「文革故事」的小說版本作一些抽樣的形式分析。研究重點，並不是作為歷史事件政治鬥爭的「文化大革命」—— 本人無力，也無意去努力考證探究當代小說中「文革故事」是否反映、記錄、再現或表現了文革的「歷史真實」—— 如果真有所謂「歷史真實」的話。我所關心的，只是所謂「文化大革命」在小說形式中是如何被「記憶」的，為甚麼會被這樣或那樣「敘述」，以及種種不同「故事」之間的某些共通的與小說形式有關的敘述規則。

本書一方面並非通過文學作品作歷史研究，另一方面也不想將有關文革的小說敘事模式只作為純文學現象來討論 —— 雖然這些文革小說，放在「五四」以後中國文學的發展過程中看，顯然具有很重要的文學史意義。其中有些作品，取得了很高的藝術成就。二十世紀最後二十年中大部分重要的小說家，如王蒙、張賢亮、王安憶、韓少功、阿城、史鐵生、張承志、莫言、余華、馬原、賈平凹等，皆因敘說他們的「文革記憶」而著名。但本書的重點，卻並不在討論這些「文革小說」的純藝術價值和文學史意義。因為這一時期中國內地的文學創作，是在具有比歷史、政治、法律、新聞等領域相對更「寬鬆」的條件下，才成為知識分子和民眾談論「文化大革命」的主要途徑。「文革小說」在一定程度上兼有歷史記載、政治研究、法律審判及新聞報導的某種功能，而且這些「故事」的寫作與流通過程，也不可避免地受到後來歷史、政治、法律、傳媒乃至民眾心理的微妙制約。當小說家用文學形式將他們個人的文革經驗變成大眾論述時，他們實際上有意無意地參與了有關文革的「集體記憶」的創造過程。這種有關文革的「集體記憶」，與其說紀錄了歷史中的文革，不如說更能體現記憶者羣體在文革後想以「忘卻」來「治療」文革心創，想以「敘述」來「逃避」文革影響的特殊文化心理狀態。而這種小說形式的「文革集體記憶」的書寫過程，正是本書研究的全部要點所在。

本書將以 1977 年以後在中國內地上寫作與發表的五十部（篇）[2] 有關「文化大革命」的中長短篇小說為例，整理和探討文革小說的基本敘事模式，同時也分析這些文革小說中的主要角色及其敘事功能，最後再辨察這些文革小說的幾種基本敘述類型。所以，本書的討論對象，將不包括 1966 年至 1976 年間（即所謂「文化大革命」時期）的小說作品，也基本不涉及文革中和文革後在香港、台灣及海外發表的有關「文化大革命」的中文創作。（本書附有專文討論陳若曦、李碧華、張戎等人在台港海外書寫的文革故事，供讀者參考。）本書最基本的研究前提，是假定中國當代小說中的形形色色的「文革故事」，具有敘述模式上的某種相似性，但也存在着重要的差異。這種敘述模式的相似與相通，證實着當代小說所書寫的「文革記憶」的「集體性」；而這種敘述模式之間的差異，則顯示着各種政治文化力量對「文革集體記憶」書寫過程的不同制約。

本書在研究方法上，受到普羅普（Vladimir Propp, 1895－1970）分析俄國民間故事的方法的啟發。普羅普在研究俄國民間故事的分類和組織時，曾在一百個魔術童話中概括出三十一種順序不變的功能及七個人物角色：1. 反角；2. 施主（「供養人」）；3. 幫手；4. 公主（「一個被尋求的人」）及其父親；5. 派遣人；6. 英雄（「尋求人或受害人」）；7. 假英雄。[3] 普羅普 1928 年在蘇聯科學院所從事的這項童話研究，直到七十年代才被譯成英文，卻對英美學院裏的結構主義文學研究產生了重要影響。羅伯特・休斯（Robert Scholes）這樣評價普羅普的研究：「儘管小說研究的傳統要追溯至亞里斯多德（Aristotle），但結構主義小說研究則幾乎可以說是從弗拉基米爾・普羅普的俄國神話故事研究開始的。普羅普為小說研究提供了『簡單形式』，這種簡單形式對結構主義思想一直起着一種重大的推動作用。」按照羅伯特・休斯的概括，普羅普的工作就是「從一組擁有近似造型的一百個故事中，努力抽取一個原始故事的結構。這個原始故事的三十一個功能包括了在這整組故事中的全部結構可能性。」普羅普「關注故事的形式特點，它的基本單位以及制約這些基本單位的組合的那些規則。他實際上是在為某種敘事體裁制定一部語法和句法。」[4]

本書在考察「五十部作品」的基礎上，也在「文革小說」千奇百怪變化多端的災難故事中歸納出二十九個有一定秩序的「情節功能」與四個基本敘事階段 —— 初始情景：災難的前因與症兆；情景急轉：災難降臨的方式；情景急轉之後的意外發現：災難之中的解救；結局：災難之後反思，感謝苦難或拒絕懺悔。在討論上述「事序結構」的排列組合秩序的同時，本書也將分析五種主要人物角色（1. 受難者；2. 迫害者；3. 背叛者；4. 旁觀者；5. 解救者）在「文革故事」中的不同功能。誠如羅伯特・休斯所言，普羅普的研究「教我們在分析情節功能和人物角色時注意它們之間精確的和細緻的相互聯繫。」[5]而筆者在這本小書中想要做的事，也正是探究「文革敍述」中情節模式與角色功能之間的複雜關係，進而討論小說形式的文革集體記憶的若干書寫規則。換言之，即討論「文革敍述」的特殊「語法和句法」。

對中國內地的讀書人來說，與文革拉開距離其實是非常困難的。試想朱自清的學生王瑤在四十年代末撰寫「新文學史稿」時，1917 年的《文學改良芻議》似乎已很久遠。但同樣相隔三十二年，筆者 1998 年在北京中國社科院一個學術會議上宣讀有關文革書寫的論文時，講者與聽者都好像在討論昨天的事情：會後引起爭議的仍是「當初參與造反今天是否需要懺悔，好不容易淡化矛盾怎能又翻舊賬」之類直接牽涉切身經歷的倫理課題。很多現在海內外知名的學者專家或政府領導或作家名人，回想文革似乎都有些難言之隱，或者始終背負着解不開（或不願打開或自以為已不存在）的包袱情結。在缺乏心理距離的情況下，感性材料與私人記憶就一直在文革書寫中扮演重要角色。用「敍述」重組知青或右派生活的意義，用「故事」療治自己也不承認的心創，顯然是比「娛樂讀者」或「為藝術而藝術」更為實在的創作動因。但另一方面，再特殊的感性材料再隱秘的私人記憶，在文革書寫中又總是要以歷史「大敍述」的面目出現，總是伴隨着對災難前因起源後果教訓的解釋與總結。換言之，有關文革的私人記憶必須要以公眾記憶的語言語法才能被書寫被閱讀。每個敍述者都以青春、傷勢、甚至死者的名義擔保他們的故事的真實，但讀者卻分明在不同的故事中「重讀」到不同的文革歷史。這些互相矛盾甚至截然相反的「文革圖景」及其對文革歷史的解說當然聯繫着文革後不同「詮釋羣體」（Interpretive Community[6]）、不同意識形態力量之間的妥協與鬥爭。而普羅普的方法，就是幫助我們將很多不同的文革小說作為同一個文革故事來解讀，以便分析在這個「大」的文革故事中種種對文革的不同解說：第一，如何與作者的經歷背景有關（比如工農兵大學生梁曉聲、張承志對紅衛兵及知青運動的理解與眾不同；曾在文化館或地方劇團工作過的古華、葉蔚林、張弦比較擅長滿足民眾對文革的想像與趣味……）；第二，如何受到書寫策略、藝術手法的影響（比如同樣處理受傷的細節，傷痕文學含淚淌血，探索小說則不動聲色。又比如女知青在竹林《生活的路》中被村長強姦，在王安憶《崗上的世紀》中卻自願上牀）；第三，如何為敍述角度（作品主人公的社會身份）所制約（例如，幹部主角大都反思文革前無心犯錯，造反派主角多抱怨文革後的審判不公正。又如，男人落難可以為風塵女子所救，女受難者則必須得到知識男性的援手……）。

以上三個層面中，以第三層面即人物的「角色」與「身份」對文革故事敍述規則的制約最為複雜，也最缺乏討論。將幾十部小說合在一起看，眾多主人公的敍事角色（受難者、迫害者、旁觀者、背叛者、援救者）與社會身份（知青、農民、幹部、資本家、右派、紅衛兵、工人、羣眾……）之間存在着雖然複雜卻又不無規律可尋的對應關係。這種包含窮 / 富、民 / 官、多 / 少的對應關係再加上男 / 女、上 / 下等因素的混合，將是本書所要特別注意的課題。

「集體書寫」在本書中有兩層意思，第一是從結構主義角度來理解不同作家、作品之間的對話關係：每一位敍說者都希望自己的文革故事能夠更真實更深刻地解釋文革。每部文革小說在某種意義上都是對其他文革故事的修改、補充或重寫。放在一起「重讀」，無形之中便形成一個有不同視角多種聲音充滿矛盾有關文革的「大故事」。第二，這個「大故事」還不完全由作家寫成，「集體書寫」還意味着讀者需求、詮釋羣體及意識形態機器對文革敍述的介入 —— 通過印數銷量，通過評獎或選本，通過爭議或批判。或許每個敍說者都在以敍述療救心創，以求在靈魂意義上真正逃出災難。但甚麼樣的創傷值得（或可以）療救？甚麼樣的藥劑有甚麼副作用？如果明知救不活，是否應該人道毀滅？面對已死的部分靈肉，是切割還是保存，或者冰凍療法……文革故事的敍說者和閱讀者共同關心一起解答這些問題。所以在獲獎小說或暢銷作品裏大量出現的情節和敍述策略，便同時體現着故事敍說者們的集體選擇與讀者羣體的公眾需求（以及主流意識形態的某種制約）。這也正是我們可以像普羅普那樣，在眾多故事中統計歸納出一套常見事序模式並加以研究的主要依據。與大多數研究作家心理及社會制約與創作實踐的關係的當代文學評論不同，本書有意只分析文本，對於作家背景，或者「視而不見」，或者只出現在註釋中。「作者已死」（當然他們絕大多數健在，很多還是筆者的好友），文本構成獨立的世界。因此，所有特定時代的制約、讀者大眾的參與、註釋羣體的規範，各種作家的獨特經歷、微妙心理及其對創作的具體影響，都必須（而且也只能）在文本細節、敍事模式的層面才會被解說，被研究。

整理與書寫有關文革的記憶，於我不僅是一個項目或一種學問，更是一種需要或者說是一種債務：償還對自己以及幾個生者死者的債務。在閱讀了幾百上千有關文革的小說後，筆者覺得自己的文革故事似乎仍然沒有完全被敍述清楚。但與其在上千部小說之外再增寫一個文革故事，為甚麼不先來整理一下已有的這些數量龐大、內容既重複又相反的文革故事？看看到底在小說文革中已經「梳理」出怎樣一些基本線索？已經「記錄」下了怎樣一些基本的經驗？普羅普只是提供某種方式，通過這種方式，我們也許有可能討論這些小說的「梳理」、「記錄」規則，如何體現着二十世紀晚期國人理解、想像文革的一些基本方式，以及這些基本想像方式之間的重要差異與合作關係。研究「猶太大屠殺」（Jewish Holocaust）的學者費修珊（Shoshana Felman）與勞德瑞（Dori Laub）在《見證的危機》的《前言》中說：「我們雖有全部的答案，卻不知道問題是甚麼。」[7] 而我在整理文革故事時卻覺得：「我們雖見全部的症狀，卻不知道病是甚麼。」

當然在開始討論之前，有必要先就「五十部小說」的選擇作一些說明。這些將要被「抽樣解讀」的作品的選擇與確定，直接關係到本書的研究在學術上是否可以成立，關係到研究成果的是否可靠。普羅普當年所研究的一百篇俄國民間故事，根據的是俄國童話學家阿法納西耶夫（A. N. Afanas'ev 1826—1871）所建立的俄國童話目錄（從 No.101 到 No.200）。為了確保這種從普羅普那裏借來的方法行之有效，第一，本書應該儘可能選擇有「代表性」的文革背景的小說作為研究材料。因為民間故事經過時間選擇淘汰歷代讀者認可才得以流傳，有關文革的小說也必須是在作家、讀者羣、評論家以及意識形態主管部門共同參與下才會具有某種「集體書寫」的性質，並參與「集體記憶」的構成。所以在考慮所謂「代表性」時，獲獎、銷量、引起爭議受到批判或改編電影收入選本等因素，可能比純文學價值更為重要。第二，本書的研究材料，必須不由我這個研究者「決定」，必須依照「別人的標準」來選擇。而所謂「別人的標準」，也應該包括讀者的標準（銷量印數）、評論家的標準（權威選本）以及主流意識形態的標準（獲獎與受批判），等等。

所謂「文革小說」，並不意味着一部小說必須描述文革全過程，或者小說情節全部發生在文革期間。上述小說其實只佔全部「五十部作品」的三分之一。文學創作畢竟不是歷史研究，很難找到一部小說是嚴格地從 1966 年寫起到 1976 年結尾。更常見的是絕大部分情節都發生在運動期間，卻總有一段結尾延伸到文革以後。也有一類作品，只有一部分篇幅描述文革，其餘的情節，則涉及到六十年代的「四清」，1957 年的「反右」和「大躍進」，乃至五十年代初的「土改」等歷史背景。因為在很多作品中，文革不是一個可以孤立看待的運動和事件，文革與其前因後果難以分割。但這類作品如果要入選，必須是充分符合讀者多、影響大的選擇標準（如《李順大造屋》《蝴蝶》《芙蓉鎮》等）。

本書並不只是研究文革小說的純文學價值，因此並不只是考慮藝術標準和文學價值上的「代表性」，並不只是選擇那些藝術家、評論家們最欣賞、最喜歡看到的「文革故事」。於是，勢必會有不少頗能代表這一時期小說水平的先鋒派作品，雖然也和文革背景有關，卻由於讀者羣有限而沒有被列入「五十部小說」之列。

因為要堅持「別人的標準」，所以也必須儘可能地避免依據筆者個人的閱讀趣味來選擇有「代表性」的文革故事。很多筆者個人在趣味和技巧上都非常欣賞的作品，也仍然沒有被列入討論範圍。本書儘量避免為論證觀點而選擇材料（論據）的研究方式，因此研究的出發點不是看法，而是儘可能自我統一貫徹到底的方法。至於從這個方法出發能在「五十部小說」中看到甚麼，我現在（寫導論時）也不是完全清楚的。我以為最重要的不是觀點與結論，而是方法前後一致。當然研究對象也要有較大的覆蓋面（應包括中篇、短篇和長篇小說，涵蓋從七十年代末到九十年代的作品），也應該有一定的數量。[8]

綜合上述原則，本書依照以下次序來選擇作為主要研究對象的「五十部小說」。

（1）在全國性文學評獎中獲獎的文革小說。

從 1977 年到 1988 年，在北京的中國作家協會每年都舉辦「全國優秀短篇小說獎」、「全國優秀中篇小說獎」以及專為長篇小說而設的

「茅盾文學獎」的評獎活動。雖然這類帶有半官方色彩的評獎活動的結果常常在藝術標準和是否體現讀者趣味等方面受到批評和質疑，但對於我的研究來說，評獎的協調平衡結果恰恰很能同時體現文化管理部門對作家創作的欣賞、贊同和允許的尺度以及作家創作參與、挑戰和維護主流意識形態的方式與程度。評獎結果也常常可以體現文革後特定環境下某些權威的「詮釋羣體」的形成與運作情況。而且，至少在七十年代末到八十年代中期，得獎通常也意味着讀者和銷量：作品一旦獲獎，不管其最初發表的刊物是否有名，也無論作品原本銷量如何，這部或這篇小說立刻會被選入國家級出版社（如人民文學出版社）的新選本，並受到評論界（以及三十個省市的作家協會與眾多文學雜誌）的廣泛重視。從而也會因此而獲得大量新的讀者，產生較大的社會影響。

在我們所要討論的「五十部小說」中，有一半以上（二十六部小說）是上述三種全國性的文學評獎的獲獎作品，包括三部長篇[9]，十部中篇[10]和十三篇短篇小說[11]。

（２）曾引起「社會爭議」和受到政治批判的文革小說。

小說發表以後引起批評和相反意見，而且「爭議」越出文學範圍（不僅出現在文學刊物上，而且也在報刊上被編成專輯），從而引起了廣大讀者的注意 —— 這就是所謂的引起「社會爭議」。禮平的《晚霞消失的時候》、張賢亮的《男人的一半是女人》都是比較典型的引起「社會爭議」的案例。而所謂「社會爭議」在當代中國又常常與政治批判有關（如劉克的《飛天》、戴厚英的《人啊，人！》）。這類引起「社會爭議」和政治批判的「文革故事」，既體現着官方意識形態對文革文學的控制尺度，也顯示了大眾讀者的某些逆反情緒。而且一部小說引起爭論或受到批判，其知名度和銷量會立刻上升，於是也就具有了較大的社會影響。本書注意考察文革後一般讀者對「文革敍述」的接受情況，自然應該考慮這一時期很多社會爭議和政治批判在「文革故事」的流通過程中所起的特殊作用。在「五十部小說」中，曾引起社會爭議和政治批判的作品，除了已列入得獎小說名單的以外，至少還有七部[12]。

（3）被收入一些重要選本的文革小說。

所謂一些「重要選本」，包括中國文聯出版公司 1985 年出版的《中國新文藝大系》及香港三聯書店出版的中國小說系列年選。前者是八十年代中國內地所出版的最大規模的一套收集當代中國文學的選本。其編委會成員與編選原則都頗接近於歷屆全國性的小說評獎，即所謂官方尺度、作家標準、評論家觀點與讀者趣味的某種協調和綜合。[13] 所以選自這套《大系》的作品大都也是獲獎小說。而後者則是由著名文學評論家（董秀玉、黃子平、李陀、李子雲等）負責編選並在海外出版的最有系列、規模的一個中國當代小說年選。「五十部作品」中，有四個短篇和一個中篇選自這套選本。[14] 此外，我也參考了近二十年來其他一些重要的小說選本。如吳亮、程德培主編的《探索小說集》（上海文藝出版社，1985 年）；陳曉明為甘肅青海的出版社所編選的《中國先鋒小說精選》《中國新本土小說精選》系列；李陀為三聯書店（香港）有限公司編選的《中國尋根小說選》《中國新寫實小說選》《中國實驗小說選》；吳亮、辛平、宗仁發編的《荒誕派小說》系列（長春：時代文藝出版社，1988 年）；蕭德生、閻綱、傅活、謝明清為人民文學出版社所編的短篇小說年選系列，等等。

（4）曾被改編成電影的文革小說。

在「五十部小說」中，有相當數量的作品曾被改編成電影或電視劇。[15] 其中有不少是獲獎作品（如《芙蓉鎮》）或被批判的作品（如《楓》）。但也有少數的例子，小說原作本來並不怎麼引人注目，改編成電影或電視劇後卻聲名大噪。比如王朔的中篇《動物兇猛》，被改編成電影《陽光燦爛的日子》，其不僅在海外獲獎，而且在商業上也獲得巨大的成功，成為 1995 年中國內地票房價值最高的國產影片。[16]

（5）引起評論家和學術界廣泛注意的文革小說。

在「五十部作品」中，全國性評獎的獲獎小說有二十六部，佔總數的 52%。獲獎作品以外引起爭議和被批判的作品有七部（14%）。曾被選入香港三聯版中國小說年選的作品有五部（10%）。純粹因改編成電影而著名的小說有《動物兇猛》。除了以上幾項選擇之外，還有十一部小說（22%）可以說是因為在評論圈和學術界獲得廣泛注意而被列入本書的討論範圍的。當然，這些作品引起評論家注意的原因也是不同的。有的是因為作品描述和探討文革方面有突出成績（如陳建功的《轆轤把胡同九號》，史鐵生的《插隊的故事》，鐵凝的《玫瑰門》，莫言的《透明的紅蘿蔔》，以及劉心武的《如意》）。有的是由於在形式探索和藝術實驗方面具有的某種先鋒意義（如殘雪的《黃泥街》，張承志的《金牧場》與韓少功的《馬橋辭典》）。也有的，則還是基於作品所擁有的讀者、銷量與社會反響（如老鬼的《血色黃昏》，梁曉聲的《一個紅衛兵的自白》和胡月偉的《瘋狂的上海》）。

簡而言之，本書的主要討論對象，不一定是文學價值最高或研究者（包括筆者）最欣賞的文革小說，而是（依據銷量、獲獎、「受批判」等因素而顯示的）大多數中文讀者比較願意看到、比較能夠接受的「文革故事」。本書的研究重點，主要並不是考察不同經歷、流派的作家如何創作種種不同傾向的文革小說，而是首先閱讀文本，探究這些不同流派、傾向的「文革故事」如何貫穿某種共通的敘事模式和敘述規則。本書的研究目的，既是想探討作為文學現象的部分中國當代小說的技巧與敘述模式之變化發展，同時也試圖觀察小說形式的「文革敘述」，如何參與和體現了有關「文革」的「集體記憶」[17] 的書寫創造過程。

在下面的討論中，凡是帶引號使用「文革故事」、「文革小說」等概念，而且沒有特別的界定和解釋，那就都是特指在本書所要重點研討的「五十部（篇）小說」。

---

1 Theodor W. Adorno: After Auschwitz, 1949, *Negative Dialectics*, trans. E.B.Ashton, New York: Continuum, 1973, p.362. 中譯參考《否定的辯證法》，張峯譯，重慶出版社，1993 年（據德文本 *Negative Dialektik, Gesammelte Schriften Band 6*, Suhrkamp Verlag Frankfurt am Main 1973, Dritte Auflage 1984 譯出）。後來阿多爾諾在另一篇文章《許諾》(Commitment, 1962) 中再度探討文學與奧斯維辛的關係：「我不想淡化我過去的立論 ──『在奧斯維辛後寫抒情詩乃野蠻之舉』……然而艾森伯格的反駁也確為真切：『文學必須抵制這個宣判』……實際上現在只有在藝術中，苦難尚能找到它的聲音與慰藉……藝術作品無言地承擔政治所無法負荷的責任。」見《法蘭克福學派精選》(*The Essential Frakfurt School Reader,* ed. Andrew Arato & Eike Gebhardt, New York: Continum, 1982, p313)。中譯參考《見證的危機：文學・歷史與心理分析》(*Testimony: Crises of Witnessing in Literature, Psychoanalysis and History*)，費修珊 (Shoshana Felman)、勞德瑞 (Dori Laub) 著，劉裘蒂譯，台北：麥田出版，1997 年，頁 99。

2 其中包括二十篇短篇小說、二十部中篇小說與十部長篇小說。為了表述方便，以下簡稱「五十『部』作品」(雖然短篇小說應該稱之為「篇」)。

3 詳見 Vladimir Propp, *Morphology of the Folktale (Morfologiia skazki,* 1928). First Edition translated by Lawrence Scott, Second Edition revised and edited by Louis A. Wahner. Austin: University of Texas, 1977, p.26-65; 79-80.

4 羅伯特・休斯 (Robert Scholes) 著、劉豫譯：《文學結構主義》〔*Structuralism in Literature*〕，(生活・讀書・新知三聯書店，1988 年)，頁 105–106。

5 同注 4，頁 92。

6 參見Stanley Fish, *Is there a Taxt in This Class? - The Authority of Interpretive Communities*. Cambridge: Harvard University Press, 1980, p.14.

7 費修珊 (Shoshana Felman) 與勞德瑞 (Dori Laub)《見證的危機：文學・歷史與心理分析》，頁 24。

8 至於「五十」這個數目的選擇，倒是沒有特殊的意義。如果選擇四十九部小說或者五十一部作品，也不會影響研究的結論。但數量不能太少，否則會影響覆蓋面。當然在理論上，分析的作品越多，其分析成果越有價值。我最初試圖像普羅普一樣，解析一百部小說。後來一則限於時間，二則我發現一百部作品中的基本敘事模式，與五十部中的基本敘事模式沒有特別的分別，所以最後選取了五十個文本為例。

9 周克芹：《許茂和他的女兒們》（出版地點、時間及獲獎情況，詳見《附錄一：「50 部小說目錄」》 —— 下同），莫應豐《將軍吟》，古華《芙蓉鎮》。

10 從維熙《大牆下的紅玉蘭》，馮驥才《啊！》，葉蔚林《在沒有航標的河流上》，王蒙《蝴蝶》，韋君宜《洗禮》，王安憶《流逝》，梁曉聲《今夜有暴風雪》，張賢亮《綠化樹》，阿城《棋王》，朱曉平《桑樹坪紀事》。

11 盧新華《傷痕》，蕭平《墓場與鮮花》，陳世旭《小鎮上的將軍》，陳國凱《我應該怎麼辦》，張弦《記憶》，金河《重逢》，高曉聲《李順大造屋》，古華《爬滿青藤的木屋》，韓少功《飛過藍天》，梁曉聲《這是一片神奇的土地》，史鐵生的《我遙遠的清平灣》《奶奶的星星》，何立偉《白色鳥》。

12 鄭義《楓》，宗璞《我是誰》，劉克《飛天》，趙振開（北島）《波動》（初稿寫於 1974 年，曾以手抄本形式流傳），禮平《晚霞消失的時候》，張賢亮《男人的一半是女人》，戴厚英《人啊，人！》。

13 《中國新文藝大系（1976—1982）》的「總編輯委員會」由周揚任總顧問，陳荒煤任總主編，委員還包括馮牧、趙尋、張庚、孔羅蓀、王朝聞、李庚、江曉天和許覺民。《短篇小說集》的主編是唐達成。《中篇小說集》的主編是江曉天。

14 陳村《死 —— 給「文革」》，余華《一九八六年》，馬原《錯誤》，林斤瀾《氤氳》，王安憶《叔叔的故事》。

15 如《楓》《蝴蝶》《如意》《流逝》《今夜有暴風雨》《棋王》《動物兇猛》《許茂和他的女兒們》《芙蓉鎮》等。

16 當然，選擇王朔的作品，也考慮到他的小說所擁有的讀者羣。只是將文革作為背景的莫言的《透明的紅蘿蔔》，也是基於同樣的考慮，而被列入「五十部作品」。

17 本書在使用「集體記憶」（Collective Memory）這個概念時，參考了 Michael Billig: *Collective Memory, Ideology and the British Royal Family*, David Middleton & Edwards ed: *Collective Remembering,* London: Sage Publications, 1990, p.60.

第一章　前因與徵兆

普羅普在《民間故事形態學》（*Morphology of the Folktale*）的前言中，比較了四個俄國民間故事的常見情節：

甲．國王給了英雄一隻鷹，這只鷹把英雄帶到了另一個國度。

乙．老人給了舒申科一匹馬，這匹馬把舒申科帶到了另一個國家。

丙．巫師給了伊凡一隻小船，小船載着伊凡到了另一個國度。

丁．公主給了伊凡一個指環，從指環中出現的青年把伊凡帶到了另一個國家，等等。

普羅普認為「在以上例子中，變化的是登場人物的名字（以及每個人的特徵），但行動和功能卻都沒有變。」[1] 這是普羅普「按照故事中的人物的功能來研究民間故事」的基本出發點。

「文革小說」中顯然也有一些常見情節：不同的人物，不同的境遇，不同的道具、不同的背景，但情節模式及其敍事功能頗為相似。

甲．右派章永璘落難時獲馬纓花相救，既願委身，又勸男主角「別傷身體」；章永璘平反後卻再也找不到馬纓花。（張賢亮

《綠化樹》)

乙．幹部張思遠下鄉時得女醫生感情上的相助，重新做官後想接秋文進京卻遭女方婉拒。(王蒙《蝴蝶》)

丙．訪問學者「我」在東京心情煩躁孤獨時結識日本女友，卻終因信仰不同淡淡分手。(張承志《金牧場》)

丁．知青梁曉聲在北大荒迷戀女指導員，在「我」獲得幫助、鼓舞與愛情之後，李曉燕生病死亡。(梁曉聲《這是一片神奇的土地》)

正如普羅普在考察了很多民間故事以後所指出的那樣：「與大量的人物相比，功能的數量少得驚人。這一事實說明了民間故事的雙重特徵：它既是多樣態的，豐富多彩的，又是統一樣態的，重複發生的。」[2]

「文革小說」是否也具有這種「雙重特徵」呢？在上面列舉的幾部作品中，主人公社會身份不同(右派、幹部、學者、知青)，經歷遭遇各異(被迫勞改、主動下鄉、出國訪問、軍墾開荒)，但一些基本的情節 —— 拯救落難男主人公的女性，後來均會以不同的形式自動消失(既不會再糾纏、干擾男主人公脫離苦難後的新生活，又可以使男主人公充滿感激、愁悵與永久的懷念) —— 卻驚人地相似。而且這些情節在不同的故事結構中的「敘事功能」也有相同之處。

這便是我的研究的出發點。從這個出發點開始討論，我沒有現成的結論，只想儘量堅持方法的一貫與統一。

普羅普在詳盡分析一百個俄國民間故事的過程中，列出了貫穿組織這些故事的三十二個「功能項」[3]。不少學者(包括我所任教的嶺南大學的研究生)嘗試直接運用這三十二個「功能項」研究中國的神話、金庸的武俠小說或 007 電影系列等，不僅大部分的「功能項」都會在研究材料中出現，而且更重要的是這些「功能項」的排列也都與普羅普所總結的俄國民間故事的敘事秩序大致相同。有兩個原因使我在研究中國八十年代的「文革敘述」時，只是借鑒他的方法而沒有選擇直接套用普羅普的「功能項」。第一，「文革敘述」並不只有童話、民間故事這一類「集體創作」的文體，除滿足和宣泄大眾情緒的政治通俗文本（如《芙蓉鎮》）外，還有知識分子抒情反思或紅衛兵知青的「成長小說」，還有重寫、改寫、再寫歷史挑戰大眾、官方興趣的先鋒小說等。所以「功能項」雖處處存在（本書也會常常討論），卻不一定完全遵守符合普羅普功能表。第二，普羅普的形式主義研究在上世紀二十年代完成時並無大反響，六十年代譯成英文後才成為西方結構主義重要理論。普羅普模式可以用於解讀不同民族的神話與民間傳說（這些神話傳說產生時各民族甚至全無文化交往），於是給結構主義的理論假設提供了證據：人類各種文明文化有某種心理結構乃至無意識定義上的相通之處，這種「結構」制約着人們在不同國度不同朝代的文化選擇。相對結構主義理論的野心而言，我的研究目的則要小得多，也具體得多。因為神話民間故事的「集體創作」是在長時間歷史積澱中「無形」形成的（所以體現着不止一代甚至也不止一個階級的人們的想像、願望和集體無意識），但本書要討論的「文革小說」，雖然在某種意義上也可以說是由八十年代中國的作家（知識分子）、讀者（大眾）和評論集團（半官方意識形態）「集體創作」的，但這種「集體記憶」是由暢銷、獲獎、有爭議受批判等因素在特定歷史條件下組合而成。所以我對「文革小說」的研究，只是探究這些作品的「功能項」秩序（我下面稱之為「情節功能」），如何展現特定的語言方式、敘述策略、情節結構，如何體現了國人在文革後想記憶又想忘卻文革的複雜文化心理。在我試圖探討的至少五十個抽樣文本的範圍內，種種不同的「文革小說」，雖然故事形態藝術方法各異，對文革之理解與解釋也很不相同，但基本敘事模式卻是相當接近乃至相通的。借用普羅普的思路，我發現這個由很多作品共同講述的有關「文化大革命」的「故事」，其基本敘述模式也可以歸納和簡化成四個敘事階段，有二十九個「情節功能」在「文革故事」中出現得比較頻繁，而且出現的次序（事序邏輯）也不無規律可尋：

初始情景：災難之前因與徵兆

1. 女主人公善良美貌、生活幸福。
2. 女主人公的感情生活有缺憾。
3. 男主人公有某種性格缺點或生理缺陷。
4. 男主人公被認為「犯有過失」。
5. 男主人公犯錯而不自知。

情景急轉：災難降臨的不同方式

6.「旁人奇怪的目光」。
7. 大字報上出現主人公的名字。
8. 主人公為好友所背叛。
9. 主人公參加會議。
10. 女主人公的性生活受到關注。
11. 主人公被抄家。
12. 主人公獲得罪名，受到處罰。
13. 家庭成員的背叛。
14. 主人公下鄉、勞改。

15. 主人公受傷。

16. 主人公自殺。

情景急轉：考驗與拯救

17. 男主人公有身體苦難，為民間女子所救。

18. 男主人公有精神苦難，為知識女性所救。

19. 女主人公為知識男性所救，獲得愛情。

20. 男主人公遇見智慧長者。

21. 主人公獲親人救援。

22. 主人公獲上級救援。

23. 主人公在災難中病故或死於意外。

結局：災難之後的反思與懺悔

24. 女主人公最初的缺失被消除。

25. 女主人公的敵人受到懲罰。

26. 男主人公社會地位上升。

27. 男主人公重遊故地，感謝苦難。

28. 男主人公反思災難，找不到具體的敵人。

29. 主人公反省自己的錯誤過失，但拒絕懺悔。

關於上述「敘事模式」，需要幾點說明：第一，這裏借用和延伸了加州大學爾灣分校英文及比較文學教授米勒（J. Hillis Miller）解釋亞里斯多德（Aristoteles）有關故事基本原素的幾個概念：「任何故事的基本原素……必定有，首先，一個初始情景，導致這個情景反轉的情節發展，和可能是由這個情景反轉所造成的意外發現。」[4] 本書將嘗試以「初始情景」、「情景急轉」、「意外發現」與「結局」，來劃分與概括「文革小說」敘事模式的四個基本階段。和普羅普處理的民間故事大都以主人公受考驗、冒險尋寶、戰鬥奪美人的英雄傳奇為主線一樣，「文革故事」也有主人公缺失、災難被告知、經受考驗然後歸來、勝利的「功能項」系列，但災難是主線。第二，作為敘事模式中心線索的「災難」，可以有三個不同層次三個不同定義。一是作為故事背景的文革政治運動（社會災難）；二是文革背景如何影響主人公政治地位、生活狀態乃至身體健康的具體過程（個人災難）；三是某種不一定與文革背景直接有關但直接危害主人公的偶然事件（災難事件）。同一篇小說中，可能三種災難狀態同時存在，但我所要討論的敘事模式中的「災難」，主要是指上述第二或第三種定義。以比較為人熟知的作品為例，如張賢亮的《男人的一半是女人》，「社會災難」（「十年文革」）只是小說的背景，「個人災難」（勞改苦難）構成故事的框架，但真正作為核心情節的「災難事件」，乃是男主人公因長期勞改過度壓抑而導致一度「性無能」。更簡單的說，「災難」在情節模式中的定義，就是主人公狀態的「負面急轉」。第三，普羅普認為「對於故事研究來說，重要的問題是故事中的人物做了甚麼，至於是誰做的以及怎樣做的，則不過是要附帶研究一下的問題而已」[5]。但對於我來說，「故事模式」是討論「集體記憶」的切入口和方法，並非我寫本書的全部目的，所以這「附帶研究一下的問題」在我這裏就很重要。我不僅要模擬普羅普的方法，也列出所有故事中的基本角色（受難者、迫害者、旁觀者、拯救者、背叛者）[6]，而且也要統計這些基本角色的社會身份：工人、農民、學生（紅衛兵、知青）、幹部、知識分子、地主富農或資本家……「附帶研究」的關鍵，當然是這些「故事角色」與「社會身份」之間的關係。第四，在列舉情節功能時，我特別引入了性別的區分。角色、身份、性別等幾組關係並置於功能序列，看似「簡約化」的模式研究不應犧牲文本及社會背景的複雜性。

選擇和確定二十九個情節功能的原則有兩條：第一，這些情節功能在具體作品中都會直接影響乃至決定主人公的處境和命運，因而在小說中都是比較重要的情節；第二，這些直接影響、決定主人公處境命運的情節必須在很多文革小說中重複出現。這也就是說，如果某個情節（事件、動作、行為狀態）在某篇作品中很重要，但在其他文革小說中並不常見，這個情節就不會被列在二十九個功能之中。反之，有些情節或細節在很多作品中出現，但沒有對主人公的處境、命運造成重大影響，這些情節或細節同樣不在文革小說的敘事模式中具有功能性的作用。

普羅普關於情節功能的研究是圍繞以下四個命題而進行的：

「一，功能是民間故事中恒定不變的要素，不論這些功能由誰來完成和怎樣完成，功能構成一個故事的基本成分。二，童話中已知的功能的數量是有限的。」[7]

在這兩個命題上，本書完全可以追隨普羅普的方法。我所謂的「情節功能」，與普羅普所定義的「功能」一樣，「必須看作是人物的某種行動。」[8]「情節功能」也是文革小說敘事模式中的固定要素，是構成文革故事之基本成分。而且，這些「情節功能」的數量也是有限的。但是，在第三個命題上，情況就有些不同了。

「三，功能的順序總是同樣的。」[9]

然而所謂的「順序」，可以有兩個層面的意義。一是造成人物（主人公）處境變化的事件的順序。按普羅普的說法：「事件的順序有其自身的規則，短篇小說也是由類似的規則所統馭的。在鎖被打破之前，小偷不會出現……民間故事中的要素的順序在較大程度上是同一的。」同樣，在人物處境變化的意義上，雖然不是每個「文革故事」都會出現以上所有 29 個「情節功能」，但「五十部小說」中的幾乎所有重要的情節組合的可能性，都可歸納在上述模式的 29 個「情節功能」之中。而且，「情節功能」出現的順序規則（在事件發展的邏輯關係上），也是基本相同的。

但「順序」還有第二層意義，即作品中具體的敍述順序。普羅普引用希柯洛夫斯基（Viktor Sklovskij）的話，說「在目擊者的證言中，事件的順序卻是完全被打亂的。」而很多文革故事的敍述者，恰恰擔負着這種用話語打亂事序的「目擊者」的角色。所以在「事件的順序」（情節發展）中，主人公先是幹部，後來變成「走資派」、「百姓」，最後再做官。但「目擊者的證言」（文本敍述）卻可以先講主人公「落難為民」，再複述落難經過；或從平反寫起，重頭回顧往事；也可以時空倒錯，反復穿插，在同一段文字中既是官員又是牛鬼蛇神……在這一個層面上，顯然當代小說的文人敍述技巧要比民間口傳的童話複雜一些。因此，我們恐怕也很難簡單套用普羅普的第四個命題，即「從結構上看，所有的童話都屬於同一種類型」[10]。但本書的討論將會證明，即使在文革目擊者眼花繚亂的的證言（即變化多端的敍述話語）中，普羅普所試圖概括的「事件的順序」依然存在。而編排這種有關歷史「事件的順序」（當然也包含意識形態結構）的近乎童話敍事的規則則更值得探究。敍述的話語秩序對事件的邏輯秩式之不同的重組、改造規則，也恰恰形成了「文革故事」之不同類型。在這個意義上，「第四個命題」可以修改成：所有的「文革小說」在某種意義上是同一結構的不同變體，是同一「故事」的不同說法，是同一「集體記憶」的不同記述類型。

「敍述結構」與「事序結構」，在我們的討論中是兩個有區別的概念。「事序」，指的是造成主人公處境變化的事件的時間順序。而「敍述」，在狹義上，指的是作品中的平鋪直述或時空穿插或倒敍回憶等；在廣義上，則包括敍事模式在內，即小說之全部形式與意義。借用茨維坦・托多羅夫（Tzvetan Todorov）的概念，所謂「事序」，存在於「被描述的世界的時間」裏；所謂「敍述」，則是排列在「描述這世界的話語的時間」裏。「事件的序列與話語的序列顯然是不同的」。托多羅夫注意到「德國的一種文學研究的傾向是將敍述時間（Ershlzeit）與敍述的時間（Erzahlte zeit）之間的對立作為他們學說的基礎。」在托多羅夫看來，「講述時間（話語的時間）的次序永遠不可能與被講述故事的時間的次序完全吻合……」[11] 其實，在普羅普研究俄國童話的時候，俄國形式主義學派已經注意到了「fabula」與「sjuzet」兩者之間的差異與對立。鄭樹森教授在翻譯佛克馬和蟻布思（Douwe Fokkema & Elrud Ibsch）的《二十世紀文學理論》第二章時，將「fabula」譯為「事序結構」，將「sjuzet」譯為「敍述結構」。[12] 按照佛克馬的說法，希柯洛夫斯基、艾臣龐姆（Boris Eikhenbaum）、田仁諾夫（Jurij Tynjanov）和其他俄國形式主義者「所用的最不引起爭論的名詞是『事序結構』。『事序結構』可以界定為故事內『事件的描寫』。更為準確地，『事序結構』可以解釋為動作依照時序和因果關係的呈現。」[13] 本書接下去所要討論的 29 種「情節功能」，表面上也就是這些文革故事的「事序結構」：以幾十種不同方式而虛構的（不約而同驚人相似的）有關文革的「動作時序」和「因果關係」。本書雖然沿用「事序結構」這個譯法，但同時又會反復強調，文革故事中的「動作時序」、「因果關係」，都不是「事件本身的次序」，都是通過敘事才形成的「時序」與「關係」。普羅普當初曾反對俄國形式主義「事序結構」與「敘述結構」之分。因為他覺得「事序結構與敘述結構在簡單形式裏往往合而為一，因而沒有二分的需要。」[14] 在本書中，我們也發現確有一些「文革小說」，其「事序結構」與「敘述結構」幾乎重合，不必二分。但在另外一些情況下，兩者則明顯不同，交叉關係既錯綜複雜又不無規則。在第五章裏，本書將分辨「敘述結構」與「事序結構」的幾組不同的對應和對立關係，並依據文革小說中「fabula」(事序)與「sjuzet」(敘述)之間這幾種不同的對應和對立關係，梳理出文革小說敘事及意義結構的幾個基本類型。換言之，我們將首先研討由事件情節所排列組合成的「事序結構」，然後才將這種由歷史時序再加因果邏輯構成的「事序結構」與由倒敘回述時序切割及意識流等技巧構成的「敘述結構」(「話語順序」)進行比較。一如羅蘭・巴爾特(Roland Barthes)所言，這種比較的「任務是能夠為時序的假象做出結構上的描述，要敘述邏輯闡明敘述時間。」[15]

羅蘭・巴爾特將「結構」定義為「對對象的模擬(simulacrum)，但卻是一個有指向性和偏向性的類比」，因為這種結構性的模擬將現實「分解之，而後重組之……模擬把知性添加到被模擬的對象上去。」[16] 上述二十九個「情節功能」，表面上是一種以時間形式構成的對文革一般過程的經驗性模擬，但這些情節的不同功能與複雜而又有規律的排列秩序，其實也在建造某種(或多種)與敘事規則有關的意義結構。美國批評家羅歐(John Carlos Rowe)對巴爾特觀點的詮釋更明白一些：「結構是模擬：它模仿一個自然客體，其目的是為了改變它。而這種轉變的目的則是為了明確地理解它(intelligibility)，不過採用的是一種有偏向性的、對人類有用的方式。」[17] 而中國當代作家們「分解」

和「重組」文革經驗的目的，也都在於從事後的角度「理解」文革。他們所採用的，也是一種有偏向性的、至少作家們覺得（或在無意識中覺得）是對當代中國人有用有利的方式。本書所關心的，首先並不是對文革的理解本身，而是建構這種（或那種）「理解」的方式與規則。

1. 災難之前，女主人公善良美貌、生活幸福。

如果將文革小說一般模式之初始情景（情節功能 1—5）簡單概括，我們會看到，主人公們在災難來臨之前的生活，通常有兩種基本狀態：或者主人公是普通人，生活平靜幸福但不無缺憾；或者主人公社會地位比較優越，卻犯有某種「過失」。有意思的是，前者多半是女人，後者大都是男性。

為甚麼在眾多有關文革的小說中，凡主人公的身份是農人平民百姓，他們在文革之前的生活狀況和道德行為，大都沒有甚麼可以受指責的地方；而如果主人公的身份是知識分子、幹部或資產階級，他們在文革之前就會每每犯有某種過失呢？這個區別的文學史依據很清楚，晚清及「五四」以來，儘管每隔十年中國文學總要後浪批判前浪，但工農百姓總是善良無辜可同情的，變化的是每個時期的知識分子和官員及富人形象。這個區別的當代引申意義是十分重要的：因為農人平民百姓身份的主人公在災難之前沒有過失，所以他們對於後來出現的社會災難就沒有甚麼責任，他們是純粹的受害者；如果知識分子、幹部和資產階級身份的主人公在災難之前已經犯錯，那麼他們對於後來出現的文革災難就不能說是全無責任。他們還是受害者，但他們對於這災禍的逐步釀造過程，是否也有一份道義上的責任呢？工農、女人，無罪；幹部知識分子、男人，有責 —— 為甚麼很多文革小說都想提出甚至也想解答這樣一個虛構和假設的問題呢？

我們先來考察「情節功能」的第一種狀態。

《芙蓉鎮》第一章「山鎮風俗畫」中的第一節「一覽風物」，便突出介紹女主人公「芙蓉姐子」胡玉音如何容貌美，人緣好，「面如滿月，胸脯豐滿，體態動情」、「待客熱情，性情柔順」，[18] 所以她的米豆腐攤子前生意興隆，熟人過客笑語來往，一幅鄉鎮小康圖景。張弦的獲獎短篇《記憶》中的女主角電影放映員方麗茹，在小說中剛出場時也是工作順利，心情歡快，「羞紅了的圓臉上，露出一對深深的酒渦，……發出純真的笑聲」[19]。曾引起爭議受到批判的中篇《飛天》的女主角飛天，在被謝政委招進部隊之前，與畫工海離子、唐和尚一起生活，「這麼一個特殊的三人集體，在黃來寺特定的條件下，就比一家人還親，從無爭吵，從不紅臉，很平靜地生活着……」[20] 在一度作為手抄本流傳的《晚霞消失的時候》中，男女主角在文革前邂逅於春天的花園時，女學生南珊也完全是一個充滿朝氣和理想的青春形象。同樣的和平氣氛也出現在蕭平的《墓場與鮮花》裏，男女大學生運動前排演《過客》時的情感波紋，被描寫得格外細膩寧靜。陳國凱《我應該怎麼辦》中有一段女主角的自白，可以概括很多文革小說女主人公在災難之前的平靜幸福狀態：「生活，對於我這個姑娘說來，是一條撒滿鮮花和陽光的道路：平坦、舒心、明麗。」聯繫到後面的悲慘故事，小說第一段裏那種過於淺白直露的對五、六十年代中國社會圖景的頌讚聽來幾乎有點像反諷：「我覺得新社會到處是陽光燦爛，黨和毛主席給我們這一代安排了幸福的前景，哪會有甚麼災難呢！」

至少有四個不同層面的寫作策略上的考慮，使得很多文革小說都要在作品的「初始情景」中特別強調和渲染主人公容貌美麗而且生活幸福。

第一，在敘述效果的層面上，越強調主人公以前生活安定幸福，就越能夠突出後來遭遇的不幸，進而在故事層面上證明甚麼是「災難」以及「災難」如何與文革相聯繫。這其實也是所有災難故事的常用手法：在戰爭、海難或爆炸突然來臨之前，作品通常會渲染兒童在公園裏嬉戲、豪華郵輪上正舉行熱鬧的舞會，或者其他別的平靜幸福生活場景。

第二，在情節設置的因果關係上，主人公的美貌和幸福常常引起他人（幹部、同事或鄰居）的羨慕與嫉妒，而這種他人的羨慕與嫉妒，後來可能會成為主人公陷入災難的原因之一。《芙蓉鎮》第一章裏從女幹部李國香的心理角度看「芙蓉姐子」胡玉音「傾鎮美貌」及生意興隆，便是這一類情節設置的典型例子（雖然把女人作為反派，一時有令民眾聯想到江青的戲劇效果，但在五十部作品中，尤其在男作家筆下，是較例外的書寫策略）。類似的情節設計說明了不少作家（及讀者），都有意無意地在接受這樣一種解釋：對美貌或才能的嫉妒，也是文革殘酷鬥爭的起因之一。譬如梁曉聲後來有一段評論，說文革「將一位位專家、教授、學者、作家、詩人、藝術家和演員，有才華的男人和漂亮的女人，打翻在地並踏上一隻腳，使成年人的嫉妒心理得到空前的安慰。在這種安慰中尋找心理平衡是簡單而有效的。某些男人和某些女人，之所以被許多男人和許多女人鬥來鬥去，百鬥不厭，並非因為他們確實罪大惡極，十惡不赦。也許僅僅因為他們比許多男人有才華，她們比許多女人漂亮。」[21] 從這個角度總結文革的前因，當然就應該花一些篇幅先鋪墊受難者在災難來臨之前怎樣「比許多男人有才華」，如何「比許多女人漂亮」。

第三，從社會政治和歷史判斷的層面上看，對主人公在災難以前生活美景的描寫鋪墊，其實是建立在一種對歷史背景的虛構之上：假定在五、六十年代社會安定民眾幸福是常態。只是因為後來有了文革，這種常態才被打破。所以文革是 1949 年以後中國社會政治生活中的一個特殊「病例」，一個有很多必然原因所造成的「意外」。當然事實上，並不是所有的「文革敘述」都對主流意識形態作如此簡單而直接的維修工作。有的文革故事中的主人公，在文革之前的「四清」便已開始受難（如前面提到的善良美貌的「芙蓉姐子」）；有的文革災難的受害者，其厄運其實可以上溯到「大躍進」、「合作化」乃至更早（如高曉聲筆下幾十年辛苦仍造屋不成的李順大）。[22] 如何描寫主人公在文革之前的生活情況，在很多時候也牽涉到如何理解文革與五、六十年代中國社會政治的關係問題，而答案並不是那麼簡單劃一的。

第四，在價值觀和哲學的層面上，強調主人公在災難之前生活幸福，也隱含着一層更普遍意義的對世俗倫理價值系統的肯定：即肯定生活幸福是（或者至少應該是）常態，而不幸、厄運、災難則是特殊狀態，是病態。例如雷達評《芙蓉鎮》，就說在小說結尾處，「生活回到正常軌道，人們回到應有的位置。」[23] 對幸福與災難的這種世俗定義，通常是革命文學與通俗文學合作的道德基石。當然，在余華、馬原、殘雪等人的比較現代主義的「文革故事」中，上述災難的傳統定義自然是要受到挑戰的。所以他們筆下的主人公，從來都沒有一個可以在災難來臨之前先幸福生活一段時期的機會。

2. 災難之前，女主人公的感情生活有缺憾。

普羅普的「功能項」有——「8. 對頭給一個家庭成員帶來危害和損失」和「8a. 家庭成員之一缺少某種東西，他想得到某種東西」兩項[24]。在暢銷兼獲獎（首屆「茅盾文學獎」）還被改編成電影的長篇小說

《芙蓉鎮》裏，女主人公家庭成員「缺少某種東西」與對頭李國香的嫉妒迫害也是幾乎相隔不久出現的情節。在歡笑幸福之中，胡玉音的生活缺憾不僅是因為芙蓉女與大隊支書滿庚哥之間的感情必須要以兄妹之誼來克制，更因為胡玉音的美滿小家庭裏還欠缺孩子。在與丈夫開米豆腐店生意興旺自己蓋小樓的同時，小夫妻卻在私下商量如何求子甚至「借種」。這個缺憾放在小說開始時的幸福生活氣氛中看，雖然不明顯，但也是一個揮之不去的陰影。而《記憶》中的女主角，也因為過於單純，完全缺乏戀愛經驗，一有男人追求就慌了手腳，以致工作失誤（倒放毛澤東接見外賓的紀錄片）而導致大禍。在《我應該怎麼辦》中，雖說女主角最初階段生活幸福，也有自己喜歡的丈夫，可是夫妻分居，還有父母早亡，姑媽又隱藏着神秘的過去，這些也都是女主角生活中隱隱的不足之處。此外，《綠化樹》中馬纓花的家，被鄉鄰稱為「美國飯店」。女主人公雖滿不在乎，自得其樂，但「美國飯店」意為放蕩的單身女人，這個稱呼在當時當地包含某種道德貶義，也暗示主人公生活中的缺失。又如美麗的飛天，在黃來寺雖然生活平靜，且與海離子萌生愛情，但海離子的猶豫，肯定要散的預言等，也不能不構成對女孩子生活前景的一種陰影……

為甚麼很多文革小說在描寫主人公災難前美貌幸福時，都要暗伏一些生活缺憾呢？原因之一，是這些缺憾是某種徵兆，以後會導致或發展為災難。如芙蓉女與支書滿庚哥的曖昧感情，如《我應該怎麼辦》中女主角姑媽的背景等。原因之二，是有些缺失將來會在災難過去以後得到補償（見普羅普「功能項」19. 最初的災難與缺失被消除）。於是，這些作為伏筆存在的早期缺憾日後可以用來體現和證明災難可能具有的積極意義。我們以後會發現，由「情節功能 2」所體現的這些在小說初始情景中看似閒筆的主人公的感情缺憾，也是整個作品意義結構中一個不可或缺的重要組成部分。

從以上幾個例子看（如果越出「五十部作品」之範圍，我們很容易找到更多類似的例子），文革小說中的受難者如果是百姓身份，在災難之前生活幸福但不無缺憾，那麼這個主人公通常是比較年輕（少女或少婦），且通常有直露的文字展示她（們）的美貌與動人體態。而這些小說（《記憶》《綠化樹》《芙蓉鎮》《我應該怎麼辦》）的作者都是中年男性。值得注意的是，當這幾篇作品在七十年代末八十年代初發表之時，都立刻受到讀者大眾的熱烈歡迎。比如《芙蓉鎮》，暢銷程度僅次於《第二次握手》，北京人民文學出版社 1981 年版的第 1 次和第 2 次印刷，共發行 126,000 冊。後來也在香港和台灣出版，並被譯成英、法、日、德、俄、意等多種語言出版。這部作品由謝晉與阿城改編成電影後更幾乎成為在海內外華人文化社會中家喻戶曉的文革故事。陳國凱在發表《我應該怎麼辦》後曾收到大量讀者來信，小說也被改編為電視連續劇，收視率很高。張弦曾寫過一系列美貌弱女子如何承受政治與男人的迫害的故事，如《掙不斷的紅絲線》《未亡人》《記憶》等。但只有女主角最純真最沒有道德缺憾的《記憶》獲得了全國短篇小說獎。看來，至少在文革結束後的一段時期內，讀者大眾是比較樂於見到「民間善良美女」的形象來作為文革災難的主要受害者。後來有另一些相對年輕的作家，如史鐵生、何立偉等，偏重描寫那些已經不再美麗的奶奶、外婆們在文革前後的生活缺憾，如《奶奶的星星》《白色鳥》，文字雖精美得多，但作品的流行程度大不如前。

如果女主人公不是平民百姓而是幹部、知識分子或學生，她們在幸福生活中所隱含的情感「缺憾」就都和政治直接有關。如《晚霞消失的時候》，女主角在第一章裏形象可愛卻處於「無名狀態」：敘事者「我」和讀者均不知道她的姓名，直到第二章文革爆發災難降臨後，才發現她的父親從前是國民黨高級將領。《洗禮》中的女主角劉麗文，文革前曾是高幹王輝凡的夫人，生活雖優越，情感方面也有缺憾，但她在愛情上的不如意，是與政治信念相伴的：因不滿丈夫在大躍進及自然災害時期的左傾官僚主義而離婚，轉而愛上一個敢於直言的年輕記者。戴厚英《人啊，人！》的女主角孫悅，在文革前政治方向「正確」，個人生活看上去也不錯（丈夫趙振環是個「美男子」），但實際上孫悅亦有一段與右派何荊夫的未遂戀情難以言說。這種「缺憾」當然也聯繫着 1957 年前後的政治風波，但和我在下面要討論的男主人公的「災難前過錯」畢竟不同 —— 無論南珊、劉麗文或是孫悅，她們的「缺憾」主要是情感意義上的，而且她們對這些「缺憾」的存在都沒有責任。

3. 災難之前，男主人公有性格缺點或生理缺陷。

如果說在「文革小說」的情節模式中，我們經常看到女性的主人公在災難來臨之前如何美麗動人性情善良生活幸福，那麼在接下來（準確地說，是在共時態平行的同一時期），我們將不無驚訝地發現，絕大多數「文革小說」中的男主人公，在災難來臨之前都有某種缺點、缺陷甚至犯有過失。五十部作品，上百個形形色色的男主角，幾乎沒有一個例外！

先來看看在災難之前男主角們會有究竟犯有哪些不同性質和不同形式的「問題」。

第一種「問題」，在今天看來，其實只是主人公的某種性格缺點。比如長篇《血色黃昏》中的「我」從來都喜歡打架，因而得罪了不少同事乃至上司，後來為此吃盡苦頭；中篇《啊！》的男主角吳仲義頗有些神經過敏與被迫害狂傾向，這也是他落難受審的原因之一。梁曉聲《一個紅衛兵的自白》之第一章，在渲染文革前院子裏那「和睦的，友善的，安寧的，愉快的」氣氛時，逐一向讀者介紹他兒時的諸位鄰居，盧叔、姜叔、張叔、孫叔、竇叔、馬叔等。這些男人們後來在文革中不同程度地都會受難，但最倒楣結局最慘（跳煙囪自殺）的，便是文革前就有最明顯性格缺點（搞女人未遂、經常發酒瘋）的盧叔。「文革故事」中這類有關男人性格缺點的細節，可以讓讀者作兩種不同方向的解讀。那既是揭示文革荒謬，後來竟以小錯而害慘害死大活人；也包含某種暗示：世事再荒謬如文革，也是性格有缺陷行為與眾不同者先遭懲罰。因小錯而受到大的懲罰，從亞里斯多德起便已是悲劇的基本定義。

第二種「問題」，在今天看來，其實只是主人公的某種生理缺陷。「生理缺陷」，在當代中國的「文革敍述」中，是一個比「性格缺點」更加普遍出現，因此也更為重要的常見細節。「生理缺陷」通常有兩種敍述功能。一是為男主人公創造獨特鮮明而且與性格有關的形象特徵，如古華《爬滿青藤的木屋》中的勞改知青被稱為「一把手」，因為他在扒火車串聯時失去了一條手臂。半殘廢的讀書人後來卻從健壯如牛的看林人王木通那裏搶走了美麗的盤青青，不能不說是「生理缺陷」的一個頗有反諷意義的重大勝利。又如莫言成名之作《透明的紅籮蔔》中那畸形的瘦、啞、倔、硬的小黑孩，種種生理缺陷反而使得小黑孩吃苦不覺苦，受凍不覺冷，所以後來會在現實中恩將仇報害了關心他的石匠與菊子，又在幻覺世界中憧憬神奇的金色的蘿蔔……「生理缺陷」細節的第二種功能，則是以某種隱疾的形式，揭示一些男主人公畢生行為背後的隱密原因。比如《芙蓉鎮》中糧站主任谷燕山，一直悄悄喜歡女主角芙蓉姐，可實際上自己早有暗病在身（在革命戰爭中負傷，導致性機能障礙），所以心有餘而力不足。又如韓少功長篇《馬橋辭典》中的萬玉，一生都以擅唱情歌喜歡風流而在鄉間村鎮上知名，很多男人都不願意自己的女人或女兒接近他。在他死後，人們才驚訝地發現，萬玉原來是個沒有「龍」（男性生殖器）的人。[25]谷燕山與萬玉的例子，出自於兩部創作傾向藝術方法截然不同的作品，卻都既展示了文革特別「優待」生理缺陷者的現實圖景，也隱隱顯示在史無前例的「革命」與傳統悠久的男人「去勢」之間的某種更為複雜的象徵意味。[26]

女性主人公的「生理缺陷」通常是不會在文革小說中被重點描繪和刻意渲染的——除非這種女性生理缺陷帶有男性化的特徵，像鐵凝《玫瑰門》中的姑爸那樣：姑爸因為天生一隻特別大的下巴，新婚當夜嚇跑了進步黨身份的新郎。昏迷數日之後被送回娘家，自己改名為姑爸，「她又做姑又做爸，從聽覺上享受着普通女性所無法領略的聲譽和權利。為了與這稱謂的徹底相配，她開始尋找自己的外部特徵：黑油油的兩條大辮子剪掉了，餘下的部分仿照男性用一道偏分印兒分開；旗袍、長裙換成了西裝、馬褂；穿起平跟鞋並且邁起四方步，煙袋終日拿在手中。最令人迷惑不解的是，她那兩個可愛的帶領她進入豆蔻年華的不大不小的乳房不見了……」[27]然而，就是這麼一個「假男人」，後來也要被「革命」的紅衛兵「打回性別原型」並且「去勢」：抄家者剝光了姑爸的衣服，用鐵棍插入其兩腿之間……[28]

總之，無論哪一種性格缺點或生理缺陷（哪怕是假的生理缺陷），在「文革敘述」中都會成為主人公後來遭難的間接前因。所以，文革小說精心鋪墊（或者倒敘，或者意識流穿插）主人公落難前的「初始情景」，在某種意義上也是對文革災難起源的一種間接探究。

4. 災難之前，男主人公被認為「犯有過失」。

文革小說男主人公被認為「犯有過失」，既是指他人及社會輿論認為他有過失，也是指主人公自己也認為有過失——而在今日的敘述者角度看來，主人公其實並無過失。這些「過失」包括：

一，「罪惡」的家庭出身；

二，生活問題（婚前或婚外性行為）；

三，政治言論錯誤。

這些難前「過失」與上一節討論的「性格缺點」或「生理缺陷」在「文革敘述」中的功能有所不同。「性格缺點」或「生理缺陷」通常只是主人公落難的間接原因。如梁曉聲的鄰居盧叔被抓是因為醉酒糊塗誤將毛澤東石膏像放入垃圾車，而不是因為他酗酒本身；《血色黃昏》男主角打牧主算「革命行動」，只有打軍人才是「反革命」。但本節所列三類「過失」，卻都可以直接構成政治或道德罪名，因此可以成為主人公日後落難的直接原因。套用普羅普「功能項」，則接近於「7. 受害者上當並無意中幫助了敵人」[29]。一個有意味的區別是，「文革小說」中的受害者在災難來臨之前常常看不見他的「敵人」，所以上當而不自知。

「五十部小說」中，至少有十二部作品的主人公在陷入災難前已生活於「成份不好」、「家庭出身有問題」的陰影之中。[30] 這些「罪惡」的家庭出身包括「資產階級」（《流逝》中的歐陽瑞麗、《綠化樹》和《男人的一半是女人》中的章永璘）；地主（《奶奶的星星》中的「我」、《玫瑰門》中的三代女主人公、《大牆下的紅玉蘭》中的還鄉團長馬玉麟）；皇室貴族（《如意》中的格格）；國民黨將領（《晚霞消失的時候》中的南珊）；知識分子（《波動》中的蕭凌、《血色黃昏》中的男主角）以及一些無法歸類或作品中沒有明顯交代的「罪惡」出身（如《一個紅衛兵的自白》中主人公的父親參加過「一貫道」，《白色鳥》中男孩的外婆要被批鬥，罪名不詳）。

以上「家庭出身有問題」的主人公，其實有男有女，數量差不多各半。但「文革小說」在敍述男女主人公的錯誤出身時，態度有所不同。女主人公如果出身在「罪惡家庭」的陰影下（如奶奶、南珊、外婆、蕭凌、歐陽瑞麗），作品通常給予很明顯的同情，很明確地使讀者感覺到她們其實完全沒有過錯。不僅是出身事不由己，而且像奶奶、司猗紋等，在剝削階級家庭中也深受其害。而南珊的國民黨父親實際是一個對共產黨有貢獻的起義將領。但如果主人公是男性，當事人往往覺得這「罪惡出身」確實是某種「過錯」——或者如「右派」章永璘沉痛懺悔自己的罪惡家世，認真詛咒自己的資產階級血統；或者像梁曉聲、老鬼，在落難之前真心害怕自己參加一貫道的父親和創作大毒草《青春之歌》的母親；或者索性像從維熙那樣，描寫罪惡出身導致馬玉麟一生反共。所以，綜合起來看，同樣有「出身」的陰影，「文革小說」中的女主人公只是無辜受害，而男主人公則自認為確實有「錯」。

這個區別在「生活問題」與「政治錯誤」的層面更為明顯。不少作品中的男主人公在文革前就已犯「生活錯誤」，如《一個紅衛兵的自白》中的盧叔，因「亂搞男女關係未遂」而被開除公職；如《人啊，人！》中的何荊夫，反右時被人公開日記中的單相思文字；再如《芙蓉鎮》中文化館員秦書田的生活錯誤……同樣的情況在女主人公那裏就十分罕見。女主人公們的「道德問題」，是要遲一些，等到「運動」正式來臨時才會成為罪名（見「情節功能 10」）。但有意思的是，也許「文革故事」的敍述者和閱讀者，在八十年代仍然覺得在中國，「生活問題」終究是「問題」。所以大多數「生活問題」（「亂搞男女關係」）的細節都屬於反派角色，如《芙蓉鎮》中的李國香與王秋赦，《將軍吟》中的江部長與鄔秘書的老婆，《飛天》中的謝政委，《血色黃昏》中的團政治處李主任等（受害主人公如秦書田、胡玉音也要在一起偵察發現反派「亂搞男女關係」的合作過程中才發生「不正當關係」）。而政治思想方面的出軌言論，則幾乎是男主人公的「專利錯誤」，事後看來是「先見之明」。如章永璘的詩，何荊夫 1957 年批評黨委書記的大字報，又如《墓場與鮮花》與《血色黃昏》男主人公私下對江青的非議，《啊！》中吳仲義的「漏網右派言論」，等等。當然「文革敘述」越是渲染主人公當時如何為這些「過失」而真誠懺悔，也就越能顯示文革的真實歷史氣氛。

5. 男主人公在災難之前犯錯而不自知。

「犯錯而不自知」，指的是在災難之前，主人公不覺得自己有過錯，或者沒有充分意識過錯的嚴重性；而且當時社會上大多數人也不認為那是過錯。但在敘述者暗示和讀者看來，這是真正導致災難的過錯。《蝴蝶》中的幹部張思遠是個很有代表性的例子：張思遠在五十年代任市委書記時因忙於官僚事務而忽略了生病的女兒，最後因失去女兒而追悔莫及。這是當時就已經有所意識的錯失——但主人公並未及時意識這過失的嚴重性，沒有意識到失去女兒也意味着失去親情失去妻子的心，也沒有意識到自己所相信的「革命道德」正在如何與普通倫理價值觀構成危險的衝突。在另一些情況下，張思遠甚至並不覺察自己的過錯。為了在市委高位繼續革命，他沒有太多的猶豫就與被劃為右派的妻子海雲離了婚。這些過錯的後果與意義，通常是在後來主人公自己身陷大難眾叛親離時，才開始有所醒悟。類似於張思遠的過失，在《洗禮》（王輝凡）、《李順大造屋》（劉區長）、《記憶》（秦慕平）、《重逢》（朱春信）、《人啊，人！》（奚流）等其他作品也都反復出現 —— 統計結果顯示，在災難之前犯有這類自己當時並不覺察的過錯的「文革小說」的主人公，大部分是幹部身份，大部分是男性。

上述「情節功能 3 、 4 、 5」中所出現的三種不同形態的「過失」，在「文革小說」的敘事模式中有着不同的作用和意義。第一種情況，好鬥、神經過敏、酗酒等，其實是任何時代都可能有的普通人的性格、生理缺陷，與文革之起因並無關係。不過在後來的文革中，我們會看到主人公們如何因為這些一般的人性或生理缺點，而受到災難性的懲罰。所以這種過失，一般只是小說中的插曲或伏筆。一些有關生理缺陷的細節，要到災難來臨之後，才會見出其重要性。第二種情況，出身、血緣、冤獄等，都是五、六十年代中國內地的政治環境所造成，主人公本身並沒有多少責任。所以這些「過失」，其實已是災難之一部分，是災難之早期後果，證實着文革與文革前政治文化環境的外在連續性。所以這類「過失」必定是小說情節主線的一個環節，主人公若沒有這類「過失」，則整個故事將無法展開。但只有在第三種情況下，主人公的過錯是真有可能與「文革」的起因有關。《蝴蝶》中的「意識流敘述」看似紛亂駁雜時空倒錯，其實事件與事件之間的因果關係時間結構整理得十分清晰（甚至是過於清晰）：張思遠曾經太忙於革命而忽視了親情，導致女兒病故，文革中他所感受到的最沉重打擊便是他兒子冬冬也堅持「革命原則」向他造反；張思遠在 1957 年與其右派妻子劃清界線，後來他自己落難時也遭到了第二任妻子美蘭的拋棄。獲獎中篇《洗禮》中，也有着極其相似的情節設計與因果邏輯：老幹部王輝凡五十年代初參加土改工作時曾間接致人自殺，1959 年也推行「大躍進」政策加重民眾疾苦，所以在文革中他也遭人慘打，批鬥審查，九死一生；「大躍進」後王輝凡一面升官一面與妻子劉麗文離婚，文革中嬌美虛榮的第二任妻子賈漪也離開了他。看來，很多文革故事都想梳理出這樣一個邏輯線索：主人公（幹部、知識分子、男性）在災難之前怎麼對待別人（羣眾、親人、女性），在災難之中他就會受到程度升級很多倍的「同樣待遇」。所以第三種真正的過失，通常直接構成小說的情節主線並維繫小說的意義結構。文革敘述中的主人公如果念念不忘他在災難之前的某些政治過失、道德過錯，那麼其實他也是在懷疑檢討自己對後來出現的災難，究竟有沒有責任。換言之，問題的嚴重性在於，災難的起因，是否與受難者有關？

在反思文革災難前因後果的時候，七、八十年代的中國內地的文人作家與讀者大眾之間似乎有某種無形的協議：若要渲染、承受文革慘痛後果，可以找民間善良美女（的身體[31]）當第三人稱主角；若要探究文革災難的複雜前因，則多半是由幹部化的男性知識分子主人公作自我檢討。所以，所謂「文革敘述模式」在「災難前」階段的五個「情節功能」，通常會分別以兩種最基本的形態出現在不同的作品裏，進而影響作品的不同主題、不同傾向。比如替平民訴苦的《我應該怎麼辦》便以「情節功能 1」和「情節功能 2」，來突出女主人公在災難前生活幸福；而反思幾十年「黨史」的《蝴蝶》便需要「情節功能 5」（犯有過錯而不自知），來為男主角後來陷入災難尋找原因。有時，兩種不同形態也可能同時出現在一部小說裏，即使在這種情況下，不同的「情節功能」仍有着明顯的分工：例如《芙蓉鎮》，在主要災難事件（「四清」、「文革」）來臨之前，民眾身份的女性主角美貌善良幸福，知識分子男性主人公秦書田卻已有「過失」（不僅是「右派」帽子，而且「亂搞男女關係」）。

在後面的討論中我們將逐步證實，「初始情景」的兩種基本形態，即選擇「情節功能 1 、2」，或選擇「情節功能 3 、4 、5」來開始一部小說，對整個作品的主題結構會有決定性的影響。當然，從另一個角度看，前面所說的種種不同情況的「過失」與「缺憾」，在「文革故事」中也有着某種相同的敘事功能。那就是不管哪一種「過失」，絕大部分後來都會在災難之中或災難之後得到真正的認識和糾正；不管哪一種「缺憾」（生理因素除外），也都會在災難之中或災難之後得到某種彌補和改善。故事從不完美開始，並不等於這一定是個不完美的故事。雖然誰都知道，這不是一個關於「完美」的故事。

需要再次指出的是，情節模式中的「初始情景」並不必然等同於敘述層面上的小說開端。換言之，主人公的災難前狀態並不總是出現在小說的第一章。「故事次序和本文次序之間的差異 —— 吉哈德・熱奈特（Gerard Genette）稱之為錯時（anachronies）—— 主要有兩類，一類通稱為閃回（flashback）或回顧（retrospection），另一類通稱為伏筆（foreshadowing）或預設（anticipation）。」吉哈德・熱奈特在《修辭學》〔第 I 卷〕（Figures I. Paris: Seuil, 1966）中對有關「事序」與「敘述」的概念作過更細緻的辨析：「敘事話語由三個彼此不同的層次組成。在任何小說文學作品的研究方法中，這三個層次都必須得到承認。這三個層次就是故事（histoire），敘事本身（recit）以及敘事得以展示出來的敘述過程（narration）。……熱奈特在故事和敘事之間所作的區別與俄國形式主義者在故事和情節之間所作的區別相似。但這兩者之間也存在着不同之處。對於形式主義者來說，故事和情節都是抽象概念，它們僅僅是相同事件的兩種排列 —— 一種按照時間順序，另一種根據意圖。但對於熱奈特來說，僅僅故事是一個抽象概念，敘事是真實的。它就是出現在書頁上的詞語，我們讀者就從這些詞語中重新編織起故事和敘述。……『沒有敘事這一中間環節，故事和敘述就不可能存在。』」[32] 其實，熱奈特所謂的故事與敘事，正顯示出我們要討論的「敘事模式」所同時包含的邏輯意圖與情節功能排列兩個側面。在「文革小說」中也可以看到，離開「情節功能」的排列組合，一方面「故事」(人物命運變化及歷史發展)的邏輯無法體現，另一方面具體的話語、技巧也無從敘述。里蒙－肯南(Shlomith Rimmon-Kenan)仿效吉哈德・熱奈特，將這兩類故事次序與本文次序之間的差異，重新命名為回敘(analepsis)和預敘(prolepsis)。回敘是指在本文中講述了後發生的事件之後敘述一個故事事件；可以說，敘述又返回到故事中某一個過去的點上。與此相反，預敘是指在提及先發生的事件之前敘述一個故事事件；可以說，敘述提前進入了故事的未來。如果 a, b, c 三個事件在本文中是以 b, c, a 的次序出現，那麼事件 a 就是回敘的；如果在本文中是以 c, a, b 的次序出現，那麼事件 c 便是預敘的。」[33] 在情節(事件)順序與敘述(文字)次序之間，不同「文革故事」有着不同的複雜對應關係。僅就「初始情景」而言，種種對應關係歸根結底可以簡化為三種：一是「事序結構」與「敘述結構」基本同步，先寫主人公災難前(通常也就是文革前)生活幸福，然後災難來臨，然後難中獲救，災難過去，等等。《芙蓉鎮》《將軍吟》《我應該怎麼辦》都是很典型的例子。這類敘述最容易造成「還生活本來面目」的幻象。所以評論家雷達會稱讚《芙蓉鎮》「小說的故事像生活中發生的事一樣真實可信，仿佛作者只是把它們照生活本身的模樣移到了紙上，很難見到斧鑿的痕跡。……力求還歷史以本來面目，還人物以本來面目……」[34] 二是「敘述結構」超前「事序結構」一個階段，即小說開端時主人公已經身處災難之中，然後再「回述」災難前生活狀態及落難原因(b, c, a, d, e...)。但後來敘述次序與情節順序會漸漸同步(主人公難中獲救，脫離災難，……)。《洗禮》《綠化樹》等作品，都屬於這個類型。這類「文革敘述」，很接近於熱奈特和里蒙－肯南所說的「flashback」、 「retrospection」或者「analepsis」。第三種情況則是在小說開端時便出現災難已經過去的「預設」，然後再從頭開始（通常從文革前甚至五十年代開始）敘事。這種敘事方法，也許可以歸入「c, a, b...」的模式，但實際上充滿變數。有的在順時序敘事中偶然穿插「預設」（如《蝴蝶》《重逢》《一個紅衛兵的自白》《錯誤》），讀者一邊目睹可憐主人公落難的細節，一邊卻清晰洞察他以後的獲救與好運，這種事後觀照角度「就會使『接下去將發生甚麼事情？』這一問題所引起的懸念，被另一個懸念所取代，亦即圍繞着『這件事將怎樣發生？』的懸念。」[35] 如果說「接下去將發生甚麼事情？」有點偽制「現場直播」，那知道部分結果再分析「這件事將怎樣發生？」則給讀者一點「事後重播」的歷史感。另外也有一些「文革敘述」用文革後的故事極其頻繁地切割着「災難敘事」（《玫瑰門》《叔叔的故事》），或者將幾條線索共時態並置，互為「預設」與「回敘」（如《金牧場》）。在這第三種情況下，「事序結構」中的「初始情景」（「情節功能 1—5」）通常會以碎片形式散見於整部小說時空倒錯的敘事結構中。

---

1 Vladimir Propp, *Morphology of the Folktale*. p.19-20. 參考葉舒憲中文選譯，見葉舒憲編：《結構主義神話學》，西安：陝西師範大學出版社，1988 年，頁 5。葉譯中的「國度」與「國家」，在 Laurence Scott 的英譯本中均為 Kingdom。

2 Vladimir Propp, *Morphology of the Folktale*. p.20-21. 參考葉舒憲譯文（下同），《結構主義神話學》，頁 7。

3 普羅普在分析一百個俄國童話時，列出了 31 個功能項（見弗拉基米爾・雅可夫列維奇・普羅普：《故事形態學》，賈放譯、施用勤校，北京：中華書局，2006 年）：

1. 一位家庭成員離家外出。
2. 對主人公下一道禁令。
3. 打破禁令。
4. 對頭試圖刺探消息。

5. 對頭獲知其受害者的資訊。

6. 對頭企圖欺騙其受害者，以掌握他或他的財富。

7. 受害者上當並無意中幫助了敵人。

8. 對頭給一個家庭成員帶來危害或損失。

8a. 家庭成員之一缺少某種東西，他想得到某種東西。

9. 災難或缺失被告知，向主人公提出請求或發出命令，派遣他或允許他出發。

10. 尋找者應允或決定反抗。

11. 主人公離家。

12. 主人公經受考驗，遭到盤問，遭到攻擊等等，以此為他獲得魔法或相助者做鋪墊。

13. 主人公對未來贈與者的行動做出反應。

14. 寶物落入主人公的掌握之中。

15. 主人公轉移，他被送到或被引領到所尋之物的所在之地。

16. 主人公與對頭正面交鋒。

17. 給主人公做標記。

18. 對頭給打敗。

19. 最初的災難或缺失被消除。

20. 主人公歸來。

21. 主人公遭受追捕。

22. 主人公從追捕中獲救。

23. 主人公以讓人認不出的面貌回到家中或到達另一個國度。

24. 假冒主人公提出非分要求。

25. 給主人公出難題。

26. 難題被解答。

27. 主人公被認出。

28. 假冒主人公或對頭被揭露。

29. 主人公改頭換面。

30. 敵人受到懲罰。

31. 主人公成婚並加冕為王。

4 Frank Lentricchia & Thomas McLaughlin 編，張京媛等譯：《文學批評術語》(*Critical Terms for Literary Study*) 香港：牛津大學出版社，1994 年，頁 101。

5 弗拉基米爾・雅可夫列維奇・普羅普：《故事形態學》(賈放譯、施用勤校)，頁 17。

6 普羅普研究的基本角色有七個：1. 反角 (或譯對頭)；2. 施主 (「供養人」)；3. 幫手；4. 公主 (「一個被尋求的人」) 和她的父親；5. 派遣人；6. 英雄 (「尋求人或受害人」)；7. 假英雄。

7 Vladimir Propp, *Morphology of the Folktale.* p.19-20. 參考葉舒憲中文選譯，見葉舒憲編：《結構主義神話學》，頁 5。

8 同注 7，頁 5

9 同注 7，頁 23。

10 同注 7，頁 23。

11 茨維坦・托多羅夫 (Tzvetan Todorov)：《文學作品分析》，王泰來譯，載《敍事美學》，重慶出版社，1987 年，頁 23。

12 佛克馬 (Douwe Fokkema)、蟻布思 (Elrud Ibsch) 著，袁鶴翔、鄭樹森等合譯：《二十世紀文學理論》(Theories of Literature in the Twentieth Century) 香港：中文大學出版社，1985 年，頁 15–16。

13 同注 11。

14 同注 11，頁 56。

15 羅蘭・巴爾特 (Roland Barthes) 著，張裕禾譯：《敍事作品結構分析導論》，載《敍事美學》，頁 76–77。

16 Roland Barthes:「The Structural Activity」. Frank Lentricchia & Thomas McLaughlin 編，張京媛等譯：《文學批評術語》〔*Critical Terms for Literary Study*〕，香港：牛津大學出版社，1994 年，頁 46。

17 同注 14，頁 47。

18 古華：《芙蓉鎮》，北京：人民文學出版社，1981 年，頁 4。

19 張弦：《記憶》，《中國新文藝大系・短篇小說集 1976—1982》，北京：中國文聯出版公司，1986 年，上卷，頁 287。

20 劉克：《飛天》，轉載於《中國新寫實主義作品選》，香港：七十年代雜誌社，1981 年，頁 140。

21 梁曉聲：《一個紅衛兵的自白》，成都：四川文藝出版社，1988 年，頁 106。

22 在九十年代以後的一些作品中，如張煒的《古船》、莫言的《生死疲勞》，中國農村從五十年代初「土改」殺地主開始，就沒有安寧歲月。

23 見雷達：《一卷當代農村的社會風俗畫 —— 略論《芙蓉鎮》》，載《當代》(北京)，1981 年第 3 期 (5 月)，頁 204–208。

24 普羅普特別強調第 8 個功能項：「這個功能項極為重要，因為正是它推動故事展開」。弗拉基米爾・雅可夫列維奇・普羅普：《故事形態學》(賈放譯、施用勤校)，頁 28。

25 發現萬玉的屍體沒有陽物以後，全村人「無不驚訝萬分」，只有羅伯並不奇怪，「他還說，他早就聽人說了，萬玉十多年前在長樂街調戲一個大戶人家的婆娘，被當場捉拿。東家是長樂街上的一霸，又是偽政府的團防頭目，不管萬玉如何求饒，一刀割了他的龍根。」《馬橋辭典》，載《小說界》，1996 年第 2 期 (3 月)，頁 32–33。

26 在災難來臨之後，我們還會在「文革故事」中看到更多的男主人公「精」神能力被閹割的情節，如在《男人的一半是女人》中一度性無能的章永璘，如余華《一九八六年》中「自宮」的瘋子教師，等等。

27 鐵凝：《玫瑰門》(北京：作家出版社，1991)，頁 49。

28 《玫瑰門》，頁 157–58。

29 弗拉基米爾・雅可夫列維奇・普羅普：《故事形態學》(賈放譯、施用勤校)，頁 27。

30 一些在文革爆發後主人公因父母身份突變而受牽連的例子，並沒有包括在內。因為在諸如《傷痕》等作品中，「罪惡」出身與災難同步降臨，所以主人公在文革前並不算有「過失」。

31 在《芙蓉鎮》《記憶》《我應該怎麼辦》等小說中，正如前面的引文所顯示，作家描寫女主人公的容貌體態生活處境，多於關注她（們）的精神狀態心理苦悶。

32 見羅伯特・休斯著、劉豫譯：《文學結構主義》，頁 259–260。

33 里蒙–肯南（Shlomith Rimmon-Kenan）著，姚錦清等中譯：《敘事虛構作品》（*Narrative Fiction: Contemporary Poetics*），北京：生活・讀書・新知三聯書店，1989 年，頁 83。

34 甚麼是「本來面目」，雷達沒有細說。其實，在同一篇文章裏，雷達也注意到了《芙蓉鎮》敘述中的民間戲曲格式：「生旦淨丑，花臉黑頭已經具備，一出文打武唱的大戲開幕了。」見《一卷當代農村的社會風俗畫 —— 略論〈芙蓉鎮〉》，載《當代》，北京：1981 年第 3 期（5 月），頁 204–208。

35 里蒙–肯南（Shlomith Rimmon-Kenan）著，姚錦清等中譯：《敘事虛構作品》（*Narrative Fiction: Contemporary Poetics*），北京：生活・讀書・新知三聯書店，1989 年，頁 86。

第二章　災難降臨方式

6.「旁人奇怪的目光」。

八十年代中國內地有關「文革」的小說，都假定「文革」是一場「災難」(人們對「災難」沒有嚴格定義，理解詮釋其實很不一樣，卻使用大致統一的形容詞)。因此，「災難」如何降臨，是文革小說情節模式的核心。大部分我們所要討論的作品，都會詳細描寫社會災難如何具體化為個人災難，即主人公突然陷入某種生活、命運的負面轉折。而且這種陷入災難的過程通常被作為小說結構中的第一個高潮來處理。(另一個高潮是「在災難之中的考驗與拯救」，將在下一章裏詳述。)當然，在不同的「文革敍述」中，在不同的主人公身上，「災難」出現的形式是很不相同的，需要逐項梳理細細考察，以尋找其間的規律。

不少文革小說的主人公都會從某一個時刻開始，突然注意到周圍的人們正以懷疑、猜測、刺探、警惕及害怕的目光注視自己。用《黃泥街》中反復出現的意象來概括，就是「人人臉上晃着鬼魅的影子，陰陰沉沉，躲躲閃閃，口裏假裝講些不相干的事，心裏懷鬼胎」[1]。馮驥才的《啊！》，對主人公這種帶有被迫害狂傾向的主觀視角，有相當誇張卻又相當寫實的描繪。在文革初大抓階級鬥爭的緊張氣氛下，某研究所業務骨幹吳仲義不慎遺失了一封自己寫給哥哥的掛號信，信件內容涉及五七年他在某讀書會上的一些當時無錯今日卻有罪的言論。吳仲義懷疑信件已被造反派領導掌握，所以第二天他覺得同事們都在猜疑、提防地看着他。周圍的人的「奇怪的目光」使得他神經緊張、手足無措、無端端地說錯話做錯事，無端地發抖出汗。結果是吳仲義的反常神態，反而引起了其他同事的狐疑驚恐，有人甚至不得不為了保衛自己的秘密（如趙昌某日曾向吳酒後吐真言），而先來加害吳。這時，人與人之間的關係轉變，不僅是災難之徵兆，同時也直接構成了災難本身。最後，在吳仲義被迫自首、遭受懲罰後來又獲寬大處理以後，他才發現原來信件並未遺失而只是被水偶然粘在自己的臉盆底下。雖然這個莫泊桑（Guy de Maupassant）《項鏈》式的情節結構有些過於戲劇性，但馮驥才所提供的有關「同事關係圖」的細節，放在全部「文革敍述」中看，仍然驚心動魂。

同事、同學間關係的突然轉化，是需要一些特殊條件的。本來，在任何體制之下，同事、同學之間都可能出現某種競爭的關係。人們憑着能力、學位、學習或工作表現以及與上下級之關係，來爭奪職位、榮譽、利益等等。即使是在六十年代前期的中國內地，黨員身份、家庭出身、政治表現、領導關係等因素已經變得比學習成績、業務才能、個人操守更為重要，但同學同事間的關係，依照《墓場與鮮花》等作品的描寫，依然還有「牌理」可循。張承志後來在回憶清華附中最早的紅衛兵活動時，也談及當時非幹部子弟對學校中的一些競爭規則不滿。而這種不滿很快就聯繫到階級、路線之爭。[2]《啊！》《人啊，人！》《血色黃昏》等小說所提供的全新的文革同事同學同志關係圖，「新」就「新」在兩點上：

一是標準變了。政治、道德標準上的是非對錯與法律意義上的有罪或無辜相混淆，因此，出現了「錯誤 = 壞人 = 犯罪」（小到吳仲義之例：私人信件言論或有不當＝嚴重政治錯誤＝現行反革命罪；大到劉少奇案：派工作組不當＝走資本主義道路，用心何其毒也＝叛徒內奸工賊，死因不明火葬匿名）。而且審判沒有時間約束力，可依今日之「是」去追究昨日之「錯」。

二是手法變了，可以舉報、匯報思想等方式處理思想政治及道德問題，導致人與人之間的關係也需要迅速調整。轉換太快且過於頻繁，一時間社會競爭失卻了「牌理」（舉報的後遺症延續很久）。於是，很多文革故事的主人公，也都像吳仲義和《黃泥街》中的「我」一樣，首先從旁人奇怪的目光裏，看出自己所要面臨的災難。

「旁人奇怪的目光」令人害怕，因為對主人公來說，「旁人」是「多數」。「少數服從多數」本來只是現代民主選舉或表決的一個程式規律，一旦某決議某法案在「少數服從多數」規則下已經決定，在執行這個決議法案時，少數和多數應是平等的，少數也要執行自己反對過的決議或法案，多數也不能在表決之後法案之外壓迫少數。換言之，除了程式的意義以外，公民之間，「同志」之間，「多數」並不永遠擁有政治乃至道德的優勢，「少數」並不應該是一個天然的「罪名」。但在長期的階級教育意識形態中，「敵人」（失敗者）被標記為「少數」，反過來，「少數」有時也就自然與「失敗者」、「敵人」等同。將「少數」作為天然的負面貶義詞，不僅出現在文化人革命的政治實踐中，而且也存在於文革後創作的「文革小說」中，甚至也保留在二十一世紀的官方語言中。它們的共通點是：成為「少數」本身就是一種罪名。區別只在於，文革用語較粗暴：「一小撮」、「極少數」……今天是「少數人」、「個別人」……而在「文革小說」中，則常常呈現個人如與「多數」對立即為犯罪的場面。當然這「呈現」，有時是批判性地再現歷史事實，有時也有無意識地習慣性地崇拜「多數」（例如我們以後要討論的「工農」、「羣眾」在批判文革的文學中仍有不言自明的道德優勢）。百分之九十五的羣眾總是好的——這不僅是當時的「最高指示」，而且也符合文革後的某些讀者的心理需求。我注意到，在很多文革小說裏，凡有名有姓的羣眾（旁觀者），常常會幫助受害主人公，體現工農大眾的正義感和同情心。而處於無名狀態的「多數」的旁觀者，卻是既盲目又好事（《叔叔的故事》），有時多嘴、猜疑（《玫瑰門》），有時默不作聲（《芙蓉鎮》），常常是麻木不仁的看客（《一九八六年》），見同學落難也不相救（血色黃昏》），甚至在殘雪的筆下，鬼鬼祟祟的羣眾看客索性成了蒼蠅老鼠（《黃泥街》）。文革小說中這種在政治倫理層面上崇拜「多數」（多數人，怎麼可能不好？），在文學藝術層面又批判看客的不無矛盾的敍述態度，可以說是毛澤東文體邏輯與魯迅精神傳統的某種糾結混合。梁曉聲在《一個紅衛兵的自白》裏，曾描述過個人如何混在「多數」中間又驚慌不安的感受。當時他隱瞞自己的成份以求留在紅衛兵的這個「多數集團」中，內心卻又極其害怕會看到「旁人奇怪的目光」。他想像如果「你正在摩肩接踵的馬路上走着，或者你正在許多人中間看大字報，猛然聽到有人高喝你的名字」，當然伴隨着某種莫須有的懷疑指控，於是：

> ……彷彿你是十二萬伏的高壓電，你周圍的一切人，唰地一齊四散開去，先是對你避之唯恐不及，將你一個人孤零零地暴露在光天化日之下，繼而漸漸形成一個包圍圈，一束束目光投射在你身上……[3]

最值得注意的是「唰地一齊四散開去」這幾個字。九十年代我在台灣開會，聽張賢亮談起他五十年代讀中學被開除的一段往事，講到他在操場上被點名時其他同學的瞬間反應，用的也是「唰地一齊四散開去……」這幾個字。說明「多數人」在一霎那間離你而去的場景，常常會在受難者們的文革記憶中留下極深刻的，甚至畢生難忘的印象。

7. 大字報上出現主人公的名字。

「你正在許多人中間看大字報，……」這是一個既安全又危險的最典型的文革場景。「在許多人中間」，周圍的人們還沒有「四散開去」，說明主人公至少暫時，還是「多數」的一份子。但主人公又正在「看大字報」，而大字報當時正是使很多人從「多數」變為「少數」的最常見方式。大字報白紙黑字，不像同事同學間的猜疑目光那麼曖昧，可能混含着誤解或殺機；卻也不同於我們下面要討論的「會議」那麼正式，必須動用權力借助體制。大字報也不同於「實名舉報」，被批判的是實名，署名卻可能是「東風戰鬥隊」之類。作為文革故事中的常見道具，大字報這個細節基本上有兩種敍述功能。一是主要用來營造一種背景和氣氛，比如在《如意》中，「我」這樣記述「一九六六年的炎夏」：

> 記得那天早上洗臉的時候，同宿舍的帥老師還跟我互相撩水逗樂。帥老師名叫帥談，但同事都管他叫「蒜苔」。我們頭兩天下午都聽到了關於「第一張馬列主義大字報」的廣播。震驚、疑惑、好奇，然而並未感到同我們自身有甚麼關聯。當我們走出宿舍，往教學樓走去時，看見了我們學校的第一份大字報。那份大字報背面的漿糊還濕漉漉的，順紙邊冒熱氣兒，題目叫作「黨支部休想蒙混過關！」。許多教師和同學圍着看，個個表情都非常緊張、複雜，但古怪的是並無喧嘩、爭議之聲。上課鈴響，頭一堂課前半

截還比較正常，後半截就不行了，先是從操場上傳來了陣陣喊叫聲，接着就有首批造反學生衝進每個教室，號召大家到操場去集會。我當時完全被搞懵了。衝進來的造反學生臉上肌肉跳動着，一腔熱血似乎已經超出沸點之上，他非常真誠地發出呼籲，眼裏甚至閃着晶瑩的淚光。他當時喊出的話語我已經記不清了，大意是黨內出了修正主義，你們怎能還溫良恭儉地坐在平靜的教室裏，而不衝出去「橫掃一切牛鬼蛇神」？兩分鐘以後，我們班的教室裏就只剩下幾個膽小的學生和我自己。而目瞪口呆的我，沒過幾分鐘，也身不由己地走到了操場。操場上一片混亂……以後的兩三天裏，像我這樣缺乏運動經驗的庸人，簡直不知道該怎麼辦。學校裏的大字報越來越多，最後連操場廁所的牆上也貼得不剩空隙。大字報涉及的人和事也越來越廣泛。終於，一份長達十七張的專門為我寫的大字報出現了，總標題呼籲着「揭開」我的「畫皮」，小標題也很尖鋭，諸如「宣揚封資修黑貨」，「教唆學生走白專道路」，「惡毒攻擊京劇改革」……我平生頭一回看見針對自己的大字報，那滋味難以形容，只覺得我整個完了。活在這個世界上是太難，太冤，也太沒意思了。令我驚異的，是其中有的「黑話」，似乎除了「蒜苔」別人不可能知道。[4]

這是一段比較完整地既介紹大字報功能又複製文革初氣氛的文字，所以不惜篇幅，抄錄下來。但放在《如意》中看，因為敍述者「我」並非小說真正的主人公，而是一個比較接近作者觀點的清醒旁觀的中學教師，所以他所描繪的大字報風景，主要是為小說設置一個背景。這些大字報於小說真正的主人公石大爺與格格的命運，並無直接影響。

在另外一些情況下，大字報完全可能成為小說結構的轉捩點。比如《墓場與鮮花》，這篇一共十節的小說裏，前三節都在描寫主人公陳堅與朱少琳在大學裏的生活：讀書、排戲、戀愛及不敢戀愛。第四節陳堅被分配到某省大學，第五節文革爆發，陳堅在同事好友李興的推薦下參加某派羣眾組織，他一直能夠身處動亂之中而避開災難，直到第七節該派開始失勢：

> 校內形勢發生了急遽的變化……李興精神委頓、容顏憔悴，每天像熱鍋上的螞蟻一樣，坐立不安，茶飯無心……陳堅對李興非常關心、同情。他每天都勸慰他。這天晚上又勸慰了許久……第二天早晨，他提上暖壺去打開水。走到大樓前，見一大堆人在擠着看一張新貼出的大字報。他也擠了進去，一看，他幾乎不相信自己的眼睛，大字報的大字標題是：
>
> 陳堅攻擊、誣衊、咒罵我們
> 最、最、最敬愛的江青同志
> 罪該萬死
>
> 下面署名是李興。有一羣人正在南面牆上刷大標語，是對立派的，他一看其中有李興，一手提着漿糊桶，一手握着笤帚，顛着屁股，以異常快的速度往牆上貼白紙……他覺得熱血上湧，周身顫抖……[5]

隨着大字報而降臨的，便是名副其實的災難：「陳堅經過三個多月的批鬥，被定為現行反革命分子，押送到遠離學校的一個農場去監督勞動。」《墓場與鮮花》的作者，標準地貫徹了普羅普「功能項9」：「災難或缺失被告知，向主人公提出請求或發出命令，派遣他或允許他出發」。[6]

以上所引的兩段詳細描述主人公看大字報的文字，可以代表「文革敍述」中的兩類大字報細節。這些大字報細節的功能很不相同，或渲染氣氛背景，或構成情節轉折，但在描寫效果上卻不乏相似之處：第一，這些大字報的出現都具有某種「突然性」，即完全出乎主人公的意外。第二，絕大多數在「文革小說」出現中的大字報，在讀者看來幾乎都是攻擊誣陷揭發批判小說的正面人物。也就是說，大字報在「文革敍述」中主要是對主人公產生負面作用的道具。[7]第三，被點名的實名、署名的戰鬥隊實際是匿名。第四，我也注意到有關大字報的描寫常常伴隨着「漿糊」的意象：「大字報背面的漿糊還濕漉漉的」(《如意》)；「李興一手提着漿糊桶」(《墓場與鮮花》)；再如《蝴蝶》中「紅衛兵把大字報貼到了他的背上，順手把一桶熱漿糊順着脖領子給他灌進去了。」[8]當然，寫實層面上，貼大字報是需要漿糊。但描寫汽車行駛並不一定要涉及汽油。熱的、濕漉漉的、黏乎乎的、廉價的、既類似糧食又可能破壞衛生的、混合混亂混淆混雜的意象，隨着災難粘在文字上而反復在文革敍述中出現，是否純屬偶然？[9]第五，有些大字報除了革命造反之外，還具有一些類似大眾傳媒、八卦雜誌或性啟蒙讀物之類的功能。比如在《一個紅衛兵的自白》中，主人公便特別喜歡看省作協與省歌劇舞劇院宿舍樓前的大字報，「作家某某流氓成性，女演員某某原來是個『大破鞋』，女歌唱家某某和甚麼甚麼人物通姦……我每次經過大黃樓前，總是要站住看那些字報。十七歲的我，對男女間事朦朦朧朧，似悟非悟，感到既神秘又羞怯，潛意識中蠢蠢然心嚮往之。那些男女間事因為不是寫在小說裏而是寫在大字報上，那些男人女人因為不是小說中人物而是居住在大黃樓中的人物（並且只要我樂意，在他或她出入樓時，可以肆無忌憚地喝住他或她，往他或她臉上啐唾沫），使我心理上乃至生理上的衝動，獲得間接的滿足。我常看得臉熱心慌。……」[10] 第六，在有些小說（如《棋王》）裏，大字報還可以論斤稱兩成為下層百姓（王一生、撿爛紙老頭）的謀生工具 [11] 。原本具有記載符號（文字）功能的大字報，最終在文革故事中成了反文化的符號象徵，不僅成為垃圾，而且還反諷地具有幫助人填飽肚子的物質功能。

8. 朋友同事的背叛。

在《如意》和《墓場與鮮花》中，主人公看到大字報而驚訝惶惑，不僅因為大字報上有自己的名字和「罪行」，而且也因為這些誣陷揭發的大字報，均出自於同主人公關係密切的同事之手。《如意》中的敘事者「我」，甚至將室友同事的背叛以及人與人之間關係的突然變化，看得比已威脅到主人公個人安危的政治形勢更為嚴重因而更加痛心。《墓場與鮮花》也花了很多篇幅敘述李興與陳平之間的良好同事關係，一起參加造反派的戰鬥經歷及個人之間的友誼等，來為「背叛」這一瞬間製造意外效果。其他很多作品，也都將來自同事同學和朋友的背叛，作為災難降臨的一種方式來敘述。但是，種種不同的有關「背叛」的細節，從不同的角度去處理，可能影響整個作品的意義結構。

如果只從主人公的角度去敘述其被別人背叛後的氣憤失望感受，這時背叛便是醜行劣跡，乃小人壞人所為。在《如意》和《墓場與鮮花》中，讀者是看不到大字報張貼者帥談和李興的主觀感受的。這也就是說，「背叛者」沒有機會為他們自己的行為辯護。韋君宜《洗禮》和金河《重逢》是兩篇傾向很不相同的文革小說：前者着力描寫老幹部如何在動亂中飽受造反派的迫害，而後者卻有意替造反派鳴冤並試圖追究老幹部在文革中的某些責任。然而在處理「背叛」細節時，兩篇小說態度手法完全一致：都描寫渲染幹部身份的主人公在文革初如何被他所信任的秘書助手所拋棄。《洗禮》中王輝凡在運動初期下台落難時，造反派頭頭陳射洪便是他原先的秘書親信。《重逢》中市委辦公室副主任林鳳翔過去一直努力追隨奉承市委書記朱春信，但在武鬥的關鍵時刻，林鳳翔卻扔下危難之中的書記，自己鑽廁所脫逃。在莫應豐的長篇《將軍吟》中，空四兵團彭司令陳政委，也各自擁有一個秘書，鄔秘書出賣陷害司令，徐秘書引導政委投靠林彪，不同手段，一樣卑鄙。可以說大部分「文革小說」中的「背叛」細節，都屬於這一類型：即主人公因為遭到背信棄義的「小人」（尤其是秘書）的出賣而陷入災難。雖然「秘書幫」在文革後中國的政治文化環境乃至商業市場中地位上升，但在同一時期的文學創作（乃至民間輿論）中名譽下降。

但如果敘事角度不只局限於「受害者」，而且也讓「背叛者」有申訴發言權利的話，我們就會看到另一種「背叛」細節。這時，「背叛者」有「背叛者」的處境和理由，他們並不一定是負面角色。如馮驥才的《啊！》中，趙昌出賣和陷害主人公吳仲義，原因是他有一次曾在吳面前酒後吐真言，他害怕吳會出賣他（其實吳也喝醉酒，甚麼「真言」也不記得。誤會的細節，更加反襯殘酷人際鬥爭的荒誕性）。而吳仲義在被人出賣陷害之際，也由於驚慌失措而出賣了自己的兄長。於是，這裏的同事同學之間的連環「背叛」，就不僅是道德、信義的問題，而且也是環境與人性弱點之探究了。又如《芙蓉鎮》支書黎滿庚出賣青梅竹馬舊戀人，也有老婆吵鬧和組織原則兩重理由。

「背叛」的這個情結，在先鋒派文學解讀文革的時候，變得越來越複雜也越來越重要（「舉報」後來成為敏感詞，也與「十年」中的政治道德遺產有關）。在馬原的《錯誤》中，知青苦難生活只是災難背景，真正作為情節中心的災難事件是主人公「我」被打傷致殘。災難的起因建立在「背叛」與想像中的「對背叛的懲罰」：小說一開始，主人公「我」因遺失心愛的軍帽，與同他「最鐵」的知青趙老屁一起搜查盤問同宿舍另外十四個知青，並立言搜不到軍帽便受懲罰；這種搜查當然是基於對室友同學的懷疑與不信任。或者也可以說這種帶侮辱性的搜查是對假設中的室友同學的背叛的一種懲罰。但搜查無結果，知青黑棗便依約鍬擊「我」的左腿，以懲罰「我」對眾人的懷疑和侮辱（即懲罰「我」對友情的背叛）。稍後另一知青二狗撿回一嬰兒並以軍帽包裹，主人公「我」不問情由便將二狗踢傷以懲罰其偷竊與背叛。因為軍帽確實在室友手上，黑棗便覺得先前錯打了主人公，因此自傷左腿以示「兩清」，還「燦爛地一笑」。直到數年後二狗臨死前主人公才知道，原來當初軍帽是自己遺忘在摔跤場上，然後在最鐵的好友趙老屁手裏。（趙見事態嚴重於鬥毆開始前已一走了之，但託二狗交還軍帽。軍帽可能是撿到的，也可能是趙有意佔有，永遠是個謎。）馬原的小說向來佈滿敘述圈套，由軍帽而引發的這一連串知青間的猜疑、背叛、鬥毆、傷殘，不僅在寫實層面上紀錄了特定時代中這一代青年人的狂熱幼稚天真荒唐，也在象徵的符號層面上（軍帽：革命與暴力）檢討了文革錯誤中「錯」與「誤」之間的複雜關係。三次暴力行動，雖然根源於背叛與誤會，卻也都依據某種信義原則。尤其黑棗的自傷與二狗之含冤不吐。所以，在馬原以及其他實驗小說家筆下，好友背叛的細節不再只是道德譴責的工具，而是一個與信義、誤會、過錯糾纏在一起的具有道德反省功能的情節功能。

另一不在本書的討論範圍內的例子 —— 李碧華的《霸王別姬》，尤其是在陳凱歌電影後的修訂版，張豐毅、張國榮和鞏俐三人在燒古裝道具火堆前的同性異性翻臉的高潮戲，則是「文革敘事」詮釋「背叛」主題的最佳樣板。不過這種同事背叛，更多與第 14 項家人背叛有關。

9. 主人公參加會議。

「文革小說」中主人公陷入災難的最常見形式便是參加某個會議。五十篇小說中至少有一半以上的作品，都將某種形式的會議，作為影響主人公命運，同時也決定情節發展方向的重要環節來敘述。「文化大革命」與歷史上其他革命運動之最大不同，僅從文字的理解，便是「文化方式的革命」(或是「對文化的革命」)。革命的本質當然是暴力的。因此最「文化」的暴力形式便是文革中的種種批判會和批鬥會。這些會議之最大特點，是混合了公眾集會、行政會議、刑事偵察和法律審判四種不同的會場功能於一體。「文革小說」中種種有關會議的文字，都描述了大多數與會者的一種恐慌：他(她)走進會場時，並不知道今日此刻是在出席一個公眾集會(表明政治態度)呢？還是參加一個行政會議(介入權力運作過程)？或許，這是一次審查自己是否犯錯是否有罪的盤問聆訊(坦白從寬，抗拒從嚴)？也可能，這已是宣判罪名進行體罰甚至可能致殘致死的時候了(只准老老實實，不准亂說亂動！罪該萬死，死有餘辜……)。大多數(甚至每個)與會者，永遠都不知道自己究竟是以哪一種身份參加會議，是羣眾？領導？嫌疑犯(被審查者)？或罪人？一切都可能在一次會議上改變。比如《芙蓉鎮》第二章第八節，詳細描述了一次小鎮羣眾大會的全過程。會議由縣委工作組組長李國香主持，本地無產者王秋赦及一些民兵協助。對李國香與王秋赦來說，這是一次使她(他)們權力擴大地位上升的政治宣傳會議。對於「本鎮原先幾個頭面人物，糧站站長谷燕山、大隊支書黎滿庚、稅務所所長等等」來說，這是一次受警告、遭懷疑而且權力被削弱的行政會議。他們被旁敲側擊地指責為扶助豆腐攤販搞資本主義並包庇右派書生秦書田。而對於芙蓉姐子胡玉香來說，這顯然是一次不點名的批判會，她已難逃「搞私有制破壞社會主義風光」的嫌疑。但她形式上仍坐在羣眾席中（雖然如坐針氈）。最後，對於秦書田來說，這是又一次批鬥與體罰。形式上，他是整個批鬥會中的主角，站在戲台中央飽受凌辱虐待。但實際上，他只是李國香等人指控谷燕山、黎滿庚時所用的「罪證」。這也就是為甚麼作者將此段文字題為「雞與猴」。

古華「雞與猴」的象徵其實仍然沒有道盡「文化大革命」的特殊遊戲規則。有時主持會議與參與會議者或以為殺了雞猴學乖便無事了，不知道殺雞只為方便下一步殺猴。會議只是先讓猴為了自救而殺雞。甚至最重要的會議操控者可以不必到會。比起歷史現場的複雜，事後的文學故事實在顯得天真。

在《芙蓉鎮》裏，除了李國香王秋赦暫時自以為是贏家外，會議對其他三類與會者來說都是災難「被告知」的標誌：谷燕山黎滿庚（黨內老功臣，經濟派）被無形地削了權，芙蓉姐（勤奮的民眾）成了被懷疑、審查的對象，秦書田（知識分子）的罪名也從生活問題（壞分子）升級為政治問題（右派）。從這次會議以後，他們都難逃災禍，各自有各自的厄運。

然而，儘管都是會議中的受難者，在會上受到懷疑、盤問、審查乃至警告，與在會上被批判鬥爭被宣判罪名乃至受到體罰，還是兩個不同的階段。前者使主人公看到旁人態度的集體性轉變；後者主人公已正式從「多數」（95%），轉為「少數」（5%）。[12] 所以上述羣眾大會，對谷燕山黎滿庚與芙蓉姐來說，雖受間接批判但仍是形式上的與會者。對秦書田來說，自己只是會議上的靶子和道具。換言之，批判會常使主人公開始由「官」變成「民」，由「民」變成「敵」。而在批鬥會中主人公身份（罪名）已定，只是接受懲罰。在有些「文革小說」中，批判與批鬥同時出現，如《蝴蝶》《洗禮》《人啊，人！》等，由「官」變「民」，由「民」變「敵」以及掛牌遊鬥，幾乎是同一瞬間發生的事（至少在主人公的心理感受上是如此）。但也有些「文革小說」，會詳述主人公被懷疑，遭警告，受盤問的漫長過程，如《啊！》《血色黃昏》。這兩類會議描寫之間的區別很重要：前一類作品較關心法律形式後面的政治權力爭奪的實質，而後一類作品注意主人公在成為政治鬥爭道具（犧牲品）時所必須面對的法律及道德審訊程式。前一類作品的作者王蒙、韋君宜、戴厚英較關心會議情節（政治鬥爭）中的勝負；後一類作品的作者馮驥才、老鬼似乎更注意會議情節（政治遊戲）中的規則。

另一個在我看來頗值得注意的現象是，若「文革故事」以農村鄉鎮為背景且作家採用較寫實的手法，則批判會的場景與氣氛多和戲劇舞台有關。「文革故事」發生在都會城市裏，作家通常不會平鋪直述批判會的全過程，而是將批判會中的細節氣氛切割重組成某種場景片段，在主人公腦海及以後的生活中反復閃現。

《芙蓉鎮》寫的是鄉鎮風景，上述「殺雞儆猴」的羣眾大會便是在「墟場戲台前的土坪裏舉行。那盞得了哮喘病似的煤氣燈修好了，掛在戲台中間，把台上台下照得雪白通亮，也照得人們的臉塊都有些蒼白……本鎮原先的幾個頭面人物都沒有坐上戲台……都是自己拿了矮凳子或是找了塊磚頭墊張報紙坐在戲台下邊……在台上坐着的只有工作組組長李國香和她手下的兩個組員。」[13] 鄉鎮開會借用戲台，可以說是寫實之筆。但「台上台下」的象徵意義，不僅能使人聯想到具體的權力爭奪，同時也隱隱點出整個芙蓉鎮故事猶如一齣戲。而且鄉鎮的戲台，亦是歷代政治及倫理秩序的「示範」場所。《將軍吟》第八章，描寫軍內造反派在一次大會上初試鋒芒，也是過程詳盡，細節具體。《在沒有航標的河流上》，也有一場羣眾批判大會的全過程紀錄。批判會是在樣板戲《龍江頌》演出之前召開的，會址當然也是戲台上下。戲演完後，大會又繼續進行，由幹部繼續演講，民兵則維持秩序，不許羣眾離開……

相比之下，在《我是誰》《蝴蝶》《人啊，人！》所出現的城市背景的批判會，則都沒有完整的會議過程和細節，也不會詳細描寫會場禮堂的佈置背景。宗濮在《我是誰》中這樣記錄主人公所參加的批鬥會：「昨天，韋彌和孟文起同在校一級遊鬥大會上慘遭批鬥。在轟轟烈烈的革命口號聲中，他們這一羣批鬥對象都被剃成了陰陽頭，呵！那恥辱的標記！這一羣禿着半個腦袋的人，被驅趕着，鞭打着，在學校的四個遊鬥點，任人侮辱毒打，詳情又何必細說！」是啊，詳情又何必細說。所以，在王蒙《蝴蝶》裏，我們看不到張思遠被揪鬥的細節過程，這裏有的只是受難者的抽象零亂的記憶：

> 事後他經常回憶，這一天是怎麼到來的。……他仍然覺得突然，覺得不可思議。覺得是另一個張思遠被揪了出來，被辱罵，被啐唾沫，被説成是走資派，叛徒，三反分子……一個彎腰縮頸，低頭認罪，未老先衰，面目可憎的張思遠，一個任由別人辱罵，毆打，誣陷，折磨卻不能還手，不能暢快地呼吸的張思遠，一個沒有人同情，不能休息和回家（現在他多麼想回家歇歇啊！），不能洗髮和洗澡，不能穿料子服裝，不能吸兩毛錢以上一包的香煙的罪犯、賤民張思遠，一個被人民所拋棄，一個被社會所拋棄的喪家之犬……[14]

而在戴厚英的《人啊，人！》中，作家雖然沒有描寫文革初導致孫悅落難的那次批鬥會的詳情，但批鬥會上的某個畫面（黨委書記奚流被鬥時孫悅被掛牌子陪鬥）卻在不同敘事者的不同文革記憶中多次反復閃現，仿佛是一個永遠揮之不去的時空定格。所以，與在鄉鎮戲上召開的批判會改變主人公的命運一樣，轉化為瞬間心理印象的會議場景有時也足以影響主人公的一生。

10. 女主人公的身體受到關注。

為甚麼「掛牌批鬥」的記憶，會使《人啊，人！》中的女主人公如此刻骨銘心呢？除卻那次批鬥是孫悅受領導奚流牽連而陷入災難以外，牌子上特別的內容更使女主人公永難擺脫那一刻的羞辱：

> 「我立刻記憶起了當年的一個場面，瘦得幾乎要倒下來的奚流，彎腰站在台上捱鬥，正在發言的是系裏造反派教師許恒忠。我和陳玉立都掛着『奚流姘頭』的牌子陪鬥，我們的旁邊站着奚流的病弱的老伴……」陳玉立在後來成了重新掌權的奚流的太太，可是在那次批鬥大會上，她當場「嚇得癱在地上——爆炸了一枚重磅炸彈：許恒忠當眾唸了奚流寫的情書。聽不下去！我的頭要炸了！我覺得似乎自己也被奚流變成了一條狗，完全喪失了人格。要不是奚流當眾承認信是他寫的，我一定會認為這是揑造。我印象中的奚流是一個艱苦樸素、品德高尚的長者。他有一副正經的面孔，走路的姿態都正直得沒有一點彎曲。他不止一次地批評我：『小孫啊，要好好改造世界觀。……』本來我相信總有一天，人同天上的風雨會洗去我滿身的污水，可是這一天後，我覺得失去了

信心，污水裏有油。這次批判會後，陳玉立的丈夫與她離了婚。奚流的老伴去世了，也真是家破人亡啊……」[15]

以上是孫悅自己的回憶。同一個場面後來又在男主角何荊夫的記憶裏展開：「『奚流的姘頭孫悅』—— 一塊寫着這樣字樣的木牌首先映入我的視線，我幾乎要窒息了。她的辮子已被剪掉，頭髮蓬亂，面色泛黃，沉重的木牌壓彎了她腰……」[16] 而當初的批鬥者許恒忠，文革後又來向孫悅求愛，也還要重提舊事：「不管你怎麼說，我還是覺得對不起你。特別是那一次批判會上，我也叫你『奚流的……』但我心裏根本不相信的啊！」孫悅當即激動地制止了許的「懺悔」。而孫悅的女兒孫憾卻在一邊猜疑：「姓許的把媽叫做『奚流的甚麼』呢？」[17]《人啊，人！》整個長篇都由不同人物的第一人稱自白所交織組成。托多羅夫將這種十八世紀英國小說家常用的手法稱之為「重複性敘事」，即「多種話語提及同一件事」。其好處是「幾個不同的人物對同一事實作補充敘述（這可產生一種『立體』幻象）；一個或數個人物相互矛盾的敘事，使人對事實或一個具體事件的確切內涵產生懷疑。」[18] 但同一個女主角與領導關係受質疑的事件，在《人啊，人！》的不同「回敘」中，卻基本上是相同的，至多只是不同側面的細節補充。讀者看不到奚流、陳玉立對此事有沒有不同的記憶。於是，「立體幻象」也沒有建立。小說雖然描寫了文革之後恩怨是非糾纏不清，但每個人物都從不同角度來證明女主人公的道德清白，「重複性敘事」所可能呈現的「眾聲喧嘩」的效果，就被壓抑了。難怪王德威會感慨戴厚英「不自覺的支持了她企圖打破的理論架構」[19]。雖有多重角度，卻發不出多重的聲音。

女主角的身體受到關注，關鍵是「性生活」常與領導有關（多年後反腐鬥爭中，也是領導情婦細節在電視在網絡最引人關注）。女主人公與上司的「關係」，在「文革小說」中被大做文章，並非個別的例子。《芙蓉鎮》中胡玉音與鄉長兼總支書記黎滿庚原有一段不成功的戀愛（芙蓉女出身不好，黎最後聽從了「組織」上的意見）。運動來臨時也是在批判會上，黎被不點名地批評包庇芙蓉女豆腐攤搞資本主義致富。以後黎妻「五爪辣」又懷疑黎胡有染，大吵大鬧。這個有關女主人公與領導關係的情節，既傷害了女主角（芙蓉女成為黎滿庚被奪權的過程中的犧牲品），亦傷害了幹部（胡玉音出身不好又擺攤發財連累了支書「乾哥」）。

「文革敘述」中種種女主角在落難之初涉嫌與領導「有染」的細節，放在不同的上下文中顯然可以獲得不同的意義：《人啊，人！》以女主人公之純潔無辜反襯老幹部之腐化虛偽；《芙蓉鎮》以女主人公的可憐無助及幹部之清白軟弱來反襯運動中形勢與人心之險惡。這些都是「誣告」和「冤案」的例子。但也有確實「有染」的情況。反面主角如《芙蓉鎮》裏的李國香，黨內仕途當年也因「生活問題」而受挫。正面主角如劉克受批判的中篇《飛天》，純真少女飛天確實為軍區謝政委所姦污。對飛天來說，這個情節功能的打擊是雙重的，既是身體被姦污，也獲得了「荒淫壞女人」的罪名。《男人的一半是女人》中黃香久也確與村幹部通姦（性無能的丈夫章永璘當時只能啞然旁觀，或與大青馬對話，討論宋江、莊子、馬克思所關心的問題）。對黃香久來說，與村幹部的性關係也確實真正標誌她的災難的來臨：從今以後，章永璘可以在道德上心安理得地拋棄她拋棄家庭了。

11. 主人公被抄家。

按照北京中共黨史出版社出版的《「文化大革命」簡史》的說法，

「毛澤東點燃文化大革命之火的一個重大措施，就是支援青年學生，讓他們成為到全國各地『煽文化大革命之風，點文化大革命之火』的急先鋒。」而「紅衛兵運動的內容最初主要是『破四舊』（即所謂舊思想、舊文化、舊風俗、舊習慣）。8 月 18 日毛澤東接見紅衛兵以後，在林彪、江青等人煽動下，北京和全國各地紅衛兵由校園『殺向社會』，『走上街頭』，張貼大字報，散發傳單，發表演說……一部分紅衛兵對他們認定的階級敵人實行揪鬥、體罰、抄家；……大批社會科學家、文學家、藝術家、自然科學家、醫學家和著名的教授、編輯、記者等，都被當作反動學術權威、反革命修正主義分子受到批鬥和抄家；……據不完全統計，北京市到 1966 年 9 月底，被抄家的達 32600 戶。上海市僅從 8 月 23 日到 9 月 8 日半個月間被抄家的達 84200 戶。天津市被抄家的有 12000 萬戶。」[20]（原文如此，疑為「12000 戶」之誤。）

儘管半官方的「文革史」，也已將「抄家」作為文革浪潮（災難）來臨的重要標誌之一來記載，但在小說形式的文革敍述中，抄家反而並非「災難降臨」的主要形式——「五十部作品」中，對「抄家」的記述，遠遠少於對大字報、批鬥會及體罰等「災難降臨方式」的描寫。這是為甚麼呢？

如果《「文化大革命」簡史》中所提供的資料是可信的話，我們會發現在同一段時間內，上海被抄家的人數戶數遠比北京來得多。而成為抄家對象的「反革命修正主義分子」（指黨和政府中的幹部），應該是首都更多一些才合理。「反動學術權威」（指高級知識分子）的數目，上海也不會比北京多到哪裏去。由此可見，1966 年夏秋「文革」初期的抄家對象中，除了黨內幹部、高級知識分子以外，更重要的部分，恐怕是其他當時還比較富有的「階級敵人」，如 1949 年以來一直「享受」統戰待遇的「民族資產階級」、與國民黨及海外有某種關係的人，以及其他各種從前的商人、小業主、高級職員……仿佛是與社會學的不完全統計作呼應，小說中所見不多的對抄家場面的較詳細描寫，被抄家者也大都不是「走資派」或「反動學術權威」，而是前國民黨軍官（楚軒吾）、資本家及其子女（歐陽瑞麗）或其他「舊社會過來的人」（這是《玫瑰門》女主人公司猗紋在「迎接」紅衛兵和革命羣眾來抄家時的對自己身份的形容與概括）[21]。文革中的抄家，不只是因為被抄者有犯罪嫌疑所以要搜查罪證。抄家，本身就是普羅普定義上的「災難被告知」，本身就標誌和宣佈被抄者是罪人、敵人，或者至少是「壞人」。比起大字報、批鬥會等其他宣判形式，抄家的功能主要是沒收個人財物、剝奪私人空間（查抄信件、照片、日記及其他私人文件，是抄家的任務之一）。是否因為（在「文革小說」的作者們看來）本來黨內軍內幹部們的財物（住宅、家具、衣物、汽車等）就是公家配給的，而且身為「組織」中人，理應常常向黨「交心」，本來就不該保留太多「私人空間」，所以，抄家對這些「走資派」的傷害，遠不如掛牌揪鬥「戴帽子」來得嚴重？而在知識分子的災難中，財物何值一提？書信日記，也是在被公開宣讀時才備感恥辱，如何被抄去的細節，反而在「記憶」中從略了。所以，相比之下，只有對「剝削階級」（過去的有錢人）來說，抄家（普羅普「功能項 6. 對頭企圖欺騙受害者，以掌握他或他的財富」[22]）才構成真正的災難。

然而，更令人感興趣的是，在「文革小說」所敍述的種種抄家場面中，即便是「舊社會過來的」從前的有錢人，也都幾乎沒有一個被抄家者對抄家本身（即個人財物私人文件的被侵奪）表示憤怒或非常傷心。《晚霞消失的時候》中的抄家場面非常戲劇性，而且被作者賦予了過於顯露的象徵意義：國民黨將領楚軒吾 1948 年在淮海向解放軍指揮官李聚興「投誠」，十幾年後李將軍之子李淮平愛上楚將軍之女南珊，卻又率紅衛兵抄了楚家。抄家後來當然改變了楚將軍父女的生活，也使紅衛兵李淮平悔恨半生。但在抄家的具體過程中，楚軒吾仿佛完全沒有在意「各房間裏……傳出乒乒乓乓砸門撬鎖和翻箱倒櫃的聲音」，而是態度從容又充滿感情地向紅衛兵敍述他當年在戰場上失敗、猶豫乃至最後投誠的往事。抄家延續至深夜，故事也一直講到深夜：

> 我看了看牆上的掛鐘，已經是深夜一點鐘了。這時一個紅衛兵推開門走進客廳，一邊撣去滿頭滿臉的灰塵，一邊沒好氣地向我說：「他媽的，這個滑頭，到處翻遍了，甚麼反動的東西也沒發現！」
>
> 「你們在院子裏堆了些甚麼？」
>
> 「全是浮財！老東西簡直太闊了。」
>
> 我命令到：「把生活必需品給他們留下，其他東西統統拉走！」
>
> 「好！」那個紅衛兵轉身出去了。
>
> 我看看楚軒吾，他一動不動地坐在凳子上，好像仍然沉浸在往事的回憶中。
>
> ……「現在去看看你的妻子吧，安慰安慰她，就說除了抄一些你們不該有的東西，我們不會傷害任何人的。」
>
> 他點點頭，慢慢站起身往通向西廂房的小門走去。到了門口，他轉身望了我們一眼，似語而未語的樣子，歎了一口氣，轉身消失了。

這是一部前紅衛兵寫於文革期間，後來作為手抄本廣泛流傳，發表後又引起有關青年信仰問題等諸多爭論的作品。雖然技巧稚嫩情節做作，卻頗能體現文革當事人的浪漫想像力。為甚麼當初的抄家者在其「懺悔」中要讓前國民黨將領來對紅衛兵行為「歎一口氣」呢？為甚麼故事的敍述者會假設抄家的受害人並不很看重財物檔的損失，而只想在紅衛兵面前證明其無罪呢？在一部以英文書寫在美國出版因而不屬於本書討論範圍的文革故事——《生死在上海》（*Life and Death in Shanghai*）裏，我們看到過被抄家者如何因為紅衛兵打破了她家的明代瓷器而非常痛心和憤怒且立刻手舉憲法以示抗議。[23] 無論是在大多數由「抄家者」一代（禮平、梁曉聲、張承志等）所書寫的「造反記憶」中，還是在被抄家者（王蒙、韋君宜、張賢亮等）所書寫的「文革敍述」裏，鄭念式的反應都是十分罕見的。[24] 看來，中國內地與海外不同的「文革敍述」中對抄家場面的不同文學處理，並不僅僅是因為敍述者受難經歷之差異。

從受害者角度描寫抄家場面及過程最詳盡的是鐵凝的《玫瑰門》。「清代高官之後、富家大奶奶」司猗紋在 1949 年以後曾積極「站出來」自我改造，又做工又教掃盲班，但都為時不久，不怎麼為新社會所接受。甚至她化名「吳媽」去某幹部家做女傭也遭辭退，理由是不夠可靠。即使想重新做人的努力屢遭挫折，仍然沒有減少司猗紋的「革命熱情」。1966 年夏秋之季，當她在街頭眼見目睹鑼鼓紅旗大字報傳單的最新形勢與氣氛後，她主動讓出四合院中最好的北屋，並指揮兒女將祖傳的較貴重的家具先搬至院中，然後她「給附近的小將寫一封言辭謙恭、語氣懇切的信，懇切要求他們在方便的時候來響勺胡同沒收她的幾間房子和一點屬於她祖上的不勞而獲的財物。她說這房子這財物本來早就應該回歸製造過它們的階級所有，然而一直沒有機會使它們歸屬它們的真正主人，這些東西早已成了壓在她背上的沉重的包袱。這一天終於來到了，她時刻在恭侯。寫完信，她為上繳的東西開具了一紙詳細清單，從房屋到家具件件明細。她相信她的行為是走在時代前面的。」[25]

「抄家」在《玫瑰門》中，是一個被特地鋪陳詳細渲染的關鍵性情節，跨越了好幾個章節。主動邀請抄家的信寄出後，作者有意拖延放緩情節節奏，讓讀者和敍述者蘇眉（司之外孫女）以及主人公司猗紋一起，焦急守候院子裏正遭雨淋的家具，等待紅衛兵的到來。這期間，司猗紋的小姑子因不捨得交出一個德國台鐘，而被司以毛澤東語錄為武器訓斥一頓。終於，抄家的隊伍來了。「司猗紋盼望的一個時刻、司猗紋又不摸底的一個時刻終於來到了。」司猗紋以演說一般的檢討來對抄家隊伍表示歡迎：「她說，她萬萬沒想到就這麼一封微不足道的認識尚淺薄的請罪信，真驚動了革命小將，還有革命幹部革命的大嬸兒大媽。她從靈魂深處感到他們不是來造她的反的，是來幫她造封資修的反，幫她擺脫封資修的束縛，幫她脫胎換骨重新做人的，因為誰也沒有把她打翻在地再踏上一隻腳。她說，她是一個從舊社會過來的人，也是一個舊社會的受害者。她說，她恨透了舊社會，連舊社會遺留給她的家具都恨。……」整個檢討十分冗長但充滿感情，「可惜還是有人打斷了她。幾個小將跨到她跟前，橫眉直目地對她說：『行了行了，滾開吧，我們要搬東西了。』」[26] 請注意司猗紋的書信及「演說」都是以第三人稱被轉述的。作為受難者後代及災難旁觀者（同時也是災難承受者），小說中的敍事者，即司猗紋的孫女眉眉，一直對其外婆的「革命姿態」（或曰：昔日有錢人無可奈何的「對付革命」的高明姿態）持某種譏諷態度。「她不相信那演講是不真實的，那的確是她面對這個紅彤彤的時代的真情實言。……東西很快就被搬光了，……人們正要離去，司猗紋卻又叫住了他們。……司猗紋當眾宣佈說她的公公臨死前在北屋房後埋過東西，是甚麼東西她不知道……」對文革中的抄家者來說，「再也沒有比能在房前房後挖掘出藏匿已久的東西更令人興奮的事了。」果然，人們在牆角挖出司猗紋事先藏下的一對赤金如意以後，終於「有人表揚了司猗紋，表揚了她對革命的赤誠和革命的徹底」[27]。儘管她自虐式地配合人家革她的命，以後，她仍然還是「革命的對象」[28]。

如果說《晚霞消失的時候》是從紅衛兵「懺悔」的角度將受難者、前國民黨將領楚軒吾的形象及面對「抄家」時的反應神秘化神奇化，或者說是美化了；那麼《玫瑰門》則是以受難者子女的眼光嘲諷着「舊社會過來的」司猗紋面對抄家時的假革命姿態。我將「懺悔」一詞打上引號，正是因為作者將楚軒吾的形象寫得太鎮定從容，太完美神奇。李淮平所後悔的，是自己當初怎麼會去抄這麼一個雖然不是共產黨卻顯然是正人君子的頗有儒風的將領之家（更何況這位民主黨派人士的女兒還是自己的夢中情人）。但假如被抄家者不是一位「投誠」將軍，而真是一個當初堅決反共現已刑滿獲釋的國軍將領呢？或者真是一個從前生活腐化但今天並沒犯法的資本家或其他「階級敵人」呢？這時李淮平還會對抄家行為感到不安嗎？可見，在《晚霞消失的時候》中的紅衛兵「懺悔」，只是懺悔不該去抄「好人」的家，而不是因「非法抄家」這種行為及方式而自省。在《玫瑰門》中，我們看到的是被抄家者方面的情況。雖然沒有鄭念那種真實的憤怒，卻也提供了另一種真實的無奈與抵抗。鐵凝或許是有點從女性主義的視角，去探究殘酷環境下的扭曲人性與女性心理及代溝之間的微妙關係。但有意無意地，司猗紋的故事還是展現了幾十年革命的驚人成果：一個人可以這樣被改造！一個受害者可以被改造成一個狡猾又貪心的自虐者。司猗紋在被抄家前後的「表現」，使人想起祥林嫂之捐門檻（類似的故事但落筆更有分寸感的，是史鐵生的《奶奶的星星》）。捐門檻後祥林嫂仍然不被允許去參與「祝福」，司猗紋請人抄家並巧計掘金，也不能替她爭得參與新社會的「禮」(革命)的資格權利。值得注意的是,當「新時期作家」在這種時候有心無意採用魯迅筆法,當「革命」也被視為一種「禮」的時候,人們突然會發現,文革(敍述)中的很多受難者,一直在受自己的迫害。也正是在司猗紋的寫實故事的基礎上,人們才會進一步理解余華《一九八六年》中男主人公離奇慘酷的自戕的象徵意義。

12. 主人公獲得罪名,受到處罰。

「罪與罰」—— 這是「文革小說」敍事模式在「災難降臨」階段中最重要的一個「情節功能」。前面已經討論過的「情節功能 6−11」,都是可以選擇的情節設置:作家是可以替他的主人公選擇不同的落難方式的。或通過同事同學鄰居態度的轉變,或通過大字報、批判會乃至抄家,主人公開始明白自己的險惡處境。但「情節功能 12」卻是一個幾乎每部有關文革的小說都必須具備的情節[29]:很少有哪個人物形象,可以不經受任何法律、政治、行政及其他名義下的懲罰而成為一部文革小說的主人公。這裏所謂的罪名和處罰,既是指刑事犯罪的指控、法律程式的審判,也是指黨內和幹部隊伍內部政治審查的結果和針對公職人員的行政處分,有時,還包括某種道義上的裁判與懲罰。正因為這是一個幾乎每篇「文革小說」都需要具備的「常規」情節,我們便可以在本節的討論中察看在各種不同文體、不同傾向、不同意義的「文革故事」中,主人公們都有些怎麼樣的罪名,以及這些罪名與所受懲罰之間的關係。(為了方便理清線索,每部作品皆選取其中一至二個主人公,其餘容後再議。)

以五十部作品作統計,形形色色的「罪名」大致有以下九類,分佈很平均,沒有哪一項罪名佔「壓倒優勢」:1.「叛徒」(四部);2.「現行反革命」（七部）；3.「打砸搶分子」[30]、「五・一六分子」等犯錯誤的造反派（七部）；4. 國民黨、資本家及其他「剝削階級」（六部）；5.「右派」（四部）；6.「走資本主義道路的農民」（四部）；7. 為女人制訂的道德罪名（四部）；8. 沒有明確罪名而受懲罰或罪名太多（六部）；9. 無罪受罰的「知青」[31]（八部）。

罪名之多元化，遠超出刑事犯的罪行目錄，是「十年故事」與共和國其他時段（尤其是文革後）的關鍵區別。

主人公因「叛徒」罪名而受懲罰的作品有《傷痕》[32]《小鎮上的將軍》[33]《蝴蝶》[34] 及《氤氳》。新版《辭海》裏找不到「叛徒」這個辭條。據《現代漢語詞典》（中國科學院語言研究所詞典編輯室編，商務印書館1980年香港版），「叛徒」，是指「有背叛行為的人，特指背叛祖國或背叛革命的人。」在以上四篇（以及全部五十篇）文革小說裏，「背叛祖國」的案例一個也沒有。而「叛徒」要背叛革命，總要在以前先參加革命（成為組織裏的人）才行。所以，「叛徒」之罪名，在「文革敘述」中實際上是特指黨內幹部，如王曉華母親、張思遠、以及陳世旭筆下的將軍。這些為「叛徒」鳴冤的作品大都寫於文革剛結束不久。同樣是為飽受苦難的幹部平反，「叛徒」可能是一個比「特務」或「走資派」更叫當事人委屈也更令旁觀者同情的罪名。尤其是那些未能渡過災難的將軍，更能贏得當時讀者（以及文學獎評委們）的敬意。多年以後，林斤瀾又精雕細刻了看似荒誕的寓言《氤氳》，木雕藝術家木頭木腦在牛棚裏交代了一個離奇的故事：清水後生曾被誤控為叛徒，差點被白麻子「處理」，只因野地墳場有隻長着人眼的狼出來打岔清水後生才沒有被槍斃，狼卻當了犧牲品；後來清水後生又奉命要處理木頭木腦，木頭木腦正要服從，卻看見清水後生長着綠的狼眼。此時墳地忽然又出現神秘女人的聲音，說此地原是豐收寶地，皆因生死仇殺，導致人亡地荒。「我們只曉得活命，你們心高一等，叫做革命。不但也是甚麼也都做得出來，還活着稱英雄，死了編烈士。」清水後生和木頭木腦於是都嚇跑了。我們注意到，充當迫害者的主人公清水後生，其罪名也還是「叛徒」。自己被「上邊」的人無緣無故地加害卻仍莫名其妙地去害別人。如果說清水後生有點像幹部，「木頭木腦」便是民眾了：他從來就「沒有參加組織」，所以連「叛徒」之名也沒有。

同清一色指控幹部的「叛徒」罪名不同，「現行反革命」這頂帽子在「文革敘述」有着較大的彈性，內涵也含混得多。在《大牆下的紅玉蘭》[35]與《洗禮》[36]中，「反革命」的罪名可以用來批判有心懷疑毛澤東路線或無意中打破一袋米的老幹部。在宗濮最早的意識流實驗《我是誰》裏，「筆桿反革命」指的是解放初自海外歸國的老教授[37]。在張弦的《記憶》中，「現行反革命」是一位工作失誤不慎倒放電影膠片的年輕放映員[38]。而在《墓場與鮮花》和《血色黃昏》中被指控為「現行反革命分子」的陳堅與林鵠，則都曾是紅衛兵造反派。《墓場與鮮花》寫定罪過程，十分簡捷：陳堅看到李興背叛、誣告他的大字報後不久，便「被定為現行反革命分子，押送到遠離學校的一個農場去監督勞動」。但《血色黃昏》整部長篇小說的核心情節，就是描寫一個先執行刑事處罰再尋找政治罪名的漫長審查過程。《血色黃昏》第十四章寫主人公在 1970 年被抓入軍墾兵團團部臨時牢房。雖然已受懲罰，罪名尚不明確：「團黨委指示：林鵠問題嚴重，是我團『一打三反』的重點項目之一。」經過一連串曲折漫長的盤問、恐嚇、拷打及種種心理戰術，也經過兵團內部上下的一系列權力運作，幾個月後，由中國人民解放軍北京軍區內蒙古生產建設兵團七師政治部發下一份「關於現行反革命分子林鵠罪行的審查報告」:「……鑒於林鵠的上述犯罪事實，該犯已經構成思想反動，罪惡嚴重，民憤很大的現行反革命分子。並且關押期間仍不低頭認罪，進行多種違法活動。師政治部決定：將林鵠開除兵團戰士，逮捕法辦，判處有期徒刑八年。」[39] 比起其他的「反革命」來，莫應豐《將軍吟》中的空軍兵團司令彭其，在被打成「軍內反革命」的過程中，作了很多抵抗、掙扎。好像即使做「反革命」，也是在軍中較有力量。

還有很多「文革小說」中的主人公，也像陳堅、林鵠一樣，是有「罪」且受迫害的紅衛兵造反派。指控造反派的「罪名」居然是五十篇作品中為數最多的一項罪名（14%），這是我在寫作本書之前所沒有想到的。因為文革後中國的整個政治環境和社會思潮的大背景都是批判文革的，紅衛兵造反派形象在文學作品裏通常都應該作為反派羣體和負面背景而出現。但仔細閱讀五十篇抽樣文本，我卻不無驚訝地發現，只要紅衛兵造反派能在文學敍述中作為主人公出現，他們通常都是遭迫害受委屈並顯然令作者（乃至讀者）同情的。如金河《重逢》裏的審判情節出現在「文革」後的公安局裏，葉輝被控在 1967 年的武鬥中傷人，「實屬打、砸、搶首惡分子」。而審理此案的地委副書記朱春信便是葉輝當年在武鬥中所保護的革命幹部。小說告訴讀者，造反派當年武鬥，就是為了老幹部。如今卻「重逢」在審判台前……古華《爬滿青藤的木屋》裏被監督勞動的「犯錯誤的知青」、「一把手」，其實是個傳播文明，挑戰黑暗的正面人物。小說講述外號「一把手」的知青李幸福被發配到深山老林綠毛坑，接受並服從看林員（工農）王木通的「教育、改造」，卻與備受虐待的王妻盤青天發生戀情。「一把手」在山裏形同勞改，其罪名卻相當含糊，只是「犯有錯誤的知青」（他在大串聯中被火車軋斷一隻手臂）。[40] 張承志《金牧場》中在紅衛兵運動時以「五・一六」罪名而被捕入獄的主人公，更是作品所歌頌的雖然失敗也「九死無悔」的英雄。而在鄭義小說《楓》中，李紅鋼的罪名——「武鬥元兇」（用槍逼前女友盧丹楓跳樓），則完全是已掌權的對立派事後的陷害。男主角最後被判處死刑。在另外兩篇着意描述紅衛兵運動的長篇小說《一個紅衛兵的自白》與《瘋狂的上海》中，作品的敘述基調，也是在反省、同情之時，努力為前紅衛兵主角的行為辯護。關於這種「我曾是一個紅衛兵，我不懺悔」[41] 的文學（及文化）現象，後面第五章將有詳論。但在這裏已經可以注意到，「文革小說」若講述那些當初的迫害者後來被人迫害的故事，在文革後的中國很容易贏得讀者，也很容易引起爭議。

在海外的文革研究中，也有不少對紅衛兵造反派的歷史作用作具體分析乃至辯護的文章。如陳佩華（Anita Chan）、羅森（Stanley Rosen）和安德佳（Jonathan Unger）在他們合寫的論文《學生與階級之戰：廣州紅衛兵衝突的社會根源》（*Students and Class Warfare: The Social Roots of the Red Guard Conflict in Guangzhou (Canton)*）中認為，紅衛兵的派性與文革前學生競爭中的家庭階級背景有關。[42] 華林山依據陳佩華等人的統計材料，進而將「保守派」與「造反派」區別開來，「保守派中家庭成分好的占 82%，中等成分的 17%，而出身於階級敵人的只有 0.96%。在造反派中，出身紅五類的只有 26%，中等成分占 62.5%，成分不好的占 11.29%。」與出身背景有關，華林山認為「保守派捍衛中共制度的現存社會秩序，造反派則試圖破壞這個社會秩序。……造反派基本上是仇視中共官員的……在他們的夢想中，新的中國社會將不再有官僚，人民的權力得到充分尊重。」[43] 在華林山之前，早已將紅五類出身的「老紅衛兵」與後起的「造反派」列為「紅衛兵運動的兩大潮流」，認為「老紅衛兵」主要衝擊「牛鬼蛇神」，「造反派」才「普遍衝擊共產黨、政府甚至部分軍隊的領導機關和領導人……造反派的運動造成了建國以來對黨政軍領導體系和領導幹部空前的巨大衝擊。」[44] 但也有一些文章願意為老紅衛兵說話，如米鶴都則將聯動思潮視為「人民羣眾在實踐中逐漸覺悟，自發反對錯誤路線的體現，是文革中人民起來反抗四人幫的第一次有組織、有綱領的行動。」[45] 青少年時期積極參加紅衛兵運動並因「炮打張春橋」而入獄的宋永毅，出國後也撰文將「聯動思潮」與遇羅克《出身論》《上海人民公社宣言》《論新思潮——四三派宣言》、李一哲大字報等並列為「文革中的異端思潮」:「平心而論，『聯動思潮』表達了不少極寶貴的思想，例如他們喊出的『取消一切專制制度』、『粉碎中共中央委員會二個主席幾個委員的左傾機會主義路線』等等口號，應當說是文革中第一次正面挑戰毛澤東及其追隨者。」[46]

造反派主人公在文革後小說中獲得同情贏得讀者的原因也頗值得討論——究竟是否如華林山、米鶴都等在海外進行的文革研究所暗示的那樣，因為造反派們反官僚反體制的「先知先覺」，終於在文革後得到了大眾讀者的認同？或者只是由於造反派在文革後期及文革後一面倒地成為「替罪羊」，反而造成了大眾讀者的逆反心理與同情心？又或者是前造反派成了研究者，一生都要為自己的「青春選擇」辯護而且也在讀者中找到「經驗共用」？又或者這些當年的造反派到新世紀仍在網絡上成為資深粉紅？在「五十部作品」中的紅衛兵造反派主人公，還真是甚麼樣的情況（甚麼派別）都有：有保護幹部的保守派（葉輝），有隨大流的造反派（陳堅、「一把手」），有自己出身「不好」，所以混入造反隊伍表現特別積極的（老鬼、梁曉聲），也有真正「獻身」（盧丹楓、李紅鋼）或真正「先知先覺」的紅衛兵（《瘋狂的節日》中炮打張春橋的上海紅革會），以及「紅衛兵」這一稱號的原作者本人（《金牧場》的作者張承志）。

在諸多描寫造反派受難的作品中，也有作品不是從同情辯護出發，而是寓批判、憐憫於病態心理解析。陳建功的《轆轤把胡同九號》

是一個引人注目的例子。小說主人公韓德來在文革中是工宣隊造反派，曾因和林彪夫人握過手而光榮了很久。《轆轤把胡同九號》裏的眾街坊都曾經或有可能被扣上些不輕不重不明不白的「罪名」，諸如「赫老頭子偽滿那陣子幹過一些偽事兒」、張春元「編小說的，捱批判啦！」……但小說中真正屬於現在進行時態的「罪與罰」卻是韓德來在電影院門口「賣高價票」而後被扭送派出所。《轆轤把胡同九號》敘述角度別開生面，但被嘲諷的主人公也碰到了「冤案」：原來韓是在文革後整人失業深感失落無聊才去影院先買票再平價退票「找樂」，最後引來民警的調查與警告。小說中的諷刺相當辛辣，頗能使人思考文革動力中最基礎的羣眾。但就事論事再想深一層，韓德來退票又是犯了甚麼「罪」，以致要眾街坊幫他開脫要警察寬大處理？警察與街坊今天不允許韓德來以買票退票來找樂並宣泄精神苦悶，與韓德來當初看不慣任何與眾不同的私人生活方式所以時刻想整人的心態之間，是否也有某種聯繫？批判文革的道德邏輯與文革中的批判邏輯的相通之處，或許更值得關注。

描寫主人公因為歷史罪名而受罰的小說，獲罪比「為老幹部鳴冤」和「同情造反派」的作品略少一些，但也有 12%。這些罪名包括「國民黨高級將領」、「歷史反革命」(《晚霞消失的時候》[47])；「貴族小姐」(《如意》女主角金綺紋系清代貝勒府裏的千金小姐)；「資產階級小姐」(《流逝》)；「摘帽地主」(《奶奶的星星》)；「舊社會過來的人」(玫瑰門》) 以及《白色鳥》中要被批鬥的男孩的外婆 (雖沒明說為何批鬥，應該也是年老的「剝削階級」)。我們不難注意到，以上這些「從舊社會過來的人」，除了曾經向解放軍投誠早已成為「統戰」對象的楚軒吾以外，其他落難主人公皆為女性。而且她們都不是真正的富豪老闆「剝削者」，而都只是生於有錢人家 (金綺紋、司猗紋、《流逝》女主角），或嫁入富有家族（史鐵生筆下的「奶奶」）。這是否純屬巧合？還是因為這樣設計，文革後中國的讀者才會更可憐同情這些昔日豪門怨女的今日厄運呢？讀者很少看到描寫真正的資本家、地主富豪在文革中「受難」的故事。是由於這類老闆富豪早在文革前就已被消滅完了呢，還是因為也許這些真的階級敵人判罪受懲罰，也不值得同情，所以不會被「敘述」成落難？在這裏，我們看到以「落難」為核心情節的「文革敘述模式」，有一條無形的「邊界線」：這個在文革後，在作家、評論家、文化官員及讀者大眾合作下共同造就的「敘事模式」，並不包括（至少並不平等包容）在「文化大革命」中受難的一切人。那些被作家努力「包容」進來的階級敵人的家屬（司猗紋、「奶奶」等），常常需要在文革災難中，真誠訴說她們昔日在豪門所受之苦，以及當年如何受封建禮教之害。彷彿只有證明了她們也是封建禮教與舊社會的受害者（也就是說她們並非「真正的」階級敵人），她們在文革之中所經受的苦難才值得描寫，才值得同情——並沒有哪個意識形態主管機構或甚麼政策法令有明文規定，這也不是少數個別作家的有意選擇。哪怕是像史鐵生、鐵凝這樣嚴肅、先鋒的作家，也會有意無意地和編輯、評論家——以及最重要的——文革後的中國內地的多數讀者，和整個無形的文革故事「詮釋羣體」一起，將少數文革受難者，排除在藝術的同情視野之外。這是不是意味着控訴文革的「文革敘述」，依然延續着「文革意識形態」的某些邏輯、規範和影響？在窮與富、民與官、多與少的對立關係中，革命意識形態總是自然而然將同情、支持放在前者，換言之，便是從道德層面上假定窮人總比富人好，民眾總比官員好，多數總比少數好。這個意識形態框架在某種程度上是中國共產黨在 1949 年取得勝利的重要道義基礎，經過文革以及近幾十年對文革的刻意忘卻，這一窮 / 富、民 / 官和多 / 少的道德傾斜慣性在二十一世紀國人的文化心理結構（比如網絡輿論）中依然存在。關於多數對少數的道德優勢前面有所論及，以後還會討論。關於民眾與官員關係的意識形態描述及其變化，則是中國當代史的關鍵問題之一，也是「文革小說」的關鍵主題之一，容後詳述。比較而言，窮富的道德天平倒是一直沒甚麼變化：三十年代曹禺的《日出》，如將全部人物按其經濟狀況列表，我們會看到比陳白露有錢的人（金八、潘月亭、顧八奶奶、胡四、張喬治等）都是負面角色，比陳白露更窮的人（方達生、黃省三、小東西、翠喜等）都是正面形象。僅狗腿勢利茶房有點例外，而在窮富之間且以窮充富的陳白露與李石清，則性格最為複雜。在我們要討論的全部五十部「文革小說」，很多值得同情的受難者，但絕少主人公僅因有錢而遭劫受難而受到同情。也難怪中國與時俱進經濟高速發展，網絡上寶馬撞到賣菜的車是熱帖，賣菜的車撞到寶馬則不是新聞。

以「右派」為主人公的「文革小說」，除了張賢亮的《綠化樹》與《男人的一半是女人》以外，還有《啊！》和《叔叔的故事》。《啊！》中的吳仲義其實並非「右派」，只是在文革中因遺失信件神經過敏，坦白自首了自己在十年以前的「右派言論」，後來被寬大處理為「犯有嚴重錯誤，不做任何刑事處分。屬於人民內部矛盾。」[48] 章永璘的罪名則不止是「資產階級右派」，據他的自供，「我的高祖、曾祖、祖父、外祖父都是近代和現代的稗官野史上掛了名的人，父親又是開過工廠的資本家⋯⋯」在《男人的一半是女人》中，他又是「勞改釋放犯」。「右派」罪名在張賢亮小說裏只提供一個人物的背景、故事的框架，而並不構成核心情節。在《叔叔的故事》裏，「叔叔」早年也是因為寫了一篇文章而成為「年輕的右派」——雖然小說中的敘述者以不同的版本質疑這「右派的故事」：叔叔時而回憶說當時他十分支持黨的合作化政策

（所以是個「被冤枉的右派」）；時而又表示自己早已看到五十年代的錯誤（所以是個「先知先覺的右派」），另外又有當事人事後證實，其實叔叔只是「湊數錯劃的右派」[49]。

另外也有一些作品，第一主角是女性，而她的男友卻是「右派」。如《人啊，人！》中的理想正面人物何荊夫，《芙蓉鎮》上的秦書田等。在《蝴蝶》裏出現了性別倒轉，海雲成了「右派」。但文化秩序是不會倒轉的，海雲、何荊夫、秦書田，都和《綠化樹》等小說一樣，「右派」的知識程度及思路、視野，總是高於他 / 她的伴侶。

文革中只有「走資本主義道路的當權派」的「帽子」，而無「走資本主義道路的老百姓」這個說法。然而在被文學所敘說的文革中，老百姓一旦獲罪，其罪名則必定是「走資本主義道路」。比如《在沒有航標的河流上》，主人公借酒乘醉發牢騷：「我，盤老五，風裏來，雨裏去，為集體放排，賺幾個活動錢，甚麼說我⋯⋯資、資本主義⋯⋯鬥得老子好苦呵！跪瓦片，頂磨盤⋯⋯老子犯的甚麼法⋯⋯」[50] 在周克芹獲獎長篇《許茂和他的女兒們》中，許茂的罪名也是在鄉村搞資本主義。芙蓉姐胡玉音因為賣豆腐生意興隆蓋了房，老公被批為新富農後走上死路，她的罪名便是「新富農寡婆」。另一個農民李順大，他辛勞幾十年卻無法造成自己的房。大躍進佔用了他準備蓋房的材料，文革時造反派又侵吞了他準備蓋房的錢。如不交錢，李順大也會被指控為搞資本主義。結果，李順大是用經濟上的懲罰抵消了可能降臨的罪名。「文革小說」無意中延續了「五四」文學（魯迅除外）、左翼文學、十七年文學的一個傳統，即官員、富人、讀書人都會有錯（或有罪），但工人農民不會真的犯錯。

不少「文革小說」中都有一些專門為女人而制訂的「道德罪名」，這是一個值得探討的現象。如《人啊，人！》第一主角孫悅，在文革初被批鬥，罪名是：「C城大學黨委書記奚流的姘頭」。這裏的「姘頭」是道德罪名還是真的犯了法，沒有說明。《飛天》中的女主角文革前就被軍區謝政委誘姦，到文革來臨時，飛天被作為「荒淫無恥的壞女人」而被批鬥致瘋。這是我們第一次看到「罪名」中直接出現性別標誌。另一種更常見的情況是主人公以「家屬身份」獲罪，如《我應該怎麼辦》中「我」的丈夫李麗文，乃清華畢業高材生，工廠技術員，文革初因「攻擊造反派，攻擊紅色政權」而被項目組定為「反革命分子」，一度被認為已自殺。於是，主人公「我」便成了「反革命家屬」。理論上，「家屬」也可以是丈夫。但沒有一篇有關文革的當代中國小說，以男的「反革命家屬」或「新富農老公」為主角（性別歧視？）。在趙振開早期小說《波動》中，還有一個同「女性罪名」有關的更精彩的個案。神秘、高傲、極有個性的女主角蕭凌與曾經坐過牢的幹部子弟楊訊戀愛，楊的生父林東平通過「組織途徑」調查蕭的背景，結果終於找到蕭凌的「罪名」：不是蕭凌的父母在抄家前後自殺，不是蕭凌反抗工廠造反派的欺負，最重要最關鍵的，是蕭凌在下鄉期間曾被一個男生欺騙，男生拋棄她後，她獨自生下一個孩子，秘密地養在鄉間。就是這最後一項「錯誤」（罪名？）令男主人公楊訊氣憤之下離開蕭凌，導致悲傷的女主角最後生死不明。顯然，蕭凌的「罪名」，就是一個女人，曾被欺負，且留下「後果」。

「五十部小說」中的大部分主人公，如上所述，都必須獲得「罪名」接受「懲罰」。但也有六篇小說，稍有例外。這例外不是說沒有「罪名」和「懲罰」，而是指「罪與罰」的形式及關係有點特別。例外的情況，大致有三種。一種是主人公遭受懲罰後自戕自殺，小說敘述中卻「忽略」了明確的罪名。如陳村悼念傅雷的短篇《死——給「文革」》，通篇是凝重悲慘詭異的場景氣氛及敘事者與死者的虛擬對話，展示了受難者的尊嚴與榮耀，卻沒有對罪名和懲罰的寫實描述。又如余華的《一九八六年》，寫一個曾業餘研究過中國古代刑法的中學教師在文革初期神秘失蹤，也沒有具體罪名。第二種例外的情況是小說中人物的「罪名」眾多，數不勝數。但沒有一個人物是絕對的主角，所以也很難說哪一種「罪與罰」構成核心情節。比如《馬橋辭典》，長篇小說以「辭典」面目見人，當然有輕視乃至廢棄傳統情節格式之意。但「辭典」裏仍有些頗有戲劇性的發生在文革前的「定罪故事」，如鄉下人找工作組要整「希大桿子」，開始找不出罪名，後來卻列出十來個罪名。「他有甚麼罪行？」「剝削，好吃懶做，從不自己育菜。」「還有呢？」「他戴着洋鎖，滴答滴答叫的。」「是懷錶吧？懷錶是浮財。還有呢？」「他吃毒蛇，你看無聊不無聊？」「吃蛇不說明甚麼問題。最重要的是看他有沒有山，有沒有田，我們要把住這個政策界線。」「他有田呵，有，怎麼沒有！」「在哪裏？」男人們就含糊了……工作組最後想了個辦法，讓一個讀書人咬咬筆桿子，總結出希大桿子道德品質敗壞勾結地主惡霸資助土匪武裝反對土地改革非法經商等十來項罪狀，終於將他定為反動地痞一索子捆了起來。[51] 同一篇小說中的另一個人物戴世清的罪名也很奇特：「他被共產黨定為『乞丐富農』，是因為他既有僱工剝削（剝削七袋以下的叫化子）又是貨真價實的乞丐（哪怕在大年三十的晚上），只好這樣不倫不類算了。他一方面擁有煙磚豪宅四個老婆，另一方面還是經常穿破衫打赤腳，人們得承認這個事實。」[52]《黃泥街》也是人物繁複，罪名眾多，而「罪與罰」的形態就更加荒誕奇異。不過，即使情節再怪誕離奇，但當災難氣氛出現時，仍然會伴以某種形式的罪「名」。在那些變形故事荒誕氣氛中間，人物對話中卻穿插着缺乏條理前言不搭後語的「毛語錄」，好像在暗示在黃泥街這樣混亂怪誕世界中「罪與罰」之間的邏輯線索（毛語的文法規則）可以如何變形。[53]

第三種例外的情況是少年主人公視角。莫言《透明的紅蘿蔔》中的小黑孩沒有獲得正式的罪名便已受罰，先被派到水渠工地像成年勞力般打石頭，後又被派至鐵匠處拉風箱。如果說他有甚麼「罪名」，那就是太瘦、太黑、太小。可是小說描寫小黑孩身處難中而不以為苦。王朔《動物兇猛》中「我」被警察抓進王府井派出所，是整篇小說情節發展中的一個細微卻又重要的轉折。這是「我」第一次被抓進專政機關且被控「流氓」(罪名並不成立，痛哭求饒後隨即被釋放)。這也是「我」第一次親眼看到米蘭(以前只是偷窺其臥室及照片)。從此，「我」與米蘭之間的曖昧畸戀便正式開始了。這段曖昧情感是小說的核心情節，看上去承載了少年主人公的浪漫春夢，其實正是他人性、道德上的一個墮落受難過程：在看似自由無規則的文革背景下，少年主人公一點一點地聽任放縱自己的人性弱點發展到「動物兇猛」(幾乎是強姦了女主人公)的地步。所以，當主人公被抓進派出所獲得流氓嫌疑罪名時，他其實是無辜的，但自從獲得罪名之後，主人公果真一步步既受難又墮落，到最後真的有些流氓氣息了。在派出所裏受的氣，很快就通過磚石在別的小孩身上發泄了。這是一個先有罪名後犯罪的荒唐案例。

與前面叛徒、現行反革命、右派等諸多有明確罪名的作品不同，這六篇「罪名」不明的小說出自五〇及六〇後作家(陳村、余華、韓少功、殘雪、莫言、王朔)之筆。第一，「罪名」已不是那麼明確(模糊空白或過於繁複，效果都是不明確)；第二，「罪與罰」還是情節模式中的一環，但這種情節模式可能不是單線發展；第三，「罪與罰」之間也缺乏邏輯關係。看得出，1985 年以後的當代小說，逐步出現某種將文革加以變形敘述的傾向。或者，先鋒派作家也可以說，「文革」與「文革記憶」，本來就是變形的，只是以前的敘述者，將文革整理得太有條理了，太像「歷史」了。而我們要做的，只是說「故事」。

最後，還有八篇描寫知識青年「無罪受罰」的小說，將放在第14與15節繼續討論。

13. 主人公為家人兒女所背叛。

普羅普的功能項有一條，排在災難被告知之前：「8，對頭給一個家庭成員帶來危害或損失」[54]。這種情況在「文革小說」中通常出現在災難正式來臨之時或稍後——具體地說，就是批鬥會召開之時或罪名宣佈之後。不可能更早，也不會更晚。差異在於：「對頭」常常無形，「給一個家庭成員帶來危害或損失」。每每就是逼使該家庭成員去危害主人公，因此同時也為主人公帶來危害或損失。在「文革小說」中，這種家人兒女背叛的情節，一般有兩種功能：或者是主人公陷入災難的最痛苦的一種形式；或者只是災難的附帶性後果，雪上加霜而已，而且多含有某種「報應」的成份。值得注意的是，前一種最沉重的打擊，通常來自兒女的造反；後一種「附帶效應」，一般是指夫妻離異。眾多作家無意間合作形成的暗示是：文化革命天翻地覆，骨子裏的家庭倫理結構，子女（父母）仍然重於夫妻（男女）。

《傷痕》的技巧幼稚，筆調做作，但這個短篇能夠受到廣泛的注意，甚至被用來形容、代表一個時期的文學，亦非偶然。除了其篇名頗有象徵意義以外，小說中「革命原則傷害人倫道德」的主題，也確實切中了文革在中國「不得人心」的基本原因。小說潛在的鋒芒是質疑文革核心「血統論」：假如母親真是叛徒，王曉華就應該一生受罰嗎？但這個問題在當時並沒有受到充分注意。「叛徒」母親為王曉華所背叛（以及王曉華對這種背叛的後悔），構成小說中的情感與意義結構。

在《蝴蝶》裏，張思遠面對各種罪名、批鬥和體罰都還可以支撐：「這只能是一場噩夢。這是一個誤會，是一個差錯，簡直是在開一個惡狠狠的玩笑。不，他不相信自己會成為黨和人民的敵人……標語上說，張思遠在革命小將的照妖鏡下現了原形，不，那不是原形，是變形。他要堅強，要經得住變形的考驗。但是，冬冬的幾個嘴巴把他的精神支柱摧垮了。」[55] 張思遠在反右以後和冬冬的母親離了婚。父子之間感情一直很生疏。「將來等他大了……他會懂得，有一個老革命的爸爸，有一個市委書記的爸爸是多麼榮耀和福氣！張思遠這樣想。」然而他萬萬沒想到，在他落難被批鬥時，「忽然衝上來一個少年，他正好撩起眼皮偷看了一眼，天呀，冬冬！冬冬颼地掄起了巴掌，第一下打在他的左耳朵上，這真是咬牙切齒的狠狠的一擊……冬冬掄起的手臂，又用手掌背反打了他的右耳，這一下比較輕，感到的疼痛卻更加分明，等捱了第三個巴掌以後，他已經不省人事了。」[56]

同兒子反叛的這種刻骨銘心的效果相比，第二任妻子美蘭「正式貼出了造反聲明，要與他徹底劃清界線」的消息對張思遠「幾乎沒有產生甚麼影響」[57]。《洗禮》中賈漪在王輝凡受審查之際「決定脫離這個家」:「我可不能給隔離室的王輝凡送甚麼了。管不了了。連我自己都快不能活啦。」[58] 小說也沒有描述被背叛的男主人公有甚麼震動和痛苦。「文革小說」中的幹部家庭，好像總有一個美貌虛榮的第二任妻子和一個「背叛」父親的兒子。後妻總是在文革中拋棄丈夫，兒子總是在文革後與父親產生代溝。但歸根到底，兒子還是愛父親，後妻才是「沒良心」。為甚麼來自兒女的背叛會比婚姻破裂更令受難主人公傷心呢？王蒙曾任中共中央委員、文化部長，戴厚英過去是造反派，文革後也受批判，在這些很不相同的作家的個人選擇後面，是否還着某種讀者意向中的集體無意識？

作者政治身份、社會地位的不同，並不怎麼影響情節設計的集體取向。但性別因素卻會造成微妙的差異。在夫妻難中離異的很多例子中，大多數都是男主人公落難，然後被妻子所拋棄，男人也不怎麼傷心。他可以懷念或追回第一個「好女人」，或者獲新的「好女人」拯救，此乃第三章的話題，暫且不議。然而女作家執筆的《人啊，人！》有點例外。因為「背叛者」大都是丈夫，「受害者」卻是女性，孫悅、李宜寧等人的心理反應都比較傷感灰心。小說敘事者也一定會想方設法替女主人公報仇：比如讓拋棄孫悅的趙振環以後一直後悔，生活一直不幸福；再讓孫悅人到中年後身邊仍然圍着不少追求者……

當然即使由女性角度敘事，孫悅等人被丈夫背叛以後的驚愕憤怒震撼傷心，仍然不及那些遭到兒女造反的落難主人公的反應。甚至孫悅後來的戀愛，也處處顧及女兒的意見。一般說來，文革小說中細膩解析夫妻間心理感情衝突變化的精品，也遠不如細微刻畫兩、三代家人之間的心理倫理關係的佳作來得多。隔代之間的人倫關係在「文革敘述」中，並不都像冬冬造張思遠的反那麼激烈那麼極端那麼簡單。在下一章裏，我們會討論《玫瑰門》後半部分中，媳婦竹西為何會以耐心伺候的方法來虐待久病的司猗紋；而在史鐵生的《奶奶的星星》裏，深愛奶奶的「我」，為甚麼依然會深深傷害已摘去「地主」帽子的奶奶的心。

14. 主人公下鄉、勞改。

本文第 12 節，已詳細歸納了「文革小說」主人公們所可能獲得的不同類型的「罪名」。本節，及以後的第 15 、 16 節，將討論「罪名」與「懲罰」之關係。

普羅普功能表第 9 項將「災難或缺失被告知」，與「向主人公發出命令，派遣或允許他出發」列在一起，隨後就是「10. 尋找者應允或決定反抗」和「11. 主人公離家」。[59]「文革小說」的主人公們在獲得「罪名」後也大都要「出發」、「離家」（下鄉、勞改），除非自殺，否則只能應允，絕少反抗。

「文革故事」中有關下鄉勞改的情節，可以是整篇作品的情節發展中的一個轉捩點：離城下鄉，意味着審查已結束罪名已宣判，接下來便是懲罰階段了（如《墓場與鮮花》中的陳堅，戴上「現行反革命」帽子後便被押送至鄉村的勞改農場；如「走資派」張思遠、王輝凡的下鄉去幹校，等等）。但有時，主人公一出場就已在鄉下監督勞動，離城的原因、經過只出現在倒敘中。這時「情節功能 14」就是敍述的切入點與情節背景（如將軍被流放到小鎮上；章永璘在勞改農場任大組長或在生產隊裏當「勞改釋放犯」；「一把手」在綠毛坑被「看着」看林，等等）。前一類情節轉折，是從最痛苦的批鬥最沉重的體罰最難堪的審查，轉為比較可以忍受的苦役勞累，所以張思遠王輝凡等離開城市以後日子反而好過一些，心情反而沒有以前那麼緊張煩躁。而且，他們以後還都會因禍得福，在鄉村獲女人拯救。因此，「離開城市，下鄉勞改」這個情節，既是災難降臨的極點，也是危情趨緩的標誌。對很多受難主人公（主要是幹部、知識分子）來說，下鄉勞改的生活，既是「地獄」，也是重回「人間」（「天堂」？）之路。文革是「史無前例」的，但八十年代「文革小說」主人公的災難以後的命運卻是在古今各種文學中「有例可循」的，普羅普早就在敍事功能意義上預告過，「12，主人公經受考驗，遭到盤問，以此為鋪墊」。而作為情節背景的「下鄉勞改」，因為略寫了離城下鄉的因由，勞改的具體過程艱辛細節反而得到較寫實的，有時甚至是驚心動魄的敍述。在這種情況下，受難過程與獲救過程常無明確界線。小說情節的起伏變化，更多建構在一些具體的災難事件上，如章永璘的飢餓（《綠化樹》）、性功能障礙（《男人的一半是女人》），如將軍與鎮長的對抗（《小鎮上的將軍》）及「一把手」被王木通管制（《爬滿青藤的木屋》），等等。

「下鄉勞改」與「下鄉勞動」在名義上是兩回事。後者泛指「知青下鄉」。在第 12 節中，這是第九類「罪名」：「無罪受罰」。

城市中學生，為甚麼要遷徙到農村、邊疆居住、勞動乃至「扎根」至死呢？不同的「文革敘述」有不同的解釋。

第一種解釋：知識青年上山下鄉是踏上理想主義征程。《這是一片神奇的土地》用了很多感歎號來表達和懷念知青的英雄主義理想：「我到北大荒的第三年冬季，我們連隊由十幾個知識青年組成了一支墾荒先遣小隊，向那裏進發了！……我們剛到北大荒三年呀！許多人還要在戰天鬥地中大有作為呢！屯墾戍邊的信念還沒有動搖呢！艱苦創業的精神和熱情還沒有泯滅呢！」[60]

第二種解釋是學生在城裏無路可走才隨大流下鄉，如《棋王》主人公這樣表達自己離京去雲南農場的「平庸」動機：「我的幾個朋友，都已被我送走插隊，現在輪到我了，竟沒有人來送。我雖無父母，孤身一人，卻算不得獨子，不在留城政策之內。父母生前頗有些污點，運動一開始即被打翻死去。家具上都有機關的鋁牌編號，於是統統收走，倒也名正言順。我野狼似的轉悠一年多，終於還是一定要走。此去的地方按月二十幾元工資，我便很嚮往，爭了要去，居然就批了……我爭得這個信任和權利，歡喜是不用說的……」同車的王一生也和「我」一樣，看不慣大部分知識青年的傷心：「我他媽要誰送？去的是有飯吃的地方，鬧得這麼哭哭啼啼的。」[61]

第三種解釋是貧下中農生產隊長金鬥對知青下鄉的理解：「你這

些娃娃成天在城裏造反呀奪權呀！你不准把哪個腦系（當官的）得罪下了，明着不整治你們，罰到窮溝溝來受屈。」[62]

三種解釋大概均可以成立。梁曉聲誇張的「文藝腔」也許再現了知青運動開始時的真實氣氛，阿城故作平淡的反諷筆調可能記述了知青的真實心理與處境，金鬥樸素老實的口吻或者道出了知青下鄉的真實歷史背景。但在當代小說中，很少有知青主人公從金鬥的角度看問題，他們大都採用前兩種敘述態度來記憶自己的鄉村經驗。於是，在具體處理知青離城下鄉這個細節時，也可以看到兩種不同方法。一種以離城下鄉為故事（災難）的起點，以時間推移（平鋪直敘）展開空間轉換（由城至鄉）；另一種則全部情節都在農村發生，從而以同一空間知青鄉民的共處展現某種抽象的時間觀念上的矛盾（以城裏人眼光看鄉村，以現代知識評判農業文明）。「五十篇作品」中，《插隊的故事》《桑樹坪紀事》《棋王》及《我的遙遠的清平灣》[63] 採用了前一種敘述：寫知青如何由城市到鄉村，然後吃苦，然後適應，然後理解農村……而《飛過藍天》《這是一片神奇的土地》《今夜有暴風雪》大致採用後一種方法：一開篇主人公就已在鄉村奮鬥或頹唐，然後展現各種生死衝突。前一種敘述中的「下鄉勞動」，是一系列寫實的細節，是一種被平淡敘說的艱辛勞苦，一種有反諷效果的樂天知命。而且在「無罪受罰」的過程中，知青主人公確實努力尋求城鄉間的異中之同，如王一生與「我」，發現城市農村，到處都需吃飯，到處都可下棋；《插隊的故事》也處處尋找知青鄉民間的感情交流。而後一種寫法中的下鄉勞「改」，不僅是主人公生活道路上的一個階段，而且是主人公無可避免的命運。這種知青生活記述因此而充滿戲劇性，鄉村荒原的背景與主人公的學生腔、革命氣慨構成相當強烈的反差。（如《這是一片神奇的土地》中副指導員李曉燕在北大荒河邊跳墨西哥舞唱情歌，主人公

「我」則稱墾荒隊帳篷為「巴黎聖母院」，等等。）所以，如何把握「下鄉」的情節，在知青小說中，不只是一個細節處理的問題，而關係到作品的基本傾向：正視詳述「離開城市」這個細節，知青主人公後來便需要平靜無奈地忍受和理解農村；將「離城下鄉」設定為情節背景，則知青主人公通常是既崇拜農村又忙着改造農村。簡而言之，都是「下鄉勞『改』」，前者是「下鄉勞動，改造自己」，後者是「下鄉勞動，改天換地」。

大部分的知青小說告訴我們，兩種「改造」，都不太成功。

15. 主人公受傷。

羅蘭・巴爾特曾借用一位同行的術語，形容「敍事作品是一種綜合性很強的、主要以嵌入和包裹句法為基礎的語言：敍事作品的每個點同時向幾個方向輻射……功能單位被整個敍事作品『抓住』，而敍事作品也只有靠其功能單位的畸變和輻射來『維繫』。」[64]「主人公受傷」的這一個「點」，在「文革敍述」中主要有兩個「輻射方向」：可以是災難降臨過程中的一個環節，雪上加霜，通常都發生在主人公受審捱批或勞改期間，通常都是被造反派以「革命」或「專政」的名義打傷；但也可以是整個故事中的核心事件，「肉體受傷」就是全部情節設置中的高潮所在。前者主要是被結構抓住的一個情節點，而主人公被打致傷，總是毫無反抗的（至少在行動上）。後一種情況下的受傷，是維繫作品結構的情節畸變：受難者大多是互相傷害，或者主人公自己傷害自己。

將形形色色的「文革故事」置於一種共時態的比較觀照中來看「主人公受傷」的情節，我們會發現敍述文字的激動程度與主人公受傷的嚴重程度常常是成反比的。也就是說，「雪上加霜」式的在捱批受審勞改中被打傷，傷勢相對來說都不太嚴重（很少殘廢致命），但主人公的痛苦往往被着意渲染，敍述文字往往濃墨重彩，帶有十分強烈的感情色彩。而在作品中真正出現致殘致命的傷害，真正描繪慘不忍睹的血腥殘暴時（比如在《一九八六年》《錯誤》裏），敍事者的語氣筆調反而異常平靜冷漠。這是怎麼回事呢？

《洗禮》並沒有現場直寫造反派如何「私設公堂」毒打老幹部王輝凡，卻讓他舊情復燃的前妻劉麗文在幹校激動地撫摸王的傷痕，一邊感歎：「真殘忍！」

> 「這還算殘忍嗎！」王輝凡放長聲嘿嘿一笑，這笑聲卻極不正常，冷森森地怕人，是模仿那些造反派私設公堂審案時常有的笑聲。他笑完了，突然自己背後的衣服向上一掀說：「你看看吧。」
>
> 劉麗文抓住他的後襟，仔細看他的背，不由得嚇了一跳，這哪裏還是一個人的背！黑一塊，紫一塊，顏色全變成古怪駁雜……本來這背脊上的每顆痣和每一部分皮膚她都是熟悉的。可是現在竟被糟踐成這樣！她小心在意地輕輕撫摩，撫摩那些圓疤，那深深的傷痕，好像還會碰疼了他。再彎腰下去細看，看那傷痕邊翻出的肉，她的眼淚落下來了，同時覺得自己胸中一股火一樣的哀憐感情就像泉水一樣跟着向下傾流出來。[65]

這是由受傷者的「愛人」的角度來寫傷勢，又是淚又是火又是哀憐。但打傷人的造反派在這裏是一個「虛」的「複數」。而在《大牆底下的紅玉蘭》裏，傷疤是具體的，打人的反派角色也是具體的，而且幾十年來同一處傷疤被同一個人打。小說中有四、五處文字，反復描寫在文革後期入獄的老幹部葛翎左腿上的一處舊痕新傷。新傷是被同牢的原惡霸地主之子馬玉璘故意碰破的。次日犯人勞動時，葛翎「腿腕上那個傷疤正在滴血，殷紅的血珠透過那層包紮的手絹」。但為了「捍衛共產黨員的榮譽」，葛翎依然在勞動中迎接別人的挑戰，結果「腿腕那塊傷疤，被泥兜撞得破裂了，鮮紅的血透出了包紮的手絹。他感到一陣鑽心的疼痛……」看來小說的重心，不是反思應否專政或專政的方式有甚麼問題，而是更關心到底是誰專誰的政。所以葛翎這個被反復渲染的腿傷必有來頭。故事講到一半才抖出這一重要的情節「包袱」：原來是四十年代末戰爭時期，葛翎為保衛一張毛主席畫像而被昔日的還鄉團成員馬玉璘開槍打傷。小說的傷痕文學主旨雖然在控訴文革慘劇，但這個用同樣的文字反復激動描寫的受傷細節，卻好像在驗證文革發動者有關這場運動乃國共戰爭之延續的說法。在某種意義上，從維熙等作家的誇張的激動，與後來余華、馬原等人刻意的冷血，其實是不無聯繫的：或許正因為傷痕文學中的受傷流血場面伴隨了太多的「淚」與「火」，所以新生代的作家便要大家想像一下「有血無淚」的場景。

王輝凡的背脊滿是傷痕，葛翎的左腿反復流血，前面說他們的「傷勢不太嚴重」，這是相對於《一九八六年》《玫瑰門》中的受傷情節而言的。《一九八六年》中的那位在文革初期被隔離審查時失蹤的中學教師，十年後變成瘋子回到春天的小鎮。他在生活幸福的羣眾的圍觀下，一邊在想像幻覺中對眾人及自己施行墨、劓、剕、宮、辟等五刑，一邊用火、鋸、菜刀等傷害自己：由燒指、烙面，到鋸鼻、砍腿，再到自砸生殖器……文中畫面之慘酷，好像是要考驗和挑戰中文讀者的心理承受力與審美極限：

他嘴裏大喊一聲：「劓！」然後將鋼鋸放在了鼻子下面，鋸齒對準鼻子。那如手臂一樣黑乎乎的嘴唇抖動了起來，像是在笑。接着兩條手臂有力地擺動了，每擺動一下他都要拼命地喊上一聲：「劓！」鋼鋸開始鋸進去，鮮血開始滲出來。於是黑乎乎的嘴唇開始紅潤了。不一會鋼鋸在了鼻子上，發出了沙沙的輕微磨擦聲。於是他不像剛才那樣喊叫，而是微微地搖頭晃腦，嘴裏相應地也發出「沙沙」的聲音。那鋸子鋸着鼻骨時的樣子，讓人感到他此刻正怡然自樂地吹着口琴。然而不久後他又一聲一聲狂喊起來，剛才那短暫的麻木過去之後，更沉重的疼痛來到了。他的臉開始歪了過去。鋸了一會，他實在疼痛難熬，便將鋸子取下來擱在腿上。然後仰着頭大口大口地喘氣。鮮血此刻暢流而下了，不一會工夫整個嘴唇和下巴都染得通紅，胸膛上出現了無數歪曲交叉的血流，有幾道流到了頭髮上，順着髮絲爬行而下，然後滴在水泥地上，像濺開來的火星。他喘了一陣氣，又將鋼鋸舉了起來，舉到眼前，對着陽光仔細打量起來。接着伸出長得出奇也已經染紅的指甲，去摳嵌入在鋸齒裏的骨屑，那骨屑已被鮮血浸透，在陽光裏閃爍着紅光。……[66]

這個兼患迫害狂與被迫害狂雙重病症的受難者，大概在文革初便是被造反派毒打致瘋（作品裏有意留下空白，且有造反派向主人公妻子聲明：我們沒有打他。頗有些「此地無銀三百兩」的意思）。所以他發瘋以後會用自戕的方法在幻想中傷人以復仇。這段精雕細刻的血淋淋的文字，至少可以有三重不同的象徵效果。一，想要傷害別人其實在傷害自己，傷害的後果「還要對着陽光仔細打量」，且「在陽光裏閃爍着紅光」，這不是很多人在文革中都曾有過的經歷嗎？二，以傳統中最殘酷的方法，來自我傷害中國文化的肌體，這不也正是文化大革命在歷史上所起的真正作用真實影響嗎？三，瘋子的自我摧殘，是在包括其女兒在內的羣眾圍觀下進行的。正如作品題目所點明，災難剛剛過去十年，「新時期」的人們就用「瘋狂」來解釋過去的一切，然後通過觀看（敍述）使自己處在安全的位置上。[67]

以平靜來敍述瘋狂，確是余華的個人特點，卻又不僅是余華的個人追求。年輕女作家鐵凝在《玫瑰門》中講述姑爸如何被造反派打傷，其慘不忍睹的程度，不在《一九八六年》之下。男性化的姑爸有兩個嗜好：喜歡挖耳朵，喜歡自己的黃貓。可是造反派抄家以後，黃貓被剛住進北屋的居委主任羅大媽的兒子們「車裂」分屍了。姑爸氣憤之下站在院裏罵街。第二天，就有五六個手持棍棒的小將由羅家次子二旗帶領進院來——

> 他們衝進西屋，西屋頓時就傳出了一陣破舊造反的特有聲響……姑爸被架出屋來，她裸露着上身赤着腳，被命令跪在青磚地上。……皮帶和棍棒雨點般地落在姑爸身上，姑爸那光着的脊背立刻五顏六色了。之後他們對她便是信馬由韁地抽打……這是一種帶着消遣的抽打，每抽打一下，姑爸那從未甦醒過的乾癟乳房和乳房前的青磚便有節奏地搖擺一下。
>
> ……
>
> （他們）又將她拖進屋去。在屋裏他們經過研究，終於又擬出一個全新的方案：打、罵、罰跪、掛磚也許已是老套子，他們必須以新的方法來豐富自己的行動。因人制宜，因地制宜。人是姑爸這個半老女人，地是這間西屋這張牀。他們把人搬上牀，把人那條早不遮體的褲子扒下，讓人仰面朝天，有人再將這仰面朝天

的人騎住，人又揮起了一根早已在手的鐵通條。他們先是對她的下身亂擊一陣，後來就將那通條尖朝下地高高揚起，那通條指向便是姑爸的兩腿之間……[68]

在《飛天》《生活的路》(竹林)等傷痕文學作品中，女主人公受傷的主要形式都是被姦污。《玫瑰門》中姑爸的災難顯然更值得從女性主義文學批評的角度去考察：這是一個從來未被男性進入過的的女性身體(年輕時是男性拒絕進入，後來則是女性自行封閉)，現在卻有鐵條代替陽具來施暴。聯繫到《一九八六年》自宮的瘋子男主角，《馬橋辭典》中沒有「龍」的萬玉，《芙蓉鎮》裏有「暗疾」的幹部谷燕山，《錯誤》中睪丸被踢傷的二狗以及下一章還要討論的一度性無能的章永璘……姑爸雖是假男人，卻也難逃被「革命」「去勢」的命運。五十部著名的「文革小說」中，明確表現閹割主題的作品至少有十分之一，這不能不說是一個很值得注意的文學及文化現象。

如果說王輝凡、葛翎的受傷情況是最戲劇性也最常見的，《一九八六年》《玫瑰門》中的受傷場面是最慘不忍睹的，那麼《黃泥街》與《錯誤》等作品中的受傷文字就是最不動聲色的。比如《錯誤》，三次司法、政治、行政以外的基於知青江湖道義的懲罰，都是在若無其事的敘事氣氛中進行的。第一次是黑棗懲罰「我」錯誤地懷疑和搜查同室知青——

他看來心平氣和，一點着急的樣子都看不出來。他慢慢搖動釘頭，釘子被他拔出來了。接着他利用門檻退下了鍬頭。

我知道好戲就要開場了。我記不住細節，因為時間已經過去太久。結果我的腳踝被木鍬把掃成粉碎性骨折，我成了終生跛腳。

我記得我極認真地對黑棗説我要挑他兩根大筋。我記得黑棗完全不在乎地笑了一下。黑棗沒下暗的，他是個男人。他是在打過招呼以後才動手的，他把齊頸高的硬木桿用力掄圓了。我想過用手臂擋一下，結果他沒讓我來得及擋，他的硬木桿在接近我腰部時突然變了方向直掃下三路，而且掃得極低。[69]

但不久以後，「我」發現遺失的軍帽在二狗手裏。「我同樣不露一點聲色，一把抓住他衣領，接着用那條沒受傷的右腿直搗二狗胯下，他當時就倒下，倒在地上瘋狂般的打滾嚎叫。」既然軍帽確實在室友手裏，那黑棗第一次對我的懲罰便是「錯誤」。於是，「我」理應有報復的權利。這便是小說中第三個人的受傷：

遠處有公雞叫了。黑棗隨着公雞的第一聲啼鳴突地跳到地上，他經過我身邊時也沒留一點跡象，他是跨過我兩步以後彎身撿起鍬頭的。我沒來得及想他可能幹甚麼，他已經動手了，他看來用力很大又很猛，他的左腿後腳跟上面給剁開了，血汩汩地流了一地，他當時就倒了，倒下的時候神志還清，他朝我笑了一下，那是多麼燦爛的一笑呵。

「我們兩清了。」

當事人是否可能如此平靜冷漠地講述自己以及與自己有關的受傷乃至殘廢的經過？馬原在這裏的不動聲色或許也是另一種方向的文學誇張。其效果，既顯示瘋狂年代怪事太多不足為奇，也突出「我」和其他知青們「都是男人」：既講義氣又有勇氣，且都以英雄氣慨為日常行為，無須感歎。最後一段寫黑棗仗義自罰，幾乎有些歌頌的意思。

像《錯誤》中的這種「主人公受傷」，當然不僅僅是情節發展中的一環，而且直接構成故事本身。文革後各種不同風格、流派的中國小說家，似乎都遵守這樣一個不成文的默契：如果被「壞人」（紅衛兵、造反派）打傷，可以喊痛流淚淌血，但構不成一個完整的「文革故事」。只有「好人」互相傷害或自我傷害，才可能成為一個獨立的「故事」，可能成為詮釋文革的一個視角。

16. 主人公自殺。

「主人公自殺」是「文革小說」敘事模式在災難降臨階段的最後一個環節，也可以說是情景急轉的極端形式。在「五十篇作品」中，有超過四分之一的作品，描寫到主人公的死亡。分析這些主人公死亡的原因，一是自然死亡（主要是病死，包括承受不住災難而病故），如《傷痕》《小鎮上的將軍》《奶奶的星星》及《如意》；二是死於某種意外災難（沼澤、山火等），如《這是一片神奇的土地》和《爬滿青藤的木屋》；三是被人打死，如《大牆下的紅玉蘭》。如果包括次要的主人公，則《飛過藍天》中名叫「晶晶」的鴿子，及《玫瑰門》中的姑爸，也都是被人打死的；四是自殺，如《我是誰》《楓》《我應該怎麼辦》、《死——給「文革」》《一九八六年》和《波動》。一、二、三類描寫死亡的作品總共七篇，而最後一類寫自殺的小說，已有六篇。顯然「文革故事」中主人公的死因之中，自殺的比例最高。更重要的分別是，前三類的死亡情節，一般都發生在災難即將過去，即主人公已經獲救或有可能獲救以後，所以這些情節將在下一章「情節功能 23」節討論。只有自殺這一種死亡形式，幾乎總是發生在災難來臨時期的最後階段。小說中如果出現這一情節，通常故事也就在這高潮中終結了。

自殺最普遍的原因是主人公無法承受殘酷的批鬥審查，無法忍受人格、名譽、尊嚴被侵犯。《我是誰》是「士可『殺』不可辱」的典型案例。孟教授是在一次校級批鬥會上被掛牌戴帽剃陰陽頭後跳樓的。小說中的「意識流」一度還引起爭議，被認為是晦澀難懂。其實韋彌的紛亂思路裏有着線索分明的自殺的因與果：亡夫之痛，批鬥之慘，周圍羣眾是看客，解放初光榮回國的記憶成了反諷。最後一切困惑都集中在身份危機上，「我是誰？」帶着絕望的問號女主人公終於投湖。多年以後為紀念傅雷而作的短篇《死》，敍述的是同一類型的自殺，卻企圖超越寫實，在哲理層面上與死者對話。其實，韋彌、傅雷等知識分子所受到的批判體罰，未見得會比張思遠、王輝凡承受的壓力侮辱更嚴重，但士大夫有講求「氣節」的傳統，讀書人比較看重自尊，不大會像從事政治的人們那樣能從鬥爭策略、權力轉移等角度去理解眼前的個人災難，也不大懂得或不願懂得「小不忍則亂大謀」。或者更準確地說，對某些知識分子而言，政治局勢只是「小」，個人節氣才是「大」。所以，他們沒有嘗試去「忍」，而寧可面對死。值得一提的是：至少在「五十部作品」中，沒有一個幹部身份的主人公自殺[70]。

《一九八六年》的男主人公，在自己身上施行墨、劓、宮、辟等傳統酷刑之後，終於死在「新時期」的街頭。看上去這是瘋子非理性的自殺，其實瘋子之行為與其致瘋的原因（文革初的審查及可能遭受過的體罰），也是直接有關的。所以也是主人公無法承受迫害而自殺。只是余華這篇小說寫作時間較晚，在探索敍述形式並研討文革與傳統之關係時，特地為主人公的死亡設計了一個十分曲折、漫長而又驚心動魄的過程。中學教師大概在十幾年前失蹤時便已瘋了，可「自己殺害自己」的過程一直延續到「春回大地」的「文革後」。

盧丹楓（《楓》）之死，在某種意義上也可以說是「捍衛尊嚴」，「預防」自己的名譽被侵犯。「井崗山」在紅衛兵武鬥中失利了，骨幹盧丹楓在戰場上遇見現任對立派頭頭李紅鋼——

……她一把揪住李紅鋼的胸襟，熱切地說：「黔剛，你快清醒吧，快回到毛主席革命路線上來吧！你快點調轉槍口吧，黔剛！」

李紅鋼忍住淚水，背過了臉：

「不！……你，你……投降吧！」

丹楓憤然一掙，一把推開李紅鋼。她後退了幾步，整了整血跡斑斑的褪了色的舊軍衣，輕蔑地冷笑道：

「至死不做叛徒！膽小鬼，開槍吧！」

李紅鋼，我們青年近衛師前衛團長，這個在槍林彈雨中腰都不貓的人，此時竟全身哆嗦開了。

「沒有一滴熱血！」丹楓感歎一聲，扭身向樓邊走去……

「丹楓！丹楓！！丹楓！！！」李紅鋼短促而驚恐的高叫着，手裏的槍在劇烈地抖動。然而丹楓沒有聽見，李紅鋼的呼喚淹沒在她那廣播員的高昂的口號聲中：「井崗山人是殺不絕的！共產主義是不可抗禦的！誓死保衛毛主席的革命路線！誓死保衛毛主席，誓死保衛林……」

在這最後的高呼中，丹楓躍出了最後的一步……[71]

這段文字中過於戲劇性的激情與不無做作的「文藝腔」，可以說是學步五十年代的「革命歷史小說」或者更早的巴金、蔣光慈等人的「革命加戀愛」小說。在敵人刀槍逼近時寧可跳樓（崖）也不投降的橋段，則脫胎於一部歌頌抗日烈士的影片《狼牙山五壯士》。但這一次不是描述國共戰爭、抗日或北伐，所以這個場面在眾多「文革敍述」中仍有其獨特意義。[72]

雖然大部分主人公自殺的原因類似，都是因為「文革中不能承受之慘」。但《波動》結尾處蕭凌之死似乎是一個例外。小說結尾時幾條情節線索都收束在一起：已拋棄蕭凌回京的男主角楊訊中途改變主意；老幹部林東平發現女兒媛媛已出走；原本想拐走媛媛的「流氓」白華在半路叫媛媛回家；而心靈受傷的蕭凌黑夜一人走上懸崖，被山洪沖倒，生死不明……如果說蕭凌是有意自殺，近因顯然是男友的背叛。蕭凌沒有想到她所愛的楊訊，也會因為發現她在下鄉時曾被男人欺騙並留下一子，就離她而去。自殺的大背景當然還是和「文革」有關，但具體分析，這一次卻是因為做女人而自殺。不過小說前半部一直渲染蕭凌的神秘、高傲、冷靜、閱世通達，結尾處突然讓她在楊訊的背叛面前「撲在牀上，失聲地哭了」[73]，然後失魂落魄精神走向崩潰，似乎性格轉折太快。也許故事的敍說者最後也猶豫不決，不知該如何把握蕭凌的精神狀態，所以她的自殺，也寫得模糊曖昧，聽憑讀者去想像。

在文體上，《波動》也是例外，其他描寫主人公自殺的都是短篇。這當然不純粹是巧合。從「新時期」文學發展的角度看，七十年代末八十年代初短篇比較繁榮，而受難者自殺的故事也最適合於早期傷痕文學直接控訴的需要。稍遲幾年陳村、余華等再寫自殺，細節、過程就曲折隱晦一些了。從小說的敍事結構來看，主人公的自殺，也可以是情節的轉折，情節的高潮，很有可能也就是故事的結束。只有在短篇的敍事結構中，轉折、高潮、結尾才比較容易放在一起。

在下一章裏，我們將討論為甚麼只要主人公能熬過最初的衝擊，他就再也不會自殺。而漫長的忍受災難和獲救的過程，在多數情況下，是需要中篇，乃至長篇的格局才能容納。

1 殘雪：《黃泥街》，原載《中國》，1988 年第 11 期；見小說集《黃泥街》，武漢：長江文藝出版社，1996 年，頁 72。

2 見梁麗芳：《從紅衛兵到作家》，台北：萬象圖書，1993，頁 188–192。

3 梁曉聲：《一個紅衛兵的自白》，頁 75—76。

4 劉心武：《如意》，選自《劉心武代表作》，開封：河南人民出版社，1989 年，頁 100—101。

5 蕭平：《墓場與鮮花》，《上海文學》1978 年 11 期。

6 普羅普：《故事形態學》，賈放譯、施用勤校，頁 33。

7 戴厚英曾作為華東師大學生積極投身「反右」，文革中又成為上海作協造反派的，在她八十年代受批判的長篇《人啊，人！》中，描寫男主角何荊夫貼大字報批評大學黨委書記奚流「缺乏人情味」，可以被視為罕見例外描寫大字報的正面作用。不過這張大字報不是寫於文革期間，而是寫在 1957 年反右前夕。

8 王蒙：《蝴蝶》，《中國新文藝大系・中篇小說集 1977—1982》，上卷，北京：中國文聯出版公司，1985 年，頁 324。

9 九十年代後還有人將大字報風景作為美術現象來考察，見解頗為新鮮：「紅衛兵到處張貼大字報、標語、散發傳單發出通令倡議書……將大街小巷大片牆壁和大門塗上紅油漆，書寫毛主席語錄和各種標語，創造紅海洋……蘇聯詩人前衛藝術家馬雅可夫斯基曾經豪邁地宣佈：『街道是我們的畫筆，廣場是我們的調色板。』未來主義者則號召：『我們要破壞博物館、圖書館。』但蘇聯的未來派還是停留在文字上，而中國的紅衛兵卻將之付諸行動。」（見王明賢：《紅衛兵美術運動》，《二十一世紀》，總第 30 期，1995 年 8 月。）

10 梁曉聲：《一個紅衛兵的自白》，頁 144。

11 阿城：《棋王》，《知青小說選》，成都：四川文藝出版社，1986 年，頁 913。

12 按六十年代七億人口計算，「5%」（「一小撮階級敵人」）應該有三千五百萬人。但有些造反派的統計數字顯示，階級敵人常常不止「5%」。據《穆欣在光明日報頑固堅持劉鄧陶資產階級反動路線大事記》（《光明日報》傳單，1967 年 3 月 4 日），全報社有 110 名職工被橫掃，占職工總數 40%；文化部的一份內部檔案中「政治排隊」，29% 的人「性質嚴重」，39% 的人「有問題」（《文化風雷報》，北京，1967 年 5 月 12 日）。如果說這些都是知識分子幹部成堆的地方，那麼看看上海國棉十五廠，牛鬼蛇神共六百多人，占職工人數 18%（《紡織戰線報》，上海，1967 年 5 月 5 日）。以上資料轉引自華林山：《政治迫害與造反運動》，又見劉青峯編：《文化大革命：史實與研究》，香港：中文大學出版社，1996 年，頁 219—220。

13 古華：《芙蓉鎮》，頁 78。嚴格說來，工作組「四清」時「文革」尚未開始。批判會也比「文革」高潮期間的羣眾集會更多一些領導控制的成分。但以法律審判名義從事政治權力鬥爭的會議格式，與「文革」中的批判會沒有太大區別。

14 王蒙：《蝴蝶》，《中國新文藝大系・中篇小說集 1977—1982》，上卷，頁 323。

15 戴厚英：《人啊，人！》，香港：遠東評論出版社，1983 年，頁 13—14。

16 同注 15，頁 34。

17 同注 15，頁 38。

18 托多羅夫著、王泰來譯：《文學作品分析》，《敍事美學》，頁 25。

19 《當代大陸作家寫歷史 —— 以戴厚英、馮驥才、阿城為例》，《眾聲喧嘩》（台北：遠流出版公司，1988 年，頁 161—162）。

20 席宣、金春明：《「文化大革命」簡史》，中共黨史出版社，1996 年，頁 115—116。

21 鐵凝：《玫瑰門》，頁 81。

22 普羅普：《故事形態學》，賈放譯、施用勤校，北京：中華書局，2006 年 11 月，頁 27。

23 鄭念著，方耀光、鄭培君、方耀楣譯：《生死在上海》（*Life and Death in Shanghai*），上海：百家出版社，1988 年，頁 77—100。

24 趙振開的《波動》也許是「五十部小說」中唯一的一個例外，女主角蕭凌的母親就是在被抄家時憤怒抗議最後跳樓自殺。

25 鐵凝：《玫瑰門》，頁 61。

26 鐵凝：《玫瑰門》，頁 81—82。

27 鐵凝：《玫瑰門》，頁 84。

28 能夠洞察和描寫「自虐」式革命姿態的女作家鐵凝，後來當選中共中央候補委員、中國作協主席。在她之前當選中共中央委員的是王蒙，中國作協主席是巴金。

29 使用「幾乎」兩個字，是因為我把少數幾篇知青小說排除在外。雖然「城市學生被迫下鄉」本身也可說是某種「處罰」和「災難」，但因為知青下鄉時名義上不是受處罰，而且這是大部分學生都要承受之災難，作家們也似乎沒有將下鄉經驗當作政治處罰來描寫，所以我不在本節裏討論這幾篇小說（《棋王》《飛過藍天》《我的遙遠的清平灣》《這是一片神奇的土地》）。

30 「打砸搶分子」是文革結束以後，前紅衛兵造反派活躍分子被清查時的一項罪名。

31 知青小說將不在本節中討論。

32 小說一開始，王曉華便隨其母一同陷入災難：「自從媽媽定為叛徒以後，她開始失去了最要好的同學和朋友；家也搬進了一間暗黑的小屋；同時，因為媽媽，她的紅衛兵也被撤了，而且受到了從未有過的歧視和冷遇。」

33 將軍來小鎮前已經落難：「他早就給拉下了馬，受審查，現在，是來這裏充軍的！」「充軍？為甚麼充軍？」「他是叛徒。」不過小說後又描寫了將軍的第二次災難：因帶領羣眾悼念周恩來而失去「復出」之機會，最後死於小鎮。

34 張思遠在文革初被批鬥時的罪名是「走資派，叛徒，三反分子。」

35 從維熙《大牆下的紅玉蘭》男主人公所受到的指控是：「葛翎。省勞改局獄政處處長，典型的『走資派』，『還鄉團』，『現行反革命』！」因為以上罪名，葛翎在「文革」後期入獄勞改，與已判死緩的前國民黨還鄉團頭馬玉麟同牢。

36 韋君宜《洗禮》開篇時，王輝凡已在隔離審查中，卻沒有交代明確的罪名，只是說「罪行是很嚴重的，羣眾對他仇恨極深。如果不是工軍宣隊進駐，革命羣眾早就把他打死了。」後來在幹校王因運糧時摔破一袋米，在緊急召開的現場批鬥會上被稱為「反革命修正主義份子」。（造反派陳射洪後來成為「五・一六分子」。）

37 宗濮《我是誰》中的人物很簡單（夫妻教授韋彌和孟文起），罪名卻很多很複雜：「黑幫的紅人！特務！」「牛鬼蛇神！」「殺人不見血的筆桿反革命！」……

38 張弦《記憶》中有兩次審判：「四清」時年輕的女放映員方麗茹因倒放毛澤東接見外賓的紀錄片，被宣傳部長秦慕平判處「開除團籍、公職，戴上現行反革命帽子、送農村監督勞動。」文革初秦慕平因用印有毛澤東照片的舊報紙包鞋，也被控「現行反革命」。

39 老鬼：《血色黃昏》，北京：工人出版社，1988 年，頁 132—133；209。

40 小說中的「災難」，既是「一把手」（還有盤青天，以及王木通）的處境，也是中心情節「山火」。

41 這是梁曉聲寫在《一個紅衛兵的自白》扉頁上的宣言。

42 *The China Quarterly*, No. 83 (September 1980)，頁 397—446。參考徐友漁：《西方學者對中國文革的研究》，《二十一世紀》（香港中文大學），總第 31 期，1995 年 10 月。

43 華林山：《文革期間羣眾性對立派系成因》，《二十一世紀》，總第 31 期，1995 年 10 月。

44 印紅標：《紅衛兵運動的兩大潮流》，《二十一世紀》，總第 13 期，1992 年 10 月。

45 米鶴都：《紅衛兵這一代》，香港：三聯書店，1993 年，頁 199。

46 宋永毅：《文化大革命中的異端思潮》，見劉青峯編：《文化大革命：史實與研究》，香港：中文大學出版社，1996 年，頁 260。

47 這是《晚霞消失的時候》紅衛兵抄家名單上的原始記錄：「楚軒吾為國民黨高級將領，追隨反動軍隊征戰多年，血債累累。但解放後一直受到寬大處理，從未嚴格審查。我們認為，歷史上的重大反革命分子，不應長期逍遙法外。因此，為維護無產階級鐵打江山，應對其徹底改造，予以查抄。」

48 馮驥才：《啊！》，《收穫》，1979 年第 6 期（11 月）。

49 王安憶：《叔叔的故事》，《神聖祭壇》，北京：人民文學出版社，1991 年，頁 252–253。

50 葉蔚林：《在沒有航標的河流上》，《中國新文藝大系．中篇小說集 1976—1982》，上卷，頁 233。

51 韓少功：《馬橋辭典》，載《小說界》（上海），1996 年第 2 期（3 月），頁 17—18。

52 韓少功：《馬橋辭典》，《小說界》，頁 46。

53 「……《黃泥街》的出色在於……對毛語的句法形式的變形。……殘雪將元話語體系中的習語和句法置於非理性的語境中，在保持它們嚴峻的、攻擊性的意義的同時，將它們轉化為碎片，轉化為無盡的衝突和焦慮。從總體上看，由於元話語形式中的輝煌的意義被恐懼、猶疑、當然最重要的，被無理智的徒勞行為所替代，殘雪的小說成為對毛語的痛苦的戲擬，以抵抗話語的殘暴的震驚。」見楊小濱：《中國先鋒文學與毛語的創傷》，《二十一世紀》，總第 20 期（1993 年 12 月）。

54 普羅普：《故事形態學》，賈放譯、施用勤校，頁 28。

55 王蒙：《蝴蝶》，《中國新文藝大系．中篇小說集 1977—1982》，上卷，頁 324。

56 王蒙：《蝴蝶》，《中國新文藝大系．中篇小說集 1977—1982》，上卷，頁 326—327。多年以後冬冬告訴父親，他不是為母親報仇，而「真真正正是為了革命造反，我們那一派的頭頭鼓勵我……」（頁 331）。

57 同注 56，頁 327。

58 韋君宜：《洗禮》，《中國新文藝大系・中篇小說集 1977—1982》，上卷，頁 168。

59 普羅普：《故事形態學》賈放譯、施用勤校，頁 33。

60 梁曉聲：《這是一片神奇的土地》，《知青小說選》，頁 351。

61 阿城：《棋王》，《知青小說選》，頁 908–909。

62 朱曉平：《桑樹坪紀事》，《中國新寫實小說選》，頁 306。

63 《我的遙遠的清平灣》的情況稍有例外。小說開篇並沒有寫離城下鄉，但在小說結尾寫到離鄉回城，同樣以「時間」轉換「空間」。

64 羅蘭・巴爾特著、張裕禾譯：《敘事作品結構分析導論》，見《敘事美學》，頁 93。

65 韋君宜：《洗禮》，《中國新文藝大系・中篇小說集 1977—1982》，上卷，頁 194。

66 余華：《一九八六年》，《中國小說一九八七》，黃子平、李陀主編，三聯書店（香港）有限公司，1990 年，頁 193。

67 余華曾有在醫院工作的經驗，這不僅使他對肉體傷殘的細節有特殊的興趣，而且和很多學醫的文學前輩（比如魯迅）一樣，在解剖病態、分析瘋狂時有着過人的冷靜。

68 《玫瑰門》，頁 157–158。

69 馬原：《錯誤》，《中國小說一九八七》，頁 291。

70 自殺者多為知識分子，很少幹部 —— 這當然也是作家文人單方面的想像。現實中總參謀長羅瑞卿就曾跳樓自殺未遂，後來被紅衛兵放在蘿筐裏批鬥。田家英、鄧拓既是文人，也是官員。九十年代以後自殺的貪官也為數不少，且都很難追查。

71 鄭義：《楓》，《文匯報》（上海），1979 年 2 月 11 日。

72 重慶郊外沙坪公園裏，緊鄰天主教堂，有一座大約掩埋了 404 名武鬥死難者的紅衛兵墓園。鄭義參觀過這座墓園，據說《楓》的構思最初即由此引發。現抄錄 105 號墓的碑文：

……寒凝大地吐嘉華。

毛主席最忠實的紅衛兵我毛澤東主義戰鬥團最優秀的戰士張光耀、孫渝樓、歐家榮、余志強、唐曉渝、李元秀、崔佩芬、楊武惠八位烈士，在血火交織的八月天為了捍衛毛主席的革命路線，流盡了最後一滴血，用生命的光輝照亮了後來人奮進的道路。

死難的戰友們，一想起你們，我們就渾身是膽，力量無窮，下定決心，不怕犧牲，排除萬難，去爭取勝利。

不周山下紅旗亂，碧血催開英雄花。

親愛的戰友們，今天，我們已用戰鬥迎來了歡笑的紅雲。

……

毛澤東主義戰鬥團死難烈士永垂不朽！

八一五革命派死難烈士永垂不朽！

重慶革命造反戰校（原二十九中）

毛澤東主義戰鬥團

一九六七年六月

轉引自陳曉文：《重慶紅衛兵墓地素描》，《二十一世紀》，總第 30 期（1995 年 8 月）。

73 趙振開：《波動》，引自《歸來的陌生人》，廣州：花城出版社，1986 年，頁 131。

第三章　考驗與拯救

17. 男主人公有身體苦難，為民間女子所救。

文革故事的第一主題是「災難」，第二主題便是「拯救」。除了《我是誰》《楓》《死》《一九八六年》等少數描寫自殺的短篇以外，「五十部作品」中的絕大多數的主人公都將繼續承受災難，並且絕大多數都有可能在苦難中獲得某種拯救。普羅普的功能項裏沒有「拯救」專項，但切合英雄冒險受考驗主題，拯救力量分散為「魔法」和「相助者」，大致要經過六個程序才能完成考驗與拯救，即：13. 主人公對未來贈與者的行動做出反應。14. 寶物落入主人公的掌握之中。15. 主人公轉移，他被送到或被引領到所尋之物的所在之地。16. 主人公與對頭正面交鋒。17. 給主人公做標記。18. 對頭給打敗。[1]「文革小說」兼有控訴災難的政治責任和安慰歌頌英雄（與災難鬥爭的倖存者）的社會責任，所以災難和拯救同等重要。具體來說，前者是指主人公獲得某種精神力量（相當於「魔法」？）得以忍受、渡過災難，而且這種精神拯救還將使主人公在災難以後獲得新的生活乃至新的生命；後者是指主人公獲得現實解救，如政治平反、出獄、回城、重新做官等等。「現實解救」的若干方案，將在本章第 21 節和第 22 節詳論。從本節到第 20 節，都將分別探討所謂「精神拯救」的幾種可能的途徑。一般說來，精神拯救在前，現實解救在後。一如普羅普所總結，獲魔法、寶物相護、相助者在前，打敗敵人取得現實勝利在後。

受難主人公能否在災難之中獲得某種拯救，這也是「新時期小說」與海外華文文學中的「文革敍述」的一個重要差異。在《尹縣長》諸篇[2]中，災難就是災難，看不出有甚麼「壞事變成好事」的可能。如果說《尹縣長》寫得太早了一些（1974 年），那麼在八十年代後期發表的李碧華的《潘金蓮之前世今生》[3]《霸王別姬》[4]等小說中，單玉蓮與段小樓在文革中固然被強姦受污辱，即使後來獲得「現實解救」到了香港，也是前路荊棘或晚年悽涼（改編成電影後，主人公更在「新時期」自殺）。

僅從情節功能看，可以說「文革敍述」的災難主題後面是「政治」，而拯救力量則主要來自「愛情」。第一章已經討論，主人公受難之前常有愛情方面的缺憾，這些過失與缺憾又和後來的政治災難有關。在這一章裏我們也將看到，愛情的拯救又處處與政治因素有關。愛情與政治的不同組合形式，便構成了不同的拯救方案。不僅男女主人公會得到不同形式的愛情拯救，而且不同身份的男主人公，也會得到不同的女人相救。

男主人公如果首先要忍受身體方面的苦難，那麼通常他便會獲得民間身份的女子相救。所謂「身體苦難」，主要是指主人公在下鄉、勞改、幹校期間所必須要忍受的「勞累」、「疾病」與「飢餓」（包括「性飢渴」）等。在這幾種身體苦難中，值得注意的是，很少有中國當代小說將體力勞動（哪怕是強迫的體力勞動），作為主人公的一種「受難」形式來描寫來渲染來抱怨。就算是體弱的女主人公 —— 例如《奶奶的星星》與《芙蓉鎮》中的女主角不願當眾掃街，主要也不是害怕勞累，而是恥於做這「黑五類」的「工作」，不想被街坊看見。如果主人公是男性，那就不應該為勞動而羞辱。史鐵生在《我的遙遠的清平灣》中感歎陝北鄉民勞作之苦，但主人公自己卻只是放牛，似乎很自在。《透明的紅蘿蔔》與《桑樹坪紀事》中寫到農村勞動之艱辛時，筆調都很平淡。仿佛在各種「文革故事」裏，勞動之艱苦都不能算苦。大概是血與淚的故事太多了，相對來說，身體方面的勞累就不足為「難」了。也許，「五四」以來，中國作家本來就覺得不應該用文字來抱怨勞動之艱苦。或者，作家希望作品能夠為大多數讀者所「喜聞樂見」，而想像中的大眾讀者應該是「筋肉勞動者」，至少不會害怕勞動。另一個可能是中國作家有意無意將艱苦勞動與道德修行聯繫起來。正如福柯在討論十七世紀歐洲的瘋人禁閉制度時指出：「勞動的效力之所以被承認，是因為它以某種道德昇華為基礎。自從人類墮落以後，人類就把勞動視為一種苦修，指望它具有贖罪的力量。不是某種自然法則，而是某種詛咒的效力迫使人們勞動。……勞動的義務……甚至與那種模糊地相信土地會報答人的勞動的信念也無關係。」[5] 顯然，右派章永璘也不是因為期盼豐收才會在勞改中體會勞動的樂趣，《蝴蝶》裏的「走資派」張思遠同樣也是在勞動鍛煉中重新找到人生的活力。

不僅「勞累」不算苦難，甚至「疾病」，也很少成為「文革小說」忍受苦難階段的重要情節。通常只有在三種情況下，「疾病」才會受到敘事者的重視：一是「情節功能 15」所論及的，主人公被批鬥毆打引發的傷病（如《在沒有航標的河流上》，徐區長重病，為很多羣眾所救）；二是「情節功能 23」中指出的，後來導致主人公死亡的疾病（如《這是一片神奇的土地》裏副指導員在北大荒患「出血熱」）；三是比較特殊的「疾病」，如章永璘、谷燕山的「性功能障礙」，《一九八六年》男主角的發瘋等。在這三種情況之外的「疾病」，一般都只會被輕描淡寫。[6] 相比之下，身體方面所承受的種種苦難中，還是「飢餓」比「勞累」、「疾病」都更重要。

「飢餓感」在「文革敍述」中至少有兩層意義。第一，民以食為天，反襯之下，亂紛紛的文革政治風雲又有多少重要性呢？《棋王》寫「吃」，可謂大雅之俗。飢餓細節構成對時代背景的根本顛覆。第二，對於某些知識分子主人公來說，精神上獲得拯救的必經途徑仍是肉體改造。從忍受飢餓到克服飢餓、戰勝飢餓的過程，也就是主人公從依賴腦力的「士」轉變為依靠體力的「民」的過程。

《綠化樹》的主人公，對被監督勞動毫無怨言，最大的苦難就是「飢餓」。小說第一頁，主人公這樣介紹自己：「我已經瘦得夠瞧的了，一米七八的個子，只有四十四公斤重，可以說是皮包骨頭。」[7] 為飢餓所驅使，勞改犯章永璘曾經運用其讀書人的智慧，每天多取 100cc 稗子面稀飯，或者欺騙賣蘿蔔土豆的老農。離開勞改隊後他非常愉快地以洗蒸籠布代替用餐，「只有自由的人才能進伙房刮饃饃渣，自由真好！」飢餓已逼得人不顧羞恥。兩個稗子面饃饃被老鼠偷走會使主人公痛心疾首……將章永璘從苦難中解救出來的，當然是女主角馬纓花。但馬纓花表達感情的方式，不是接吻、言語甚至眼神，而是「拿出一個白麪饃饃」。接下來便是整部小說中最重要的一個意象，也是男主人公命運的轉捩點——

> 我慢慢地把饃饃拿起來。
>
> 這確實是個死面饃饃，面雪白雪白，她一定籮過兩道。因為是死面饃饃，所以很結實，有半斤多重，硬度的彈性如同壘球一樣。我一點點地啃着、嚼着、啃着、嚼着……儘量表現得很斯文。我已經有四年沒有吃過白麪做的麪食了，而我統共才活了二十五年。它宛如外面飄落的雪花，一進我的嘴就融化了。它沒有經過發酵，還飽含着小麥花的芬芳，飽含着夏日的陽光，飽含着高原的

令人心醉的泥土氣，飽含着收割時的汗水，飽含着一切食物的原始的香味……

忽然，我在上面發現了一個非常清晰的指紋印！它就印在白麪饃饃的表皮上，非常非常地清晰，從它的大小，我甚至能辨認出來它是個中指的指印。從紋路來看，它是一個「籮」，而不是「箕」，一圈一圈的，裏面小，向外漸漸地擴大，如同春日湖塘上小魚喋起的波紋。波紋又漸漸蕩漾開去，蕩漾開去……

噗！我一顆清亮的淚水滴在手中的饃饃上了。[8]

如果說「這顆清亮的淚水」，就是普羅普所謂的「功能項 13. 主人公對未來贈與者的行動作出反應」，那麼拯救主人公的寶物與魔法就是食物與愛情（食色，性也？）。張愛玲《色，戒》中所謂男人愛的道路通過胃的說法在文革期間依然有效。馬纓花的家在小說裏被稱為「美國飯店」—— 這個名稱的象徵意義恰恰顯示了拯救章永璘的兩種文化力量。「美國」，指的是女主角作風「放蕩」：將「才子落難，風塵女子相救」這個中國文學的傳統模式，延伸到文革前後的政治背景下作一番新的變奏，這無疑是張賢亮對於「文革集體記憶」的一個特別貢獻；[9] 而「飯店」可以提供食物，接待客人。在魯迅的《傷逝》裏，涓生要推開桌上的油鹽醬瓶才能振奮寫作，食物與文化與愛情相對立（男主人公後來失敗）。在郁達夫的《春風沉醉的晚上》，煙廠女工對窮文人鄰居的好感通過買香蕉麪包體現。但隨着現代文學發展到當代文學，食物與寶物、魔法的關係更複雜了：誰在哺養知識分子？當然是勞動羣眾。所以馬纓花的白麪饃饃立即聯繫着高原、土地、人民……作家沒有渲染馬纓花的「放蕩」（淡化提供食物的男人，以及孩子的生父），大概也是為了讓她能夠代表普通勞動者來救男主角。「美國」與

「飯店」，兩者缺一不可。只有「風塵女子」才能令落難的「士」毫無道德忌諱地動心動情，然後也引起識字的讀者大眾的「傳統興趣」；只有勞動者、羣眾才能幫助、改造知識分子，符合政治現實與主流意識形態之無形規範。章永璘一邊咀嚼白麪饃饃，「心底卻升起了威爾弟《安魂曲》的宏大旋律，尤其是《拯救我吧》那部分更迴旋不已。啊，拯救我吧！拯救我吧！……」[10] 馬纓花聽不到這矯情的音樂，只看見章永璘真實的眼淚，她當時的回答是相當「唯物」的：「有我吃的就有你吃的……」在「美國飯店」吃飽以後不久，章永璘便和馬纓花的另一個「情人」海喜喜在勞動中打了一架。這次打架標誌着主人公已從一個只能依賴腦力的「士」，變成了一個可以依靠體力的強壯的「男人」（並非打敗對頭，只是「給主人公做標記」[11]：勞動的標記）。

但肉體上的恢復元氣與強壯，只是男主人公獲救的過程，而非獲救的目的。章永璘等受難主人公的「飢餓」，不僅僅是因為缺乏食品。《男人的一半是女人》描寫章永璘在艱難忍受多年性飢渴之後，與另一個「風塵女子」黃香久在文革期間同居結婚。不料有了女人以後，主人公才發現自己陷入了災難。這是另一種身體方面的受難：由於長期性飢渴性壓抑導致的性功能障礙。然後，同《綠化樹》一樣，拯救男人「身體苦難」的，還是女人的風情，再加上羣眾的幫助。男主角是在和羣眾一起參加抗洪搶險之後當晚，忽然在女人溫柔的手中恢復了男人的力量。抗洪搶險這個「多數」人參與的象徵革命的行動，與男主人公性功能的恢復，可以是兩個單獨的事件。而且由於放在一起敍述，是否抗洪搶險在先，恢復性慾在後，敍事者沒有明說，敍事順序的時間性卻混淆（暗示）了事件之間的邏輯性。羅蘭・巴爾特認為：「敍述活動的動力正是連續性和後果的混淆不清本身，因為敍事作品中後面發生的總是被讀者視為由……引起的。在這種情況下，敍事作品可能系統地使用邏輯上的錯誤。」[12] 而這種邏輯性和時間性混同一體的敘事效果，便會引導讀者去注意「男人」的「性能力」與「知識分子」讀書、思想的權利使命之間的某種隱喻關係 —— 被「革命」「去」的「勢」，還是要靠真的革命（抗洪搶險）才能恢復？所以，主人公重新獲得力量以後，便拋棄女人農舍，又要以文章憂國救世，又要重新做「士」了。

《男人的一半是女人》在細節層面上其實不無破綻：章永璘十幾年來一直在勞改之中幻想女人，卻沒有交代有沒有夢遺或任何勃起、興奮的經驗。如果曾經有過，那他在與黃香久同居後便不必如此絕望，他應該知道自己並非生理上的無能；如果完全沒有，那他也不應如此驚愕，他早應預感自己有病。1995 年去台灣開會我問過作家本人這個問題，張賢亮顧左右而言他，語焉不詳。我其實並不是關心章永璘這個人物或者作家本人的生理疾病，而是更願意將這一個細節破綻放在小說精心設置的象徵層面上解讀：張賢亮後來在《我的菩提樹》一再比較中國與蘇聯東歐的勞改犯心理，說中國知識分子的特點是真心真意接受改造，即使被冤屈受迫害也不抗議。如果五、六十年代的知識分子那麼容易就被政治環境「去」掉了他的「精神能力」，這是否也使人懷疑他們本來是否曾有知識分子的「能力」（獨立思想）？或者他們本來的「能力」也不是根植於自己的「身體」，而是自三十年代以來一直由左傾思潮、蘇聯文化及各種團體組織培養、製造出來？

所以，《綠化樹》的男主人公多年以後一定要「在人民大會堂同國家和黨的領導人共商國事」時，記起「在我的靈魂處在深淵的邊緣時，是他們，那些普普通通的體力勞動者，給了我物質和精神力量……」[13] 雖然主人公曾經為自己的體力勞動而自豪，但最終他仍覺得自己不是「普普通通的體力勞動者」；雖然拯救他的，主要是民女馬纓花（上下文中明確提及），但被他感謝的對象卻是男性複數「他們」；雖然拯救他的，首先是「物質」(饃饃)與「肉體」，但被拯救的，卻還是「處在深淵的邊緣」的「靈魂」。

所以，對以文化獲罪然後尋求拯救的中國主人公來說，「相助者」是女性，「寶物」是糧食，「魔法」則是「多數」勞動者所代表的革命力量的認同。

受難主人公想像自己為「風塵女子」所拯救，這類「以肉救靈」的情節在文革敍述中雖然數量不多，但影響極大。除了張賢亮作品在八十年代中一度引起讀者及評論界廣泛注意以外，描寫知青「一把手」與鄉女盤青青「私奔」的《爬滿青藤的木屋》曾獲獎，右派書生秦書田和芙蓉姐患難愛情的故事更因小說改編而成的暢銷電影叫座而廣為人知。規律是這些情節中的落難書生一定在身體方面有困難有問題，拯救他的女人則須具備兩個條件：第一不是純真少女，而是有一定經歷的風情少婦[14]；第二是身處下層民間社會，文化不高，但屬於羣眾(人民)之一分子。

18. 男主人公有精神苦難，為知識女性所救。

如果說羣眾身份的風塵女子的關懷，是某些落難才子的集體想像，那麼代表人民的知識女性的拯救，便是下台幹部與下鄉青年的共同期望了。區別不僅在於拯救力量有所不同，也在於男主人公所要忍受的苦難，從身體方面的飢餓、疾病，更多地轉為精神方面的孤獨、迷惑、頹唐。

學生知青之間常發生的故事是：男主角因為得到一個有知識的女性的友誼而走出困境。在《墓場與鮮花》中陳堅被同事出賣而成為「現行反革命」後，下鄉勞改的艱辛勞累還在其次，精神上的孤獨苦悶卻幾乎使主人公陷入絕境。就在這時，昔日在大學一起排演過《過客》的女同學朱少琳突然出現，一段曖昧延續多年從未挑明過的愛情，在男主人公最危難的時刻，突然發展成女方的主動求婚——這是一個典型的「才子落難，知識女性（知音）相救」的故事。類似的情節也出現在其他一些以學生、紅衛兵、知青為男主角的作品裏。副指導員李曉燕（《這是一片神奇的土地》）對主人公「我」的特殊感情與關照，無疑是男主人公在北大荒戰天鬥地不畏艱險的主要精神動力。在《晚霞消失的時候》裏，也正是南珊的形象與哲理，將紅衛兵頭頭李淮平從狂熱、偏執與癡迷中拯救出來。甚至《動物兇猛》中尚未真正成年的男主角，也是在文革中期的一片道德空白中，以少女米蘭為崇拜對象，並得到某種意義上的「啟蒙」……將這些以男主人公為敘事角度的學生戀愛情節綜合起來讀，我們會發現，若要幫助解救受挫受難的男知識青年，女主角通常有這些時點：第一，在智力上高於男主角；第二，在情感上（乃至身體）也比男主角更成熟；第三，她們在年齡上也常常大於男主角（這些情節背後都有保爾柯察金第二段戀情的影子）。

知識分子類型的幹部的難中需求，通常也是一位智力文化較高，感情成熟，能夠主要在精神方面（而不是主要以物質或身體）來關心開導體貼男人的女主角（或女配角）。從王蒙《蝴蝶》中漂亮聰明的上海藉單身鄉村女醫生秋文，以及女作家現身說法的《洗禮》中的劉麗文等實例看，「落難幹部」對女人的要求，在某些方面比身體有難的「才子」高得多：能夠勝任拯救主人公使命的女人，必須純潔、高貴，不能作風放蕩，太有官能誘惑；她們在災難之前的社會文化地位應該和受難者在一個層次（就是說，也是幹部或知識分子），而不能是下層民女。「落難幹部」的要求也比知識青年要高：女主角既非平民，但政治身份又要清白可靠（像南珊那樣以國軍將領之女的身份開導解放軍將領之子，也是不合適的）。這樣，女主角在象徵意義上，又可以代表「人民大眾」（去原諒、幫助和擁護落難幹部）。

劉麗文是王輝凡的前妻，1958 年因不滿丈夫的官僚主義而離婚。可見她在政治見識、文化眼光方面向來「高」於王輝凡。文革中她出於同情，重新照顧王輝凡，雖然也有「身體」方面的關心：夾菜、理髮、撫摸傷痕，但真正令主人公感動的，還是思想、政見上的理解與開導。因為對王輝凡這樣的下台幹部來說，勞動之累，飢餓之苦，遠遠沒有精神上的憂已憂國來得嚴重。王輝凡有一次在日記中將豔麗性感的第二任夫人賈漪稱為「老婆」，將知識分子前妻劉麗文稱為「愛人」。早在失去劉麗文時他就感歎「我失去了愛人，我得再娶，再娶也只能是個老婆了。」[15] 在男主人公王輝凡（其實是女作家韋君宜）看來，「老婆」與「愛人」這兩個概念之間的差別，便是女性身體及「饃饃」，與政治見識、文化溝通之間的差異。

張思遠的苦難，也不在身體方面。或者說正相反，他反而很感激鄉村勞動，使他重新發現了自己的價值：

> 在登山的時候，他發現了自己的腿，多年來，他從來沒有注意過自己的腿。在幫助農民揚場的時候，他發現了自己的雙臂。在挑水的時候他發現了肩。在背蔞子的時候他發現了自己的背和腰。在勞動間隙，扶着鋤把，伸長脖子看着公路上揚起大片塵土的小汽車的時候，他發現了自己的眼睛。過去，是他坐在揚塵迅跑的小車軟座上，隔着透明塑膠板看地頭勞動的農民的。他甚至發現了自己仍然是一個不壞的、有點魅力的男人，不然那些結過婚的女社員，那些壯年婦女為甚麼那樣喜歡和他說說笑笑呢？……他甚至在這裏發現了自己的智慧，自己的覺悟，自己的人望。十七

年當中，他到處受到尊敬。……這尊敬不是對張思遠而是對市委書記的。他失去了市委書記便失去了這一切。但是現在不同了，農民們同情他，信任他，有甚麼事都來找他，不是因為別的，而是因為他確實正派，有覺悟，有品德，也不笨，挺聰明也挺關心和幫助人。[16]

不過僅僅是勞動，還是無法將張思遠從身份迷失的精神焦慮中解救出來。他的有文化有知識的右派前妻海雲已經去世，無法再回來。嬌豔的第二任夫人早已棄他而去。所以，主人公在公社醫院生病住院時，就出現了秋文：「上海醫科大學畢業，四十多歲，高身量，大眼睛，長圓臉，頭髮黑亮如漆，她把頭髮盤在腦後，表面上像是學農村老太太（民眾身份？人民形象？——引者注）梳的纂兒，然而配在她的頭上卻顯得分外瀟灑。衣服總是一塵不染（到底是同一層次的品味、風度與格調——引者注）……」秋文的魅力與形象，基本上是依據年過半百的下台幹部張思遠的理想和需要「度身定制」的。他只覺得秋文「清高後面確有一種由衷的利他主義。沉思後面確有拿得起放得下的丈夫氣，而背負着十字架的她仍然時時感受到生活的樂趣……」更重要的是，秋文也像劉麗文（知識女性的名字是否都有「文」字？）等其他肩負拯救革命幹部的愛情使命的女主人公一樣，能夠時刻清醒地將災難看作一個過程，她能夠以知識分子腔來代表民眾安慰幹部：「好好了解了解我們的生活吧，官復原職以後，可別忘了山裏人！」[17]

正是秋文這一句話，使張思遠「只覺得眼前一亮，心頭一亮。治國治黨，這是他們義不容辭的任務……想不到秋文還是一位政治家呢。」甚麼是被拯救的標誌呢？就是主人公離開最困難最危險處境的某個時刻，主人公的精神狀態走出了最低點，開始找到某種寄託和希望，對自己的處境有了新的認識，或看到命運轉變的可能性。後來，當然，「秋文的話應驗了，沒有過很久，一九七五年，張思遠正擇着韭菜就被接回了市委。……」[18]

19. 女主人公為知識男性所救，獲得愛情。

文革故事中的女主人公，也大都要依靠異性依靠愛情的力量才能忍受、克服並擺脫災難。但她們獲救的方式與前面兩種男主角克服災難的規律很不相同。主要分別有三。第一，不論是知識分子、幹部、學生或民眾，「文革敍述」中的絕大多數女主人公，儘管身份不同，卻都有着非常相同的難中之需：一個不僅在身材上、智力上，而且在文化背景上都高於她們的知識男性戀人。比用寬闊肩膀堅實手臂保護愛護她們更重要的，是能在思想情感上安慰理解她們。而且，必須是真的愛情，不可能是若即若離關係曖昧。而且，只會有一個，否則就有麻煩（如《我應該怎麼辦》）。

《傷痕》中與王曉華在農村戀愛受阻的蘇小林，是個「成份」比王曉華好的知青；《爬滿青藤的木屋》裏的美麗鄉女盤青青捨棄身體強壯的丈夫而愛上了有文化的獨臂「一把手」；馬纓花出於同樣理由，疏遠海喜喜，親近章永璘；《這是一片神奇的土地》中副指導員李曉燕在粗獷的摩爾人與書生氣的「我」之間也選擇了後者；《人啊，人！》女主角孫悅自己是知識分子，最後鍾情的，還是比她更有哲學頭腦政治見解更書生意氣的何荊夫……總之，女主人公自身身份、文化及經歷之不同，都不會影響她們對知識男性的共同的愛情取向。[19]（這裏有男作家們的集體自戀白日夢，但也有女作家的無意識的配合。）

第二，「風塵女子救才子」的模式是從來不會逆轉的。哪怕是在最艱辛最困難之時，也沒有一部「文革小說」的女主人公，會愛上風流、放蕩或道德墮落的男人而獲得拯救。（性飢渴的章永璘在《男人的一半是女人》中的言行有些違反道德規範，如最初看女人洗澡，最後拋棄女人等。結果，黃香久果然未能從這段愛情中獲救擺脫苦難。[20]）《波動》中的白華，是個在亂世中打劫敲詐的「好流氓」：首次偷竊是為了救不相識的女孩；而且墮落以後仍然常常路見不平拔刀相助頗有正義感。但白華也只一度得到女主角蕭凌的好感，後來，蕭凌還是選擇了文化較高形象較文雅的幹部子弟楊訊。這也再次證明當時「想像讀者」和作者之間的默契 —— 再超脫的女性如蕭凌，依然會戀上知識男性（最後再被拋棄）。

第三，這也許是最重要的分別。大多數情況下，男主人公依靠來自異性的愛情而克服、忍受、擺脫苦難，但愛情本身卻不會導向男女結合、婚姻、生兒育女等一般意義上的「成果」。對絕大多數男主人公來說，發生在文革特殊環境下的愛情，其意義與功能歸根到底就在於克服災難，而不只是男女關係的發展。常常是災難過去了，像張思遠與秋文、章永璘與馬纓花之類的特殊感情關係也自然會成為「過去」。可以視為例外的有「成果」的愛情的例子有《洗禮》和《芙蓉鎮》，但這兩部作品，都是以女主人公（劉麗文、胡玉音）為敘事視角或第一主人公。而在女主人公獲救的情況下（即情節功能 19 中），我們不無驚訝地發現：絕大多數女主角的苦難愛情都是成功的！學生腔如王曉華在傷痕悲劇的光明尾巴處拉着男友蘇小林的手「朝燈光通明的南京路大步走去」；浪漫私奔如盤青青與「一把手」最後消失於愛情與山林的兩個層次的大火之中；清醒選擇如孫悅同何荊夫幾十年戀愛終有成果；破鏡重圓如《洗禮》中劉麗文重回王輝凡身邊，王輝凡則重得高官。即便是病死於北大荒的副指導員李曉燕，也有兩個男人忠心愛她，在愛情上，不也是勝利者嗎？從南珊角度看《晚霞消失的時候》，她也一直獲得李淮平真心的愛，只是她自己主動放棄，視之為煙雲而已。

為甚麼不同身份的女主人公陷入苦難，都是知識男性相救呢？[21] 是因為如張愛玲所說的那樣，女人的特性比較容易概括？[22] 還是由於在中國內地的文革敘述中，存在着某種將女人作為控訴災難的道具的傾向？女主人公在各種不同傾向的文革故事都不會有遇見「風流男子」而獲救的可能，這是不是因為以女性角色為第一主人公的作品，大都要從女性敘述角度消解「風流才子與風塵女子」的傳統文學模式？為甚麼男主人公在苦難中建立的愛情，大都會隨着苦難的過去而「過去」，但女主角們的苦難戀情卻每每會成功呢？究竟是因為男性視角太冷酷，只是以愛情為工具來完成以苦難為中軸的民族－國家語言的敘述？還是女性視角太浪漫，故而民族國家苦難的故事，最後也可以服從愛情主題的需要而發展？

形式主義的討論只能在這裏提出問題，解答則需要性別研究等其他研究方法。

20. 男主人公遇見智慧長者。

很多文革故事，尤其是知青小說，都有男主人公在苦難中遇見長者並得到指引的情節。「長者指引」情節在敘事結構中的功能，有時構成一個突然出現的轉折：「長者」來無蹤去無影，神奇飄忽，猶如傳奇中的江湖異人。有時則是一條貫穿始終的線索（長者與男主人公相處很久），但其中指引「點化」的一段，對整個故事，無論在敘事秩序還是意義結構上，也都有轉折意義。並不是故事中所有的老人都會成為「智慧長者」。要成為能夠幫助、指引、點化男主角的「長者」，必須具備以下三個條件：第一，長者須有過人、奇異乃至神秘的見識、能耐、品格或經歷，足以使主人公佩服、尊敬甚至崇拜；第二，長者必須地位卑微、身份平凡、處境困苦；第三，長者與主人公之間，有某種特殊的友誼。文革故事中找不到多少「高貴者最愚蠢」（毛澤東語）的例子，但能與知青小說的男主角建立友情的，卻都是「卑賤者最聰明」。

任何一個指引男主人公忍受並超越苦難的長者，必定同時具備以上三個條件。但在不同作品不同長者身上，有時某一個條件顯得最重要。突出相助者的哪一項條件，常常直接影響整個作品的藝術取向——倘若特別強調長者的奇異過人，如阿城《棋王》中點化王一生的老乞丐，這個文革故事就會添上一些傳奇色彩；如果着意渲染長者的困苦生活及其應對姿態，像史鐵生《我的遙遠的清平灣》中的老漢，這時文革故事就會趨於寫實；假使精細描繪長者與主人公之間特殊的情感關係，比方張承志《金牧場》中的「我」和草原母親額吉，這樣的文革故事就會更接近於浪漫的抒情。

我曾在一篇討論尋根文學的論文中將「異人」與「我」與動亂現實之間的三角關係看作是阿城小說的內在結構模式。共同面對動亂現實的「我」和「異人」之間的文化交流總是小說的核心所在。交流方式包括「我」聽「異人」表白（王一生「談」棋，蕭疙瘩磨刀，王福作文）和「我」看「異人」行動（王一生「吃」與下棋，蕭疙瘩護樹，王七桶教子）。交流雙方，一方總是極聰明極有文化極懂世道人情也已學會在亂世中克制忍耐的知識青年，另一方總是貌醜體壯木訥笨拙行為古怪卻總有「異能」的山野之人（棋呆子雖是知青，行動也似江湖流浪漢而無學生腔），精呆（大智與若愚）反差強烈。精彩的是，交流結果卻不是前者（文化人）給後者（山野人）以啟蒙，而每每是後者啟迪前者，前者在後者身上找到自己的文化追求和精神價值。「我」面對動亂（革命？）雖已極清醒極冷靜已不再輕易抱怨傷感，但仍無法擺脫內心的焦灼和困惑。困惑中我驚訝地發現，山野異人的古怪笨拙行為，倒反而更能抵抗動亂甚至解脫苦難，這時的「我」，其實正體現了「士」的現實處境，而「奇人異事」實際代表了「士」的文化思考和精神希望：禮失求諸野。「士」的困惑與思考，說到底就是看「革命」最終要「亂」甚麼東西，「亂」到甚麼程度。只有回答以上問題，才可以找到解釋並抗衡動亂的力量。阿城小說的獨特意義就在於他關心了「文革」（何止「文革」？）動亂對中國文化的傷害程度，以及這種文化力量對動亂的本能抵抗。[23] 借助普羅普的方法，我們可以將上述有關《棋王》人物關係和意義結構的思考往情節功能層面延伸。其實《棋王》中的「異人指引」有兩個層次。幫助「我」和「大家」的是異人王一生，指引王一生的卻是一個撿垃圾的老頭。這個老頭從來沒有直接露面，而只是飄忽神奇地出現在「我」的「聽說」和王一生的敘述中。「我」在下鄉的火車上認識了同行的王一生，接着「我」有一段棋呆子的旁述，在講到王一生不服一位開口便是最新指示的國內象棋名手之後，「呆子認識了一個撿爛紙的老頭兒，被老頭兒連殺三天而僅贏一盤。呆子就執意要替老頭兒去撕大字報紙，不要老頭兒勞動。」可見在傳說中，長者一出場就處在與最新指示、大字報等「文革文化」對立的位置上。「江湖」可以讀作走南闖北，流離失所，四海為家（知青不也都離鄉背井，闖蕩江湖嗎？）；「江湖」也可以解為某種技藝、專業的競賽領域（老頭兒精於棋道）。但在文革氛圍大字報最新指示的歷史上下文中，「江湖」又意味着游離、擺脫和超越現實文化政治秩序的某種可能，隱含着保持傳統民間社會及其文化的某種努力。同文革所謂史無前例的、現代的、「先進」的上層建築制度顛覆恰成對照，「文革敍述」中的「江湖」，卻竭力突出下層的身份、民間的倫理、古老的方式……所以這樣的「江湖異人」，就不僅技藝過人，更對世界（文革現實）有獨異的見解及應對姿態。就像我們在王一生的敍說中所看到的，撿垃圾的老頭兒不僅教他棋術，更教他「何以解憂，唯有象棋」的哲學。關於長者的背景，王一生也所知不多，「下棋不當飯。老頭兒要吃飯，還得撿爛紙。可不知他以前是甚麼人。」王說他是在垃圾站找棋譜時認識老頭兒的，「我們倆就在垃圾站下盲棋，我是連輸五盤。老頭兒棋路猛，聽頭幾步沒甚麼，可這子真陰真狠，打閃一般，網得開，收得又緊又快。後來我們見天兒在垃圾站下盲棋，每天回去我就琢磨他的棋路……」在王一生偶然贏了一盤後，老頭兒給他看一本書：

「……這是本異書，也不知是哪朝哪代的，手抄，邊邊角角，補了又補。上面寫的東西，不像是說象棋……原來開宗明義，是講男女的事。我說這是四舊。老頭兒歎了，說甚麼是舊？我這每天撿爛紙是不是在撿舊？可我回去把它們分門別類，賣了錢，養活自己，不是新？又說咱們中國道家講陰陽，這開篇是借男女講陰陽之氣。陰陽之氣相遊相交，初不可太盛，太盛則折，折就是『折斷』的『折』。我點點頭，『太盛則折，太弱則瀉』。老頭兒說我的毛病是太盛。又說，若對手盛，則以柔化之。可要在化的同時，造成克勢。柔不是弱，是容，是收，是含。含而化之，讓對手入你的勢。這勢要你造，需無為而無不為。無為即是道，也就是棋運之大不可變，你想變，就不是象棋，輸不用說了，連棋子邊兒都沾不上。棋運不可悖，但每局的勢要自己造。棋運和勢既有，那可就無所不為了。玄是真玄，可細琢磨，是那麼個理兒。」[24]

儘管「長者」在小說中是作為大字報、最新指示等文字符號的對立面而出現的，但他的長篇哲理指引也還是依據文字（異書也是書），而且還是討論房中術的書——「性」在阿城那裏從具體動作變為抽象隱喻。相助者的形象行為則效仿武俠傳奇中人，「老頭兒說他日子不多了，無兒無女，遇見我，就傳給我吧。我說你老人家棋道這麼好，怎麼還幹這種營生呢？老頭兒歎了一口氣，說這棋是祖上傳下來的，但有訓——『為棋不為生』，為棋是養性，生會壞性，所以生不可太盛。」

王一生後來能在亂世鄉野安身樂棋，正是聽了長者的這番道理。換個角度看，所有關於長者的故事及哲理，又都是和王一生有關或直接由王一生告訴我們的，所以長者的故事，或者也可以看作是異人王一生對我和其他知青的「指引」？兩個層次的異人指引情節，在《棋王》的敍述結構中是套在一起的。

《棋王》當然不是江湖異人式的長者幫助知青克服苦難的唯一例子。比如在《桑樹坪紀事》中，知青主人公「我」被很多鄉村怪事和隊長金鬥的行為弄得暈頭轉向不知所措時，也常有一位行止飄忽的放羊老漢出來點撥，每次忠告都神奇準確靈驗。「李言老漢是村裏長者，即自年輕時就出外闖蕩，解放後才從新疆回到桑樹坪。他跟村裏人的關係相處得很不好，也只有他敢有時說金鬥個不字，怕就是因為這，村裏人都拿他當外人對待。」因為同主流秩序不和，才能超脫為「異人」，才能指點知青主人公如何應對隊長的捉弄，何時應順從村民意願，怎樣才能渡過困境，等等。在主要記述知青下鄉經驗的「金鬥」一章，老漢每次均在主人公最困惑最迷亂最需要的時候才出現，完成「指引」功能後，便匆匆消失。[25]

《棋王》中撿爛紙的老頭兒與《桑樹坪紀事》裏的李言老漢等，在

「長者」應有的三個條件中，雖然也都具備下層民間的身份以及與主人公的友情，但最為突出的，還是異人識見和傳奇色彩。如果「長者」的下層身份民間處境困苦生活在作品中得到充分寫實的話，那麼他對知青主人公的幫助、指引就比較實在，不會那麼玄妙、那麼神奇、那麼有意識，啟發與頓悟的效果也不會那麼明顯。

在《我的遙遠的清平灣》裏，破老漢和知青主人公「我」有一段很長很平凡的交往相處過程。敘事者「我」對老漢的介紹評價都不多，老漢也沒有甚麼機會像撿爛紙的老頭兒點撥王一生那樣，在某一天突然塞給苦難中的知青一本異書或一套理論讓他頓悟，但整篇小說都在描寫和感謝老漢對「我」的指引和幫助 —— 通過一系列樸素的細節。「和我一起攔牛的老漢姓白。陝北話裏，『白』發『破』的音，我們都管他叫破老漢。也許還因為他窮吧，英語中的『poor』就是窮的意思。或者還因為別的：那幾顆零零碎碎的牙，那幾根稀稀拉拉的鬍子，尤其是他嗓子 —— 他愛唱，可嗓子像破鑼。」[26] 這個三七年就入黨，曾隨隊伍打到廣州，然後再回老革命根據地的放牛老漢，偏偏又喜歡在這窮山惡水用他的破嗓子唱那些許諾「受苦人過得好光景」的當年的紅軍歌曲。「『您那時候怎麼沒留在廣州？』我隨便問。他抓抓那幾根黃鬍子，用煙鍋兒在煙荷包裏不停地剜，瞪着眼睛愣半天……『唉，毬毛不成個氈，山裏人當不成個官。』他說，『我那陣兒要是不回來，這陣兒也住上洋樓了……』」[27] 破老漢對革命與歷史的奧秘，顯然是看不穿的。但吸引主人公「我」的，恰恰是老漢的這份憨厚的坦然。破老漢還會唱令山村婦女既喜歡又害羞的情歌。破老漢幹活頗吃得起苦。破老漢看不起弄虛作假的親弟弟，卻能善待唱曲的瞎子藝人。破老漢明明中意後溝裏的寡婦「亮亮媽」，卻為了年幼的孫女留小兒而不再成親：當初因送不起禮耽誤了給兒子治病，這是破老漢一輩子都負疚的心病。本來，在文化水平、政治眼光乃至社會身份等方面，知青主人公都高於破老漢，可以說是有些同情、憐憫破老漢。但小說的敘事層次和節奏是隨着主人公腿傷的逐步惡化這條災難主線而一步步展開同時也一步步收緊的。隨着主人公一步步發現自己的惡運，破老漢一生的苦難及其坦然的應對姿態就越來越成為一種啟示、一種安慰、一種無形的幫助與指引。等到我最後殘廢回京，破老漢還專門託人捎來十斤糧票——

……糧票很破，漬透了油污，中間用一條白紙相連。

「我對他說這是陝西省通用的，在北京不能用，破老漢不信，說，『咦！你們北京就這麼高級？我賣了十斤好小米換來的，咋啦不能用？！』我只好帶給你。破老漢說你治病時會用得上。」

唔，我記得他兒子的病是怎麼耽誤了的……[28]

直到這個瞬間，長者的功能才算完成。主人公這才意識到，破老漢對他的影響有多大。所以在篇末他要感慨：「哦，我的白老漢，我的牛羣，我的遙遠的清平灣……」

史鐵生這個短篇中的敘事者雖然偶然有些抒情，但涉及老漢，涉及牛羣、山村、鄉民等，寫實的筆觸還是控制得相當有分寸。同樣也是在一個農村窮苦老人的幫助指引下克服苦難，張承志《金牧場》的第一人稱敘事者就基本上是一個抒情主人公。長者「額吉」（蒙語：母親），當然也有令主人公欽佩的過人品德與識見，當然也擁有典型的下層民眾身份及困苦處境，但在作品中得到更濃墨重彩渲染的，乃是知青主人公與長者之間的特殊感情關係。

草原母親的形象，在張承志早期的很多作品（如《騎手為甚麼歌唱母親》《黑駿馬》等），都曾反復出現。《金牧場》由主人公在日本作訪問學者、在中亞高原作歷史研究、在內蒙草原做知青以及在文革初作為紅衛兵到雲貴川陝步行串聯模擬長征等四條情節線索並置而成[29]。在敘述結構繁複、意義指涉混雜的《金牧場》中，長者額吉是抒情主人公之外最重要的角色。主人公「我」作為北京知青住在窮苦牧民的蒙古包裏，在某種程度上知青成了牧民的家庭成員——這樣的知青生活和《棋王》中的插隊落戶及《這是一片神奇的土地》中的軍墾建設兵團都是不同的。張承志筆下的「長者」額吉，和破老漢一樣，也有曲折坎坷的身世：暴戾的父親、不幸的愛情、長期艱辛的生活，還見過蘇軍佔領草原……「長者」的這些背景都是主人公慢慢發現的。也就是說，長者的形象也是隨着敘事進程而從古怪神秘走向平凡與奇異。整個草原故事的情節主線是牧民被迫向阿勒坦・努特格遷徙。「我」對阿勒坦・努特格（金牧場）的神秘嚮往（代表着紅衛兵知青對大地與勞動的追求）與「我」對額吉無意識的戀母傾向（「父親」形象之空白；不斷打聽額吉過去的情史；不可遏制地想像額吉年輕時的容貌……），可以說是伴隨遷徙過程而逐步發展的兩條心理線索。而這兩個情結最後都導向（或者說是引出了）「長者」的關鍵性的啟示和指引：某夜主人公在額吉幫着掖好被子後睡不着，一心想着額吉年輕的模樣。額吉好像洞見主人公的失眠，叫他「別亂想啦！」

> 她突然發出聲嚇得我全身都抽搐了。
>
> ……
>
> 我這麼胡說八道你不生氣吧額吉？
>
> 唉，嗯。
>
> ……我覺得除了像你，額吉，我是說，要是找不到年輕的你

那樣的老婆，我就當喇嘛！

住嘴！

額吉！

嗯？

你告訴我，既然阿勒坦・努特格是神的家鄉，既然阿勒坦・努特格那麼好，那麼我能在阿勒坦・努特格找到一個真正稱心的姑娘當老婆麼？

她久久沒有回答。我瞥見露出皮被的那頭蓬亂白髮也紋絲不動。

不能。吐木勒，額吉不說謊話。

我覺得心被重重刺了一下。

不能，孩子。額吉知道你是個不平常的人，可是阿勒坦・努特格只是片牧場。……[30]

草原母親與抒情主人公這番深夜對話有兩層指引功能。第一，歸根到底，像主人公「我」這樣的知青是不平常的人。「金牧場」不會是「我」安身立命或獻身、葬身之地，而只是「我」學習鍛煉接受考驗的地方。「金牧場」不應是目的地，而是「天降大任於斯人」之前的艱難的必經之路……所以，《金牧場》中的長者指引，與秋文勸張思遠把下台下鄉看作一個過程，與劉麗文將王輝凡面臨的苦難比作一種「洗禮」，不無相通之處。第二，既然對草原的崇拜不是目的而是過程，那麼對草原母親的無意識的戀情，是否也會如其他「文革故事」男主人公的難中戀情一樣，主要只是起着拯救受難主人公心靈的功能？所以在災難過去之後，主人公也會離開他的草原母親，偶爾回去探望或接來北京遊覽，同時又在意識形態層面上真誠地歌頌、感激這種聯繫着泥土、草原、大地情懷的難中之愛。張承志在《金草地・前言》中對於草原母親的「功能」有這樣的概括：「她是主人公的交流對象，影響者和教育者，一名偉大的草原女性，久經磨難但是不失遊牧民族本質，在六十年代到七十年代中國的關鍵時刻中，完成改造紅衛兵為人民之子使命的中國低層人民溫暖和力量的象徵。」[31] 誠如伊麗莎白・福克斯–傑諾韋塞（Elizabeth Fox-Genovese）所言：「本文不是存在於真空中，而是存在於給定的語言、給定的實踐、給定的想像中。語言、實踐和想像又都產生於可以被理解為一種結構和一種主從關係體系的歷史當中。所有以集體的名義寫作 —— 雖然可能十分狹隘並以自我為中心 —— 的本文製作者們，都是帶着這樣一種意識寫作的，即他們是那些組成社會和文化的大眾的特權代言人。」[32] 張承志寫作中的這種「代言」意識特別強烈與明顯，這是他與史鐵生、阿城等同代人的區別所在，也是他與王蒙一代的相通之處。不過有時候在他那裏，語言、實踐、想像層面的「集體名義」的寫作，與慾望、情感乃至非理性的「自我中心」，會有很激烈的衝突。

阿城、史鐵生與張承志是三個風格迥異的作家，《棋王》《我的遙遠的清平灣》和《金牧場》也是三個藝術傾向迥然有別的文本。但三部作品中的「長者指引」情節，卻不無相通之處。說明「長者指引」情節在不同的意義結構中的具有類似乃至相同的敘事功能。也再次證實了本書的基本假設：「文革敘述」，雖形態各異，卻總有結構上的規律可尋。

21. 主人公獲親人救援。

按常理想像，主人公陷於文革苦難之中，理應得到骨肉親人（父母、子女、兄弟姐妹）的救援。或同甘共苦，給予精神上的支援乃至「拯救」；或想方設法，給予經濟援手及幫其獲得政治平反。但是在被小說所敘說的「文革」裏，我們不無驚訝地發現，親人救援的情節並不多見，即使出現，也不特別重要。在敘事模式中，親人援救的情節通常不佔很大篇幅，也很少具有轉折意義。現實世界的情形也許不同，但在作家筆下，不約而同地，親人援救的功能，不僅不如愛情（及形形色色異性間的情感關係），而且也不如江湖異人、民間長者的指引來得重要，這是為甚麼呢？

再細細分類，不同類別的親人，其救援功能又有規律性的不同。

如果受難主人公在「文革小說」中得到其父親的救援，那麼可能出現的情況一般只有兩種。第一種情況是：官員幹部身份的父親給予主人公以某種實際意義的（通常是政治上的）幫助；但幫助的形式、手法常常是不正確或不正當的。主人公在獲得實際好處的同時，精神、感情方面卻得不到多少援救與解脫，有時甚至進一步「受罪」。《桑樹坪紀事》中的知識青年在與地方幹部發生爭執衝突幾乎被打時，他抬出父親的名字與官場中的關係因而逃脫了災難。《動物兇猛》中主人公的軍官父親曾盤查過問未成年兒子的早戀，用了一番生硬的教條，後果適得其反。《波動》中男主角楊訊曾因同情農民反對交公糧而入獄，「被我媽媽的一位老戰友保出來的」，這位媽媽的老戰友其實就是他的生父。林東平後來又為了幫助私生子正確地談戀愛而動用組織關係去調查楊的女友的身世背景，結果成功拆散了一對情人，卻導致蕭凌自殺楊訊後悔……第二種情況則是幹部身份的父親要幫助拯救迷失沉淪的兒女（通常是兒子），兒子卻反過來要幫助解救僵化保守的父親。其結果可以是以惡性衝突始，如《蝴蝶》中的張思遠與兒子冬冬，但後來能以良性的溝通與諒解終，互相幫助互相解救；但也可以是矛盾越來越激化，如《人啊，人！》中的黨委書記奚流與兒子，最後誰也幫助不了誰，誰也救不了誰。

為甚麼出來救援的父親總是幹部，而且只有幹部呢？雖然文革期間，大概只有仍然做幹部的人才比較有權，比較有可能救其他人。但總不見得其他身份的父親（工人、農民、職員，及其他百分之九十五的人們）都沒有親人子女落難下鄉吧？或者他們都不做任何努力去援救在難中受苦的兒女？事實上，稍後我們便會討論，任何家長都會盡力去援救他們在難中在鄉下的兒女，只是在很多作家喜歡創作多數讀者喜歡閱讀的這些「文革故事」中，如果不是官員身份，出面援救的就是母親。

孟悅、戴錦華在用女性主義文學批評的方法研究中國現代女作家時，曾指出「五四」一代的女作家（除了冰心以外），大都有某種文化心理意義上的「弒父」傾向。[33] 可是文革小說並非都出於女作家之筆。為甚麼但凡作品以年青主人公為受難者為敘述視角，父親形象不是利用官位不正當地救人同時也害人，就是完全在災難敘述中成為「不負責任」（包括無力承擔解救責任）的「空缺」？有時，比如在張承志筆下，父親還可以是暴戾的；在戴厚英筆下，奚流對兒子蠻不講理；在梁曉聲的回憶中，長期在外地工作的父親，因隱瞞的「歷史問題」而給家庭給主人公帶來極大的陰影。也有時，在禮平的虛構中，紅衛兵主角雖然父親是高級幹部，人生哲理的指引卻來自女友南珊，以及拒絕做父親的「男人」—— 泰山高僧。在這種種父親形象的空缺貶損後面，是否也有某種文革敘述中的「弒父情結」存在呢？而這種男女受難主人公共有的「弒父情結」在政治文化心理層面上的象徵意義又是甚麼呢？

因為「父親」象徵「禮」？代表「黨文化」？傾向於專制？總是危

害母親和子女？那麼勞工身份的「父親」呢？總是無法保護他們的妻子兒女？——這是怎麼樣的一種集體記憶和符號象徵系統？

如果受難主人公得到母親的救援，場景就會溫暖動人一些，母親也不必一定要以官員幹部身份出現。「棋王」王一生的母親就是印刷廠的女工。同王一生那酗酒粗魯的後爹形象恰成對照，王母先是反對兒子戀棋，後來在叮囑不誤功課的前提下，用撿來的牙刷把給兒子磨了一副無字棋。普羅普功能表有專項「14. 寶物落入主人公的掌握之中」[34]。這個尋找爭奪「寶物」的情節在商業電影、樣板戲和武俠小說中常是敘述結構的核心，要大做文章（埃及尋寶圖、先遣圖、四十二章經……）。在「文革小說」中，這「寶物」有時被意象化或反諷處理（清平灣，黑駿馬，軍帽……）王一生的這副無字棋以及後來腳卵送禮的棋是較罕見的實物個案。在小說中，王的這段家世也是在中段才交代，透出了王一生神奇棋藝後面的樸素倫理，也構成敘事結構中的一個承接轉折。《金牧場》中的長者額吉，已經身兼母親的救援功能。但在張承志筆下，也直接出現其親生母親的窮困、善良、可敬的形象（伴隨着父親身影的明顯缺席）。短篇《重逢》中葉輝的母親也是以老女工的身份找當權的領導來為自己因文革初武鬥傷人而受審的兒子說情。而母親救兒子脫離苦難最有實效的例子則是《血色黃昏》中所記載的真人真事：雖然文革初紅衛兵老鬼真誠地造母親楊沫（《青春之歌》作者）的反，而老鬼在內蒙軍墾兵團被打成「現行反革命」後母親也曾大義滅親地來信勸告兒子好好改造，但最後仍是母親想方設法求得周恩來總理的過問，才使兒子得到寬大處理，重新回到革命隊伍。

除了最後一個例子楊沫是知識分子（作家）以外，我們不難看到「文革小說」主人公的母親們，如果出場，其社會身份也有一定的規律性：那就是肯定不是幹部官員，也絕少出身有錢有文化有地位的所謂上層家庭。換言之，能夠在故事中援救受難主人公的母親們，大都是下層民間的勞動婦女。她們無權無勢，文化不高，言行樸素，滿臉皺紋。她們的援救如要真正有政治上的實效，通常仍須先向男的官員求情（比如葉輝母親流着眼淚的「絮絮叨叨」確實使地委副書記朱春信既感動又內疚，楊沫也真能找到百忙之中的周恩來）；但即使有時母親的救援起不了實際的作用，卻照樣能在情感上幫助主人公應對、忍受乃至克服眼前的苦難厄運。

當官的「父親」，可以帶來政治上的救援，卻沒有靈魂上的幫助；窮困的「母親」，無法給予實際的庇護，卻能給予主人公以情感上的關鍵性救援。「文革敍述」中的不同故事設置有很多偶然巧合的因素，但幾十篇作品中普遍「巧合」而成的這種「父」、「母」形象與功能的差異，應該是和某種隱含的政治無意識或民族文化心理上的原因有關。更值得注意的是，這種「母比父可親」的大眾情感想像和象徵模式，在這裏又和本書前面討論過的「窮人比富人善良」，「民眾比官員正直」，「多數比少數有道德」這三個當代中國革命意識形態邏輯有所重合。

在敍事結構層面，雖然「父親救援」對主人公實際處境影響較大，但通常虛筆帶過（《桑樹坪紀事》中的「我」沒有多講他父親的故事；楊訊被保出獄，也只有一句交代；林東平對蕭凌的調查，亦暗暗進行。）而母親救援的情節，相對來說就常佔較多篇幅（比如王一生講無字棋一段，《一個紅衛兵的自白》中詳細描繪母親如何為兒子擔心、禁止兒子參加武鬥，等等）。然而，比起愛情的拯救或長者的指引來，「母親救援」的情節功能依然很少有機會成為文革故事的中心事件（《棋王》是個成功的例外）。

另一種「親人救援」的情況是主人公在災難之中獲得子女的救援。有的子女當初曾造過主人公的反。子女的行為也是使主人公陷入災難的原因之一。這時諒解溝通甚至見面便已是對主人公的某種解救，如《傷痕》中王曉華趕回上海求母親原諒；冬冬在山村裏與張思遠和好。但有時主人公得不到子女的救援，也會成為重要情節。在《一九八六年》中發瘋的主人公在街頭流浪並傷害自己，其女兒常常是圍觀者之一。父女擦肩而過亦不覺察，令讀者感到心寒。史鐵生《奶奶的星星》是一篇既優美又悽涼的作品，而放在篇末作為情緒高潮來敍述的一個細節，也被借以譴責兒孫在關鍵時刻沒有盡到幫助、援救主人公的責任：

> 我不能原諒自己的是這樣一件事：那時每天晚上，奶奶都在燈下唸報紙上的社論。在那個「專政學習班」裏奶奶是學得最好的一個。她一字一頓地唸，象當年唸掃盲課本時那樣。我坐在桌子的另一邊看書。顯然是有些段落她看不大懂，不時看看我，想找機會讓我給她講一講。我故意裝得很忙，不給她這個機會，心想：您就是學得再好，再虔誠些，人家又能對您怎麼樣？那正是反擊右傾翻案風的時候，淨是些狗屁不通的社論。奶奶給我倒茶，終於找到了機會。
>
> 「你給我講講這一段行不？」
>
> 「咳，您不懂！」
>
> 「你不告訴我，我可不老是不懂。」
>
> 「您懂了又怎麼樣？啊？又怎麼樣？」
>
> 奶奶分明聽出了我的話外之音。她默默地坐着，一聲不響。
>
> 第二天晚上，她還是一字一句地自己唸報紙，不再問我。我一看她，她的聲音就變小，挺難為情似的……[35]

身為「摘帽地主」的「奶奶」已經在文革中被改造得很徹底了，她在某種程度上和《玫瑰門》中請人來抄家佔房的司猗紋有點相似。但兩篇小說的敘事者對她們的態度卻有很大不同：鐵凝筆下的女孩蘇眉嘲笑解析較多，史鐵生筆下「我」的視角同情憐憫更深。「奶奶」讀的社論今天看來當然是狗屁文章，但讀報，在當時被監督勞動的人看來，是一項革命行為乃至某種平反和榮譽。舉手之勞，就可讓「奶奶」感到被革命羣眾接納的滿足，為甚麼作家偏偏描寫「我」不能做到呢？事後追悔自責事實上便是某種對我在文革中責任的懺悔。除了冬冬和張思遠的溝通以外，絕大多數「文革故事」中子女對受難主人公的救援，都是不成功的。這其實也是對文革破壞人倫關係及其後果的不約而同的文學渲染。

22. 主人公獲上級救援。

「受害者」要獲得平反「解放」脫離苦難，或回城工作，或重新做官，一般總要得到上級的過問。和「親人救援」的情節一樣，主人公獲得領導幫助而脫離苦難，是個大多數「文革小說」都有的情節，但這個情節並不總是得到重點描繪。

對「文革小說」中的人物來說，所謂「上級」、「領導」、「組織」，基本上是同義詞，因為 1949 年以後，史無前例，人人活在「單位」裏。救援主人公（尤其是幹部身份的主人公）的「上級領導」，常常是一個複數。最鄭重其事描繪這種救援來臨的場面的，是《蝴蝶》。下面一段文字，雖然有些細碎繁瑣，卻實在值得抄錄。小說敘述張思遠在農村勞動頗有收穫心情愉快，但是突然有一天，他在田野裏聽到了一種特別的聲音：

有一種聲音。不是牛的聲音，不是風的聲音，不是鄉村孩子們的聲音。拖拉機和柴油機嗎？為甚麼聲音愈來愈近？是汽車？哪一輛汽車迷了路？坐汽車的人既受人尊敬又脫離羣眾，但總要有人坐小汽車。「砰砰砰」，這麼早就剁起肉來了嗎？哪裏來的肉啊？放兩個雞蛋就行了，金黃色的雞蛋，油綠的韭菜。然而用雞蛋作餡了費油，農村裏供油的標準太低了。「砰砰砰」，卻原來是敲門。

一個年輕的小夥子。草綠色的軍服，閃閃的紅星。立正，一個軍禮。韭菜落到地上，站起身來的時候碰翻了小板凳，咣噹。

張思遠同志：

請於四月二十五日前來省委組織部報到。

此致

革命敬禮！

這是甚麼意思？同志，承認我是「同志」了嗎？組織部，這個機密而又重要的部門，總是由最可靠、最有經驗、最沉着的同志掌管的。此致敬禮，所以偉大的長城的一員把手舉到了帽沿前。圖章卻是革委會政工組黨的核心小組（代）。誰也鬧不清這種組織機構的名稱和內涵，弄不清黨的機構是何時何人為了甚麼取消的，弄不清為甚麼革委會的黨的核心小組變成了黨委，弄不清現在讓他去報到的組織部是不是意義上的、他所熟悉的掌管人員和幹部的委的一個要害部門。

但畢竟是要他去組織部。……「快坐下」，他熱情而客氣地請前來接他的軍人同志坐下。……年輕的，剛剛長出一圈黑鬍子的解放軍同志卻沒有坐下，他說：「外面有車。張思遠同志能不能料理一下，下午就動身？X主任說是愈快愈好……」年輕人的口氣既緩和又禮貌，這種口氣使張思遠想起了昨天，想起了他有過的秘書和司機，想起了他的黨齡和職位。「這個——」他把「個」字拉長了聲音，聲音拉得長短和職務的高低常常成正比。他已九年沒拉長聲音說話了，當明天具有了向昨天靠攏的希望的時候他的聲音立即拉長了，完全並非有意，他的臉刷地一紅。

……

他回到了自己的城市。他回到了市委小樓。他被任命為新生的紅色的市委第二把手了，「可我的組織生活還沒有恢復呢！」他提出。「先上任去！」有關領導回答他。……[36]

雖然沒有這「有關領導」的具體姓名，也一點不妨礙「有關領導」救援的情節的重要性。莊生夢蝶後疑惑的是人與蝶（動物、自然）之間的界線，張思遠困惑的卻是做官（張副部長）與為民（老張頭）之間的區別。小說在題目立意上就將莊子和張思遠的身份困惑相提並論，難怪對由民至官的轉換過程及細節要詳盡渲染。

二十世紀中國小說，貫穿知識分子、官員和民眾的三角關係。在處理官民關係方面，王蒙有很大貢獻。

「窮人比富人善良」，「民眾比官員正直」，「多數比少數有道德」這三個互相關連的道德邏輯曾經是1949年革命成功的意識形態道義基礎。五十年代以後，直到文化大革命，其中第一和第三項一點不必修改，可以貫徹下去，發揚光大，甚至經過文革，至今仍在國人心態及網絡中延續。但第二項，自1949年以後，顯然需要重大修正。但修正的方法卻並不是在法制法律基礎上強調為官為民只是職業分工，道德上人人平等，「官」並不必然比「民」壞（「凡官必貪」，乃情感化階級鬥爭口號），「官」也不必然比「民」好（「內聖外王」也只是傳統專制文化的虛幻想像）。五十年代對「官民衝突」的意識形態慣性有至少三種的調整策略，一是儘量減少官民物質財富差距（延長軍事配給制，精簡官僚機構，提倡節儉美德等）；二是在名稱符號上做文章，廢除「官方」「官員」這樣的叫法，改稱同志、幹部、領導、公僕等，不斷革命，否認統治階層的存在；最重要的當然是第三，將「官」和「民」兩個概念合二為一，變成一個新概念：「人民」。從五十年代開始，「人民」的定義，既不等同於法律意義上的公民、國民等概念（據說是全部公民的 95%），也有別於傳統意味上的百姓、民眾。嚴格說來，任何人被認為他或她不支持不參加不擁護中國共產黨領導的革命運動，他或她就不是人民的一分子（雖然有時還是公民或百姓）。這個定義使「官」（已改名為幹部、同志）在政治意義上也屬於人民——於是官民道德慣性對立自然消除，並轉移為另一項對立關係：「人民」vs「敵人」。「敵人」的定義當然是所有「人民」以外的人。以「人民與敵人」的道德對立，延續「民眾與官府」的鬥爭慣性，這是五十年代主流意識形態的一個最關鍵的調整，在某種意義上，也直接構成了文化大革命的道德基礎。有意思的是，寫於文革後的很多小說，如王蒙頗受好評的《蝴蝶》（其他還有李國文，韋君宜，從維熙等很多作家的作品），都會描寫幹部主人公在文革中因重新靠近人民而擺脫苦難最後重回「官」身。這種故事模式意在批判反思文革，其實亦有意無意延續着「好官」和民眾組合為「人民」的五十年代的道德想像與政治神話。

並不是所有「重回官身」的細節都會得到如此詳細的鋪陳。《洗禮》中也有一個項目組領導老馬在外調中幫助王輝凡的細節（老馬是王輝凡昔日戰友，文革後期「解放」得早一些，所以當時有權代表上級複查王的案件），但這段組織名義的救援就寫得較簡略。後來王輝凡具體的平反過程更完全被跳過。小說正文在王輝凡和劉麗文逃回省城重婚後結束，接下去便是「尾聲」，「在剛升職為省委副書記的王輝凡同志家的客廳裏……」儘管《蝴蝶》詳述，《洗禮》略寫，但「上級領導組織」解救主人公這個情節在小說中所起到的故事轉折的敘事功能，卻是相同的。

「文革故事」中的受難者在困境中得到「領導」救援的例子是很多的。比如章永璘在《綠化樹》中曾得基層幹部謝隊長的幫助從勞改地逃走。《血色黃昏》和《將軍吟》兩部長篇的男主角，最後都獲得中央領導周恩來的過問而得到解救；前者是真人真事，後者是公眾想像。《大牆下的紅玉蘭》中援救主人公的領導與迫害主人公的官員則可以排成兩個從基層到中央一路互爭雄長的組織隊形：高欣、路威、劉局長在一邊，馬玉麟、章龍喜、秦副局長在另一邊。勞改班班長、昔日的「還鄉團」馬玉麟負責看管並企圖迫害新犯人老幹部葛翎；犯罪較輕的高欣仗義幫助葛翎；造反派出身的勞改場政委章龍喜則指使、支持馬玉麟去迫害葛翎；而與葛翎曾是戰友的勞改農場場長路威又利用從農場黨總支改組時得到的多數票對抗章龍喜，保護葛翎；省公安局秦副局長則是給葛翎定罪的元兇，當然為章龍喜撐腰；路威也許和秦的對頭、老幹部劉局長在同一戰線；但秦副局長動不動又要搬出中央最年輕的大首長做後台……如此不厭其煩地排隊，除了證明文革小說中有周總理出面完全不是沒有必要以外，也提醒我們注意文革後有意批判文革惡果的文學創作，是怎樣在重複強調文革當年被發動時的基本理由：黨內兩條路線鬥爭乃國共階級鬥爭之延續……在這些可用政治人事關係圖來概括小說情節模式的作品中，來自上級組織的救援，當然是敘事秩序中的極重要的環節所在。

在另外一些情況下，上級救援不是敘事秩序中的一個點，而是敘事格局中的起連貫作用的一條線索。領導為甚麼、以及肯不肯解救主人公，成了維繫全篇結構的主要情節懸念。但在這種情況下，領導的形象並不一定「高大」正確。領導常常既是陷主人公於災難的罪人，也想成為救主人公於苦海的「聖人」。《記憶》中的宣傳部長特別激動地主張要給方麗茹徹底平反，原因是當年小方倒放毛主席接見外賓的紀錄片，正是在他的領導主持下被判為現行反革命，隨後便勞動改造幾十年。《重逢》裏的地委副書記朱春信猶豫着想輕判甚至開脫武鬥傷人犯葉輝，也是因為葉輝當年在武鬥中保護的就是他，而且他這個當權派當初也有過一些被迫的「文攻武衛」式的行動。所以在這樣類型的作品裏，受難者所得到的「上級解救」，與其說只是為了解救主人公脫離苦難（以冤情大白或寬大處理構成情節轉捩點），不如說更為了拯救領導幹部自己的靈魂（懺悔自責，檢討過失才是情緒與情節發展的主線）。這類文革故事，用的是包公戲的模式，骨子裏卻是列夫・托爾斯泰《復活》的主題。不同的是，聶赫留朵夫是以貴族身份作自我懺悔，而《重逢》《記憶》都是文革後的受害被審者（當初的造反派、反革命）一廂情願的希望與想像迫害者（幹部）需要懺悔。

還有一種來自上級領導的解救也值得討論，那就是幫助受難主人公的是「貪官污吏」，或至少不是正面、正派的人物。《棋王》中王一生最後是在文教書記「掛了電話」以後才能參加地區象棋大賽，才能完成「凡夫俗子也是英雄」的小說主題，但上海知青腳卵為求書記開後門付出了家傳珍貴棋具的代價，為此王一生氣憤多過感謝。《啊！》中對吳仲義寬大處理的是政工幹部賈大真，但其實吳的整個案件都是因為賈大真的職業整人嗜好才會產生。吳不知內情，還要感激賈大真掌握政策有分寸，能高抬貴手。相助者就是迫害者，災難的解救與災難起源來自同一力量 —— 能夠很早就從這一獨特角度反思文革的《啊！》的作者馮驥才，後來還編寫了《一百個人的十年》(中國文聯出版社，2008 年)，有意補充和豐富國人有關文革的集體記憶。另外，如《桑樹坪紀事》裏的金鬥，既捉弄、利用、欺負知青主人公，殘酷迫害自己的媳婦，但又真心為村民謀利益，有時也幫助主人公，也是個比較複雜一些的基層幹部。所有這些不是「清官」的上級幫助受難主人公的情節，雖然在敘事結構上的功能，可能不是那麼重要，卻使小說形態的文革圖景顯得更加複雜一些。

23. 主人公在災難中病故或死於意外。

除了獲得異性的愛情、朋友長者的指引以及親人或上級的援救以外，主人公還有最後一條路可以脫離苦難，那就是在文革結束之前不幸病故或死於意外。出現這個情節的小說，在五十部代表作品範圍裏，至少有八部。採用「情節功能 23」，是敘事結構設置上的一項重大選擇，意味着小說的主要情節線索就此終斷。這將近五分之一的「文革故事」，是沒有「雨過天青」的「文革後」的。

《傷痕》中王曉華的母親，是在文革剛結束，她的叛徒罪名剛獲平反時病故的 —— 女兒再也見不到因劃清界線九年未見面的母親，這是小說營造悲劇氣氛的焦點所在。把「如意」作為信物藏了多年的石大爺，也在文革後不久因心肌梗塞而死 —— 可憐半生愛情無疾而終。而小鎮上的「將軍」，還有史鐵生短篇中教孫子數星星的「奶奶」，都已經差不多熬過了漫長的文革，卻都在文革後期病故。將軍是有革命地位的人，所以他的死也頗有英雄氣概：將軍原先已在七五年得到平反準備復出了，但在七六年初卻為悼念周恩來而與鎮長發生衝突，一病不起——

「他在昏睡中，體溫有時候升得很高。這時候，他無神的眼睛就直定定地瞪着天花板，時而狂怒地吼叫，時而夢囈般呢喃。

突然有一天，將軍完完全全清醒過來。他輪流巡視着一張張悲傷、呆滯而忽然現出慌亂神色的臉，一邊喘息，一邊微笑，用十分清晰的聲音，艱難地說：『你們、不要趕我走……我要在這兒看園子……不過、你們得種樹……修路……挖河……你們不會趕我走吧？啊，這就好……』

將軍死了。他把崇高的榮譽，永久地留給了小鎮人。」[37]

與將軍轟轟烈烈的死形成鮮明對照的是史鐵生筆下奶奶的死。奶奶做了摘帽地主，被改造被冷落幾十年，所以死也默然無聲：

「那是一九七五年，奶奶七十三歲。那夜奶奶沒有再醒來。我發現的時候，她的身體已經變涼，估計是腦溢血。很可能是腦溢血。」[38]

小時候，奶奶就跟「我」講人死了以後的故事。「奶奶講的故事與眾不同，她不是說地上死一個人，天上就熄滅一顆星星，而是說，地上死了一個人，天上就又多了一個星星。」現在奶奶死了，「給奶奶穿鞋的時候我哭了。那雙小腳兒，似乎只是一個大拇趾和一個腳後跟。這雙腳走過了多少路呵。這雙腳曾經也是能蹦能跳的。如今走到了頭。也許她還在走，走進了天國，在宇宙中變成了一顆星星……老海棠樹還活着，枝葉間，星星在天上。我認定那是奶奶的星星……」[39]

儒家文化與各種宗教文化之間區別之一，就是由對死亡的共同困惑所引出的不同的超越死亡的方法：各種宗教都假設靈魂不死，儒家則籍子孫延續死亡之後的生命。而史鐵生的「文革小說」正在用儒學子孫延續（奶奶與孫子）的方式，在討論靈魂不滅（天上的星星）的宗教課題。

上述這些主人公在文革將結束或剛結束時病故的情節，或證明文革的悲慘後果，或歌頌領袖的政治胸懷，或探究生命與死亡的神秘蒼涼。雖然描寫動機和意義指涉迴然有異，但在敍事模式中的功能卻是一樣的：第一，都出現在小說將近結尾之處，既使故事有悲劇收場，又給敍事者留下最後感慨的篇幅；第二，病故的主人公一定不是敍事者，因此死者的故事在小說裏是被人敍說被人觀察被人同情的；第三，敍事者必定同病故的主人公有親密良好的關係。或是親人（《奶奶的星星》中是孫子、《傷痕》裏是女兒），或是好友（《如意》中的中學教師「我」在文革中與校工石義海有患難之交），或是擁眾（《小鎮上的將軍》）；第四，敍事者與主人公在文革過程中一定有過一些誤會、糾紛乃至衝突，後來一定和解。這個由誤會衝突到諒解的過程，也正是小說情節上的主要戲劇性線索（王曉華與母親劃清界線、「我」懷疑石大爺的古怪行為、小鎮居民不理解將軍為甚麼是叛徒、孫子也困惑於奶奶的地主身份）；第五，主人公在光明即將或已經來臨時死去，可使敍事者以傷感、內疚的基調抒情。

但如果主人公不是死於自然疾病，而是死於某種和苦難環境有關的意外；或者像《這是一片神奇的土地》中的副指導員李曉燕那樣，死於在不自然情況下的突發急病（開墾北大荒陷於沼澤地後感染到「出血熱」），這時主人公的死亡情節就會有不同的功能，而非上面的五點分析所能概括。最大的不同是意外死亡的主人公都比較年輕，他們的死亡方式增強了故事的戲劇性，也增加了文革苦難的浪漫色彩。比如《這是一片神奇的土地》，實際上這是一片荒涼的土地、災難的土地：敍事者「我」的妹妹在「我」的眼前身陷沼澤而慘死，「我」的戀人李曉燕在「我」的懷中因出血熱而死；「我」的情敵兼救命恩人則被狼吃掉死無完屍……但這樣一個悲慘的故事卻被梁曉聲寫成知青運動的浪漫讚歌：「我們經歷了北大荒的『大煙泡』，經歷了開墾這塊神奇的土地的無比艱辛和喜悅，從此，離開也罷，躺下也罷，無論任何艱難困苦，都不會在我們心頭上引起畏懼，都休想叫我們屈服……呵，北大荒！」除了作家的豪言壯語之外，作品中的浪漫色彩，相當大的程度上還是因為幾個主要人物的神奇的死亡方式。同樣的浪漫也出現在《爬滿青藤的木屋》裏，強壯愚蠢的看林人的俊媳婦，看上了來山裏改造的斷臂知青——整個故事的設計都有些做作，很像顛倒過來的《查特萊夫人的情人》：不是情慾戰勝禮教，而是文明戰勝野蠻。直到最後一段寫盤青青與一把手迎着山火私奔，才將小說推向神奇。最後兩人下落不明，大概是死於山火，死於災難，死於文革（在愛情中永生）。但又沒有明寫，也可能遠去他鄉，幸福生活[40]。死亡情節有這樣多層次的敍述功效，當然不只這一篇。《飛過藍天》中「晶晶」死於前主人「麻雀」的獵槍下，也是一個一石數鳥的情節。這既是對頹唐知青麻雀的一種懲罰：為了回城居然將心愛的鳥兒送給鄉村土皇帝，現在醉酒打死了千里迢迢飛回來找他的愛鳥「晶晶」；同時也是對主要角色之一的鳥兒「晶晶」的忠誠、頑強的一種歌頌；歌頌裏又暗示理想忠誠的現實悲慘後果。

有一點，不管主人公是死於自然疾病或是死於某種意外，「情節功能 23」總是出現在小說的結尾，總是災難故事順時序發展的一個平鋪直敍的自然收束。不像上一章討論的自殺情節那樣，事件大都出現在「文革初」，但多數由敍述者在「文革後」回憶倒敍。

《文革小說中的拯救主題》被收入《錢谷融先生教學著述六十周年紀念論文集》，杭州：浙江文藝出版社，1998 年 12 月初版。亦收入《中國現代文學學術研討會論文集》，香港：香港中文大學出版社，1999 年。

---

1 見弗拉基米爾・雅可夫列維奇・普羅普：《故事形態學》，賈放譯、施用勤校，北京：中華書局，2006 年。

2 陳若曦的小說集《尹縣長》包括六個短篇，1976 年 3 月在台灣遠景出版事業公司初版。

3 李碧華：《潘金蓮之前世今生》，香港：天地圖書有限公司，1989 年。

4 李碧華：《霸王別姬》，香港：天地圖書有限公司，1992 年 5 月初版，修訂本。

5 傅柯（Michel Foucault 又譯福柯）著，劉北成、楊遠嬰譯：《瘋顛與文明》（*Madness and Civilization*），台北：桂冠圖書股份有限公司，1992 年版，頁 48。

6 例如史鐵生在《我的遙遠的清平灣》中寫主人公殘廢，落筆極平淡。

7 《綠化樹》，香港：耕耘出版社，1990 年。

8 《綠化樹》，頁 61。

9 參見黃子平：《同是天涯淪落人 —— 一個「敍事模式」的抽樣分析》，《中國現代文學研究叢刊》，1985 年第 3 期（7 月），頁 42—62。

10 《綠化樹》，頁 62。

11 弗拉基米爾・雅可夫列維奇・普羅普：《故事形態學》（賈放譯、施用勤校），頁 47。

12 《敍事作品結構分析導論》，張裕禾譯，見《敍事美學》，頁 72—73。

13 《綠化樹》，頁 169。

14 外貌可以風情萬種，心靈卻必須清純。從令「江州司馬青衫濕」的琵琶女，到獨宿閣樓的陳二妹，再到勸章永璘不做「傷身體的事」的馬纓花，用來解析男主人公靈肉衝突的女性「道具」，本身必須沒有靈肉矛盾。黃香久因為自己也有性慾，所以既得不到男人，又引來讀者的困惑與憤怒。

15 《洗禮》，第二節，「附：王輝凡的舊日記」，《中國新文藝大系・中篇小說集 1977—1982》，上卷，頁 181。

16 《蝴蝶》，《中國新文藝大系・中篇小說集 1977—1982》，上卷，頁 330。

17 王蒙：《蝴蝶》，《中國新文藝大系・中篇小說集 1977—1982》，上卷，頁 336。

18 《蝴蝶》，《中國新文藝大系・中篇小說集 1977—1982》，上卷，頁 338。

19 《如意》可能是唯一的一個例外，前清格格在普通工人石義海的關心下動情。

20 相比之下，章永璘在《綠化樹》中面對女人行為比較檢點些，馬纓花也可以說是得到了苦難中的愛情。

21 僅就知識青年的情況而言，歷史研究所提供的材料完全是相反的：「根據國務院知識青年辦公室的統計，1974 年末，全國已婚知青有 48 萬人，佔全部在鄉知青的 7.1%；……在文革結束後的 1977 年達到創紀錄的 86.1 萬人，佔 10%」。據中國社會科學院近代史研究所劉小萌提供的資料，已婚知青中和農民結婚的，超過 70%，知青間結婚的，約 20%，與城裏人結婚的，不到 10%。而且，更重要的是：「女知青嫁給農民的人數明顯超過了男知青娶女農民的人數。」詳見劉小萌：《下鄉女知識青年婚姻剖析》，載劉青峯編：《文化大革命：史實與研究》，香港：中文大學出版社，1996 年，頁 150–151，153。

22 「……比較上女人是可以一概而論的，因為天下人風俗習慣職業環境各不相同，而女人大半總是在戶內持家看孩子，傳統的生活典型既然只有一種，個人的習性雖不同也有限。因此，籠統地說『女人怎樣怎樣』，比說『男人怎樣怎樣』要有把握些。」張愛玲：《談女人》，《張愛玲散文全編》，杭州：浙江文藝出版社，1992 年，頁 65。

23 許子東：《尋根文學中的賈平凹與阿城》，《當代小說閱讀筆記》，上海：華東師範大學出版社，1997 年，頁 104–105。

24 《棋王》，《知青小說選》，頁 920–921。

25 《桑樹坪紀事》是一篇「新寫實小說」，所以李言老漢的形象在小說的前半部分是帶有傳奇色彩的，但在後面仍有較寫實的經歷交代。

26 《我的遙遠的清平灣》，《知青小說選》，頁 465。

27 同注 26，頁 472。這也可以說是一個值得注意的偶合：在張承志的《金牧場》與喬良的《靈旗》裏，也都有當年的紅軍戰士幾十年後在老區生活艱難的細節。

28 《我的遙遠的清平灣》，《知青小說選》，頁 481—482。

29 多年以後，張承志將《金牧場》大幅刪改，變成了另一部作品《金草地》（海口：海南出版社，1994 年）。這本書刪去了大部分留日的現代都市煩躁與知青生活中的苦難成分，但仍然保留了與長者額吉有關的大多數情節。

30 其實「草原母親」的形象，也可以從女性主義的角度去閱讀，如趙園曾指出：「那一代作者（或者不如說整個當代文壇）再沒有誰如此頻繁地提到『母親』，……張承志的作品，可以讀作篇幅浩大的男性神話。張承志作品世界的整一，也源於那無所不在的性別意識（以及性別偏見），可以作為當代文學中『男性話語』的標本。」見《張承志的自由長旅》，《當代作家評論》，1991 年第 4 期（8 月），頁 48–58。

31 《詮釋的前言：思想重複的含義》，《金草地》，頁 1。

32 Elizabeth Fox-Genovese, *Literary Criticism and the Politics of the New Historicism*, in H.Aram Veeser, ed., The New Historicism . New York and London: Routledge, 1989. P221. 參考孔書玉中譯，見張京媛主編：《新歷史主義與文學批評》，北京大學出版社，1993 年，頁 62。

33 參見孟悅、戴錦華：《浮出歷史地表》，開封：河南人民出版社，1989 年，第二章。

34 弗拉基米爾・雅可夫列維奇・普羅普：《故事形態學》（賈放譯、施用勤校），頁 47。

35 《奶奶的星星》，《作家》，1984 年第 4 期（4 月）。

36 《蝴蝶》，《中國新文藝大系・中篇小說集 1977—1982》，上卷，頁 334。

37 陳世旭：《小鎮上的將軍》，《人民文學》，1979 年第 2 期（2 月）。

38 《奶奶的星星》，《作家》1984 年第 4 期（4 月）。

39 同注 38。

40 小說裏明明給男女主人公的結局留下了空白，「盤青青和李幸福是死是活，誰曉得？」（古華：《爬滿青藤的木屋》，香港：天地圖書有限公司，1988 年，頁 105。）但居然有人知道，那就是作者。在《木屋，古老的木屋 —— 關於〈爬滿青藤的木屋〉》（《小說選刊》，北京，1981 年第 9 期〔9 月〕，頁 74–76）一文中，作者說「森林山火之後，盤青青和李幸福終於贏得了他們的幸福。」當然作品發表以後，作者本人也並不擁有特殊的解說權。怎麼幸福法呢？遠走他鄉，或在愛情中永生？我們還是不知道。在上面這篇文章裏，古華說故事的「原型看林人將知青、女人都打成終身殘廢。」但在另一篇訪問記中，古華卻說守林人卻在殺死知青和女人後自殺。（見《古華談《爬滿青藤的木屋》，《作品與爭鳴》，1981 年第 8 期，頁 76）。顯然，在解釋這個故事的原型時，我們看到作者的文革記憶也常常在修改之中。

第四章　災難之後：反思與懺悔

24. 女主人公最初的缺失被消除。

本書所討論的「文革故事」，都是在文革之後所寫。文革如果不過去，大概率不會有這樣一些「文革故事」（1966—1976 年間中國內地也有不少描寫文革的「文學」，完全是另外一種風貌）。但這些在「文革後」寫成的有關文革的故事，是否會描寫「文革後」的情況，卻取決於不同敘說者的不同敘述策略。在某種程度上，也反映着聽故事的人們的不同接受需要。

僅以五十部作品作統計，描寫「文革後」狀況的作品接近三分之二（三十二部，佔總數的 64%）。[1] 當然，它們那讓讀者看到文革已經過去，處理「文革後」狀況的敘述方式也很不相同。初步歸納，大致有三。

第一，大部分的故事都發生在文革之中，順時態平鋪直述主人公的受難經過，但終於文革結束，災難過去，主人公可以重見天日。「文革後」狀態在情節層面所佔篇幅不多，但標示着故事的結局，也顯示着故事的意義。《芙蓉鎮》《血色黃昏》《晚霞消失的時候》《洗禮》《流逝》等都可列入此類。這也是「文革故事」最典型的一種敘說法。

第二，大部分的故事都發生在文革之後，文革主要是以回敘

（analepsis）的形式穿插在「文革後」的「現在」中，文革的災難性後果處處存在於「今天」的「現實」之中。比較明顯的例子有《記憶》《重逢》《轆轤把胡同九號》《一九八六年》《蝴蝶》《今夜有暴風雪》《人啊，人！》《金牧場》等。

第三，幾乎全部的故事都發生在文革之中，僅有少數幾段議論文字從文革之後的角度去寫，卻構成了對整個故事的一種非常重要的「預敍」（prolepsis）。這類作品數量最多，如《這是一片神奇的土地》《我遙遠的清平灣》《奶奶的星星》《氤氳》《死 —— 給「文革」》《錯誤》《如意》《綠化樹》《桑樹坪紀事》《插隊的故事》《叔叔的故事》《動物兇猛》等。

雖然，大部分主人公都能夠熬過苦難，逃出生天，但男女主角在文革後的境況、心情卻有明顯不同：「文革故事」中的女主角們，在文革以後的生活大都比以前（不僅是比文革之中落難時，而且也比文革之前未落難時）更加幸福。這生活幸福不僅是指社會地位上升、經濟狀況改善，更是特指女主人公們文革之前在愛情與家庭生活方面的某種不如意處、某種缺失（如情節功能 2 所顯示），在文革後得到相當程度的彌補。這個在很多文革小說中普遍出現的情節呼應，並非偶然巧合，而是出於某種意義結構上的設計需要。本節要討論的情節功能 24，使得女主人公們雖然在文革中飽受創傷歷經磨難，但最後 —— 不僅在事序邏輯的「最後」，而且也在文本安排、話語敍述的「最後」—— 卻有可能發現：文革這件「壞事」，在她們的生活道路中歸根到底，產生了「好的結果」。[2]

還是先看看因為劉曉慶的電影演繹而成為廣為人知的「文革故事」女主角「芙蓉姐」胡玉音。落難前她的豆腐攤生意興隆，她和黎桂桂這小夫妻倆還蓋了樓房。但幸福生活中隱藏着兩個難言的缺憾：一是她和支書黎滿庚一段微妙感情沒有成功，只好轉為兄妹之誼；二是她和黎桂桂「成親六、七年了，夫妻恩愛，卻沒有子嗣消息……」[3] 小說第一章有相當篇幅渲染小夫妻因不育而生的煩惱，桂桂「背着人（包括自己的女人），偷偷吃下過幾副狗腎，豬豪筋」，也談及去醫院檢查，玉音甚至還想到過「請個人試一試……」[4] 可見沒有子女構成了胡玉音文革前幸福生活中的一個重要缺憾。到了小說最後一章，即文革後的1979年，胡玉音摘去了富農帽子，恢復小業主成份，並被歸還樓屋產權，她又重新當上了青石板街街辦豆腐店服務員。乍一看女主角的生活位置與落難前一模一樣，其實，因為男人已由年輕屠夫黎桂桂換成縣文化館副館長秦書田，與鎮領導的關係也因文革風雨而更密切了（舊情人、大隊支書黎滿庚因文革初背叛了胡玉音至今內疚；性無能的男性朋友谷燕山又當了鎮委書記），所以芙蓉姐文革後整體的生活狀態顯然比文革前更好。更重要的是，秦書田代替黎桂桂，不僅是書生取代屠夫，更為女主角帶來了兒子軍軍。於是，文革前最大的情感缺失通過災難而得到彌補 —— 小孩不是文革以後才出生，而是降生於文革中最艱難的時刻：秦判刑勞改，胡每日掃街，兒子出生全靠退伍軍人谷燕山及過路解放軍軍車的幫助（小孩名字裏還有「軍」字）。這個微妙的象徵，意味文革後的幸福，也是靠文革之中某些一貫正確的光明力量（如軍隊）的抗爭與拯救才得來。在八十年代的語境裏，小說家對軍隊在文革中的功能作用很難有嚴肅的省視。

在因為受到批判而知名的長篇《人啊，人！》中，大學中文系總支書記孫悅身份經歷迥異於豆腐女胡玉音，對「幸福」的要求和對「缺憾」的理解也很不同。孫悅大學畢業留校，頗得領導賞識，丈夫趙振環是同學中的美男子。可以說女主人公整體生活狀態不差。經過一、二十年折騰，到文革以後，工作方面，孫悅升為總支書記；生活方面，身邊不乏許恒忠式的實惠的追求者，文革初背叛自己的前夫趙振環也回來求饒，但孫悅最後終於和苦戀了幾十年的理想情人何荊夫結合。這不僅使她的政治社會地位得以提高，情感生活中的「錯失」也因為災難與災難之過去而得到「撥亂反正」。

類似的女主角在文革後得到「幸福」或「優勝」結局的例子很多。韋君宜《洗禮》中的劉麗文在文革前寧可不當「首長夫人」，身為普通機關人員與記者祁原婚後只住一間單身宿舍。文革後劉麗文重新得到愛情又成為省委副書記王輝凡的夫人，自己仍以「首長夫人」的特殊身份擔任省報特約記者。王安憶《流逝》中的歐陽瑞麗文革前是上海資本家家庭中的小姐，生活雖富足卻沒有獨立的勞動、生活能力。文革後落實政策家庭環境再次富足，但女主角不會勞動的缺點（她自己也覺得是缺憾）已得到了糾正。在《晚霞消失的時候》裏，雖然女主角南珊文革前在公園偶識李淮平時已顯示出智力、修養、才能上的優越，但畢竟她是前國民黨將領之女，家庭背景只是「統戰對象」。這種政治文化地位上的劣勢在後來的抄家過程中顯露無遺。等到小說第四章文革後男女主人公在泰山之巔對文革風雲「大徹大悟」之時，南珊身為接待外賓的翻譯，先前的政治文化劣勢已轉化為婉言拒絕男主角求愛並可以在哲理上開導男主角的優勢地位了。

當然，並不是所有文革故事的女主角都比文革前（災難前）幸福，有些災禍的後果是無法以平反彌補的，比如《傷痕》中王曉華之喪母，比如《記憶》中電影放映員在幾十年勞改中失去青春。不過這些傷痕文學作品在渲染痛苦時，也總會給女主人公在文革後安排一個有希望的處境和相當積極的心情。王曉華在小說結尾「覺得渾身的熱血一下子都在往上沸湧。」[5] 秦部長在文革後重見方麗茹，雖然三十四、五歲的她，「看上去卻簡直是個孩子們已經上中學、上大學，四十大幾的近老年的婦人了」，但「她沒有悲傷，沒有怨恨，沒有憤慨。」小說用直白的議論總結回首她所經歷的苦難：「是的，她沒有被摧垮，沒有被壓碎。像一粒被輕率地拋到巖石堆上的種子，她從縫隙中找到了土壤，伸進了細根，鑽出了嫩芽，獨立地、勝利地生存下來了。」[6]這種災難總結方式，既是七十年代末八十年代初作品要發表要得獎的必要意識形態包裝，也多少道出張弦等右派作家當時的某些真實心情和感受。

即便災難惡果已無法彌補，但能渡過災難已是勝利。更何況在很多情況下，女主人公還能在渡過災難之後得到從前得不到的東西（愛情、子嗣、勞動能力、文化優勢，等等），所以災難是有價值的——無論是獲獎短篇《記憶》，或是熱門電影《芙蓉鎮》，還是飽受批判的《人啊，人！》，其實傳遞的是同一個信念。作家們（以及當時的很多讀者們）基本上也用秦部長假設方麗茹回顧災難的方式來假設大眾讀者的文革反思：

> 「她懂得她的遭遇並非由某一個人、某一種偶然的原因所造成，也並非她一個人所獨有。她沒有能力對摧殘她的那些歲月作出科學的評價，但她確信歷史的長河不會倒流。當明麗的陽光已照在窗前的時候，人們不總是帶着寬慰的微笑，去回憶昨夜的惡夢，並隨即揮一揮手，力圖把它忘卻得越乾淨越好嗎？」[7]

頗有反諷意味的是，這段鼓吹忘卻的文字出自於一篇題為《記憶》的小說。劉裘蒂在翻譯費修珊和勞德瑞的《見證的危機》時曾論述「見證在心理分析理論中扮演的雙重角色：它一方面籍着對塵封往事的『重演』而迫使當事者面對不敢回想的往事；另一方面希望這種痛苦的

『口述』經驗能化解事件的糾葛與詛咒，使見證人在回想起傷痛的同時，『忘卻』事件的恐怖。」[8] 在某種意義上，我們所討論的小說形式的文革敘述，在同時扮演這兩種角色時不無混淆：「忘卻」成了集體記憶的一種功能，「敘述」便是一個相當有效的療程。

同樣是讓女性角色在文革後生活幸福，也有些作品試圖對大眾所認同的幸福結局模式作出一點修改和挑戰。在《玫瑰門》中，司猗紋晚年癱瘓在牀，由她所不喜歡的媳婦竹西每天伺候，每延長一天生命都仿佛多受一份痛苦。《一九八六年》中瘋子的妻子在文革後「感覺到」丈夫曝屍街頭，卻鬆了一口氣，放下了沉重的心理負擔後和新丈夫一起開始新的幸福生活。對女主人公們普遍的幸福結局，余華的反諷雖然用意獨特，卻並未引起讀者、評家的廣泛注意。大部分文革後的中國讀者（不僅僅是在中國內地），似乎都更願意接受胡玉音式的文革故事的結局。

對本書的研究來說，重要的還不是大部分文革故事的女主人公共用一個相似（乃至相同）的幸福結局，而是這種幸福結局在敘事秩序上的驚人的一致性：幾乎所有女主角在文革後生活更加幸福、缺憾得到彌補的情節，都出現在小說的最後一章甚至最後一節甚至最後一段文字：誰笑到最後，誰笑得最好。

在第一種順時序講述文革故事的敘事模式（如《芙蓉鎮》）中，胡玉音重新當上青石板街街辦豆腐店服務員（以及秦書田、谷燕山的升官動向等），出現在這部長達 232 頁的長篇小說的第 232 頁上。在第二種全部「文革故事」均由「文革後」場景來倒敘回述的敘事模式（如《人啊，人》）中，孫悅經過反復猶豫終於選擇何荊夫的決定，也是直到小說最後一節才完成。小說的最後一句，便是孫的前夫帶着愧意向孫悅何荊夫寫信祝賀。一邊有女兒勸她再婚，一邊還有負心前夫在求她寬恕——這是不是一個女作家所能給予她的女主人公最大的滿足與最後的勝利？[9]

在普羅普的功能表中，最後一項也總是「主人公成婚並加冕為王」[10]。而在我們閱讀的「文革小說」敘事模式中，只有女性的主人公才最後「成婚」，男性主人公則大都變相地「加冕為王」（重回「官」身、步入人民大會堂、終於平反獲自由身、回城……）

25. 女主人公的敵人受到懲罰。

普羅普功能表在最後一項「主人公成婚並加冕為王」之前的倒數第 2 項，便是「敵人受到懲罰」。有意思的是，在「文革故事」中，只有女主人公的敵人才「受到懲罰」。五十部作品中的大部分女主人公，不僅在文革後生活更加幸福、缺失被消除，而且她們在回首災難時總可以找到具體的「敵人」，而這「敵人」總會在災難過後得到某種「懲罰」。

這裏所謂的「敵人」，一是指曾經導致她們陷入災難的人，那些在災難來臨時迫害或背叛她們的人；二是指女主人公在感情上十分厭惡憎恨的人。[11]

在災難過去之後，通常女主人公比較能夠找到她的「敵人」，即她認為應對她的災難負責的人。一般文革小說在寫到女主人公的幸福結局時，總不忘交代她的「敵人」的最新情況（通常是倒楣、受懲罰的近況）。而女主人公也對她的「敵人」的近況十分之關心留意。《芙蓉鎮》最後一頁，寫王秋赦遭撤職後發瘋，「每天都在新街、老街遊來蕩去，襤褸的衣衫前襟掛滿了金光閃閃的像章，聲音悽涼地叫喊着：『千萬不要忘記啊——！』『文化大革命，五、六年又來一次啊——！』『階級鬥爭，你死我活啊——！』」對於這像幽靈鬼魂般徘徊在芙蓉鎮上的王瘋子的叫喊，男人們的反應都比較冷靜。支書黎滿庚在文革中不無道德過失（違心向組織出賣胡玉音），所以在文革後他也站在道德角度上說王秋赦「瘋得活該」；退伍軍人谷燕山過去只是糧站主任，飽受沒有權力之苦，現在升任鎮委書記，考慮的也是政治措施，「打算立即派人把王秋赦送到州立精神病院去治病，叫做送瘟神」；而舞文弄墨的秦書田，則像一般的知識分子那樣，喜歡站在歷史的高度，感慨王瘋子的叫喊是「一個可悲可歎的時代的尾音」。唯獨女主人公胡玉音，「聽見王瘋子的叫聲」便「失手打落過湯碗」。可見只有女主人公仍然將王秋赦看作是她的敵人且依然憎恨、厭惡、驚慌、害怕。《洗禮》中的女主角劉麗文是個知識分子型的幹部，在幾十年的政治風雲變幻與生活磨難中，最討厭最仇視的具體個人，便是她的情敵賈漪。文革前劉麗文與王輝凡離婚後，賈漪成了王輝凡的夫人。但在災難來臨時，賈漪棄王而走，嫁給了造反派頭頭羅射洪。在運動中期下幹校時，羅射洪也成為「五・一六分子」而被批鬥，同時也受到了賈漪的「反戈一擊」。對此，小說描寫劉麗文感到了一種女性的氣憤：「這個女人！竟然為了洗清自己而出面誣陷自己先後兩個丈夫；氣得劉麗文只覺得這真是婦女的恥辱。」[12] 但甚麼是「婦女的恥辱」呢？這倒是一個頗值得探究的概念。是女人不應該誣陷自己的丈夫呢？還是可以對不起第一個丈夫卻不應該誣陷先後兩個丈夫？或者女人（也是「人」）根本就不應該誣陷任何人？……而在整部小說的「尾聲」一節乃至最後幾行文字，劉麗文無暇總結感慨文革，卻仍念念不忘賈漪：這時劉麗文已和新任省委副書記王輝凡再婚，賈漪則又嫁給了年邁的省委正書記老苗。不過老苗即將退休，等待接班掌權的正是王輝凡！賈漪見到劉麗文，故作高傲，其實心裏嫉妒——至少這是劉麗文的感覺：「她作出高傲的樣子，但是私生活上的勝利者明明是我，就是從政治上我也沒有輸……」[13] 仔細回想，在劉麗文貫穿全篇的敘述中，賈漪一次次想嫁有權者，但每次結婚以後男人就失勢——這是不是女作家特別設計的懲罰女人的方式？女主人公要在「文革小說」的最後一筆面對她的敵人贏這一口氣，還能有比上述劉麗文最後的手記更具戲劇性與象徵性嗎？

出於同樣的道理，《人啊，人！》中女主角孫悅所討厭的人物，在小說快要結束時都遇到各種懲罰：批判何荊夫人道主義研究的「左派」游若水被領導逼着很不情願地當「槍手」；思想僵化的奚流不僅遭到親生兒子的反叛，而且他的極左政策也漸為文革後的開放形勢所不容；負心漢趙振環則含羞忍辱跑來求孫悅原諒又被拒絕。但比起對陳玉立、蘭香等女人的低貶描寫來，孫悅（及小說敘述者）對以上幾個男人的憤怒可以說是很節制的。從女主人公的角度看《人啊，人！》，讀者不難發現凡是有負於女主角的男人，不管是政治上的連累（奚流），還是情感上的背叛（趙振環），他們都會再碰到蛇一樣的壞女人（陳玉立、蘭香）……在女主角懲罰她的「敵人」方面，受批判的作品《人啊，人！》與獲獎小說《洗禮》，可以說是各出奇招，但異曲同工。

到目前為止，本書一直避免直接討論作家的情況，而只是閱讀解析具體的文本。如果將本書附錄中的「文革小說」作者的生平資料作為文本解讀的並置的注腳看，我們不難從中找到某些作家的共同背景對書寫「文革記憶」所產生的規律性的影響。譬如在文革期間離開農村上大學的工農兵大學生梁曉聲、張承志等，與在文革後考進大學的鄭義、馬原、陳建功、韓少功、陳村等，在是否對紅衛兵經歷懺悔的問題上，態度就有明顯不同；而從未進大學的殘雪、阿城、王朔等人的創作風貌則更是另一番景象。又如很多暢銷文革故事的作者，古華、周克芹、張弦、葉蔚林等，成名之前都有在地區文化館或劇團工作的經驗。但更有意思的情況是，作家的背景、處境、傾向或流派，常常並不一定對應着創作與文本的差異。我們會發現經歷、個性及處境極不相同的作家（如延安背景的老革命韋君宜，與文革後飽受批判的戴厚英），在有關「文革」的文本中卻遵循着共同的敍事與情感邏輯。在藝術流派上風馬牛不相關的張承志與張賢亮，在多情地感謝北方大地時，是否使用類似的語言？以後，我們還會涉及更多這類的情況。

將種種女主人公的「文革故事」的結局放在一起看，才可發現《玫瑰門》的特別之處，才可理解鐵凝對「文革故事」的一般模式作了怎樣的挑戰並在無意間又受到怎樣的制約。最明顯的挑戰是司猗紋在文革之後繼續受苦 —— 很少有文革故事的女主角（注意：男主角是另一回事），在國家「雨過天青」後卻臥病在牀飽受折磨。有幾次，司猗紋想借文革後的形勢及畫家孫女的成就，來氣氣搶佔了四合院北屋多年了的街道造反派羅大媽（就像劉麗文氣賈漪、孫悅恨陳玉立一樣），但效果都不怎麼好。關鍵是，司猗紋有時弄不清楚她的「敵人」究竟是誰。有時她也許覺得媳婦竹西孫女蘇眉比羅大媽更令她生氣。司猗紋的思路情感心理及潛意識，看來並非只沿着反思文革而存在 —— 這是她和孫悅、劉麗文的不同之處，也是八十年代後期的鐵凝與七十年代末的戴厚英、韋君宜的區別所在。在另一方面，儘管《玫瑰門》有意從女性角度出發改寫文革故事的一般格局，但仍有一些微妙的細節，在證明有關文革的某些敍事法則幾乎無所不在：比如小說中描寫羅大媽文革後給司猗紋及竹西交房租，便是一個處理得極微妙的懲罰「敵人」細節。羅大媽找藉口不想搬去某新大樓，竹西裝模作樣，只是不鬆口，其實就是堅持要當年的造反派歸還搶佔（雖然是司猗紋邀請來搶佔）

的私房。另一個同樣耐人尋味的細節是司猗紋在癱瘓之後仍由蘇眉抬扶坐轎車去看了一眼幾十年前的情人、現已衰老的高幹華致遠。這不也是某種形式的「缺憾彌補」嗎？

除了《玫瑰門》這個罕見的例外，大部分本節討論的憎惡或報應形式的「復仇」情節，都說明站在女主人公的角度回首文革，災難是可以找到具體的人來負責的。換言之，文革這場政治運動及其種種惡性成果，並不只是抽象的歷史必然性或玄奧的歷史偶然性所造成，而是有具體的特定的人為因素存在。這些女主人公的「文革後反思」，是組成「文革敘述」不同意義結構的一條重要線索。

26. 男主人公社會地位上升。

能夠活到文革之後的「文革小說」中的男主人公，在災難以後大都也有一個「幸福結局」，但形式與內容卻與女主人公的 happy ending 顯然不同。對女主人公來說，「幸福結局」主要是指情感與家庭生活方面的缺憾（沒有子女、愛錯人等等）得到彌補。一般說來她們的政治地位在文革前後變化不大：胡玉音 1964 年與 1979 年都在芙蓉鎮青石板街賣豆腐，工作內容沒有變化，只是從個體戶變成集體企業的職工。劉麗文大躍進時是「首長夫人」、省報記者；文革後還是「首長夫人」兼省報特約記者。孫悅在運動前後職位略有提升，但也一直在中文系工作。《蝴蝶》中的上海籍女醫生文革後似乎仍在農村。《流逝》中的女主角到小說結尾，雖然性情想法有變，但社會身份、政治地位可以說也沒有甚麼變化……

但對男主人公來說，幸福結局多數表現在吃盡苦中苦後，能獲得比文革前更高的官職，其社會政治地位在災難之後明顯上升。前縣文化館員秦書田平反後當上了文化館副館長，原糧站主任谷燕山升任鎮委書記。王輝凡文革前是省計委主任，文革後升為省委副書記，並且眼看就要接班當省委第一把手。《人啊，人！》男主角何荊夫運動前已是右派，後來至少被調回大學，重新做研究，政治身份有明顯改善。張思遠在文革爆發時是某城市的市委書記，運動後期便復職升官。《蝴蝶》歷數每一個張思遠擔任過的官職，從五十年代的市軍事管制委員會副主任，到六十年代的市委書記，再到七十年代「三結合紅色政權」中的市委第二把手，「一九七七年，粉碎四人幫以後，張思遠升任省委副書記。一九七九年，張思遠又調到北京，任國務院一個部的副部長。」作者恐怕讀者在「市委書記」、「省委副書記」、「副部長」等一大堆官名面前分不清上下高低，所以特別強調「升任」、「調到北京」等關鍵字眼，以明確顯示男主人公經過災難以後政治社會地位的「升勢」與「升幅」。還有，《重逢》中的朱春信文革初是「北寧市委主要領導幹部」，文革後升任「主管組織、人事和政法的地委副書記」(擁有直接懲治或解救前造反派的權力)。還有，五十年代因寫詩而成為右派的章永璘，災難以後神采飛揚地腳踩「人民大會堂的紅地毯」……

甚至有的男主人公官職並無升遷，也會成為小說中特別強調的細節。《記憶》中秦慕平在文革前後均是宣傳部長，一則可以顯示他一如既往地做官，可是當年被他重罰的方麗茹已經損失了大半青春；二則對照他那專門整人的下屬黃喜強從昔日文化局副局長，升至文革後的宣傳部副部長，不也在揭露黨的宣傳系統內整人者升官的另一種趨勢嗎？

文革小說的敘事模式，歸根到底是與其意義結構互相制約的。如何總結文革的教訓，是「文革敘述」種種不同意義結構的共同的中心課題。在這個意義上，本章前三節所討論的「情節功能 24 、 25 、 26 」

有時會同時出現在一部作品中而互相配合 —— 女主角能夠彌補從前的情感缺憾，男主角能夠復職升官。這可以是同一個幸福結局分工合作的兩個側面。但是，在下一章裏，我們將進一步辨析上述「分工合作」其實是有所偏重的，在「你了你的願、我升我的官」之間，敘述結構常有微妙偏重與傾斜。這種敘述上的偏重傾斜不僅會直接導向不同的意義結構，而且也會使作品面向不同的讀者羣體。比如，同樣出於女主人公的視角，胡玉音對秦書田官職的關注，就不如劉麗文對王輝凡的級別的重視；而劉麗文描述子女的篇幅又遠遠不及芙蓉姐。同樣是以「壞事變好事」的哲理來賦予災難某種積極意義，但甚麼是「好事」的內涵呢？是了卻倫理情感上的夙願（宿怨），還是更有權力故而憂國憂民？是建造一種能契合大眾情感道德願望（包括無意識中的贖罪需求）的民間的文革想像呢，還是構造一種主要滿足知識分子憂國救世的熱忱的士大夫落難式的歷史圖景呢？ —— 在這些「文革集體記憶」的不同整理、營造方案中，男女主人公在敘事層面上的角色分工，會有舉足輕重的影響作用。

27. 男主人公重遊故地，感謝苦難。

普羅普功能表中有關主人公「歸來」的功能項至少有四個：「20. 主人公歸來」（緊隨在第 19 項「最初的災難和缺失被消除」之後）；「23. 主人公以讓人認不出的面貌回到家中或到達另一個國度」；「27. 主人公被認出」及「29. 主人公改頭換面」。[14] 文革小說中的男主人公通常有兩次「歸來」。第一次是災難被消除（獲得平反、復職升官）之後回到城市。第二次是在知青回城到城市生活感到厭倦後，或者幹部地位高升後要感恩致謝，這時都要重遊（或神遊）受難之地（也常有讓受難之地鄉民「認不出的面貌」、「改頭換面」的效果）。在現實生活中，很難找到統計材料來證明究竟有多少幹部和錯劃右派在文革後曾經專程重訪當初他們接受勞動改造的地方；真正成行重返（或者哪怕是重遊）鄉村的回城知青，人數恐怕也不會很多。但在中國當代文學中，幾乎絕大多數的作品的主人公（絕大多數是男主人公）都必須重新回到（或至少反復夢見）自己的受難之地，而且絕大多數都會在回首苦難歷程時發現某種積極意義，並對苦難表示某種程度上的感激——這種「感謝苦難」的態度，使得中國當代敘述文革的災難文學，與世界上其他類型的災難文學（比如英語文學中描寫德國納粹迫害猶太人、俄語文學描寫第二次世界大戰，或者在香港、台灣及海外創作的有關文革的文學，等等），都有很大的區別。

文革小說男主人公的重遊故地，從社會身份與重遊方式上看，可再細分為三類。即「幹部重訪舊地」;「右派神遊故地」與「知青再次下鄉」。但如果從重遊的性質及其在「文革敘述」意義結構中的不同功能看，則基本上只有兩個類型，即幹部和右派的「感謝苦難歷程」，與知識青年的「重新尋找理想」。

幹部重訪當年受難之地，常常故意不要司機、勤務兵的陪同與地方官員的接待（既說明他們復職升官後已經可以而且應該有司機、勤務兵、地方官員的陪同接待，更重要的是有「讓人認不出的面貌」）。雖然這些昔日的「走資派」(「叛徒」、「特務」、「反革命修正主義分子」等)，當初可能也在工廠、街道、學校或其他基層單位被監督勞動，但在文學作品裏（比方說在《蝴蝶》裏，在李國文的獲獎短篇《月蝕》裏）被渲染描寫的，幾乎總是幹部平反後重訪「鄉村」。似乎只有在鄉村，主人公才真正可能獲救。似乎只有鄉村，才真正住着人民大眾。

「張思遠這次的重返山村之行已經計劃了許久了，已經下決心許久了……他終於離開了部長樓，而且，他堅持沒有坐飛機和軟席臥鋪，堅持不准他的秘書預先掛長途電話通知當地各級領導準備接待……」[15]

到達山村後，雖然也有少數山裏人對他有些陌生客氣，像應付長官，但大部分鄉親仍然非常熱情。

「多麼好啊多麼好！就像他從來沒離開過山村。一樣的鄉音，一樣的鄉情，一樣的人心！一樣的推推哪家的門都可以進，拿起哪家的筷子都可以吃，倒在哪一家的炕頭都可以睡！……雖然也有不少的鄉親問起他的官職，並咋舌驚歎，還一致認為他的升官是一件好事，一件可喜可賀的事，但誰也沒有把他當作『上級』看待。他說話既不拉長聲，也沒有那麼多詞兒，既不搖頭擺尾，也不倒背上手踱來踱去，既不用事前斟詞酌句，也不用事後為哪句話不當而追悔。無官一身輕！無官暖人心啊！沒有平等，就沒有友誼，正像沒有土地就沒有莊稼，沒有核桃就沒有核桃果。……現在，鬚髮花白的張思遠，身居高位的張副部長，又回到這童年般的喧鬧中來了。重新造訪的第一天，走到哪裏都被山村的男女老幼所包圍，被七嘴八舌的問候、說笑、祝福和訴說所包圍。我們企盼過的，我們應允過的，我們拖欠過的，我們損害過的，終於我們要漸漸地兑現了。我們總算學會了一點兒東西。鄉親們，鮮紅的甜棗，普落如雨！」[16]

當然，張思遠如果真的無官一身輕、無官暖人心，小說的結構就被顛覆了。所以，張思遠再留戀無官一身輕的鄉村生活，他也還要再離開再回城，以證實、體現他這次重訪舊地的意義：

> 「張副部長的秘書很會辦事情，在張思遠悄悄地回到山村，在他重溫了和飽嘗了普通老百姓的好處與難處之後一週，當地領導接到了他的秘書的電話。立刻，領導人、接待人員、小汽車都來到了山村。……人們簇擁在一對巨石旁歡送他。別忘了我們！人們希望的不過如此。難道能夠忘懷和違背這個願望嗎？他含着淚坐到了司機旁的當地最尊貴的座位上。他的心留在了山村。他也把山村裝到自己的心裏，裝到汽車上帶走了。他一無所得？他滿載而歸。他丟了魂？他找到了魂……回去以後他面臨的任務棘手而又大有可為，他甚麼都不怕了……」[17]

果然，一定要回到城市、回到官位、回到（乃至超越）「文革前狀態」，小說才可以正式結尾：「……最急需看的檔案、信件和資料秘書已經送到了這裏。秘書開列了一個月立刻要處理的事項列表，他拿起粗大的鉛筆，他開始翻閱這些材料，一下子就鑽進去了。他覺得有那麼多人在注視他、支持他、期待他、鞭策他。明天他更忙。」[18]

顯而易見，如果沒有這一次重訪受難之地，張副部長不會像現在這樣全心全意為人民服務；如果沒有受難經歷，張思遠便無法與鄉親民眾如此親密溝通；如果沒有文革災禍，市委張書記也不會受難，也不會感悟到自己在五、六十年代的很多過失……所以，塞翁之馬，焉知非福？海外也有教授看法與張思遠類似，如鄒讜認為：「文革也使某些掌權者受到再教育。他們年輕時滿懷理想投身革命，反對壓迫和社會不公正，他們在中年時期成了掌權者、整人者。文革中的遭遇使他們反思中國政治制度中的法西斯主義，他們產生了改革黨和國家制度的願望。」[19] 這種掌權階級整體落難後接受再教育的歷史政治意義到底有多大，能否成為國家前三十年苦難與後三十年繁榮之間道德銜接與執政的合法性轉折，不同視角的研究者可以有不同的現實立場。

文學中的「錯劃右派」常常也像復出幹部一樣重訪舊地感謝苦難。幹部是故意不坐轎車不要當地幹部接待，但平反後的「右派」（尤其是文人），卻不僅要在官員陪同下坐車重回受難之地，有時還要特別標明進口轎車的牌子（另一種方式的「改頭換面」）：

> 「還是在那種多雪的春天，我和省文化廳的負責人及製片廠的同志，分乘兩輛『豐田』小轎車，帶着一部根據我寫的長篇小説拍攝的彩色寬銀幕影片，到這個農場來舉行答謝演出。電影放映完了，場長、書記們把我們送回招待所。……在深夜，我……從設備很好的招待所裏悄悄走出來。月色朦朧，夜涼如冰。我沒有驚動司機，獨自一人踏上了通往一隊的大路。……我雖然在這裏度過了那麼艱辛的生活，但也就是在這裏開始認識到生活的美麗。馬纓花、謝隊長、海喜喜……雖然都和我失去了聯繫，但這些普通的體力勞動者心靈中的閃光點，和那寶石般的中指紋，已經溶進了我的血液中，成了我變為一種新的人的因素。」[20]

在很多喜歡歌頌自己的勞動經驗以及描述自己如何與民眾建立情感紐帶的當代作家中，張賢亮其實是比較坦白的：他在語言陳述上已清楚表明「我」和這些普通的體力勞動者」之不同。「我」不僅坐「豐田」車住「設備很好的招待所」重訪勞改農場，而且還有更精彩的「神遊」。「神遊」並非發生在夢中或任何一個普通的時間和場所，而是出現在某種特定的時刻和地點：

「一九八三年六月，我出席在首都北京召開的一次共和國重要會議。軍樂隊奏起莊嚴的國歌，我同國家和黨的領導人，同來自全國各地各界有影響的人士一齊肅然起立，這時，我腦海裏突然掠過了一個個我熟悉的形象。……我，一個出身於資產階級家庭、接受過封建文化和資產階級文化教育的知識分子，今天能負起振興中華的歷史使命，在人民大會堂同國家和黨的領導人共商國事，我要永遠記住在我的靈魂處在深淵的邊緣時，是他們，那些普普通通的體力勞動者，給了我物質和精神力量，……是他們扶着我的兩腋，開始踏上通往這座大會堂的一條紅地毯的。啊，我的遍佈於大江南北的，美麗而聖潔的『綠化樹』啊！」[21]

知識分子對民眾的歌頌、美化以及對自己與民眾的關係的想像，自「五四」新文學以來有了很複雜的變化。魯迅在《一件小事》中描述車夫的高大，頗有些士大夫在反傳統以後繼續為憂國使命尋找精神支柱的意思；覺慧在《家》中感歎自己無力救鳴鳳，則有意無意地在模仿十九世紀俄羅斯文學中的民粹主義「懺悔」姿態；沈從文讚美湘西村民之純樸，可以說是想以傳統「人生形式」對抗都市文明墮落及三十年代左傾潮流；到《太陽照在桑乾河上》（以及「太陽」照遍中國內地）以後勞動者形象越來越完美，則是因為毛澤東主席提倡文學應該「為工農兵而創作，為工農兵所利用」。而在張賢亮以上述「神遊」為結尾的《綠化樹》中，我們一方面看到知識分子的現實地位從來沒有這麼低下：僅因出身資產階級及寫詩便成為右派勞改入獄幾十年；一方面又看到知識分子的心理優越感從來沒有這麼明顯：「我」已成為

「來自全國各地各界有影響的人士」之一了。不管是低於民眾還是高於民眾，這位被「人民」扶着兩腋走進「人民大會堂」的男主人公，卻既不是普通的「人」，也不是普通的「民」。受難之後再感謝苦難，這是文革小說男主人公們顯示他們異於普通人的關鍵程序。不僅僅是王蒙、張賢亮或其他得獎作家才會感謝苦難，即使是在八十年代被官方批判的所謂異端作家如戴厚英，也會讓她筆下的最有獨立思想的主人公，如右派何荊夫，在回顧苦難歷程時「感謝母親」:「我流浪，是為了生活，更是為了尋求，為了愛。……一顆受到歪曲和傷害的心，怎樣才不致於失去血氣、停止跳動呢？它需要糧食的餵養，更需要精神的滋補。到哪裏去找這種滋補？只能到人民中去，到母親的懷抱裏去。正如你失去了父愛，就更依戀母親。我流浪，風餐露宿，但離母親最近。我直接吸吮着她的乳汁，撫摸着她的胸膛。我看見了母親的不加修飾的容顏，看到了她的美麗、優雅，也看到了她鬢邊的白髮，背上的傷痕。母親的胸膛裏裝載着九億兒女，沒有歧視和偏愛。兒女們的不同命運牽扯着她的心，她有歡樂，又有痛苦；有時歌唱，有時呻吟。母親給予我的不只是愛撫，更有鞭策。……」[22]

但是，值得深思的是，這種看似超越常人的「感謝苦難」的姿態，又是如何在閱讀心理的層面，契合着文革後的某種「常人」意願的呢？（否則，如何解釋這些作品的暢銷獲獎引人注目？）

上述重遊受難故地的情節，在敘述策略上有點類似魯迅所開創的「離開–歸來–再離開」的歸鄉模式[23]。但魯迅的回鄉，最後總是失望惆悵離去。文革後「復職幹部」和「右派」知識分子卻都能在重遊故地時有所收穫。這些「感謝苦難」的情節在「文革敘述」中的功能是基本相同的，都在證明文革的成果：如何「由壞事變成好事」。為甚麼當年流血受苦傷心地，今日重臨會驕傲、興奮、感激多於憤恨、恥辱和哀痛呢？關鍵是這個「臨」字，即今日重遊之身份（這就是普羅普為甚麼特別注意所有神話中主人公「歸來」時的「認不出的面貌」、「改頭換面」以及最終「主人公被認出」[24]）。換言之，如果今天幹部還是「走資派」，知識分子還是「右派」，同樣面對鄉村山河勞動百姓，還有甚麼可驕傲、興奮、感激的呢？只是因為文革災難下鄉經歷勞改痛苦，鍛煉教育了受難者，使得他們（男主人公們）現在及日後可以更加勝任其幹部或知識分子的使命職責，所以這苦難的昨天，才顯得有價值。這也就是說，「壞事變好事」，即壞事是過程，好事是結果。因為最終匯出「好」的結果，「壞」的過程才有意義。其實幹部和「右派」知識分子真正所感謝的，是「苦難」的「結果」。

知識青年重回鄉村的情況就有很大不同。神遊、重遊乃至重歸鄉村，也是知青文學的重要主題，其創作成就與影響都超過屬於傷痕文學範疇的哭訴下鄉之苦的早期知青小說（如孔捷生《在小河那邊》、葉辛《蹉跎歲月》等）。在「五十部作品」中，知青小說，包括以知青生活為部分或全部故事背景的小說共有十一部。[25] 除了《飛過藍天》《棋王》《血色黃昏》三篇以外，其餘大部分知青小說，都有一個返城以後重述下鄉經歷的回顧視角。《錯誤》《桑樹坪紀事》《馬橋辭典》講明在「今天」敘述「昨天」之故事（因而也就強調了這些舊案、民情和鄉俗其實只是「故事」）。《今夜有暴風雪》寫知青返城的混亂，全部故事背景都放在文革後。而《這是一片神奇的土地》《我的遙遠的清平灣》《插隊的故事》及《金牧場》則都在重新描述、重新評價、重新歌頌知青下鄉之苦難歷程。其中《插隊的故事》在結構上，完完全全以一羣北京知青重訪陝北插隊舊地的具體旅程為敘述主線。其實，在這「五十部小說」之外，還有很多著名的知青小說，也都表現知青希望（乃至實踐）重返鄉村的主題。如王安憶《本次列車終點》[26]，描述一個歷經千辛萬苦終於回到上海的知青，如何在大都市裏找不到自己（物質及精神上）的「家」；孔捷生《南方的岸》[27]，在傾訴知青同類苦悶時更描寫幾個已回到廣州的知青重赴海南島，重新出征尋找青春與理想；張承志出色的短篇《綠夜》[28]，更讓一個感傷多情的北京知青回城後重遊內蒙插隊故地，並感到他的「草原之夢」也可能破滅……

在這種種描述知青生活的作品中，最有代表性也最有成績的當然是史鐵生的《插隊的故事》。首先，在題目上標明「故事」，說明作者自己清楚意識到，同時也明白告知讀者：他筆下的插隊經歷（下鄉苦難），並非歷史，只是記憶；並非一種「事實」，而是一種「敘述」。同樣的「故事」意識，使得王安憶得以解構右派幹部等前輩的「苦難記憶」與「愛情神話」（《叔叔的故事》）。但史鐵生要重新整理的，卻是自己的經驗。所以小說一方面和《我的遙遠的清平灣》一樣，真誠歌唱「我曾經在這裏生活」的那一種一去不復返的青春熱情，一方面又時時提醒讀者（也提醒自己）：這是事後的重遊，這是事後的記述，這是洗去痛苦後的平靜，這是攪拌着苦難的青春。這其實也是史鐵生創作的一貫特點：在某種真誠感人的浪漫抒情有可能淪入主流意識形態宣傳模式之際，清醒地輕輕點出現實處境，使得他的敘事既抒情動人又不失反諷意味。比如在《我的遙遠的清平灣》裏，作者濃墨重彩描畫黃土高原的風景：「傍晚趕着牛回村的時候，最後一縷陽光照在風格崖畔上，紅的。破老漢用蹶把挑起一捆柴，扛着，一路走一路唱：『崖畔上開花崖畔上紅，受苦人過得好光景……』聲音拉得很長，雖不洪亮，但顫微微的，悠揚。碰巧了，崖頂上探出兩個小腦瓜，豎着耳朵聽一陣，跑了；可能是狐狸，也可能是野羊。」到此為止，好一幅充滿浪漫野趣的圖畫。緊接着：「不過，要想靠打獵為生可不行，野獸很少。我們那地方突出的特點是窮，窮山惡水，『好光景』永遠是受苦人的一種盼望。」[29] 前面的抒情是真誠的，後面的寫實也是真實的，合起來便是史鐵生的「黃土記憶」。又如史鐵生由衷讚美他自己在山坡上的放牛生活：

「秋天，在山裏攔牛簡直是一種享受。莊稼都收完了，地裏光禿禿的，山窪、溝掌裏的荒草卻長得茂盛。把牛往溝裏一轟，可以躺在溝門上睡覺；或是把牛趕上山，在下山的路口上坐下，看書。秋山的色彩也不再那麼單調：半崖上小灌木的葉子紅了，杜梨樹的葉子黃了，酸棗棵子綴滿了珊瑚珠似的小酸棗……尤其是山坡上綻開了一叢叢野花，淡藍色的，一叢挨着一叢，霧濛濛的。灰色的小田鼠從黃土坷垃後面探頭探腦；野鴿子從懸崖上的洞裏鑽出來，『撲楞楞』飛上天；野雞咕咕嘎嘎地叫，時而出現在崖頂上，時而又鑽進了草叢……和牛在一起，也可謂其樂無窮了，不然怎麼辦呢？方圓十幾裏內看不見一個人，全是山。偶爾有攔羊的從山梁上走過，我吶喊兩聲。黑色的山羊在陡峭的岩壁上走，如走平地，遠遠看去像是懸掛着的棋盤；白色的綿羊走在下邊，是白棋子。山溝裏有泉水，渴了就喝，熱了就脱個精光，洗一通。那生活倒是自由自在，就是常常餓肚子。」[30]

在「和牛在一起，其樂無窮」與「不然怎麼辦」的問號之間，在「那生活倒是自由自在」與「就是常常餓肚子」當中，沒有分段與詞語轉接，甚至沒有句號。但恰恰是這種不露痕跡的轉折，透出了史鐵生牧牛野趣與黃土地情結後面的那一份無奈與悲涼。在農村因勞累導致兩腿殘廢的史鐵生，將他的知青生活描畫得如此悠閒浪漫其樂無窮，可以說是既契合了歌頌知青理想舊夢的讀者（及評論者）需求，又顯示了一種無可奈何的微妙反諷。在《插隊的故事》裏，這種知青尋找舊夢的旅程，就更加細節化、細膩化了。開篇第一句：「去年我竟作夢似地回了趟陝北。」「竟」說明此事很難或有違常理（因主人公此時已殘廢，行動不便，且有充分理由仇恨下鄉苦難）；「作夢」既說明知青懷舊情切，也隱喻舊夢之虛幻；「回了趟」更說明只是重遊而非重新下鄉。「想回一趟陝北，回我當年插隊的地方去看看，想了快十年了。」小說從這一夢想之旅的起程開始，最後一節則是主人公快要到達他在回城後朝思暮想的清平灣：「汽車沿着山道顛簸，山轉路回，心便一陣陣緊，忽然眼前一亮：那面高高的黃土崖出現在眼前，崖畔上站滿了眺望的人。……」[31] 對昔日插隊生活的敘述全部建築在重訪舊地的一半旅程（去程）上。其中有對隨隨、懷雪兒、疤子、破老漢、張富貴、留小兒、英娥等受苦人生活的平靜寫實；有對山區雨景災情、勞動辛苦及偷懶方法或鄉間放電影、分豬肉等壯觀有趣景象的生動記述；也有對小彬、劉溪、徐悅悅、金濤、王建軍姐弟及女伴等知青下鄉時候的種種生活戀愛玩笑細節的充滿感情的追憶。史鐵生的天才在於能以簡單平淡的文字傳遞複雜含蓄的指涉。他一方面頑固、虔誠、不厭其煩地捍衛「知青記憶」的神聖與神秘：「有人說，我們這些插過隊的人總好唸叨那些插隊的日子，不是因為別的，只是因為我們最好的年華是在插隊中度過的……得承認，這話說得很有些道理。不過我感覺說這話的人沒插過隊，否則他不會說只是因為。使我們記住那些日子的原因太多了。我常默默地去想，終於想不清楚。」但另一方面史鐵生又清醒地警惕乃至拒絕將「知青記憶」過分美化理想化：「發自心底想去插隊的是極少數。像我這麼隨潮流，而又懷了一堆空設的詩意去插隊的就多些。更多數呢？其實都不想去，不得不去罷了；……今天有不少人說，那時多少多少萬知青滿懷豪情壯志，如何如何告別故鄉，奔赴甚麼甚麼地方。感情常常影響了記憶。冷靜下來便想起本不是那麼回事。」[32] 將神奇、神聖與神秘的知青舊夢「冷靜」下來，史鐵生重訪舊地時的那份感慨，在我讀來比張承志的草原記憶更平實，比韓少功的「歸去來」更樸素，當然也比梁曉聲的北大荒情懷更真切：

> 「弄不清是不是在夢裏。……現在這窯洞前可真冷清。窯已作了倉庫。那羣吵吵嚷嚷的少年都到哪兒去了？好像根本不曾來過。好像他們還在窯裏，睡着懶覺。好像他們都去趕集了，買幾筒罐頭，吃罷就回來。好像他們都上山受苦去了，剩我一人在家做飯，一會就都會喊着餓回來的……所能清楚的只一件事：他們都遠離了清平灣，但他們無論在這星球的甚麼地方，都終生忘不了這窯洞、這山川、這天空、這土地人……」[33]

表面上，知識青年重新評價下鄉苦難經歷與幹部、右派回顧勞改煉獄過程不無相似之處：都有些「感謝苦難」並論證文革「由壞事變好事」的傾向。但是細加辨察，可以見出其間的關鍵性的不同：幹部和「右派」是因為壞事（文革災難）最終匯出了好的結果（文革後主人公地位明顯高於文革前），所以（壞事）才變成好事。而對於知識青年來說，很多作品都描寫主人公文革後回城也未見得有好的結果（比起下鄉之前，狀態並無明顯改善），所以「壞事變成好事」這個主題在知青文學中，就必須論證為「壞事本身就是好事」，或曰壞事本身包含積極的意義（下鄉受苦之時，也是青春迷人之日；勞累即鍛煉；離開城市進入底層，才真正開始認識中國社會，真正接受了有別於官方宣傳與學校課程的活生生的「再教育」等等）。換言之，同樣是「塞翁失馬」，幹部、「右派」主人公是因文革之禍，得文革後之福；知青作家則強調下鄉之禍，即青春之福。

重遊受難舊地的不同反省姿態，最終會影響乃至決定文革敘述的不同類型。這一點將在第五章討論。值得注意的是幹部、「右派」知識分子和知識青年主人公這三種受難者身份與反省姿態之間的微妙關係。幹部身份的主人公與「右派」知識分子角色持相似的感謝苦難姿態，一則是因為張思遠、王輝凡等頗有書卷氣及自省意識的幹部，其實大都是文人作家（甚至是錯劃右派）的一廂情願的想像；二則也說明章永璘等右派的內心頗有些憂國憂民的做官心態與士大夫優越感。而同樣是「知識分子」，「錯劃右派」與知識青年在懷念苦難經歷時的不同姿態，既是由於年齡、時代、文化背景之差異所導致，也顯示了讀書人社會角色（及心態）在當代中國的某種轉變。

另外，從敘述功能看，重遊受難故地的情節可以成為從頭至尾貫穿和支撐全部故事的敘事主線（《插隊的故事》《歸去來》《綠夜》《月食》等），可以成為小說後半部分的重要章節（《蝴蝶》《金牧場》等），也可能只佔全篇結尾處的一、二頁篇幅（如《綠化樹》）。但篇幅並不影響這個情節在整個文革故事意義結構中的重要性。只要有「重遊舊地，感謝苦難」這個情節出現，這個情節在小說中就不會是可有可無、無關緊要的。

28. 男主人公反思災難，找不到具體的敵人。

文革小說中的男主人公在災難過後，在獲得平反恢復官職而且地位上升以後，當然要回顧反思文革期間的種種政治是非人事恩怨，當然會回想一下在自己受難之時被誰出賣、侮辱或迫害。在對幫助拯救過他的人（及經歷）表示感激的同時，耐人尋味的是男主人公的這種反思是非恩怨的過程，要比女主人公複雜困難得多。他們通常不能（也不會）像女性受難者那樣主要憑感覺與情感就找到應該憎恨可以懲罰的具體的敵人（如情節功能 25 所示）。換言之，男主人公在反思文革時常常找不到具體的禍首和「壞人」來對這場災難負責。文革當初就是以「審判」和「懲罰」的形式而展開的。但文革後的這一輪「審判懲罰」（至少在文學中），卻是：第一，沒有「敵人」，所以無需懲罰；第二，有「敵人」，但無法懲罰；第三，有審判，卻是錯誤的懲罰。

這三種男主人公的是非恩怨反思方式（文革後的審判懲罰方式）必須區分開來逐一討論。

《蝴蝶》《晚霞消失的時候》《綠化樹》《插隊的故事》及《一九八六年》等作品中的男主人公，在文革後回顧反思整個受難過程時，都發現並沒有甚麼壞人可以歸罪，也並沒有具體的個人應對他們所承受的苦難負責。《蝴蝶》中冬冬曾在文革初的批鬥會上打過父親的耳光 —— 這是張思遠受難過程中最嚴重的一次打擊。但小說後半部着力描寫父子之間的溝通與理解。所以等到張思遠平反復出時，已全無理由再記恨兒子了。至於背叛他的第二位妻子美蘭，因為張思遠覺得自己當初對不起海雲，所以美蘭的背叛也可以看作是某種報應；而且張思遠本來就不怎麼愛美蘭，所以當美蘭貼出造反聲明與他劃清界線時，「對他幾乎沒有產生甚麼影響」；當美蘭又來要求重婚主動認錯時，張思遠當然拒絕逃避 —— 他對美蘭早已無多少憤怒怨恨可言。除了冬冬和美蘭以外，張思遠在文革前後，雖然歷經磨難，卻確實無人可怨。這種「災難過後全無怨恨」的情況不僅僅只出現在提倡「費厄潑賴應該實行」並主張「不輕易恨」的王蒙筆下，被認為是反映青年人信仰危機的《晚霞消失的時候》，男主角李淮平和長老高僧站在泰山之巔再回首文革恩仇乃至國共紛爭，同樣找不到任何可以或應該對災難負責的「敵人」。類似的「怨道」也貫穿《插隊的故事》。主人公在插隊期間傷病致殘，但回憶（乃至回到）清平灣，小說裏盡是鄉情溫暖，從何抱怨？即使是風格冷酷的《一九八六年》，一樣沒有重要的反面角色。男主人公即使不瘋，也找不到當初害他的人。當前只有包括其親生女兒在內的「新時期」的滿街圍觀的羣眾，瘋子找不到敵人來無法發泄其憤恨，只好在自己身上動刀復仇。至於被錯劃成右派的章永璘，雖然在勞改農場裏為了生存不擇手段與人奮鬥，一旦踏上人民大會堂的紅地毯，卻也立刻忘卻怨恨，心中只有感激，不僅感激情人馬纓花，感激當年的上司謝隊長，甚至也感激情敵海喜喜……有趣的是，以上這些作品，精神傾向不同，藝術手法迥異，可男主人公反思文革的姿態居然如此相同：災難過去之後，都找不到可以怨恨、歸罪和報復的「敵人」。

在另外一些作品裏，作家讓男主人公（以及讀者）明白，有誰應該對剛剛過去的災難或多或少或直接或曲折地有些責任。但這些作品中的男主人公們幾乎無一例外，都不想或無法表達他們的憤恨，也不想或無法懲罰他們的「敵人」。

《記憶》中的宣傳部長秦慕平，當年是在文化局副局長黃喜強的誤導下才重判電影放映員方麗茹的。文革後當秦部長愧對青春已逝的方麗茹時，黃喜強卻已升為宣傳部副部長。秦部長和讀者一樣，都覺得黃的升官是文革後的某種陰影，可是他好像沒法做任何事去阻止黃喜強的仕途。李順大在文革中被造反派「敲竹槓」，從而失去了準備造房的多年積蓄。文革後雖然李和復職幹部劉區長有交情，卻也決無向造反派報復之意。反思總結文革歷史教訓後李順大開始為造房而「走後門」。造反派在文革後全無蹤影。就算能找到，李順大也做不了甚麼。同樣的無奈也出現在《如意》裏：對於在運動期間幾變其色做了不少醜事的「蒜苔」，第一人稱主人公「我」除了偶然忍不住朝他吼一聲以外，還有甚麼懲罰辦法呢？在努力清理文革運動之是非恩怨的《人啊，人！》裏，男女主人公何荊夫和孫悅都覺得官僚奚流、投機分子游若水、前造反派許恒忠、負心漢趙振環及「壞女人」陳玉立，都在文革前後有某種過錯，都對昨天的災難有某種責任。女主角孫悅，如前所述，無意隱藏她的氣憤；但男主角何荊夫卻願意用歷史眼光來「超越」文革恩怨。何荊夫不僅是無可奈何，無力報復，而且有意無意也要表現自己實行恕道，不想怨恨，甚至還要同情憐憫援救「敵人」(給情敵趙振環留宿；勸奚流之子回家；也不怎麼責怪造反派許恒忠等等)。

不少文革小說中的男主人公，都喜歡原諒甚至幫助害過自己的「敵人」。原諒的主要理由是「害人者其實也被人害」。在寫實風格的《洗禮》中，造反派頭目陳射洪曾親自批判走資派王輝凡，又佔有了王輝凡的第二任妻子。但在陳射洪被打成「五・一六分子」後，王輝凡在幹校向陳射洪伸出援手。在魔幻象徵的《氤氳》裏，「清水後生」要執行組織命令「解決」無辜的「木頭木腦」，但「清水後生」當年也幾乎被組織冤枉處決。「木頭木腦」後來在敘述這個恩怨連環套的故事時，似乎對企圖害他的「清水後生」並無個人怨恨。好像整個悲劇，都並非取決於任何個人。

男主人公也有「敵人」而且千方百計想進行懲罰的例子(例外)也不是完全沒有，比如《轆轤把胡同九號》。將這篇以造反派為主角的作品與別的文革小說放在一起看，似乎可以帶出這樣一個信息：只有昔日文革中的肇事者，在文革後才會念念不忘爭鬥恩怨且時時企圖懲罰「敵人」；但同時，從「反思是非恩怨」這一情節的敘事功能上看，陳建功這個短篇又和其他文革小說一樣：男主人公最終還是無可奈何，無法在清理文革恩怨時懲罰他心目中的「敵人」。

雖然大部分文革小說的男主人公，要麼「沒有敵人無仇可報」，要麼「不想或無法懲罰敵人」，但也有少數的作品描寫了文革後的審判懲罰。不過文革後的懲罰審判在文學描寫之中絕大多數都是錯的 —— 這是一個很值得注意的現象。

《重逢》中的造反派葉輝文革初為保護走資派朱春信而在武鬥中不慎打死了人，當時朱春信為了自衛其實也參與了武鬥。文革後葉輝被控「打砸搶首惡份子」，審判者便是主管政治的地委副書記朱春信。小說從執法者的內心愧疚寫起，對災難後這「新一輪」的審判與懲罰的正義性提出了質疑。在本文的第二章已有詳細討論，文革災難中的「罪與罰」大都是極荒謬的。但精彩的是，文革後對昔日荒謬的「罪與罰」的「新一輪審判懲罰」，在「文革故事」中通常也常常是荒謬的：不是冤枉誤判，便是缺乏道義基礎。如《楓》的紅衛兵李紅鋼，在運動後期被控害死盧丹楓而被判處死刑；如《錯誤》中的兩次對「錯誤」的懲罰（黑棗因「我」的搜查失誤而打傷「我」的左腿；「我」踢傷懷疑偷軍帽的二狗），事後證明都是錯誤。甚至韓德來幻想中的對同院街坊的審判懲罰，以及街坊民警對韓德來閒着無聊買票退買的過份嚴重的警告（干預私人生活），也是一種雙重的錯誤。為甚麼「文革小說」敘述文革後的審判懲罰，大都不是「錯誤」便是「不義」呢？這是否也從反面呼應了前兩種男主人公的反思文革姿態：既然恩怨無法理清報仇難免出錯，那還不如「找不到敵人，眼不見為淨」，可以更好地忘卻災難「向前看」，或者即使回想到昔日恩怨也在現實政治條件制約下無可奈何，只好高姿態實行「恕道」？抑或可能，真有某種政治上或宗教上的超越？

29. 災難之後，主人公反省自己在文革中的錯誤過失，但拒絕懺悔。

文革小說中的女主人公，在文革後通常能夠憑情感梳理恩怨是非，且明確憎恨她的「敵人」（如有可能便加以懲罰）；而男主人公們卻較難整理恩怨舊債較難澄清昔日是非，所以找不到具體的「敵人」來對文革災難負責，就是找到了「敵人」也只好寬恕。一旦採取新一輪的審判懲罰，也每每弄錯或陷入不義。——以上都是「文革故事」的敍事者對他人對昔日的社會的反思，但如果是對自己對「昨天的我」的反省呢？情況又會怎樣呢？

文革小說的主人公至少有四種不同的方式來談論自己的過錯：第一種主要是幹部身份的受害者的自省：「運動前曾有過失，災難中再無錯誤」；第二種是「右派」知識分子的自省：「我在受難時也有錯，但都是以惡抗惡」；第三種是前造反派的自省：「我犯了錯，但別人的錯比我還大」；第四種則是紅衛兵－知青的自省：「我曾經有錯，但我不懺悔！」

第一種幹部身份受害者的自省，通常在情節設計上是和小說開始部分「災難前狀況」相呼應的。像《蝴蝶》與《洗禮》等作品，在鋪墊文革前因，即描寫反右、大躍進、三年自然災害等歷史背景時，已經交代了主人公當年的錯誤。正是因為已經有了這些錯誤，主人公才會在文革災難中感到有「重新接近民眾」、「重新發現自己」的收穫。重新做官後再作反省的機會也許不多，但其實全部作品都早已建立在這種「反省」的基礎之上。需要指出的是，張思遠也好，王輝凡也好，其他各種幹部身份的受害者也好，他們自文革初倒楣之日起，就再沒有任何政治判斷或道德操守上的錯誤了。文革是一次洗禮，批鬥是一個儀式，可以贖盡、洗淨他們早先的錯與罪。從此以後，他們就一直正確了。在文革中，他們既不屈服，又能寬恕對手。在文革後，他們更重回舊地感謝民眾，或像朱春信、秦慕平那樣，隨時準備糾正眼前的錯誤。所以，嚴格說來，這第一種自我反省不是懺悔，而是在批判昨天的「我」而肯定今天的自己。

第二種類型的反省是「我有錯，但錯出有因」。「右派」章永璘在勞改農場利用科學知識騙取更多稗子面，到集市買土豆也設計騙老農，這些被着意渲染的「道德墮落」，一則明顯是環境所迫，故情有可原；二則不也反過來揭示環境之非人、命運之不公正嗎？《波動》中的「流氓」白華在搶錢泡妞打架拐帶少女時，基本上也是以類似的環境非人的邏輯來解釋和原諒自己的反社會行為。《動物兇猛》中的男孩在偷窺、打架、欺負女友時，也會自我反省覺得「錯出有因」。這叫「以惡抗惡」。

第三種類型的反省嚴格來說也不是自我反省，而是自我辯解。其辯解邏輯是「我雖然有錯，但別人的錯比我更多更大」。這個自辯邏輯可引用《人啊，人！》中前造反派許恒忠的原話：「……我犯過錯誤，可是奚流的錯誤比我還大。我沒有把任何人打成走資派、反革命，他呢？錯劃了多少右派啊！我沒有表面上正人君子相，暗地裏亂搞女人。……批鄧的時候，他比我積極得多。……他們的錯誤應該由歷史承擔，可是我為甚麼就必須承擔歷史？」[34] 如果聯繫作家戴厚英自己的文革經歷，人們不難理解曾經「受蒙敝有罪」後來又「反戈一擊無功」的前造反派的困境。許恒忠的辯解也得到小說女主人公孫悅的認同：「許恒忠的錯誤與游若水相比又算得了甚麼？」這樣比下去，造反派的錯不如當權派，支書廠長的錯不如局長部長……所以最後，自我反省的結論就是將文革歸罪於「四人幫」（或者當時的領導人）。《重逢》中在武鬥中打死人的葉輝，也以同樣的邏輯看朱春信：您當初不也在武鬥現場嗎？您有罪嗎？——將自省與人事恩怨混合再與司法審判攪在一起，「自省」難免會演變成「他審」。發現他人特別是地位更高者錯誤更大，然後原諒自己不當行為，這種心理道德調節方式在後來的中國社會現實中非常普及，不知與文革反省方式有無關聯。

也許只有最後一種反省，即紅衛兵–知青的反省，才是真正想檢討自己的過失。在這方面有幾個文本，尤其值得留意：禮平的《晚霞消失的時候》，梁曉聲的《一個紅衛兵的自白》，張承志的《金牧場》與馬原的《錯誤》。

在《晚霞消失的時候》結尾處，當年的紅衛兵李淮平用第一人稱「我們」（代表其解放軍父親？或代表紅衛兵的一代？），在泰山之巔向南珊懺悔：「……你應該理解，那件事，就是那次抄家，它對於我一直都是一個不小的折磨。你應該給我一個解脫的機會。……多少人都是這樣留下了永遠也醫治不好的創傷。抄家，那只是抄家嗎？那些印滿私人情感和家庭往事的財物，一去不復返……是我們破壞了你們生活的寧靜與和諧。」受害者馬上願意幫助男主人公「解脫」：「真想不到，你把那些微不足道的事情看得這樣沉重。其實，如果公正地看待你們的話，我更感激你們。在那個時候，當整個社會都被敵視和警惕武裝起來的時候，你們能那樣對待我們一家人，應該是很難得了。真的，你在那件事中給我的印象是相當好的。畢竟，你是拋棄了自己的一切在為理想而戰鬥，雖然它並不正確。」南珊這段話非常重要。不僅原諒了李淮平，而且也足以「解脫」千千萬萬文革參與者的良心愧疚。畢竟，你也不是紅衛兵中最兇惡的；而且，理想雖不正確，為之奮鬥的精神仍然可嘉——這是紅衛兵文學懺悔（或者說是拒絕懺悔）的兩個最重要的精神支柱。於是，李淮平寬慰了：「……不，她並不需要任何抱歉和悔恨的表示。」於是李淮平就聽從南珊的勸告，「把一切都忘掉吧，……是的，往事已經過去，從今天開始，我們的視野應該轉向更廣闊的未來。」

《晚霞消失的時候》的懺悔能夠如此迅速地淨化犯罪感並獲得「解脫」，基本上是因為「受害者」的全力配合。但更多的前紅衛兵，是不需要也不願意接受受害者的寬恕的。如張抗抗就明確表示過她不贊成「在文化大革命中，我們每個人都有罪」的說法：「我覺得這種懺悔也是沒有必要的。……我現在要建立一種觀念，就是這些錯誤是人所必然要犯的，沒有必要懺悔……懺悔是沒有用的，錯了就是錯了，是當時必然要犯的錯誤。」從這種觀念出發，張抗抗認為很多作品「說紅衛兵是壞的」，「不能真正尊重歷史……其實，紅衛兵也有可愛的一面。」[35] 梁曉聲在他的自傳體長篇小說《一個紅衛兵的自白》裏雖然也寫到了主人公在文革初期的種種荒唐錯誤行為，但小說的扉頁上清楚標明：「我是一個紅衛兵。我不懺悔。」仔細辨察，「我不懺悔」的理由主要有兩條。第一，主人公在順應革命大潮的情況下做錯事（對錯依今日之標準），比如身為班代表在中學文革誓師大會上激動發言；成為首批紅衛兵有心無意地欺負「紅週邊」與「黑七類」的同學；嚴刑拷打「流氓阿飛」；參加「炮轟派」武鬥，等等。因為主人公當時是懷着理想主義熱情自願積極投身運動的，所以錯是錯在「革命」本身，紅衛兵的熱情可愛真誠，有何可懺悔之處？第二，主人公在違背革命大潮的情況下做錯事，比如隱瞞父親歷史問題；幫朋友王文祺冒充紅衛兵欺騙羣眾；看管抄家物資時偷閱金瓶梅刪節文字；執行紅衛兵任務時做逃兵，事後又自砸手臂偽裝負傷以獲得女生尊敬；在接受毛主席檢閱前還偷首都博物館的礦石；大串聯途中與女紅衛兵胸貼胸且心猿意馬等等……這些錯事都是違反文革中的革命原則的，既然今天已證明文革是錯的，那主人公這樣做不是正確地保衛了自己且破壞了文革嗎？應該說這兩條使得紅衛兵免於懺悔的理由，單獨看都是可以成立的。問題是同一個主人公，在同一個時間（不管是當時還是文革後），同時使用這兩套道德標準，且毫不自覺——這是否是紅衛兵真正迷失的所在呢？如果紅衛兵當初的革命熱情真的單純「可愛」，他還能欺騙組織和羣眾而且裝傷沽名釣譽嗎？如果紅衛兵當時已看穿革命之荒唐無聊，何以仍然熱衷於拷打流氓或投身武鬥？或許梁曉聲這部虛構成分絕不亞於任何其他小說的「自白」，精彩就精彩在展示了紅衛兵先天的矛盾處境：這是一些以保衛皇帝為最高使命的造反派；這是一批以保衛自己（害怕被整）為無意識動機的兇猛攻擊者。作品中大量有關紅衛兵造反的細節（批鬥校長、展覽女演員內衣、強姦「女流氓」、瀝青鍋煮人……）使得主人公「我不懺悔」式的事後反省顯得蒼白無力。在一定的意義上，這種「我不懺悔」的口號也是某種寫作策略。八十年代文壇一片反文革的氣氛，這時紅衛兵說「我不懺悔」很能吸引一部分讀者的注意。[36] 但再想深一層，「我不懺悔」能夠成為「賣點」，不也反過來說明對於某一部分讀者來說，「懺悔」，始終是個在潛意識裏無法擺脫的題目嗎？或者，反復強調「我不懺悔」，正是文革敘述（及閱讀）中某種特殊的懺悔方式？

張承志雖然沒有像梁曉聲這樣直接用中文宣告「我不懺悔」，但實際上，《金牧場》要比《一個紅衛兵的自白》更能體現「我不懺悔」的「紅衛兵精神」。張承志與梁曉聲的創作表面上頗為相似，如紅衛兵題材、「工農兵大學生」經歷、不願全盤否定文革等，其實卻有一個很重要的差異，那就是張承志「我不懺悔」的理由只有一條：即「造反有理」。錯在革命潮流，紅衛兵本身的反叛精神是可愛的。《金牧場》裏的浪漫主人公是不會以不道德行為（欺騙、盜竊、偽裝受傷）來顯示自己早已看穿革命的荒謬的。張承志筆下的「我」不僅當年全身心投入「長征」，而且在文革後仍然癡迷日本全共鬥的造反史與激進左派的歌曲，以顯示從不後悔的紅衛兵姿態。《金牧場》中雖然也描寫了紅衛兵長征途中用皮鞭打人以及在武鬥中用自行車鏈條報復的細節，並將這些少年狂熱聯繫到「人性之惡」來檢討，但作品中的絕大部分篇幅表現的是紅衛兵理想可愛的一面：步行幾千里，真誠追隨紅軍足跡，而且至死不悔。同梁曉聲的自白相比，《金牧場》主人公的紅衛兵立場更癡迷更浪漫，其道德標準也能夠一以貫之至少自圓其說，所以拒絕懺悔的反思立場更加堅定。

《錯誤》中的一羣頗有紅衛兵風度的知青，也像張承志的主人公一樣，身處亂世卻仍依照一定的道德準則行事，而不是像梁曉聲筆下的紅衛兵，面對社會混亂自己的行為標準也隨之混亂。「我」在錯怪同學（懷疑他們偷軍帽，錯誤抄撿）之後接受黑棗懲罰並無怨言；黑棗事後發現錯怪了「我」便自己罰自己以示兩清；二狗被冤枉被踢傷以後知道無法挽回後果，為免主人公「我」難過便索性隱瞞實情直到臨死。馬原這個短篇當然在否定悲劇性的後果並反思前因。但與此同時，在造成錯誤過程中青年人所遵循的某種原則（江湖義氣？紅衛兵–知青道德？）是否也得到了不無浪漫誇張的堅持與歌頌呢？馬原與張承志的不同在於：《金牧場》是淡化今日「錯」的後果以歌頌當年「誤」的可愛；而《錯誤》則是既渲染「錯」的荒唐又展示「誤」的合理。

總之「紅衛兵–知青」角度的「錯誤」反省，在「文革敘述」中通常都會導致「我不懺悔」的結論，但導致的途徑是不同的：可以通過受害者的迅速原諒而得以解脫（《晚霞消失的時候》）；可以利用雙重道德標準，追隨文革潮流的錯是「受蒙蔽無罪」，違反文革原則的錯是「反戈一擊有功」（《一個紅衛兵的自白》）；也可以不討論造反成果只歌頌革命的真誠熱情浪漫可愛（《金牧場》）；[37] 或者既渲染錯誤之荒謬，也研討犯錯過程之嚴肅（《錯誤》）。

本文原題為《「感謝苦難」與「拒絕懺悔」》，原載《上海文學》1999 年第 1 期，頁 73－80。

---

1 另外三分之一沒有描寫「文革後」狀況的作品，在敘事結構上基本上可分成兩種情況。第一種情況是主人公在「文革」中死亡。這類作品一般都出現「情節功能 16」或「情節功能 23」：主人公或在文革初災難來臨時自殺（《楓》《我是誰？》），或在文革後期無法熬過災難（《小鎮上的將軍》《爬滿青藤的木屋》《波動》）。第二種情況是作品只敘述「文革」中的一個橫截面。雖然全部故事只發生在「文革」中的一段時期，但故事自身仍有災難之來臨、忍受及過去諸階段，如《飛天》《白色鳥》《在沒有航標的河流上》《啊！》《棋王》《透明的紅蘿蔔》《墓場與鮮花》，等等。

2 在大部分本書討論的「文革小說」已經發表以後，1986 年鄧小平對外國記者說：「對那件事情（指文革），看起來是壞事，但是歸根到底是好事，使人們思考，促使人們認識我們的弊端在哪裏。毛主席經常講壞事轉化成好事，就是善於總結『文化大革命』的經驗，提出一些改革的措施，政治上、經濟上改變我們的面貌。」見《文革由壞事變好事》，香港：《明報》，1997 年 2 月 5 日。

3 古華：《芙蓉鎮》，頁 30－31。

4 古華：《芙蓉鎮》，頁 31－32。

5 盧新華：《傷痕》，《中國新文藝大系・短篇小說集 1977—1982》，上卷，頁 147。

6 張弦：《記憶》，《中國新文藝大系・短篇小說集 1977—1982》，上卷，頁 292。

7 同注 6。

8 費修珊和勞德瑞：《見證的危機》（Shoshana Felman & Dori Laub: Testimony）台北：麥田出版，1998 年，頁 7。

9 而在第三種用今日之議論來感歎文革往事的敘事模式中，如《我的遙遠的清平灣》《這是一片神奇的土地》等，均少有女主角貫穿始終。我們稍後將會討論，為甚麼這類作品中的以「文革後」角度回憶往事並抒情的敘事者，多數都是男性主人公。

10 弗拉基米爾・雅可夫列維奇・普羅普：《故事形態學》（賈放譯、施用勤校），頁 47。

11 這兩種人大部分時候是重合的：害她的人便是為她所恨的人。但偶爾兩者也不完全等同，比如《記憶》中的方麗茹並不怎麼仇恨當年重判她的秦部長；《人啊，人！》中連累孫悅在文革初被鬥的是奚流，孫悅最討厭的卻似乎是奚流的後妻陳玉立，等等。

12 韋君宜：《洗禮》，《中國新文藝大系・中篇小說集 1977—1982》，上卷，頁 201。

13 見注 12，頁 228。

14 弗拉基米爾・雅可夫列維奇・普羅普：《故事形態學》(賈放譯、施用勤校)，頁 47。

15 王蒙：《蝴蝶》，《中國新文藝大系・短篇小說集 1977—1982》，上卷，頁 339。

16 見注 15，頁 345。

17 見注 15，頁 349。

18 見注 15，頁 351。

19 Tsou Tang, *The Cultural Revolution and Post-Mao Reforms.* Chicago: The University of Chicago Press, 1986, p. 148, 257, 302. 轉引自徐友漁：《西方學者對中國文革的研究》，《二十一世紀》，總第 31 期 (1995 年 10 月)。

20 張賢亮：《綠化樹》，頁 167。

21 《綠化樹》，頁 168–169。

22 《人啊，人！》，香港：遠東評論社，1983 年，頁 90。

23 參見錢理羣、溫儒敏、吳福輝：《中國現代文學三十年》，北京大學出版社，1998 年，頁 42。

24 弗拉基米爾・雅可夫列維奇・普羅普：《故事形態學》(賈放譯、施用勤校)，頁 47。

25 《飛過藍天》《這是一片神奇的土地》《我的遙遠的清平灣》《錯誤》《今夜有暴風雪》《棋王》《桑樹坪紀事》《插隊的故事》《血色黃昏》《馬橋辭典》《金牧場》。

26 原載《上海文學》，1981 年第 10 期 (10 月)；曾獲 1981 年全國優秀短篇小說獎。

27 原載《十月》，1982 年第 2 期 (3 月)。

28 原載《十月》，1982 年第 2 期 (3 月)。筆者在 1983 年 7 月寫了一篇四千字的評論 ——《張承志和張辛欣的夢》，主要就是比較《綠夜》與張辛欣的《我們這個年紀的夢》(《收穫》，1982 年第 4 期) 在知青文學發展中的意義與影響。該文原來應該發表在《文藝理論研究》1983 年第 4 期上。卻因為當時所謂「清除精神污染」運動的影響，文章被臨時抽掉。已經印好的上萬本雜誌，要全部作「技術處理」。一年多以後，曾被指派參加「技術處理」的當時仍在華東師範大學讀碩士的著名評論家南帆，將被撕下的一份稿子，推薦到福州《當代文藝探索》(1982 年第 2 期) 發表。這是筆者第一次，也是至今為止唯一的一次機會，親身體會文藝運動如何影響中國當代文學的創作、評論和出版。《張承志和張辛欣的夢》現已收入拙作《當代文學印象》(上海三聯書店，1987 年，頁 64–74)。

29 史鐵生：《插隊的故事》，《知青小說選》，成都：四川文藝出版社，1986 年，頁 463。

30 見注 29，頁 474–476。

31 《插隊的故事》，《中國新寫實小說選》，香港：三聯書店 (香港) 有限公司，1995 年，頁 167，290。

32 《中國新寫實小說選》，頁 178。

33 《中國新寫實小說選》，頁 286–87。此段文字連續出現兩次，不知是有意強調，還是印刷錯誤。

34 《人啊，人！》，頁 38。

35 見梁麗芳編：《從紅衛兵到作家》，台北：萬象圖書股份有限公司，1993 年，頁 183–184。

36 張抗抗 1994 年在香港天地圖書公司出版一本小說集，特別選取其中一個中篇的題目做書名：《永不懺悔》。周明主編的《歷史在這裏沉思 —— 1966–1976 年紀實》收錄了安文江的《我不懺悔》（卷五，太原：北嶽文藝出版社，1989 年，頁 229–335）；馮驥才在《一百個人的十年》中也記錄了一位文革當事人的自白：「想起文革，說老實話吧我不懺悔。我可以懺悔，但我不懺悔。因為當時我們不是懷着卑鄙的目的參加的。」（南京：江蘇文藝出版社，1991 年，頁 228。）

海外也有研究者認為文革的重要後果，便是使中國學生「失卻純真」。「對於多數中國學生而言，文革使他們不可補救地失去了政治上的純真 —— 以及相伴的樂觀和獻身精神 —— 對於奮力拼搏以告別過去，並在現代各國確立自己地位的國家而言，是寶貴的資源。這種純真只會失去一次。在一個老革命家為從不可避免的歷史風暴中保留自己遺產的很不成功的鬥爭中，這種純真失落了，這是文革的真正悲劇。」See Martin Singer, *Educated Youth and the Cultural Revolution in China.* Ann Arbor: University of Michigan, Center for Chinese Studies, 1971, p. 83. 參考徐友漁中譯，見《西方學者對中國文革的研究》，《二十一世紀》，總第 31 期（1995 年 10 月）。在某種意義上，《金牧場》誇大紅衛兵「浪漫可愛」的一面，也是實在不願失卻「純真」。或者更準確地說，是不願面對「純真」普遍失落的現實。

第五章　重讀文革的不同方法

對於八十年代以後的民眾和專家來說，文革在某種意義上只是一個文本，各種不同的回憶、記錄、解釋和研究的方法，都是企圖「重讀」文革這個歷史文本。因為國人在文革以後，更多地通過文學作品（而不是歷史材料、社會調查或政治研究）的方法「重讀文革」，所以我們討論的「文革小說」中的共通而又有差異的敍事模式，就可以被視為八十年代前後國人試圖記憶和忘卻文革的主要方式。歸根到底，本書並不是直接討論文革期間中國人的想法行為生態心理（雖然全世界的讀者與專家，包括我們的後人，都會對文革時期中國人的想法行為生態心理有極大興趣，畢竟這是共和國歷史上很特殊的一個時期，是整個二十世紀中國最重要的歷史事件之一，也是國際共產主義運動史上一個無法迴避的實驗探索），本書主要通過對這些文革之中人們的想法行為生態心理的文學敍述，討論文革後（主要是八十年代，也延續至今）國人如何批判控訴懷念延續文革的意識形態邏輯與情感方式。我們既關注被「重讀」的歷史文本「文革」，更探討這「重讀」的過程與不同方法，也研究參與「重讀」的人們的羣體願景與集體無意識。

在前四章對情節功能與主要角色的逐項分析之後，本章可以開始討論當代小說「重讀文革」的幾種基本敍事類型。根據事序結構（Fabula）與敍述結構（Sjuzet）的不同對應組合關係，「文革小說」可分為四個基本敍事類型，每種敍事模式均隱含着不同的意義模式：一，契合大眾審美趣味與宣泄需求的「災難故事」:「少數壞人迫害好人」；二，體現「知識分子–幹部」憂國情懷的「歷史反省」:「壞事最終變成好事」；三，先鋒派小說對文革的「荒誕敍述」:「很多好人合做壞事」；四，「紅衛兵–知青」視角的「文革記憶」:「我也許錯了，但決不懺悔」。

希爾思・米勒曾經將亞里斯多德在《詩學》中有關「模仿」的見解加以現代的詮釋與發揮，他認為：「我們需要故事的基本原因是，在故事中我們整理現有的經驗，我們賦予經驗一個形式和一個意義，一個具有勻稱的開頭、中間、結尾和中心之旨的線性秩序。」[1] 對於文革後的中國人（尤其是讀書人）而言，人人都有一些有關文革的「經驗」。如何整理這些經驗，並賦予這些經驗以「形式」與「意義」，這就是小說家有意無意要為自己也為讀者所做的事。這裏所謂的「形式」與「意義」是不可分割的。與其說是一些對文革之意義有相同或接近看法的作家（及評論家、讀者），不約而同使用（或接受）相近的「形式」以敍說他們的文革經驗，不如說是因為某些作家（評論家、讀者）使用了相近的「線性秩序」來整理敍述他們的文革記憶，於是他們筆下眼中的文革便具有某種共同的意義。無論從哪個角度看，這個具有「勻稱的開頭、中間、結尾和中心之旨的線性秩序」（正如前四章詳細分析的那樣）直接維繫着文革故事的意義結構。用不同的順序安排這些「開頭、中間、結尾」，組織（或打亂）這種「線性秩序」，便會匯出不同的意義結構。而且，正如米勒所進一步強調的，我們不僅需要故事，而且「我們一再需要『相同』的故事，正如孩子堅持要大人一字不易地給他們講述同樣的故事。……如果我們需要故事來理解我們的經歷的含義，我們就一再地需要同樣的故事來鞏固那種理解。」[2] 這也就是為甚麼在近二十年的中國小說中，類似或幾乎相同的文革故事會反復出現，形成模式，作家讀者仍然不會疲倦。而需要反復用故事來鞏固的這種對「文革意義」的理解，是否也說明人們其實對這幾種不斷被重複的「我們經歷的含義」還是有所懷疑，或至少仍有困惑呢？

一、契合大眾審美趣味與宣泄需求的「災難故事」

「文革敘述」的第一種常見的類型便是主人公命運的變化發展與「情節功能」的順序基本相同，敘述結構也與事序結構基本對應的「災難故事」模式，其主要敘事功能是滿足民間大眾「逃避文革」的心理宣泄需求及通俗審美趣味。這個類型的「文革敘述」通常有以下幾個特點：(1) 情節次序與歷史時序及話語秩序基本同步；第三人稱是最主要的敘事方式；主人公如果不在文革後期死亡，結局必定幸福。(2) 反派形象鮮明，但屬於「少數」；多數人旁觀；極少「背叛者」。(3) 主人公純粹是「受害者」，不僅沒有犯錯，有時還做好事。(4) 主人公難中獲救的主要形式是「民女遇到才子」。(5) 主人公脫離苦難的主要方式是「領導解救」，體現出企盼清官的民眾政治訴求。

在五十部「文革小說」中，可以歸入「災難故事」模式的大約有十二部，將近四分之一。分類主要根據：第一，「敘述結構」與「事序結構」之關係；第二，主要角色的敘事功能與其社會身份之間的對應關係。簡而言之，凡「敘述結構」與「事序結構」基本相同（即大致按照「事序」邏輯而順時講述故事），或者受害者主人公是平民百姓的作品，大致都屬於這一類：《小鎮上的將軍》《將軍吟》《我應該怎麼辦》《李順大造屋》《爬滿青藤的木屋》《大牆下的紅玉蘭》《傷痕》《飛天》《如意》《許茂和他的女兒們》《芙蓉鎮》《在沒有航標的河流上》。除了《傷痕》之外，以上作品基本上都同時符合上述兩個條件，並非偶然。

大部分這類作品都寫於文革剛剛結束的所謂「傷痕文學」時期，大部分都曾獲獎，並在當時（八十年代初）擁有大量的讀者，引起廣泛的共鳴。這些作品在字面上充滿血淚哭泣，情節也常常悽慘悲傷，所以常常被人認為是控訴性的文學，因此在中國曾受到某些半官方的批評（同時又在海外獲得不少不只是文學理由的嘉許稱讚）。但實際上，從事序模式的層面上看，這種災難故事都具有一個「因禍得福」的意義結構：或者是因少數悲劇英雄主人公之禍，造就了其他人的幸福（《小鎮上的將軍》《大牆下的紅玉蘭》《如意》等）；或者是主人公熬過苦難（《將軍吟》），最終獲得比災難前更多的幸福（《芙蓉鎮》《許茂和他的女兒們》《李順大造屋》等）。

之前說過，農民、官員、知識分子是二十世紀中國小說的三種主要人物。順時態平鋪直述模式的主角大都是民眾或老幹部。

《小鎮上的將軍》的故事，基本按照「情節功能 12—23」的順序平鋪直述。落難將軍出場時已有「叛徒」罪名，被充軍來到江南某小鎮。雖然主人公抱病在身，卻仍然革命本色不改，令士兵整風紀，積極參與鄉政，為百姓看病而打抱不平頂撞當地幹部。將軍在文革後期原本有可能平反復出，卻因帶領羣眾悼念周恩來而再受懲罰，終於在文革結束之前死在小鎮上。

《大牆下的紅玉蘭》也是一篇歌頌多於控訴的傷痕文學代表作。小說中雖有跨越幾十年的往事回憶，但情節主線也是從主人公獲得罪名到文革結束前犧牲。被造反派關進監獄的老政工幹部葛翎為了悼念周恩來，爬上監獄大牆採白花，被士兵當場擊斃。這勝利前夕的犧牲暗示英雄主人公是為粉碎「四人幫」、解救民眾而死。

也有些「災難故事」，主人公之「禍」與後人得「福」之間的關係比較曲折。如王曉華母親災難後病死，雖留下創傷，卻也使女兒醒覺：

「媽媽，親愛的媽媽，你放心吧，女兒永遠也不會忘記您和我心上的傷痕是誰戳下的。我一定為黨的事業貢獻自己畢生的力量。」[3] 又如《如意》中的校工石義海，雖然他本人苦戀半生終於病死，但敘事者及其他很多人卻能夠在敘述石義海的不幸故事時，「捕捉到使整個人類能夠維繫下去，使我們這個世界能夠變得更美、更純淨的那麼一種東西……」[4] 再如《爬滿青藤的木屋》，其結局更顯示禍福相倚之微妙關係。男女主人公 ——「一把手」與盤青青最後偷情私奔遇山火生死不明，可以說是通姦受罰之「禍」，也可以說是為愛情獻身之「福」。甚至反面角色王木通，丟了老婆燒了山林是禍，但離開綠毛坑後又娶寡婦又多了娃兒可以傳宗接代，豈不也是福分？

將葛翎、將軍、石義海、李幸福等主人公在文革後期的死亡，與其他文革小說中常見的主人公在文革初自殺的情況稍作比較，便可看出「情節功能 23」（主人公死亡）在民眾喜愛的災難故事中的特殊功能 —— 在另一類作品諸如《我是誰》《死》《楓》等小說中，主人公自殺就自殺了，決不算犧牲，也沒有隆重葬禮或可以純淨世界的意義，當然更全無浪漫獻身可言；只有在這一類的災難故事中，主人公無論怎麼死法，都具有積極意義。

有始有終順着「情節功能」的次序描述文革的作品，最能體現「災難故事」因禍得福的意義結構。將文革前後的百姓疾苦按歷史年表鋪排成「有開頭、中間和結尾的線性秩序」的作品雖然不多，一旦出現卻會倍受歡迎。短篇如《李順大造屋》，乃高曉聲成名之作，列 1981 年全國短篇小說獲獎名單之首。長篇如《芙蓉鎮》，不僅小說獲首屆「茅盾文學獎」，被謝晉拍攝成電影後更在海內外成為文革故事的一個「典型版本」。這部作品之成功，當然因為作家、導演乃至演員的努力，但也更說明中國內地人數眾多的讀者觀眾有意無意地接受、歡迎這一種對文革的解釋，這一種講述故事的方法，這一種災難發生與解脫的「線性秩序」[5]。在這一種「線性秩序」中，百姓身份的主人公在災難前的生活總是美好而又稍有缺憾的。而與「初始情景」相比，主人公在災難後一定會更加幸福，不僅戰勝了苦難，而且連災難前的那些缺憾也會得到彌補——這種災難前後主人公處境的重迭比較，是百姓角度的災難故事意義結構的一個重要支點。[6]

當然，首尾重迭後的效果可以是頗複雜的。比起五十年代身強力壯只一個心眼嚮往公社神話的李順大，文革後的主人公既和幹部有了友情卻也學會了開後門。文革後李順大造屋的條件是比以往幾十年中任何一個時候都更好，但「福」中是否也隱含着「禍」呢？《我應該怎麼辦》看上去是「因禍得福」模式的一個例外，但薛子君文革後擁有兩個丈夫的尷尬處境得到那麼多讀者的共鳴[7]，是否意味着廣大讀者同情憐憫女主人公受難經歷的同時，也在無意識中設身處地去想像其如春桃般的「亂世人倫」？所以，相比之下，最樸素最通俗的幸福觀也最容易得到大眾讀者的認同，這就是為甚麼因災難而得子的芙蓉女，遠比其他文革故事受難者更為知名的原因。甚至對薛子君的一女二夫處境，也有讀者自願替她設計類似的道德團圓結局。這個例子證實「災難故事」之「因禍得福」模式，其實是由作家與大眾讀者所共同創造的。[8]

「災難故事」的第二個特點，或者也是最明顯的標誌，就是這類「文革敘述」都有鮮明的反面角色，而且這些角色大都是直接導致災難發生的「迫害者」。這些反派角色包括《小鎮上的將軍》的鎮長及其夫人；《爬滿青藤的木屋》中的王木通與林場政治處王主任；《大牆下的紅玉蘭》裏的勞改犯、前還鄉團長馬玉麟、勞改農場政委章龍喜以及靠造反起家的省公安局秦副局長；《將軍吟》中的江部長、陳政委及鄔、徐兩秘書；《飛天》中的謝政委；《如意》中的蒜苔以及《芙蓉鎮》中的李國香、王秋赦。所有這些人物都有一些共同特徵：1. 有權有勢（或曾經有權有勢）；2. 以造反起家；3. 外貌體態非怪即醜；4. 行為有違一般道德準則；5. 大都與小說主人公既有公怨，也有私仇。以上五項條件，有的並非反派形象之必然特徵（如很多受難者也有官職或歷史問題；造反派角色在另外一些「文革敍述」中完全可以被同情甚至被歌頌）。但後面三項，即醜惡外表、不道德行為和與主人公的私仇，卻是「災難故事」中反派人物必不可免的招牌標記。

先看「臉譜」。在《小鎮上的將軍》裏，「本鎮最高貴的女人、鎮長夫人、醫院負責人、主治醫生」，卻長了一隻「佈滿了骯髒雀斑的塌鼻樑」[9]。而鎮長，則有「一隻被香煙熏得焦黃的手」以及「扭歪了嘴臉」的「醜惡的影子」。[10]《在沒有航標的河流上》，也以類似的醜化文字，描繪書記李家棟在一個羣眾大會上的登場：

> 一個矮胖子走出來了。他腦袋很大，一頂灰帽子扣在頭頂上。他的手腳很短小，遠遠看去，十足一隻肥碩的芒鼠。原來在我的心目中，區委書記是了不起的人物，李家棟這個名字，意味着黨的領導，意味着榮耀和權威。然而現在瞧着他那幅模樣，我納悶了：難道管轄全區四個公社，主宰幾萬人命運的就是他嗎？……[11]

這個即將上大學的第一人稱敍事者的「困惑」其實是更令我們困惑的：為甚麼「手腳短小」的「矮胖子」就不能管轄、主宰人的命運？在這篇由茅盾、冰心、巴金等著名作家組成的評獎委員會評選出來的獲獎作品中，出現這樣臉譜化的筆墨，說明至少在文革後的某一段時期內，中國的作家與讀者，對人對事都是憤怒多於體察。或許，這也是忠奸分明善惡對立的通俗文學趣味在起作用，所以王木通只知把盤青青「摟在發着汗酸味的腋窩裏」(《爬滿青藤的木屋》)，後來造反的帥談老師也擁有一個視覺味覺效果都不怎麼好的外號「蒜苔」(《如意》)，而馬玉麟的臉相，一看就「是個殺人犯！……看他那雙眉毛，那麼長，簡直像個古玩店裏的壽星佬。」而章龍喜一生氣，就會「臉漲得像豬肝，紅得連幾顆麻子都看不見了。」至於更高一級的反派秦副局長，「雖然，他的外表並不獰惡，修長的身條，嘴角總帶着咪咪微笑，那雙眼睛，簡直還有點女性美，似乎很像個文質彬彬的書生，人不可貌相，海水不可斗量，在武鬥場上他以手黑出名，常常笑着就把匕首戳進對方胸膛……」(《大牆下的紅玉蘭》)。

反派角色擁有低貶化的扮相臉譜，並非單純只為引起讀者看官的心理生理反感。有時醜惡外貌還可以用來解釋人物性格。如《芙蓉鎮》寫李國香的老女人外表與心態：「她天天早晨起來的第一件事：照鏡子。當窗理雲鬢，對鏡好心酸。原先黑白分明的大眼睛，已經佈滿了紅絲絲，色澤濁黃。原先好看的雙眼皮，已經隱現一暈黑圈，四週爬滿了魚尾紋。原先白裏透紅的臉蛋上有兩個逗人的淺酒窩，現在皮肉鬆弛，枯澀發黃……天哪，難道一個得不到正常的感情雨露滋潤的女人，青春就是這樣的短促，季節一過凋謝萎縮？人一變醜，心就變冷。積習成癖，她在心裏暗暗嫉妒着那些有家有室的女人。」[12] 小說家暗示，這種嫉妒後來便成為她迫害胡玉音的心理動因。文革後的讀者觀眾不知道有沒有假設過，如果李國香「面如滿月，胸脯豐滿，體態動人……」而胡玉音在賣豆腐時「挺起那已經不十分發達了的胸脯」[13]，芙蓉鎮上的文革還會不會發生？

在普遍擁有非怪即醜的臉譜之後，反派形象的第二個特徵便是道德品質低下。雖然鎮長、王木通、蒜苔、馬玉麟、李國香、王秋赦等作為小說中的「迫害者」，其實都是從事政治活動。然而民間角度的災難故事通常不去細辨這些政治行為（會議、發言、大字報、批鬥）的意識形態歷史背景，反而是將主要的筆力放在揭露這些政治行為後面的個人道德動機（王木通的佔有慾，蒜苔之見風使舵，馬玉麟的幾十年恩仇，江政委與鄔秘書老婆之間的曖昧關係，以及王秋赦的好吃懶做、李國香的性心理變態等等）。這也就是說，這些人物之所以成為文革中的「迫害者」，主要不是因為他們的文化立場、政治手段和歷史處境，而首先是因為他們的道德品質 —— 野蠻、投機、背信棄義、懶惰、性變態等等。總之是有違傳統道德。重讀文革，究竟這場運動的具體動力與羣眾基礎是甚麼呢？「災難故事」是以總結反派道德的方法來回答這個問題的。歸納起來，「災難故事」中形形色色的反派類型不出四種：A. 壞女人（心理變態者）；B. 懶漢無賴；C. 風派（投機、變節者）；D. 和國民黨有關的「老反革命」。「災難故事」渲染突出反派角色的道德缺陷，在敘述效果上滿足了民眾要將文革歷史戲劇化、倫理化和黑白分明化的審美需求，也具有幫助眾多文革當事人在宣泄憤恨時消除自身內疚犯罪感的心理轉移功能：既然有道德墮落且外貌醜惡行為卑鄙的「壞人」被拉出來「示眾」，且已承擔了肇事者（迫害者）之罪責，那麼其他文革的參與者也就在無意識中獲得了一些解脫感。說到底，鮮明的反派形象，之所以能使「災難故事」深受民眾歡迎，就是因為在「壞人」被醜化時，大眾讀者會有一種有意或無意的安全感。借用福柯（Michel Foucault）的觀點：「一切社會都需要有離軌者，因為排除離軌者與把他們排除的行動使被排除者以外的人感到他們是留在社會內的，並且達到社會的團結……他們的被驅逐象徵性地使社會變得更為純潔。」[14]

有意思的是，胡玉音、葛翎、彭司令、秦書田等受難主人公，在

「文革故事」的情節裏面，也是被「多數」(或被「多數的名義」)所排除而成為「牛鬼蛇神」的(不是「人民」，甚至也不是「人」)；但是在文革被重讀、「故事」被敍述的層面，小說又將李國香、王秋赦、江部長、蒜苔、馬玉麟等「迫害者」，作為災難的祭品而排除出「多數」之列。醜惡外表、道德劣跡以及發瘋下場等，也暗示他們不僅不是「好人」，而且也「不像人」。看來「好壞」和「多少」，在這類文革故事的內容與敍述兩個層面上，都有不可分割的關係。劉小楓在《現代化演進中的西方「文化革命」》一文中曾經發問:「羣眾是誰？是多數人，還是每一個人？是意識形態化的羣眾？還是個體自由的羣眾？其差異非同小可。」[15]「災難故事」將文革詮釋為「少數壞人迫害好人」並加以戲劇性的否定，但對於「多數好人迫害壞人」情況的危險性，卻很少有警覺。「多數人都是好人」的推理繼續強化，便意味着在「少數」與「壞人」之間、在「壞人」與「不是人」之間，都隱含有必然的邏輯關係。

當「迫害者」人數極少卻能量極大，受難主人公又身為「敵人」(「少數」)時，作品中的無名的大多數人有幾種不同的「旁觀者」姿態。在《芙蓉鎮》和《傷痕》中，羣眾基本上並不能幫助受害主人公。有的作品將「多數」處理成「空白」(如「爬滿青藤的木屋」處在人煙稀少的深山；《飛天》的背景很像沙漠敦煌)。但在更多的情況下，多數羣眾都同情受難主人公(《許茂和他的女兒們》)，都和主人公一起受難(《李順大造屋》)，或者公開支持主人公。《小鎮上的將軍》描寫鎮上大多數民眾跟隨落難將軍，《在沒有航標的河流》上記述很多羣眾保護被批鬥的清官徐區長，《大牆下的紅玉蘭》中大部分囚犯都傾向葛翎……當然，將軍、葛翎最後還是死去，徐區長處境仍然危險。「災難故事」模式中的多數旁觀者的參與或空白，雖然有時救不了受難主人公，卻仍然證明壞人只是「少數」。除了《芙蓉鎮》中支書黎滿庚意志薄弱曾經上繳了胡玉音藏在他那裏的錢以外，其他「災難故事」中的背叛者，如《如意》中的蒜苔，《將軍吟》裏的鄔秘書、陳政委，則幾乎都是靈魂道德有問題的「反派」—— 通俗文學中的善惡陣線，總是比較分明的。

災難故事模式的第三個特點，便是絕大多數的主人公都是純粹的受害者，幾乎不犯錯，甚至還在受難期間做很多好事。

這也是民間視野的文革故事與其他類型的「文革敍述」的一個重大區別。災難來臨之前，百姓身份的主人公，最多有些生活情感上的難言缺失（胡玉音盼子；薛子君兩地分居；盤青青情感被壓抑），但主人公本身並無過失。災難降臨時主人公自然驚慌。但即便有失誤，也不是道德上的過錯，而是環境所迫或為人太善良太天真太軟弱，如薛子君一度輕生，胡玉音錯信舊情人滿庚哥，或石義海之不敢向格格求愛等等。最嚴重的「過失」，要數王曉華與叛徒母親劃清界線，以及飛天被軍區謝政委誘姦。但王曉華與母劃清界線其實也是聽了母親的話（母親不是要女兒首先聽黨的話嗎？）；後者一則因為藥物，二則也出於對領導的信任。總之，主人公在這類故事中總是弱者，善良、無辜、可憐、受欺騙。這些主人公大多是平民、女性。

如果主人公是男性（多數是老人），則不僅沒有道德過錯，而且大都在難中有所作為。如將軍「充軍」期間為小鎮造福；在沒有航標的河流上，盤老五則又救幹部又幫民女。這些身體力行實踐傳統美德的主人公形象，在其他類型的文革故事中是看不到的。

滿足大眾審美需求的文革故事的第四個特點，是「情景急轉後的意外發現」一定是積極的。而「難中獲救」的最主要形式，便是落難書生與受苦民女互救的模式（情節功能 17 與 19）的經常出現。1949 年以後落難的「書生」，其實是屬於較「高級」社會文化層次的讀書人，因為被歸入「少數」（敵人）之列，所以跌入社會底層。「書生」要靠「民間女子」的情愛才能在難中獲得靈魂拯救，原因是男主人公不僅需要異性在食、色兩方面的人道急救（注意：「食」與「色」之順序不能顛倒），而且更要依靠「民女」的「羣眾」身份，使自己至少在心理上，擺脫「少數」陰影，歸入「人民」之列。而平民弱女子在苦難之中，也總是要靠知識型男性的友情才能獲救。盤青青為知青「一把手」所啟蒙，隨其「私奔」；飛天受騙後仍不忘海離子；胡玉音最絕望時為右派秦書田所救。原因也是不難解釋的：民間女子雖是「多數」，卻向來屬於社會較「低」層，尤其在大眾讀者的角度看來，有些文化層次上的優越感或自卑感，連文化大革命也無法改變。所以，能在亂世救一「書生」，潛意識裏不也是朝較「高」級的文化層次的一次靠攏與提升？即使芙蓉姐盤青青飛天這些「民女」自己沒有意識，那麼眾多的民間讀者觀眾，是否可以在集體無意識的層面「體驗」那一份（其實是由秀才虛擬的）「文化提升感」呢？

百姓身份的受害主人公，除了民女，便是老漢。（《邊城》影響？）如果老漢也追求愛情，就很可能會將落難才子與民女的慣例顛倒為忠實男僕（工人）幫助落難貴族，如石義海與格格不成功的半世戀情；或者是江湖好漢救落難民女，如盤老五與芙蓉花。但更多的老漢（許茂、葛翎、將軍、李順大），不是依靠民間少婦，而是期盼「清官政治」，才能在難中獲救。

「災難故事」模式的第五個特點是「情節功能 22」的大量出現，也就是說在主人公脫離苦難的時候，來自上級（官府，領導，黨和軍隊）的救援作用十分明顯。將軍在文革後期幾乎獲得「重新啟用」，彭司令被周總理召見進京，李順大後來處境改善全靠劉區長關心[16]，葛翎受到勞改農場場長路威的保護，《如意》中的校領導老曹始終是個正面形象，《芙蓉鎮》中不僅胡玉音、秦書田要靠文革後的鄉鎮領導宣佈平反，而且在災難中最危急時刻芙蓉姐生子，也是靠幹部谷燕山的救援並加上過路解放軍軍車的運送才得以平安。所有這些細節都清楚顯示了這類文革故事中普遍存在着一種盼望清官政治的民眾訴求。

除了三篇小說是例外[17]，大多數「災難故事」均以第三人稱角度展開敘述。說書人很少直接登場，在貌似客觀的第三人稱敘事文體中，情節既曲折又平鋪直述，語言既誇張又淺白。再加上黑白臉譜、春夏秋冬佈景轉換、善惡報應等其他民間戲曲的元素，以及明星製作、政治解讀等現代傳播方式之推廣，都增添了這類文革故事的通俗文學趣味與心理治療功能。

「因禍得福」的意義結構、善惡分明的角色功能、書生民女的拯救模式、盼望清官的民間訴求，再加上第三人稱的故事文體——這就是出現得最早、讀者最多、影響最廣泛的一種「文革敘述」。

二、體現「知識分子–幹部」憂國情懷的「歷史反省」

本節所討論的「憂國情懷」模式與前述滿足百姓趣味的「災難故事」，在基本敘事格局上有兩個結構性相同之處：一是都有主人公狀況的前後比較，結局一定比開端更好（從而證明災難過程之意義）；二是「情景急轉後的意外發現」總是積極的，主人公均在難中獲救。但是，至少也有四個不同之處需要詳加辨析：

首先，「災難故事」的「初始情景」基本上是正面的、光明的，小有缺憾但生活幸福，而「歷史反省」模式的開端則是在光明表象下隱含危機（雖然做官卻犯下過失而不自知）。

其次，「災難故事」的第二階段「情景急轉」是對「初始情景」之粗暴否定，而被反省的「歷史」卻是連貫的，「情景急轉」（災難）是「初始情景」(難前隱含危機)之必然發展。

第三,「災難故事」中的獲救方式主要是「民女遇書生」,而「歷史反省」模式中除了少數「書生民女」故事外,大多數男主人公靠知識女性相救,顯示了「『五四』文藝腔」與蘇聯文學的某種影響。

最後,與以上幾個不同之處均有關聯的是——「災難故事」的主人公,不是民女便是老漢,而在「歷史反省」模式中,絕大多數主人公均為具有幹部身份和知識分子心態(自覺有救世責任)的男性。

從以上異同比較,已不難窺見所謂「憂國情懷」的「歷史反省」有哪些基本特點:(1)除極少數短篇例外,絕大多數作品均描寫災難前後的「歷史」過程。雖然普遍採用第一人稱心理敘事以體現「反省」視角,敘述次序有時打亂情節功能的順序,但在「意識流」、時空倒錯及種種剪裁拼貼技巧實驗之下,事序結構的內在邏輯關係(「歷史規律」?)十分清晰。結局勝於開端的情節框架,則匯出「壞事最終變成好事」的意義結構。(2)沒有鮮明的反面形象,很少具體的「迫害者」;但「背叛者」大量出現。(3)在沒有魔鬼、壞人和外力的情況,「初始情景」中主人公的過失也成了災難的重要前因;但在災難來臨以後,主人公再不犯錯;「旁觀者」(「多數」)的態度隨着主人公之轉變而轉變。(4)有憂國心態的書生通常仍靠風塵民女拯救,但幹部卻要靠具有羣眾身份的知識女性援手,才能渡過災難。(5)主人公脫離苦難以後不僅復職而且升官,在各類文革故事中,結局最為光明,對歷史發展最有信心。

簡而言之,第二個故事模式是知識分子/幹部心態的模式。

「五十部作品」中可以歸入「歷史反省」模式的至少有八部,[18] 其中只有《記憶》和《墓場與鮮花》兩個短篇,其餘均為鋪開歷史過程的中長篇。八部小說中有六部採取第一人稱敘事角度,其餘兩部《蝴蝶》

與《流逝》其實也是從主人公心理視角展開敘事。這種第一人稱或主人公心理視角，當然與作品的自我反省宗旨有關——而且這裏的「自我反省」，不僅僅是「我怎麼會犯錯誤」，更包括着一種「我們怎麼會犯錯誤」的羣體反省意識。甚麼是「我們」呢？這個在潛台詞中虛擬的複數主體，在某種程度上體現着敘事主人公的虛擬的「幹部心態」。幹部理應代表民眾行使權力，故有「我們黨」、「我們國家」的習慣用語（在台北，則應說「本黨」、「吾國吾民」等等）。但反諷的是，這些思考「我們怎麼會犯錯誤」、「我們甚麼時候開始脫離羣眾」的小說都出自讀書人之手，從未真正有權力，這裏不僅顯示着知識分子一廂情願地替幹部（或者說借幹部身份）在反省文革政治悲劇，也反應和呼應着八十年代中國普通讀者因為「知識分子國有化」（人人都在幹部級別網中）而產生的虛擬和虛幻的「幹部心態」。具體出現在作品裏的「知識分子–幹部」主人公，不是身在勞改農場仍想像幹部一樣憂國救世的右派知識分子，便是行為舉止心態情調均有些知識分子腔的幹部（張思遠、王輝凡、孫悅、秦慕平等）。因為讀者對象也主要是受感時憂國傳統感染的學生、知識分子或有文化的幹部，所以這類作品大都不再平鋪直敘地講故事或採用話分兩頭、且聽下回分解之類的話本演義文體，而是發展「五四」以來的歐化抒情文體，又借鑒西方現代小說的一些敘述技巧。如《蝴蝶》《記憶》裏有不少意識流的段落。《人啊，人！》整部長篇由七八個主要人物的第一人稱自白交織穿插而成。《洗禮》《綠化樹》與《男人的一半是女人》也都是在第一人稱的敘事中打破時態順序，加插大量倒敘、跳躍乃至魔幻的夢境之類。所有這些現代小說技巧的運用，主要是順應而非挑戰當時中國的文科大學生、文學青年的閱讀期待。穿插、顛倒、混亂、流動，都是在技巧、情緒和細節層面，而不是在結構、價值與意義層面上出現的。所以儘管幾乎沒有一部「歷史反省」型的小說完全按照本書前四章所排列的 29 個情節的順序而展開敘事，但這類「文革小說」所包括的「情節功能」的數目卻是最多的。[19] 這說明雖然這類「文革小說」以意識流倒敘回憶夢魘來打亂時間秩序以顯示歷史的錯亂顛倒，但強調「錯亂顛倒」其實正是基於對歷史發展確有常規秩序（進步、發展）的某種政治假設。「敘述」雖與「事序」不同，結果卻加強了事序的線性邏輯秩序。結局一定比開端更好，不用說站在人民大會堂「感謝苦難」的章永璘，或者在山村獲得靈魂拯救後升職副部長——「明天他更忙」的張思遠，就是滿腔牢騷抱怨「歷史與現實共着一個肚皮」，因而不滿文革後政治事非依然理不清楚的孫悅、何荊夫，最後不也在逐漸清理感情宿怨之後獲得光明未來嗎？

沒有鮮明的反派形象，是「知識分子–幹部」與平民百姓在清理文革記憶時的一個最關鍵的不同點。民眾眼中的善惡正邪忠奸之分，在憂國憂民的讀書人那裏都只是是非對錯正誤之別。詳述文革過程的《蝴蝶》裏通篇沒有「敵人」，即沒有具體的「迫害者」。在《綠化樹》結尾主人公幾乎感謝他周圍所有的人（除了也是知識分子也是「受害者」的會計部主任之外）。《流逝》裏的女主人公面對文革風暴對自己家庭的衝擊，也並不特別抱怨具體的「敵人」。王輝凡在幹校不僅原諒，而且幫助曾經迫害過他的造反派頭頭陳射洪。《人啊，人！》借許恒忠游若水之口，千方百計替造反派的投機跟風背叛而辯解。《記憶》中雖有一個着墨不多的反面角色黃喜強，但歸根結柢並不是他掌握對女主角命運的決定權。唯一對造反派表達憎惡的作品也許是《墓場與鮮花》，但這也是這類「文革故事」中罕見的寫到文革中期就戛然而止的短篇。如果作品繼續延伸到文革後，誰知陳堅朱少琳會不會也同情可憐甚至原諒後來可能也遭難的造反派李興。

上一節分析過契合百姓趣味的「災難故事」通常會從有權有勢、造反派身份、醜陋外貌、不道德行為且與主人公有私仇等五個方面去刻畫鮮明的反派形象。仔細對照，其實反省歷史的小說，也都會用低貶手法去處理主人公不喜歡的、行為不道德的造反人士。區別在於，醜陋外貌臉譜手法較少使用（尤其是對男性角色，如李興、黃喜強、許恒忠、趙振環、游若水等，均沒有太多的負面肖像描寫）。而且更重要的是，這些為主人公厭惡的角色，並非「迫害者」（災難肇事者），而更多的是「背叛者」—— 美蘭、賈漪、趙振環等，他們出於政治理由而與落難主人公離婚；黃香久和鄉村領導偷情；李興用大字報揭發陳堅私下的談話。好像在「走資派」和「右派」的記憶中，對他們構成傷害的，主要不是策劃運動的領導或狂熱打鬥他們的紅衛兵羣眾，而是「背叛」他們的「愛人」好友。美蘭、賈漪、會計部主任、趙振環、許恒忠等「反派」在「歷史反思」模式的作品中其實都沒有真正掌握權力，因此在情節發展過程中起不到真正重要的「歷史作用」—— 這是他們與諸如李國香、王秋赦、馬玉麟、秦副局長、謝政委等人之間的最重要區別，這也是「背叛者」與「迫害者」在「文革敘述」中的不同功能所在。在力圖總結文革歷史的小說中，「壞人」至多只是配角。那麼「壞事」究竟由誰來造成？歷史反思模式沒有提供答案，卻將問題換了一個提法：災難究竟是怎麼形成的？「我們」在這期間究竟有沒有責任？

既然如前所述，知識分子是假借幹部的身份來反省文革，那麼小說主人公就責無旁貸要替「領導」來承擔「歷史」，而不能像百姓那樣只是控訴「他們」（壞人、官員、造反派）迫害「我們」（好人、民眾、革命者），這便是「歷史反思」模式的第三個特點：「我們」（受害人）怎麼會成為災難的前因？

在「災難故事」中，災難通常是作為一種突發性的異己的力量而出現，如晴空霹靂或夏日雷雨。在幸福的「初始情景」與「災難來臨」的情景急轉之間，有着很強烈的色彩反差。但在「歷史反思」型的文革小說中，「災難」一般是逐漸發生，而且一直和受難主體自身的行為想法態度密切有關。在「主人公犯有過失」的「初始情景」與「災難來臨」之間不僅很少突變與反差，甚至存在着明顯的遞進發展的因果關係。平民受害人，譬如胡玉音，在突發的災難前會不知所措，驚慌被動地面對自己一無所知的政治風暴，完全無法反抗。而幹部受難者，譬如張思遠，則完全捲入到逐漸升級的災難之中，自己也是災難動力之一部分：

> 在「五・一六通知」剛剛下達的時候，他仍然像歷次運動一樣，緊張中又有點兒興奮。他知道這樣的運動既是無情的又是偉大的神聖的。但這次勢頭好像特別猛。大風大浪也不可怕，他只有迎着風浪上。而且他深信這一切是為了反修防修，是用革命手段來改造社會、改造中國、創造歷史的必要。他知道又要有一批領導幹部倒下去，但是為了黨的利益他不能溫情，他毫不猶豫地舉起階級鬥爭之劍。他批准了對於報紙副刊主任的批判，這種批判實際上是政治上的亂棍。接着又把文聯主席作為黑幫頭子拋了出來。報紙上一個勁兒地提醒人們警惕走資派舍車保將帥的詭計，一個文聯主席是太小了，於是他橫下心拋出了市委宣傳部長，然後是分管文教工作的副書記。黑幫、牛鬼蛇神越拋越多，越拋越把他自己裸露到了最前線。終於，水到渠成，再往下揪就該輪到他自己了。[20]

「受害者」同時也是「迫害者」，張思遠的情況並非個別現象，而且害人先於受害，害人也並非始於1966年的「五・一六通知」。從五十年代起張思遠就主管一個城市，歷次政治運動，「為了黨的利益，他不能溫情。」他已經不止一次地「毫不猶豫舉起階級鬥爭之劍」，甚至在五七年還斬斷自己和右派妻子海雲之間的愛情。另一位幹部王輝凡，在「大躍進」和「三年自然災害」時期漠視民眾疾苦與基層錯誤，但求自保，結果也失去「愛人」劉麗文。另一位部長秦慕平，明知電影放映員方麗茹單純善良，並非有意「反革命」，卻仍因她的偶然失誤而給予重罰。

但如果用《芙蓉鎮》式的寫法，從方麗茹或王輝凡、張思遠治下的隨便哪個普通百姓的角度去敍說同樣這些故事，張、王、秦這些曾經迫害別人的官員不也是「壞人」嗎？除了沒有醜惡臉譜和不是造反派以外，他們幾乎具備前述所有的反派條件：有權勢；違背道德原則（出賣信任他們的下級同志，甚至背叛愛情）；與受害人也有私人恩怨。「歷史反省」模式的文革敍述，怎麼能夠既揭示主人公於災難之責任又能讓他避開令人難堪的道德審判？

「臉譜」顯然隨時可以加減。「造反派」身份有時構成重要區別：同樣的「壞事」，在八十年代中國文學中，如若是造反派羣體所為，便可能被描寫成反派劣跡；如是「走資派」所為，便可以被描寫成「好人」犯錯。但最關鍵的因素還是敍事角度：誰是敍事者，通常誰就佔有道德上的優勢。在八十年代的中國文學中，我們很少讀到一篇「歷史反省」小說，敍事主人公不僅在歷史過程中是「迫害者」，而且在道德層面上也有不可原諒的罪惡（比如像《金鎖記》中的曹七巧那樣）。像吳組緗《官官的補品》那樣以反派角色口吻敍事的作品在「文革敍述」中也十分罕見。前面已有討論，只要故事是以造反派、紅衛兵為主人公而敘述，這些個別的主人公就都是無辜和值得同情的。是不是中國內地的文革故事，一定要從無辜、受害與被同情者的角度才能敘述？這後面當然有特定時代的意識形態的背景因素的支配。但更使我感興趣的，在技術層面上是主人公與敘事者界線不明，在觀念層面上是敘事者（包含主人公）和讀者羣的價值傾向共謀。這種敘事模式與民眾反應之間「主場優勢」的潛規則，是作家沒有別的選擇？還是讀者不喜歡別的選擇？

更具體的問題是，「文革故事」用甚麼方法使人們都覺得張思遠王輝凡這些敘事主體是「好人犯錯」，而李國香王秋赦這些被敘述的人物就是「壞人作惡」呢？「好人」「壞人」這兩個使用率極高的現代中文口語，在「文革敘述」中的界線究竟何在？「好壞」，與本書屢次涉及的另兩組概念——「多少」及「官民」之間，又有怎樣一些複雜的對應組合關係？

1989 年版的《辭海》（上海辭書出版社）界定「壞」的意思為「不好，惡劣」。其實「不好的人」與「惡劣的人」之間還是頗有區別的。而孔子最初是將「壞」用作動詞的：「三年不為禮，禮必壞。」（《論語・陽貨》）所以「壞人」似乎也可解為「敗壞道德之人」。在當代中國（大陸），道德至少有革命、倫理與職業三個層面。「革命道德」指對幹部（定義極廣，包括大多數作家）對國家對人民對組織對領導對紀律之忠誠；「倫理道德」當然意味家庭責任、愛情、友誼、孝道等；「職業道德」則淺顯如行規、工作本分，深廣至士大夫使命感等等。以此三個層面的道德準則來考察前述滿足百姓趣味的「災難故事」中的種種反角，可以見到「職業道德」最無關緊要：小鎮鎮長聽從上級命令禁止羣眾悼念周恩來，馬玉麟一貫反共頗盡「還鄉團長」職業之本分，但包括作家在內，誰也不原諒他們因忠於職守才違反（今日之）「革命道德」。

或者作家假設，文革時期每個人的職業就是革命，兩種道德之間理當沒有界線。但比反對「革命道德」更重要的，還是要在「倫理道德」、在人格品質上敘述人物的「低劣」。所以《大牆上的紅玉蘭》特地描述馬施毒計暗傷葛翎手法極不光明，《爬滿青藤的木屋》不僅寫王木通管教「一把手」，更虐待妻子（有違「夫德」）；蒜苔出賣朋友既沒良心也不像一個老師；李國香王秋赦則不僅造反而且通姦（其實是上下級幹部沒有結婚而有性關係）。簡而言之：單單違反「革命道德」或「職業道德」還不足以成為「反派」，一定還要再加上違反「倫理道德」（其準則決非列寧毛澤東的「革命道德」或由馬克斯・韋柏（Max Weber）所解釋的「職業道德」）。虐妻賣友比「反動」或「瀆職」更像「壞人」；懶惰和造反還不夠，直到李國香與王秋赦通姦，他們的反派形象才真正完成。

但如果一個人物成為小說中的敘事主人公，這時甚至他 / 她的倫理道德缺陷也可以因為敘事觀點上的「主場優勢」而被忽略或者獲得同情與理解。理解的主要方式是強調倫理錯誤與「革命原則」有關。比如張書記不顧家庭導致喪子，有失做父親的道德本分，卻可以歸咎於工作太忙。在歷次運動乃至文革初參與整人，不是假公濟私，而是缺乏政治眼光。背叛右派妻子也不是由於偷情「包二奶」，而是迫於政治壓力 —— 何況後來還一直悔恨，也不再愛美蘭，遇上女醫生秋文亦能發乎情止乎禮。所以，道德層面上的問題，皆因「革命」的錯，所以倫理上不是「壞人」。劉麗雲六十年代與王輝凡離婚，也不是女人不忠，而是作為記者（職業道德）不滿王的官僚主義（革命原則）。王的錯誤也只在官場，私生活上從來就是受害者：妻子離婚後，他也不記仇，文革中夫妻又和好。至於秦慕平，缺乏家庭生活方面的細節，但文革後重見受害人，充滿同情心。還有何荊夫，能夠在戴厚英描畫的烏煙瘴氣的大學校園裏鶴立雞羣，除了大膽政見外，私生活方面也純真潔白，問心無愧。以上幾個例子都表明，「敘事觀點」可以在很多作品裏兼有道德裁判的功能（誰講故事誰就是好人），既顯示了所謂「話語霸權」（由誰來說）的重要性，也呼應着中國讀者的某種道德判斷的習慣以及在特定時期的閱讀需要。大致上經過文革的「走資派」、新幹部、工宣隊、知青、紅衛兵、軍人、造反派、逍遙派、農民等等，對文革均有自己的解釋角度和價值判斷，於是，主人公是甚麼身份，敘述者持甚麼態度，也就決定性地影響了作品的傾向乃至讀者取向，讀者不自覺地會「虛擬」敘事者的眼光進入閱讀角色。文革結束以後，很少有讀者願意在「故事」中想像自己的「罪責」，同時又有很多讀者希望在「故事」中找到自己的「敵人」（然後再給予想像的「寬恕」）。作品中的應對災難負責的人，同時也是對主人公（敘事者觀點）起負面作用之人。換言之，如果敘事觀點必然擁有道德正義，那麼所謂「壞人」，好像也都是對「我」不好的人 —— 在書寫和閱讀文革故事時，這種借助敘事觀點投射道德義憤（乃至道德私憤）的情況尤其普遍，說明在一定的時期內，國人無法在心理上拉開距離審判文革中的自己（同時也就無法拉開文化距離審視文革）。[21]

區分善惡好壞，找出禍首宣泄憤恨，敘說者（及讀者）很容易在對「壞人」的道德義憤中相信自己屬於「多數好人」，從而自然而又不自覺地解脫了自己的文革責任，這是「災難故事」的特定功能。至於「多數」與「好人」之間究竟有甚麼邏輯關係，則是另一個問題。在民間受難故事中，「多數」有時可以是一個變數。比如《芙蓉鎮》，九個有名有姓的主要人物中，受難者（胡玉音、秦書田、谷燕山、黎桂桂）與旁觀者、背叛者（黎滿庚、五爪辣）及迫害者（李國香、王秋赦、楊民高）之間的比例是 4：2：3。總體來說當然是少數壞人（3）迫害多數好人（6）。但在主人公落難時，迫害者卻擁有暫時的優勢（5：4）。而且細心的讀者也會留意到，在小說開始與結束（也就是主人公生活幸福）時，無名的「多數」羣眾都站在胡玉音一邊。但在胡玉音落難時，無名的「多數」卻只是旁觀甚至投井下石。換言之，「多數」在「災難故事」中是一個可以浮動的力量，只有主人公是「好人」這個前題因為敍事觀點的「袒護」而恒定不變。

在「反省歷史」的「文革敍述」中，「多數」羣眾的態度也會隨主人公的處境、命運情況而有些不同：當張思遠王輝凡等身為幹部被揪鬥時，「多數」羣眾對主人公來說，也是一種模糊可怕狂熱盲目的力量。當主人公下鄉進幹校在勞動中重新反省自己時，周圍大多數人似乎又都在同情、關心、幫助主人公。與災難故事的關鍵性區別在於：《蝴蝶》《洗禮》《綠化樹》《人啊，人！》等作品裏的主人公可以犯錯，但「多數」羣眾卻恒定象徵正面的道德力量。前一類故事重複「窮人（弱者）永遠是好人」的主題，這一類小說重複「人民（多數）永遠是對的）」的信念。兩者都想以不同方式維護修補 1949 年以來的意識形態神話。在很多小說中多數羣眾「旁觀者」態度的不同與主人公心境的變化，寓言式地劃出了一個「官民」與「多少」與「好壞」之間的關係公式：幹部因為脫離羣眾，所以下台亦無人同情，這時幹部不屬於「人民」，不和「人民」在一起的「官」是「壞」的；幹部或知識分子只有回到多數羣眾當中，才能復職升官或重新創作，不負眾望，重做「人民」重做「好人」。在「災難故事」中，敍事觀點主要與「善惡」判斷結盟，「歷史反省」模式則假定「官」與「民」（多數）之間的依存與矛盾。[22] 先讓受害者犯錯，脫離了「多數」，落難便也合乎（歷史發展）邏輯；再給主人公安排回到羣眾中去的機會，從而使張思遠再次獲得升官的道德依據。羣眾為甚麼原諒接納主人公呢？「希望您多為人民做好事，不作壞事……您們作了好事，老百姓是不會不記下的。」[23] 兩類「文革敍述」，也都在有意無意利用傳統資源（善惡有報，得人心者得天下），異曲同工地維護與維修有點被文革發展過頭因此有些破碎的革命意識形態。

但是以歷史反思形式維修幹羣關係的作品其實也可能隱含着更複雜的問題。只有做好事的人才應該獲得多數（羣眾）的支持，才有資格做官 —— 當《蝴蝶》等作品在「好壞」與「多少」與「官民」之間編織線性邏輯關係之時，不也同時暗示如果上去了的人做不了好事就會喪失多數支持應該下來的意思嗎？這好像是從「內聖外王」或「為人民服務」的道德邏輯出發，卻觸及了「權力是否使人腐化」的政治現實。因此我們注意到，這類作品不怎麼譴責多數羣眾的造反行為，也不怎麼抱怨張思遠等幹部所受到的批判衝擊。這裏是否也包含着「重讀文革」對 1966 年前後羣眾運動的某種歷史合理性的理解甚至平反？

「歷史反省」模式中男主人公難中獲救的方式，基本上依社會身份高低而不同：身為勞改犯的右派書生，要靠民眾身份的風塵女子拯救。最典型的例子當然是章永璘與馬纓花、黃香久。知識分子腔的下台幹部則要靠知識女性的援手才能渡過苦難（張思遠與秋文，王輝凡與劉麗文等等）。第三章對情節功能 17 與 18 已分別有詳細的討論。簡單排列兩種獲救方式之異同，相同之處是男主人公總是需要：第一，女性的美貌；第二，民眾身份；第三，真情癡愛。而這種真情癡愛並不只是一個女人對男人的愛，還必須包括對男人政治、學術才能的一種帶預見性的肯定，對男人未來社會地位與成就的一種信心，明白男人落難只是一個暫時的過程，只是處於孟子所謂「天將降大任於斯人也，必先苦其心志，勞其筋骨，餓其體膚……」那一個階段。簡而言之，就是相信這個男人不是一個「普通人」，然後才給予「不普通的愛」(不追求婚姻、誓言、性愛，甚至也不期待回報的「愛」)。顯而易見，這些都只是男性作家的主觀設計。但為甚麼這些設計會在包括女性在內的廣大讀者中廣泛流傳引起共鳴，或許上述設計其實也並非個別男性作家單獨完成？

現在再看兩種獲救方式的相異之處。在女性美貌、民眾身份與癡愛真情之外，右派書生還需要具體的物質支援(如食物)，以及女性的胴體、性感(甚至風流放蕩也無所謂)。而落難幹部則不在乎(或拒絕)物質與性感，但要求文化知識，尤其是政治上的共識。

產生這些差異的原因至少有兩個。一是寫實因素。右派在勞改時真的捱餓，而幹部在幹校裏物質處境畢竟不同，不至於見到一個饃饃便流淚。何況當代中國文學，喜歡虛構想像幹部從落難時開始尊重知識熱愛文化，所以物質支持可以不提。第二個原因是文學傳統。落難書生與風塵女子的模式有較深厚的士大夫文學傳統與百姓欣賞趣味的基礎。而男主人公尋找比自己更成熟更有識見的知識女性的愛，則基本上是蘇聯文學(如《鋼鐵是怎樣煉成的》[24])的影響。有從《李娃傳》到鴛鴦蝴蝶派這樣數千年的閱讀習慣作後援，難怪張賢亮的小說會比從維熙及其他很多右派作家的作品更為暢銷。但麗達與保爾・柯察金的戀愛模式，則不僅在「歷史反省」型的小說中可以尋找，在「紅衛兵–知青」角度的「文革敘述」中也有更多的變型與發展。

「歷史反省」模式的第五個特點，是比較其他各類不同的文革故事而言，這類文革小說的結局最為光明。

主人公可以在異性安慰羣眾鼓勵下恢復信心，但真正脫離災難還是要靠上級的解救。或者詳盡渲染復職消息來臨前後每一個細節(《蝴蝶》)，或者有意跳過平反細節，直接將幹校受難畫面拼貼到升官後的繁忙熱鬧場景以顯示升官之戲劇性效果(《洗禮》)，也或者強調逃出苦難時勞改隊長的意外救援(《綠化樹》),或者嚴肅計較認真爭奪平反後的政策、待遇、身份、名譽(《人啊,人!》……總之,在這類文革故事中,官職地位級別身份名稱等等體制內的價值衡量系統,得到最充分的重視。顯示了在當代中國知識分子的政治訴求中,憂國情懷救世使命總是和政治職位社會身份相聯繫的。難怪紅地毯、大會堂或故意不坐轎車不乘飛機或坐甚麼牌子的轎車甚麼型號的飛機等等的細節,都會記載在被反省的「歷史進程」中。

第四章曾評論為甚麼男性主人公在災難過後升官復職地位上升,但回首文革是非恩怨卻找不到具體的「敵人」,或者有「敵人」也會給予諒解。就主人公的生活與精神狀態而言,「歷史反省」與「災難故事」的結局都比開端更好。但相比之下,前者的結局更加積極美滿。因為平民身份的女主角們,最後仍在仇恨她們過去的敵人。憤怒與仇恨,通常在心理現象意義上也包含着恐懼與害怕。難怪胡玉音最後聽到瘋子王秋赦的呼喊還會打碎手中的碗。而張思遠在小說的結尾處卻滿懷信心地伏案畫圈。剛升省委副書記的王輝凡甚至已在策劃如何取代即將退休的正書記。最深層的差異在於,百姓眼中看世事,世事總是難料。因為災難從一開始就是外來的突發的力量,現在雖然離去(比如李國香最後悄悄離開芙蓉鎮),但誰知甚麼時候又會出現?而力圖總結歷史規律的文革敍述,卻為讀者虛擬了一個歷史主人翁的位置,「歷史進程」既然可以用情節梳理用故事總結,當然也應該可以在文學敍述中把握。既然昨日之難是由「我們」自己的前日之錯所釀成,那「我們」從今往後不犯錯,不就再也不會有災難了嗎?而災難促使我們改正錯誤,這不就是「壞事最終變成好事」嗎?

三、先鋒派文學對文革的「荒誕敘述」

所謂「荒誕敘述」，既是指這類作品，大都將文革敘述成一個無法解釋的「荒誕事件」，也是指這類作品大都採用「荒誕」的敘事手法。其基本敘事特徵是敘述結構不僅不同於事序結構，而且常常違反、打亂事序結構的時間規則，即打亂歷史、事件之間的邏輯關係。換言之，不僅敘事主人公可以身份錯亂時空顛倒，時而下鄉時而犯錯時而獲救時而做官，而且犯錯的未必會被「打倒」，落難的不一定獲救，獲救的也可能不是「好人」……在五十部作品裏，這類「荒誕敘述」有十七部之多，約佔總數的三分之一。一些無法歸入「災難故事」、「歷史反省」及下一節將要討論的「紅衛兵–知青記憶」的作品，大致上都有些「荒誕敘述」的色彩。原因是其他三類文革故事，都有較固定的作家羣(「文化館」作家；錯劃「右派」;「紅衛兵–知青」)，比較一致的創作傾向(為民泄憤訴怨；替官員檢討歷史或自己懷念青春)以及較明確的讀者對象(平民大眾；大學生與有文化的幹部；前紅衛兵與前知青)。唯獨這一種有關文革的「荒誕敘述」，作家陣容比較複雜：宗璞出身書香門第，殘雪自稱女裁縫，其中有很多 1985 年後出現的「先鋒派」作家，如馬原、莫言、余華等，但也包括馮驥才、林斤瀾等「中年人」)；創作宗旨更加紛亂，讀者對象也難以捉摸(基本上都是可以忍受其閱讀習慣被挑戰的純文學讀者)，但也有雅俗共賞的暢銷作品，如《棋王》《啊！》等。

從敘事模式及其功能的角度考察，「荒誕敘述」類的文革小說具有以下共同特徵：(1)形式實驗不僅打亂「情節功能」的順序，同時也打亂了「事序結構」之中的因果聯繫；(2)敘事模式中「結局」並不一定比「初始情景」好，因此很難匯出因禍得福或壞事變成好事的意義結構。(3)敘事重點通常在第二階段的「情景急轉」(災難來臨的方式與過程);沒有鮮明的反派形象,「迫害者」不是「無名」便是「無意」;「多數」的「旁觀者」參與迫害。(4)主人公在受難期間犯有錯誤過失,「受害者」常常也是「背叛者」。(5)情景急轉之後的意外發現並不一定總是正面的;男女相救的狀況(情節功能 17、18、19)極為罕見。(6)在幫助主人公脫離苦難時,江湖異人神秘長者常常比家庭親人或上級領導更為重要。所以,總體而言,在「荒誕敘述」中,錯就是錯,禍就是禍,其間不一定有因果。既排除了「壞人」導致災難的倫理道德審判,也否定了「壞事匯出好結果」的「歷史規律」。常見的情況是:很多好人合作做成一件壞事,「錯」與「誤」之間的聯繫幾乎無法解釋。

簡單概括,第三種荒誕敘事模式,比較受西方現代主義的影響。

在十七部被當作抽樣文本的「荒誕敘述」類小說中,只有四、五部記載了文革的前後經過。但這種記載,都不是將歷史事件按編年體方式,整理成「一個有開頭、中間和結尾」的完整的故事,而是在順時態記述中跳躍穿插歷史往事(《玫瑰門》),或以詞典辭目形式打碎時序切割現實(《馬橋辭典》),或者以象徵寓言手法展現無數個面目全非的文革變形(《黃泥街》)。最有頭有尾的文革過程卻出現在短篇《奶奶的星星》裏,而且還只是小說中的一部分。整個短篇容納了從五十年代到文革後前後幾十年,詳略之處可以想見。大多數的「荒誕敘述」只是截取文革中的一個片段。雖然這些故事中的文革過程並不完整,但這些故事有關文革的敘述,卻自有其完整的結構。最能顯示其意義結構的,便是「初始情景」與結局一旦重合對應,主人公狀態不是更差,便是照舊,絕少因禍得福或壞事變好事之機會。這就是意味着「過程」沒有意義。而這荒誕的事件,通常又是由最普通的過錯失誤偶然組成——也許「沒有意義」的災難過程,正是「荒誕敘述」的「意義」所在。

先看寫實意義上的文革前後狀態比較。《玫瑰門》中的司猗紋，文革前已努力改造思想但不被社會接納（舊幹部當女傭也遭辭退），文革後落實政策不再是「階級敵人」，卻癱瘓在牀飽受媳婦之氣有苦難言，可以說是狀態毫無改善。《奶奶的星星》中女主人公的命運也很相似，運動前後均在努力改造自己卻始終不為新社會所容，改造過程猶如圓圈，起點就是終點。《一九八六年》中的男主人公文革前是普通教師，文革後是自殺的瘋子，過程雖然被省略，狀態變化趨勢卻很明顯。身份完全不同的韓德來，卻也是文革後狀況稍稍不如文革前（當然更不如造反走紅的文革中）。以上諸例都顯示，禍，從來都不會帶來福。

再看敘事佈局上的災難前後狀態比較。《死》開篇於主人公敘事者「我」在江蘇路傅雷舊址探訪，結尾在同死者進行哲理對話之後，高潮在中間，首尾無變化。《棋王》的「初始情景」是王一生與我及其他知青隨大流下鄉，結束於王一生棋戰之後「拉着幕布沉沉睡去」。作者原先想寫王一生最終也進了地區棋隊，後來改去了這個讓主人公墮落的結局，而只是讓主人公基本保持下鄉時的樸素。[25] 同樣起點即終點的敘事格局，也出現在馮驥才的《啊！》中。從主人公丟失信件驚慌心虛，從而引出被逼供被批判，再坦白交代，再獲寬大處理，最後又回到發現信件並未丟失：這又是一個發生了一切以後才發現一切均無意義的故事框架。最能顯示「荒誕敘述」無謂循環結構的莫過於林斤瀾的《氤氳》。寓言體戲中有戲，木頭木腦從在渾渾噩噩中幾乎被害，到糊裏糊塗得以解脫；清水後生從幾乎盲從喪命，到差點又盲目傷人。整個短篇由木頭木腦在開端坦白交代，到小說結尾雕刻家出名卻患癌症，可以說處處是自己否定自己的事物發展邏輯，處處是結尾回到開局的曲折過程。

首尾對照能維持原狀，其實已算幸運。在《我是誰》《一九八六年》和《波動》裏，初始情景是受批判遭審查或受歧視，結局卻都是自殺身亡，於是過程不僅沒有意義，而且是有負面影響。《白色鳥》從少年嬉戲到發現外婆被鬥，《透明的紅蘿蔔》從小黑孩做苦活到打鬥傷人，《錯誤》從丟失軍帽到最後誤傷了包括自己在內的三個人，這裏都有一個結局比初始情景更壞的模式：壞事從來都不會變成好事。

上述首尾循環或結局糟於開端的情節框架，有的似乎是由材料自然形成，因此「荒誕敍述」仍可以是有趣的常態的故事（如《棋王》《透明的紅蘿蔔》《桑樹坪紀事》）。但在更多情況下，這種情節框架是由特殊的敍事技巧而造成。如《啊！》中《項鏈》式的懸念，使讀者到最後才知道「開端」。如《錯誤》中的敍事圈套，使往事到「今天」才發現錯誤，見出結局；又如《叔叔的故事》，「初始情景」中右派叔叔已平反已成知名作家，然後再回顧再懷疑其受難經歷之細節，這就是解構了「壞事逐步發展成好事」的「線性秩序」。再如《黃泥街》，將很多寫實的標語口號心態動作混雜在魔幻的意象「意識流」中，這就切斷了這些文革詞句之間的具體邏輯關係，於是便造成了《黃泥街》特有的藝術效果：那麼多煞有介事的詞語行動，是否本來就是毫無邏輯毫無意義？「敍事學家認為敍事的規則類似一種如符碼或自具語法的語言一樣的東西，或許就是在更大規模上的句法。」「從結構主義或符號學的角度看來，敍事就是對已發生的事情或已經開始發生的事情進行整理或重新整理、陳述或重新講述的過程。」[26] 歸根到底，殘雪、王安憶、馬原、余華、林斤瀾、趙振開等人所實驗的種種「先鋒技巧」，其實也都是「對已發生的事情或已經開始發生的事情進行整理或重新整理、陳述或重新講述。」[27] 如果說「災難故事」與「歷史反省」是當代國人對文革記憶的最一般最常見的兩種整理和陳述方法，那麼「荒誕敍述」

則顯然是對文革往事的某種重新整理和重新講述。

前兩種敘事模式（以及下一節將要討論的「我不懺悔」模式）都具有很強的自我模仿與自我重複的特性，所以基本上，這些敘事模式實際上提供二、三種「相同的故事」。按米勒教授的說法，「故事的文化功能，是對一種文化中關於人類存在，關於時間、命運、自我，關於我們的過去、現在和將來等等人類生活的最基本的假設進行肯定、鞏固、甚至創造的功能。我們之所以一再地需要『相同』的故事，是因為我們把它作為最有力的方法之一，甚至就是最有力的方法，在維護文化的基本的意識形態。」諸如，善惡有報，因禍得福；諸如，壞事可以變成好事，得人心者得天下等等。但是，「為甚麼我們總是需要更多的故事？」這是否說明現有的流行模式「從未令我們滿意？」[28] 同樣的道理，在「壞人迫害好人」與「壞事變成好事」（以及「我錯了，但不懺悔」）之類的文革故事被反復講述之後，仍然有作家與讀者發現自己的文革記憶無法融入上述模式，於是他們就試圖講述自己的故事。打破、挑戰和解構已有的文革故事的敘事模式，這便是先鋒派文革敘述的寫作前提。為了提供「更多新的故事」，「荒誕敘述」必須以種種反常規的敘事，建構不同的「沒有意義」或「不可解釋」的意義結構。如果「荒誕敘述」在某種程度上也總是自我重複也演變成某種「相同的故事」，這種「先鋒文學」便會陷入困境，甚至名存實亡。

「荒誕敘述」型的文革故事，其敘述重點多數都在災難來臨階段。情節功能 6、7、8、9、11、12 及 14 出現頻率很高。同前面兩種「文革故事」相比，荒誕敘述較少描繪災難來臨的兇猛可怕氣氛，也較少探究造成災難的直接原因，而是更多地展覽、渲染甚至玩味災難來臨的種種方式及其詳盡的局部的細節。如《錯誤》中主人公打人與被打時細微而又冷漠的反應；如《一九八六年》主人公自我傷害的血腥細節；又如《玫瑰門》中鋪陳姑爸慘死的全過程；再如《黃泥街》中種種想像力豐富的害人技巧……儘量渲染誇張主人公受難細節的殘酷性，但又儘量用平淡、冷漠、無動於衷甚至玩味欣賞的筆調去渲染誇張。其敘述效果便是既顯示了事物的荒誕，也顯示了顯示手法之「荒誕」── 某種刻意的反煽情。

「荒誕敘述」中沒有鮮明的反派形象。在「災難故事」中，鮮明的反派角色是「迫害者」，是災難來臨的主要動力（如秦副局長李國香王秋赦等）。簡而言之，「反派」是一些外貌可憎道德敗壞又與主人公有仇的有權勢的造反派。在「歷史反省」模式中，因為減去了臉譜與權勢兩項條件，「反派」主要是「背叛者」，是一些與主人公搗亂的道德敗壞的造反派（風派）。他們在災難來臨時起不了甚麼重要作用，充其量只是一些用來為主人公作道德形象陪襯的「小人」而已。而在「荒誕敘述」中，「反派」形象在五項條件中可以減去三項：第一，沒有臉譜；第二，不一定是造反派；最主要是第三，也不一定道德敗壞。餘下兩項條件是「與主人公作對」及「有權勢」。換言之，「災難故事」中的「反派」是做壞事的「壞人」，歷史反省模式中的「反派」是做不成多大壞事的「小人」，而荒誕敘述中的「反派」角色雖做「壞事」，卻不一定是「壞人」。如林東平、金門、清水後生、賈大真、羅大媽等人物，小說明明描寫他們害人，造成主人公災難，他們卻又總有一定的理由，讀者很難痛恨他們。究其原因，是做壞事者在敗壞某項道德標準時，總還堅持着另一層道德原則。考慮道德的不同層面，便很難塑造絕對的「壞人」。

林東平在《波動》中利用官職調查蕭凌當然有違「職業道德」，幹部竟有私生子也不符合當時的革命道德觀念，但關心楊訊婚姻及政治前途，不也本於一片愛子之心嗎？金門在《桑樹坪紀事》裏虐待養女欺負知青剝削外勞，似乎道德品質有問題，但他真心實意為桑樹坪謀福利確實盡了隊長之職，所以鄉民仍然擁護他。清水後生在《氤氳》中是個完全遵守革命原則及職業道德的可愛的害人者及被害者。《玫瑰門》中的羅大媽，雖然趁文革之勢搶佔民房，但後來與司猗紋、竹西為鄰也並不盡是敵對關係。還有《啊！》中的賈大真，雖然整人時不無虐待狂傾向，但整人不正是他政工組長之「職責」嗎？整人不正是當時最高的革命原則嗎？所以作家刻畫這個「反派」時也頗有分寸，賈大真也對主人公「寬大處理」手下留情。

在更多的情況下，「荒誕敘述」中的「迫害者」是「無名」的，即災難降臨，卻不見具體的肇事者。在《奶奶的星星》《白色鳥》《死》《我是誰》中，「迫害者」都沒有直接出場；讀者也不知道《一九八六年》裏當初審查主人公的造反派究竟是誰；《玫瑰門》中真正動手害死姑爸的一羣紅衛兵，也是無名無姓的。如果不是「無名」，那就是在「無意」中做壞事（或曰「好心害人」），像上述的林東平調查蕭凌、金鬥迫害媳婦、清水後生要處決木頭木腦等等。總之「荒誕敘述」中的「反派」，既沒有臉譜，也不一定道德敗壞，但一定與主人公為敵且擁有權勢（足以造成主人公災難）。在無理的行為後面，常常不無合理的心理動機、文化依據甚至道德理由。

「多數」的「旁觀者」，在「荒誕敘述」中的表現與功能與在別的文革故事中很不相同。在滿足大眾趣味的「災難故事」中，作品中的「大多數」，或者害怕沉默，或者同情可憐受難主人公。在體現憂國情懷的「歷史反省」中，「多數」羣眾是幫助主人公總結教訓克服災難的關鍵力量。但在先鋒派的文革敘述中，「多數」旁觀者常常有意無意地參與迫害主人公。例如《我是誰》中唾罵女科學家的路人鄰居甚至孩童；在《啊！》中幾乎所有同事都在不同程度上壓迫驚慌的主人公坦白認罪；《桑樹坪紀事》中村民一起排擠李言老漢，對金門媳婦被虐待也只是旁觀，見死不救；在《一九八六年》中，包括主人公女兒在內的生活幸福的路人，在瘋子自戕的景象前個個都是興致勃勃的看客……可以說在很多「荒誕敍述」的篇章裏，「迫害者」是以「多數」形式出現的。這是一個非常值得注意的現象。丁玲等人用以維繫革命信念的「好人」與「多數」之間的道德邏輯關係在「荒誕敍述」中被顛覆了。魯迅籍以批判國民性的「麻木看客」羣體意象在史無前例的文化大革命（及其有關記述）中得以重生。人民啊！人民 —— 二十世紀中國作家的普遍困惑比戴厚英的類似課題，具體得多，也深刻得多。

「荒誕敍述」模式中的主人公，也對災難負有責任，但不僅是在災難之前，更多地是在受難期間犯錯。「受害者」常常也是「背叛者」—— 這是先鋒派文革小說的第三個特點。

《啊！》的主人公吳仲義，不僅錯在丟失信件作賊心虛驚慌失措，而且錯在坦白招供出賣兄長；《波動》中的楊訊並非錯在替農民打抱不平而坐牢，而是錯在聽信林東平調查結果而背叛愛情離開蕭凌；《透明的紅蘿蔔》中的小黑孩明明得到菊子、石匠的愛護而不被小鐵匠欺負，卻在少年朦朧的性心理支配下而於關鍵時刻「忘恩負義」幫助小鐵匠打敗石匠，最終導致菊子眼睛受傷；《玫瑰門》裏的司猗紋更是在受難過程中詭計百出弄巧成拙，姑爸之死不也是司猗紋引來造反派抄家所間接導致？在《奶奶的星星》中，「我」不肯幫奶奶讀報，無形中也幫着社會迫害奶奶；《錯誤》中的男主角，既錯怪了黑棗等室友，也錯罰了二狗，三人殘廢的慘劇，幾乎都和「我」的「錯誤」判斷有關。

在《芙蓉鎮》《大牆下的紅玉蘭》等大眾趣味類作品中，主人公只是受害，自己無錯（而且有功）；在《蝴蝶》《洗禮》等知識分子—幹部自戀反思作品中，主人公既受害也害人，但在歷史時序上只是先害人再受害，有某種報應懲罰的邏輯線索；而且受害之後，再不害人。而在《錯誤》《玫瑰門》等尋根後作品中，主人公也是既受害又害人，但並無「時間差」，常常是受害之同時害人（司猗紋請人抄家，吳仲義招供兄長）；或害人之際同時受害（「我」與黑棗，小黑孩因愛菊子而傷害菊子）。

在「災難故事」中得到仇恨轉移與犯罪感解脫的讀者，在「歷史反省」模式中有機會改正錯誤的讀者，再讀有關文革的「荒誕敘述」多少有些沉重不快。因為如果按照《錯誤》般的邏輯在整理文革記憶，很多文革的「過來人」、參與者，都會難以回避和解脫某種道德上的負疚感，都會發現昔日的災難實在理不順剪還亂，而且有時還根本沒有改正錯誤（變禍為福，變壞事為好事）之可能 —— 所以，這類探索小說較難獲獎、暢銷或拍成電影，較難獲得「二老」（老幹部、老百姓）的同時欣賞。

「荒誕敘述」的第四個特點是「情景急轉後的意外發現」並不一定是積極的，而且幾乎沒有男女相救的情節。

前面討論過的大眾和「知識分子—幹部」類的「文革敘述」，從「初始情景」到「情景急轉」，主人公的狀態總是向負面方向跌落（災難來臨）。但「情景急轉後的意外發現」，則總是主人公的狀態從最低點向上回升（難中獲救）。而且回升的結果，必定超過初始情景，所以結局一定優於開端。用這個模型來討論「先鋒小說」，情況就會比較複雜一些。因為「荒誕敘述」的敘事結局，或者只是回到開端（整個過程毫無意義）；或者一路下跌，全無回升，主人公在結局處的狀態比任何時候都差，錯誤不能糾正，災禍無法彌補。與結局密切相關，情節發展第三階段中的「意外發現」通常就沒有「拯救力量」出現來使主人公狀態從絕望低谷處回升。如果有，也只是虛幻短暫的亮色。如《我是誰》

女主角投湖前回憶1949年回國時被周總理接見；如王一生棋賽上的暫時勝利；又如韓德來買票退多的快樂滿足；《死》中「我」與傅雷之對話，等等。雖然這些「短暫亮色」在敘事效果上給作品帶來一般意義上的「高潮」，但主人公實際狀態並未改善，「高潮」很快滑落至低調結尾（變成「反高潮」，或對「高潮」的反諷）。即使主人公狀態偶爾確有回升，如吳仲義獲賈大真「寬大處理」，也完全與「靈魂獲救」無關。其他文革故事安排給受難主人公的常見補償——「難中愛情」，則無論書生遇風塵女子還是幹部碰到知識女性，在「先鋒派小說」中都幾乎都不存在。這也是「荒誕敘述」使人感到「荒誕」的原因之一。因為在很多讀者看來，落難以後主人公沒有遇到異性知音，多少有點令人失望。這是一種對作家–讀者常規契約的背離。只有《透明的紅蘿蔔》和《波動》好像有點例外。但暗戀民女菊子的不是書生，而是小黑孩；蕭凌選擇知識男性楊訊，最後證明也是失敗。除此之外，大部分「荒誕敘述」中的主人公，無論男女，在災難之中是得不到異性拯救的。在五十部作品之外，也有另外一些「先鋒派小說」着意描寫文革中的「性愛」，如王安憶的《小城之戀》，劉恒的《伏羲伏羲》等等，但這些「性愛」也只會使主人公在難中越陷越深，而無從獲救。

沒有異性出現，沒有靈魂拯救，很多「荒誕敘述」類文革故事的主人公要靠死，才能脫離災難。[29] 但也有些主人公在災難中獲得幫助、救援。不過同一般「文革故事」中普遍出現的「上級救援」不同，「先鋒派小說」的主人公們在文革中更多地得到家庭親人和「江湖異人」的幫助。奶奶雖然是地主，卻仍然是敘事者「我」的啟蒙者（《奶奶的星星》）；《桑樹坪紀事》的敘事者則多虧李言老漢的點撥才看清鄉村的形勢與自己的處境；《棋王》中「我」與王一生以及王一生與撿垃圾老漢之間，也都有一種反常規（反文化）的受啟悟關係。比起吳仲義獲賈大真寬大處理來，家族親人的溫暖比領導的「關心」重要得多。但比起奶奶的關於星星的哲理來，撿垃圾老頭等江湖異人的啟悟似乎更能改變主人公的命運。「先鋒派小說」在這裏，似乎在暗示政治因素即使在文革當中也並不能壓倒一切，政治鬥爭會衝擊影響家庭倫理關係和民間社會力量，卻從來都無法消滅這些關係與力量。

簡而言之，同時反叛士大夫傳統、百姓趣味、「『五四』文藝腔」與蘇聯文學的影響，「先鋒派小說」為了顛覆「因禍得福」或「壞事變好事」的文革敍述模式，必須付出因挑戰大眾閱讀期待而減少可讀性進而也減少讀者的代價。

四、「紅衛兵–知青」視角的「文革記憶」

從「紅衛兵–知青」視角講述的文革故事，不像「先鋒派」的「荒誕敍述」那樣充滿變數。基本上，這也是一種「相同的故事」，一種可以自我模仿也需要重複的敍事模式。但「紅衛兵–知青」的文革故事也不像「災難故事」或「歷史反省」模式那樣，在八十年代初風行一時，然後不斷被「新的故事」所挑戰。這是一種自文革以來一直受歡迎，每隔數年便有新作湧現，至今仍然頗有生命力的文革敍述模式。這類作品的形式當然也有變化，但基本主題卻始終如一：我或許錯了，但決不懺悔！[30]

「紅衛兵」與「知青」是一代人的兩種身份，是一種思潮的兩個階段，是一種精神的兩種形式。如果要在本書選取的樣本內嚴格分類，則《楓》《重逢》《晚霞消失的時候》《動物兇猛》《瘋狂的上海》《一個紅衛兵的自白》等小說主要表現所謂「紅衛兵心態」。《飛過藍天》《這是一片神奇的土地》《我的遙遠的清平灣》《今夜有暴風雪》《插隊的故事》

主要描述知青生活。而《血色黃昏》與《金牧場》卻貫穿兩個階段兩種身份，可以說是最典型的「紅衛兵–知青」視角的「文革敘述」。需要說明的是，並非以紅衛兵或知青為主人公的小說都可歸入「我不懺悔」模式。有些作品，如《傷痕》《棋王》《錯誤》《波動》《馬橋辭典》等，或者因為更符合「災難故事」的特徵，或者因為已經超越「紅衛兵–知青」的角度，所以已放在其他章節中討論。由此可見，這個模式的核心，不是紅衛兵行為或知青生活，而是所謂「紅衛兵–知青」情緒及其敘事方式。

「我不懺悔」模式的基本特點如下：(1)絕大多數都是第一人稱敘述視角；人物命運的變化基本符合情節功能的排列順序；雖然從無幸福結局，卻仍然感激受難過程。(2)大部分情況下沒有「反派」，也很少描繪災難來臨階段[31]。(3)「受害主人公」常常既是「迫害者」，也是「旁觀者」，甚至也可能是「背叛者」；主人公雖然在文革中犯錯犯罪，卻大都可以解脫責任。(4)「情景急轉之後的意外發現」大都也是積極的：男主人公要靠知識女性或母性之愛獲救。(5)幾乎所有「紅衛兵–知青」角度的小說均出現情節功能 27、28、29，幾乎每個主人公都要反省、感謝、慚愧，但不懺悔……

所以，第四種文革故事的模式，是以「紅衛兵–知青」為主角，而且從「紅衛兵–知青」視角敘述文革經驗。

「紅衛兵–知青」小說的敘述格式，可以說是各類文革故事中最有規律的一種。除了少數的例外(《重逢》《飛過藍天》《今夜有暴風雪》《瘋狂的上海》)，這類小說總是用第一人稱敘事。開宗明義，「我」來講我(及我們這一代)的故事，作者好像從不擔心他個人的文革故事會沒有聽眾。可能因為「紅衛兵–知青」人數眾多，或者因為「紅衛兵–知青」情緒影響廣泛，也許因為「紅衛兵–知青」運動在中國歷史、世界文化現象中均有其獨特性，所以，至少迄今為止，從「紅衛兵–知青」角度講述「我的故事」，還真是不乏讀者。[32] 但為甚麼一定要「第一人稱」呢？別的文革小說，作家或者會跳出自己的身份研究自己，文化幹部可以寫民女怎麼看書生，「右派」可以描寫幹部如何看知識分子，但為甚麼「紅衛兵–知青」這個集團的作家，總是以表現自己感受的方式來研究自己的行為，總是以宣泄自己情緒的方式來解析自己的處境？或者，這正是「紅衛兵–知青」角度的特點：這個羣體曾在文革中扮演重要角色，這個羣體寸步都無法離開自己的視角去記憶文革。這是一種只管自己表現宣泄的，只屬於一代人的文學。

「紅衛兵–知青」視角的文革故事最基本的敍事格式有兩種。一種是記述文革全過程：或「敍述結構」大致等同於「事序結構」，如《血色黃昏》；或跳躍展示敍事模式，如《晚霞消失的時候》；或打亂時序，切割情節模式，如《金牧場》。雖然敍述技巧不同，但事序模式的秩序總是存在。另一種是站在文革後的角度敍述文革中的某一片段，如《重逢》《這是一片神奇的土地》《我的遙遠的清平灣》《今夜有暴風雪》《插隊的故事》《動物兇猛》《一個紅衛兵的自白》等。無論哪一種敍事格式，都有「初始情景」與「結局」的比較：主人公的狀態基本不變。年齡、職業當然會變，但社會身份與地位照舊。紅衛兵造反前是學生，造反以後照樣無權無勢，或做工人或下鄉；知青下鄉前在城裏是學生，回城以後仍然被稱為「知青」。既然「結局」不能比「初始情景」更好，顯然就不能像「災難故事」或「歷史反省」模式那樣，直接匯出「因禍得福」或「壞事變好事」的意義結構。但「紅衛兵–知青」小說又不願意像「荒誕敍述」那樣，以終點即起點來證明過程之「荒誕」與沒有意義。恰恰相反，「紅衛兵–知青」角度的文學，就是要在結局等於開端的情況下，證實過程仍有意義，而意義就在過程之中。

寫於七十年代末，輾轉十年才獲出版隨即暢銷的所謂「新聞主義長篇小說」——《血色黃昏》，其實是一堆自傳材料，因為它比較樸素地順文革時序寫個人經歷，所以頗能體現「文革敍述」的一般情節模式。[33]「初始情景」是紅衛兵主人公在城裏已感到無所作為，便要求下鄉去內蒙。到內蒙軍墾建設兵團後因為與軍人打架起衝突而「情景急轉」：被打成「現行反革命」。拘留審查判決勞改的全過程寫得十分詳細。雖然在難中他以單相思的女友為精神支柱，最後要靠在北京的家人（母親楊沫）和中央領導（周恩來總理）的雙重救援才被釋放，但他真正的「意外發現」是自己怎麼會變得堅強起來以熬過這非人的「煉獄」。獲寬大處理後主人公很慶幸自己能重回革命隊伍，小說結尾時他離開農場回城，與開篇之離城下鄉恰成呼應。從零到零，社會地位毫無變化，中間可以說是負數，做了幾年「非人」的罪犯，主人公向草原告別時的感受是複雜的：

> 「再見呵，寒風；再見呵，積雪；再見呵，蒼鷹；再見呵，老鼠；再見呵，牛糞；再見呵，馳名中外的夏格草，再見呵，枯黃的磨菇盤。……
>
> 八年前，曾經歡迎過我的錫林郞勒草原凜洌的寒風重新吹着我，撕裂着我。腦袋凍僵，鼻子麻酸，耳朵刀割般疼痛，但我心裏覺得高興。從狼爪一般犀利的寒風中，我嗅到了神身上的馨香，觸到了她豐滿的肉體。……
>
> 從一九六八年到一九七六年，整整八年，我一直在這塊土地上捱整，混得如此悽慘，但我依然熱愛草原，依戀草原。……」[34]

這就是典型的甚麼結果也沒有，卻仍然歌頌「過程」的「紅衛兵－

知青情結」。同樣的主題在這一類作品中到處重複，不斷變奏。

禮平是業餘作者，但《晚霞消失的時候》這個中篇的結構，嚴格符合米勒對亞里斯多德敘事四原素的詮釋：「初始情景」是學生身份的男女主人公邂逅於北京某公園；「情景急轉」是高幹子弟李淮平率紅衛兵抄國民黨將領之女南珊的家；第三章是李淮平在離城的火車上「意外發現」楚軒吾和南珊是「好人」；結局則是文革後兩人在泰山之巔懺悔原諒感悟超越，這時男主角是普通軍官，女主角是英文翻譯。社會地位和開端相似，也是男的較有政治背景，女的較有文化。從「零」到「零」，中間是一。這還是一個沒有結果，意義全在過程之中的故事（和《芙蓉鎮》一樣，小說分春夏秋冬四章，強調循環的時間觀）。有評論者聯繫文革後中國青年的信仰危機來批評小說的消極傾向，實在是忽略了作者的一番青春熱情：「誰都有自己的經歷。這些經歷彌漫在生活的歲月中，常常被自己看得雜亂無章而平淡無奇。但是歲月流逝，當你在多少年後又回過頭來看這些已經淡漠的往事時，你也許會突然發現，你早已在自己的人生中留下了一篇動人心弦的故事。」將文革亂世普通男女的「雜亂無章」的生活，敘述成起承轉合四季分明「動人心弦的故事」，這不就是「紅衛兵－知青」角度的抒情效果嗎？再想深一層，世界上有那麼多青年，為甚麼偏偏這些兒時造反的少年離鄉求學不成求職不能的「飄泊一代」，特別願意訴說他們「動人心弦的故事」？是不是潛意識裏想抹去那「雜亂無章」的青春記憶？或者是保爾·柯察金的名言「當你回首往事的時候，不因碌碌無為而羞恥，不因虛度年華而悔恨……」在中國青年心裏影響太深，以致於「浪費青春」以後還要花幾十年時光，反復證明年華並未虛度，青春決不是空白。也或許，正常社會（無論中西）中的「青春」受到家庭、學校、娛樂、金錢、汽車、影星、電腦、時裝……太多規範限制，反而是在受苦受難的畸型年代，青年人的生活、精神方式一時「沒了規矩」，所以反而特別值得留戀？

類似的「文革記憶」，老鬼平鋪直述像是提供一堆「原材料」，雖很難出版但結果十分暢銷；禮平編成典型的故事，語言、形式做作卻頗合「老三屆」的口味；最用心用力以結構主義框架融納「紅衛兵–知青」情緒的《金牧場》，讀者雖少但至少受評論界矚目。《金牧場》將紅衛兵步行長征，北京知青在內蒙插隊與主人公文革後考察中亞文化並到日本做訪問學者這四條線索有規則地混雜起來，組成了四個平行敘述場面交錯的「災難－失敗」故事。對於厭惡都市文明的主人公來說，在東京猶如落難，雖然「意外發現」日本女友夏目真弓的友誼，但最終研究成果仍在學術會議上被否定。對應着這條最表面的敘事線索，另外三種不同災難（紅衛兵長征歷險；內蒙插隊艱苦；中亞荒漠回民苦難）也在敘述結構中同時降臨。「情景急轉之後」他也還有三個不同的「意外發現」：當年紅軍現為貧民，長征意義何在？一心想做「人民之子」，草原母親額吉卻勸說「你不屬於這裏」；考察大西北人文地理卻發現哲合忍耶的不幸歷史。最後，另外三種失敗（長征隊降旗、紅衛兵戰友犧牲、主人公被捕；知青離開草原；回民今日仍然受欺壓）也幾乎一起出現。顯而易見，四個主人公受難（英雄失敗）的故事不是互不相關的，而是並置出一個多側面呼應的「追求–落難–發現–失敗」的總的敘事秩序，從而匯出「主人公不甘於失敗，九死不悔地追尋着自己的金牧場」[35] 的意義結構。這是同類作品中結構比較繁複的一次形式試驗。它不僅再次重申了「紅衛兵–知青」文學「雖無結果，仍為奮鬥追求過程而驕傲」的基本信念，而且將紅衛兵經驗、知青苦難與弱小民族境遇及現代人面對都市的異化苦惱相提並論，從而暗示只要主人公有精神追求，無論身處古代荒漠或文革亂世或現代都會，都不可避免會面對「災難」(然後奮鬥，發現，即使失敗也不後悔)。這樣一種暗示「文革苦難並不特殊」的超越姿態，大概是相信「文革特別痛苦」的很多其他文革故事敍述者與讀者所難以完全接受的吧。

受到篇幅限制的一些中短篇，其「雖無結果仍歌頌過程」的意義結構，主要靠突出對往日經驗的今天觀照立場而顯示。紅衛兵造反，然後被別人打倒，最後當然一無所獲。知青下鄉再回城，也沒有獲得甚麼「成果」，諸如官職、社會地位、家庭幸福、美滿愛情等等。[36] 所以他們必須通過對農民的理解感悟與鄉村生活的苦中之樂(這是史鐵生的方式)，或者用莎士比亞古典悲劇的英雄情節重新改造北大荒記憶(這是梁曉聲的辦法)來證明青春沒有浪費，年華未曾虛度。[37] 知青文學的不同傾向體現在敍事態度的微妙差異上。《我的遙遠的清平灣》裏的高原抒情黃土讚歌會被一段提前交代主人公殘癈的「後記」所平淡地反復打斷。剛剛歌頌完勞動場面，緊接着「清明節的時候我病倒了，腰腿疼得厲害。那時只以為是坐骨神經疼，或是腰肌勞損，沒想到會發展到現在這麼嚴重。」一邊在和農民愉快交往，突然間，「可就在那年冬天，我病厲害了。」《這是一片神奇的土地》裏也有主人公站在今天敍述昨天的筆調:「我們剛到北大荒三年呀！許多人還要在戰天鬥地中大有作為呢！屯墾邊的信念還沒有動搖呢！艱苦創業的精神和熱情還沒有泯滅呢！」雖然作者在這裏已經告知讀者，這些「信念」「精神」和「熱情」後來大概是動搖泯滅了，但直到小說結尾，主人公仍然高喊:「我們經歷了北大荒的『大煙泡』，經歷了開墾這塊神奇的土地的無比艱辛和喜悅，從此，離開也罷，留下也罷，無論任何艱難困苦，都決不會在我們心頭上引起畏懼，都休想叫我們屈服……呵，北大荒！」[38] 語言可以含蓄可以煽情，凡知青總是歌頌美化自己的青春。差別只在，史鐵生是在真誠抒情之後再平淡解構自己的抒情；

梁曉聲卻為自己創造的戲劇化記憶所陶醉所感動，不能自拔。兩種情況，在「紅衛兵–知青」角度的文革敍述中，都很常見。

除了《血色黃昏》中被「整」的主人公有幾個「仇人」以及《今夜有暴風雪》中的兵團團長有意阻撓知青回城以外，絕大多數「紅衛兵–知青」角度的「文革故事」裏都沒有很重要的「反派」。但受難主人公自己，卻常常也是迫害者，有時還是旁觀者甚至背叛者。如何敍述主人公自身的多重身份，是這類「文革回憶」所面臨的最棘手的問題。特別是紅衛兵身份的主人公，幾乎沒有一個不在作品中犯有過失、錯誤甚至罪行。但又幾乎沒有主人公在作品中對自己的過失、錯誤乃至罪行表示懺悔。這不能不說是這類「文革敍述」的一個相當引人注目的特點。

主人公「犯錯」(身兼「受害者」、「迫害者」乃至「背叛者」、「旁觀者」多種角色)的情況，大致有三種。

第一種情況，主人公雖然參與造反，卻主要是「受害者」。作家設置的情節，使今天的讀者看得很清楚：主人公並沒有錯。但在劇情中，「錯誤」的後果很嚴重，主人公因此而受指控被審判。比如《楓》中的中學生李紅鋼眼見情人盧丹楓在武鬥中不肯投降高喊保衛毛主席跳樓自殺，他悲痛萬分卻來不及阻止。多年後對立派掌權，判李紅鋼逼死盧丹楓，李被槍決。作家安排讀者做見證人，意在證明文革中對紅衛兵的審判並不公正。《重逢》中的葉輝，也是因為要保護市委副書記朱春信而被迫參加「文攻武衛」，結果不慎打死對方一人。作家既讓朱春信作犯罪現場目擊者，又讓他在多年以後審理這個案子而且良心有愧。這樣戲劇性的情節安排自然解脫了葉輝的罪責，至少葉不該受到重罰，而且也將矛頭一轉反問與紅衛兵一樣被捲入文革污泥的幹部，今天是否有權審判紅衛兵？以上兩個例子中，作品為紅衛兵辯護的立場十分清楚：他們沒有錯，至多只是愚昧無知；如果要責怪，應該責怪造成武鬥的元兇（江青？）或者同樣應對武鬥負責任的幹部。

第二種情況，主人公是「比較好」的「迫害者」，所以可以原諒。作者設置的情節，使讀者不必擔心，因為主人公的錯誤在作品中已得到「受害者」的原諒，所以主人公不必懺悔。《晚霞消失的時候》裏李淮平率眾抄南珊家的場面，雖以紅衛兵第一人稱敍述，國民黨將領楚軒吾照樣神情泰然對紅衛兵講了半天淮海戰場起義舊事。原來楚將軍與李淮平之父曾戰場上相遇，「我緊緊盯着楚軒吾那閃着隱隱淚花的老眼，心劇烈跳動了起來。」抄家者這般多情善感，難怪再見到楚將軍之女竟是自己曾在公園邂逅的「女友」，審問的態度也已不同：「我的聲音竟突然變得如此無力和溫柔。」[39] 這樣的氣氛營造，好像主人公早已知道抄家錯了。所以小說結局時主人公在泰山之巔向多年不見的南珊表示歉意：「那次抄家它對我一直都是一個不小的折磨，你應該給我一個解脫的機會。」南珊立刻告訴李淮平「你在那件事中給我的印象是相當好的」，隨即毫不猶豫表示她並不需要任何抱歉和悔恨：「淮平，把一切都忘掉吧。」即刻之間，紅衛兵主人公便獲解脫，馬上可以將視野「轉向更加廣闊的未來」[40]。現在我們看得很清楚，李淮平之所以能在南珊眼中成為「比較好」的「迫害者」，正因為他在抄家的當時，已經有些背離其紅衛兵立場。

第三種情況比較複雜一些。主人公在同一瞬間既是「迫害者」也是「受害者」，「迫害他人」與「自己受害」幾乎是同一件事。作品有意敍述迫害與受害之間的界線混淆，主人公弄不清自己是否有錯？是否需要懺悔？先看《金牧場》中的一段主人公的自白：

皮帶上黯淡地閃着一層濕濕的光亮，它挾着一股狠狠的風，

「呼呼」地撕開鈍重的空氣。這條皮帶和那些帶掛環和雙排扣眼的銅頭武裝帶不同。它靈捷快速。清脆的啪啪聲中藏着一絲顫抖，我甩甩頭，我蔑視這種顫抖。……耳際那種「呼呼」的聲音在交織迭奏。我覺得在恨的剎那間我跨越了一道關隘。「呼！呼！呼！」我滿腔仇恨而滿心痛快。那顫抖漸漸熄滅下去了。我逾越了一道人鬼不知的關隘。人要愛憎強烈，人也要有無畏勇敢的恨。我掄圓了皮帶，我看見大海也掄圓了皮帶，我們倆的眼又一次相碰。我的心突然劇烈地顫抖起來，我咬緊了牙關。現在我連自己一塊恨，這惡狗曾經把那黑絡腮鬍子——他曾把原紅四方面軍的副連長打得吐了血。他有一隻又黑又粗長毛的拳頭，他嚷嚷說黑絡腮鬍子紅軍佔了他的地他對準胸口就是重重的一拳！我突然暴怒起來，我把濕透了的皮帶掄得呼呼作響。大海也在暴跳怒罵，也在閃閃發光地掄着他那一根。關隘就這樣度過了，簡單而殘酷。我開了這輩子的打戒。第一次我就打得這麼狠。那堆稀泥慢慢不再蠕動。大海走出屋子浴進外面強烈的陽光裏。大海的樣子多麼英武，我想道。我籲了一口長長的氣，我稍稍覺得這聲喘息中還有一點點顫抖。[41]

大約 1935 年，紅四方面軍長征途中有個外號黑絡腮鬍子的副連長搶佔了某農人（地主？）的地，農人憤怒地打了紅軍一拳。三十多年後，靠救濟糧生活的前紅軍黑絡腮鬍子把這個故事告訴前來步行長征的北京紅衛兵。兩個紅衛兵便要用皮帶鞭打這個農人（應該也已經是老人）。然而這是主人公「我」生平第一次打人。「顫抖」象徵對使用暴力的恐懼或良心上的不安；「愛憎強烈」、「無畏勇敢的恨」則來自革命教育；戰友大海的英武形象代表榜樣，浴進「陽光」更是明顯的政治意象。「一道人鬼不知的關隘」，是指打人習慣？還是某種道德準則？抑或人性獸性界線？主人公最後是在「恨的剎那間」，想像着農人拳擊紅軍的「歷史場景」與細節才跨越了那道關隘。問題的關鍵是，到底主人公是在階級教育極左宣傳所灌輸的仇恨感逼迫下開了暴力之戒呢？還是無意識地使用官方意識形態所造就的公眾理由來幫助縱容自己宣泄個人暴力傾向？究竟是宣泄了「滿腔仇恨」才使「滿心痛快」呢？還是有意無意借「滿腔仇恨」而使自己「滿心痛快」？在民眾趣味、幹部或書生角度的文革故事中，紅衛兵暴力常被臉譜化為法西斯行徑。但當代文學中很少有從紅衛兵角度詳細描述並嚴肅分析這些散發着青春熱情的暴力行為。張承志的上述文字，雖然仍略去了某人在皮帶揮動打擊下的身體情況（以免讀者對主人公失去感情的支援），但已經細微具體地提供了「紅衛兵心理」的一個文學樣品。作者已經觸及到了荒謬行為方式與正常心理依據之間的無意識聯繫，但沒有（抑或不願）詳加探究。對於紅衛兵的行為，作者有些不安，但並不懺悔。幾年後作者將《金牧場》刪去一半，改成另一個長篇《金草地》，上面那段「紅衛兵揮舞皮帶」的意識流文字也被刪除了。

《血色黃昏》的男主角在剛剛下鄉尚未捱整之時，也曾發揚紅衛兵精神率眾到牧主貢哥勒的蒙古包抄家，殺死了貢哥勒心愛的黃狗，而且還把老牧主綁起來：「我抄起一根木棍，乒乒乓乓一陣亂打，那老頭子雙手捂着腦袋，跪在地上，噢噢慘叫。」[42] 事後場革委會就抄家事件作結論，支持知青的革命行動。整段敍述完全沒有事後評判，比較客觀地顯示了主人公當時的愚昧粗暴。不過他後來也和牧主一樣被人當作階級亂人痛打，直到那時主人公仍然沒有為自己打人而感到後悔羞愧。

《動物兇猛》的男主角在文革中其實還是少年，是一個亂世之中無所事事的「旁觀者」。（不僅「旁觀」大人們的階級鬥爭，還為了消磨無聊時光開鎖入民宅偷窺他人生活。）但他卻也很想模仿紅衛兵的行為，比如為了博取哥兒們喝彩（也是因為在派出所被無理盤問壓抑了無名火之後），便狠心下手磚擊鄰院小孩。還為了莫名的嫉妒與情愛不惜使用暴力欺負自己暗戀的女友。這些少年暴力細節也是由第一人稱自述，敘事者不僅不替主人公的荒謬行為辯護，而且還竭力渲染殘酷畫面，主人公也全無張承志揮皮帶時的「顫抖」、「不安」—— 這是歌頌紅衛兵式的青春呢？還是想說明文化規範一旦解除（比如文革），人性便像動物一般兇猛？值得注意的是，這部中篇後來被改編成電影，既在國際上獲獎，又在海內外獲得上佳票房成績。電影片名改為「陽光燦爛的日子」，好像又有用陽光之類的政治意象為主人公的動物般無理兇猛的行為作辯解的意思。

總體而言，「紅衛兵–知青」主人公是在靈魂被時代扭曲、行為隨潮流而荒謬的意義上，才成為「文革敘述」中的受害者。而同時他們也是「迫害者」和「背叛者」—— 雖然在「紅衛兵–知青」的記憶中，他們通常是被冤枉的、比較好的、無意中犯錯的、或者有合理心理道德依據支撐的「迫害者」，而且他們「背叛」紅衛兵紀律是出於良知同情，「背叛」老師家人則是為了紅衛兵理想。[43] 這類小說中多數旁觀者的形象並不突出，可能是因為很多時候，紅衛兵、知青就是羣眾，「我」已本能地內化為「多數」。主人公的行為，相當程度上就是隨大流。這種「多數」歸屬感，應該也是「紅衛兵–知青」主人公可以拒絕懺悔的心理支柱之一。

現在來看「紅衛兵–知青」故事的「難中獲救」方式。獲救方式主要有兩種。一是最常見的男主角愛上知識女性，這是知青作家與王蒙一代的相通之處。也可能少年閱讀經驗中保爾・柯察金與麗達戀愛模式刻下的痕跡太深，《這是一片神奇的土地》中的「我」愛上了政治地位比他高但又很有「小資情調」的副指導員李曉燕；另一篇知青小說孔捷生的《大林莽》男主角也喜歡他的女上級；《晚霞消失的時候》南珊比李淮平更有文化；《血色黃昏》的男主人公在難中單相思的對象也是文靜純潔、比主人公更有文化修養的「女神」韋小立（至少主人公覺得她是這樣）。實際上，除了《動物兇猛》的未成年主角對米蘭的肉體有些興趣以外，其他紅衛兵、知青主人公所渴望所崇拜所迷戀的，主要都是異性的精神、修養、情感、文化……甚至米蘭，不也比男主角更有文化更成熟更有修養嗎？

第二種「難中獲救」的方式與第一種不無聯繫。我突然發現本章列舉的十三部「紅衛兵－知青」角度的小說，主人公清一色都是男性[44]。這些男性都愛上比他們更有文化修養情感更成熟的女性，實際上是「弟弟」向「姐姐」求援。而第二種獲救的愛，則更進一步，是一種包括母性的愛。在第三章裏，我已討論過《金牧場》中的戀母情結。在某種意義上，來自「姐姐」的關懷多於「體」貼的愛，不也包括着「母性」的溫暖嗎？諸位「紅衛兵－知青」主人公，在難中獲得異性解救時，不都是追求同情關心多於渴求佔有迷戀，不都是希冀縱容理解多於期待嬌柔性感嗎？

最後一個需要討論的現象是，為甚麼幾乎所有「紅衛兵－知青」角度的小說均有情節功能 27 、 28 、 29 出現？也就是說文革後感恩、反省、總結、抒情的情節，為甚麼在這類文革故事裏顯得特別重要？

有兩種可能的解釋 —— 也許可以同時成立。

第一種解釋：這是因為主人公對往事既於心不安又不甘心懺悔，所以反反復復作事後辯解，努力以浪漫的抒情以消除內心的（甚至無意識的）犯罪感。這種解釋主要針對敘述「紅衛兵經驗」的作品。「紅衛兵經驗」的文學敍述，怎麼樣也擺脫不了對自己在文革中角色的嚴肅困惑。在某種意義上，整理敍述「紅衛兵經驗」，其目的就像李淮平要求南珊的那樣，是希望「有一個解脫的機會」。「解脫」的方式可以是在情節上設計對紅衛兵的不公正審判，從而引起讀者及自己的同情，然後減輕乃至消除主人公的罪責（《重逢》在這方面做得很成功）。「解脫」的方式也可以是在重新敍述中自我辯解。辯解理由大致有三：第一，「我」傷害過他人卻也是「受害者」（《血色黃昏》《瘋狂的上海》《一個紅衛兵的自白》），這當然是其他類型「文革故事」也常出現的情節邏輯；第二，犯錯的不只「我」一個（《動物兇猛》《晚霞消失的時候》），「多數」犯錯，當然可以原諒，責任在於環境、社會、時代……；第三，「我」是為了理想才做錯事的（《金牧場》《楓》），於是荒唐行為與正當理由之間便有着「人鬼不知」的微妙聯繫需要特別強調（當然，也有着「人鬼不知」的微妙界線需要加以忽視）。雖然犯錯卻也受害，強調的是「後果」；和「多數」一樣也算錯嗎？講究的是「依據」；出於真誠的理想才造反，肯定的是「動機」。不管以甚麼理由辯解，以甚麼方式尋求解脫，紅衛兵主人公可以慚愧可以不安可以困惑可以感慨，但不會懺悔。所以，「我也許錯了，但不懺悔」，至今為止，這是「文革敍述」中的一個強勁主題。

第二種解釋：「我不懺悔」的主題，除了種種道德辯解理由外，最主要的還是基於一種「青春無悔」的信念。「青春無悔」，可以理解為主人公將其青春或自願或被迫地投入某項工作、某個計劃、某塊土地，因為這項工作這個計劃或這塊土地有了收穫，主人公便自然感到他的青春沒有浪費，他的生命充滿意義——雖然當初投入之時極為辛苦，代價慘重。

所以，「鬼沼」終於被征服了，曾經「經歷了開墾這塊神奇土地」

的知青們，哪怕葬屍於此，也永遠「青春無悔」了。

「青春無悔」，也可以理解為雖然主人公追求之事後證明毫無價值，雖然甚麼具體目的也沒達到，但投入青春的追求過程仍然有價值。因為主人公曾經在「那裏」生活，「那裏」就永遠值得懷念、歌頌。

所以，「哦，我的白老漢，我的牛羣，我的遙遠的清平灣⋯⋯」

再想深一層，「青春無悔」的信念，除了功利與哲理的詮釋外，還可以有更特定的歷史讀解。為甚麼進工廠、做店員、上大學甚至做演員當明星等其他青春經歷並沒有在文學中被反復重申其意義被不斷讚美其價值，是不是「紅衛兵–知青」主人公有一些特別的理由來歌頌他們的「亂世青春」呢？不妨看看《插隊的故事》裏一羣已經回城或出國的知青的偶爾相聚：

> ⋯⋯學理工的，學文史的，學農林的，學經濟和企業管理的，幹甚麼的都有，共同的話題倒少了。唯一提起插隊，大家興致就都高。
>
> 「那時候真該多照些相片。」
>
> 「那會兒怎麼就沒想起來呢？」
>
> 「光想革命了。」
>
> 「還有餓。」
>
> 「還有把後溝裏的果樹砍了造田。」
>
> 「用破褲子去換煙抽，這位老兄的首創。」
>
> 「不要這樣嘛，沒有你？」
>
> 「餓着肚子抽煙，他媽越抽越餓⋯⋯」
>
> 話多起來，比手劃腳起來，坐着的站起來，站着的滿屋子轉開，說得興奮了也許就一仰在牀上躺下，腳丫子翹上桌，都沒了規

矩，彷彿又都回到洞裏。反復說起那些往事，平淡甚至瑣碎，卻又說到很晚很晚。直到哪位忽然想起了老婆孩子，眾人就紛紛看表，起立，告辭，說是不得了，老婆要發火了。[45]

請注意，荒唐歲月，插隊風景，在這裏是作為現代理性社會（專業知識、繁忙工作、家庭價值、老婆孩子）的一個對立面，或者補充物而出現的。沒有辦法，人總要在工具理性原則下生活，這時再回想那「沒了規矩」的青春，豈不令人懷念？

甚至，不僅是令人懷念。「紅衛兵–知青」主人公的形形色色但又頗有規律的「文革敘述」，並不僅僅只是解析負面的歷史現象。如果有條件，說不定還能繼續當年偉大浪漫雄心勃勃的探索與實驗？

---

1 見 Frank Lentricchia & Thomas McLanghlin 編，張京媛等譯：《文學批評術語》(*Critical Terms for Literary Study*)，頁 91。

2 同注 1，頁 93。

3 盧新華：《傷痕》，《文匯報》(上海)，1978 年 8 月 11 日。

4 劉心武：《如意》，《劉心武代表作》，開封：河南人民出版社，1989 年，頁 137。

5 如果以胡玉音為主人公，《芙蓉鎮》中出現了「文革敘事模式」全部 29 個「情節功能」中的 11 個情節 (1、2、9、10、11、12、14、19、22、24、25)，而且敘述順序完全相同。加上男主人公秦書田方面的故事 (4、17、26、28)，則《芙蓉鎮》中有 15 個「情節功能」，所以說這是一個「文革故事」的「典型版本」(雖然小說中的「災難」其實從文革序曲「四清」運動開始)。

6 所以雷達有評論說：「小說的最後一章《今春民情》，是全書最重要的、有機的一章。」見《一卷當代農村的社會風俗畫 —— 略說《芙蓉鎮》》，載於《當代》，1981 年第 3 期 (5 月)，頁 204。

7 小說在《作品》發表後，收到一千多封全國讀者來信。除七、八篇對小說持批評和否定意見，十多篇對小說的藝術構思、人物描寫提出商榷意見外，其餘都是表示讚揚和支持的。見《《我應該怎麼辦》發表以後》，載《作品》，1979 年第 10 期 (10 月)，頁 64。

8 作家陳國凱曾收到齊齊哈爾市一位讀者的來信，說「小說最後給我留下的懸案我想真是沒辦法了……最近幾天聽到了結果才心裏頓覺一喜。據說，子君還有個表妹還沒嫁人，後來嫁給亦民了。子君和麗文重圓，孩子是各人帶各人的。這個結局倒令人滿意……」（陳國凱：《他們怎樣辦！》，《作品》1979 年第 1 期〔3 月〕，頁 3–6）。黃子平在他的論文《小說與新聞：「真實」向話語的轉換》中，曾引用這個例子來討論事實與文本之間的關係問題。見《革命・歷史・小說》（香港：牛津大學出版社，1996 年，頁 100。）

9 《中國新文藝大系・短篇小說卷 1976—1982》，上冊，頁 369。

10 同注 9，頁 372–73。

11 《中國新文藝大系・中篇小說集 1977—1982》，上卷，頁 258–259。

12 古華：《芙蓉鎮》，頁 11。

13 這個句子第一次出現在李國香尋找階級鬥爭目標時，「她像個舊時的鎮長太太似的，挺起那已經不十分發達的胸脯，在墟場上看過來，查過去，最後看中了『芙蓉姐子』的米豆腐攤子。」（《芙蓉鎮》，頁 12。）形成對比的是女主人公出場時的描寫文字：「胡玉音黑眉大眼，面如滿月，胸脯豐滿，體態動人……」（《芙蓉鎮》，頁 7。）

14 見伊・庫茲韋爾著，尹大貽譯：《結構主義時代》，上海譯文出版社，1988 年，頁 196。

15 《二十一世紀》，香港：中文大學出版社，總第 37 期（1996 年 10 月）。

16 高曉聲另一篇小說《陳奐生上城》更有深意地描寫好心幹部幫助救援農民（將賣油繩勞累過度病倒車站的陳奐生送進招待所），結果反而害了農民。

17 「例外」地使用第一人稱敘事的三篇作品包括以學生身份控訴自身遭遇的《傷痕》，和模仿女人（但又很不像女人口吻）的《我應該怎麼辦》，以及被批評為有抄襲蘇聯小說嫌疑的獲獎中篇《在沒有航標的河流上》。

18 《墓場與鮮花》《記憶》《蝴蝶》《洗禮》《流逝》《綠化樹》《男人的一半是女人》《人啊，人！》。

19 《蝴蝶》裏跳躍出現了 12 個「情節功能」（5、7、9、12、13、14、18、21、22、26、27、28）。《洗禮》中男主人公的故事也由 9 個「情節功能」貫穿而成（5、7、9、12、13、14、26、27、28）。《綠化樹》主要不是寫文革，卻也包括了 7、8 兩個「情節功能」。《人啊，人！》主要背景都在文革後，但倒敘回憶仍然相當符合敘事模式（4、6、7、8、9、11、12、14、18、27、28，僅以何荊夫角度為例）。

20 王蒙：《蝴蝶》，《中國新文藝大系・中篇小說卷 1977—1982》，上冊，頁 323。

21 當然也有例外，但多數是其他文體，比如巴金的散文集《隨想錄》、韋君宜的回憶錄《思痛錄》、季羨林《牛棚雜憶》，等等。

22 關於「多數」與「好人」與「同志」這三者之間的「話語關係」，可參考丁玲對《洗禮》的一段評論。丁玲說：《洗禮》描寫的「是曾經跟着黨艱苦創業又跟着黨犯過錯誤的人，……他們在史無前例的文化大革命中經受洗禮，頭腦清醒，過來後仍然是錚錚鐵骨，站穩了腳跟的好同志。……我們黨過去靠這樣的人領導人民翻身打江山，後來我們自己沒有搞好，犯了大錯誤長時間沒有糾正，使壞人鑽了空子，幾乎毀了我們的黨，幾乎毀了人民的江山。但現在，我們清除了壞人，端正了思想，我們正在重建更美好的江山。我們就是要依靠這樣的好同志和全國人民一起支撐我們這個社會主義大廈。這樣的同志是**多數**，這樣的**好人**會越來**越多**，……我真高興，我們還有這樣**多**的**好**同志啊！」（丁玲：《我讀《洗禮》》，《當代》，北京，1982 年第 3 期〔5 月〕，頁 244–247。黑體字是引者所加。）

23 這是鄉村醫生秋文對王蒙男主人公的叮囑，見《蝴蝶》，《中國新文藝大系・中篇小說集 1977—1982》，上卷，頁 349。

24 蘇聯作家尼・奥斯特洛夫斯基（1904—1936）的長篇小說《鋼鐵是怎樣煉成的》（梅益譯，北京青年出版社，1952 年）在五、六十年代的中國內地擁有大量讀者，影響了不止一代文學青年。主人公保爾・柯察金在小說中曾愛上一位身為共青團領導的女子麗達，但雙方都為了革命事業而克制了自己的感情。

25 根據鄭萬隆、阿城與筆者 1984 年 11 月 24 日在杭州陸軍療養院所召開的一個小型文學討論會上的談話。這次討論會是由《上海文學》編輯部和浙江文藝出版社聯合舉辦的，參加會議的有作家茹志鵑、阿城、韓少功、陳建功、王安憶、陳村、鄭萬隆、李杭育、曹冠龍以及評論家李子雲、徐俊西、周介人、吳亮、李陀、黃子平、許子東、陳思和、蔡翔、季紅真等。這次會議後來被認為對 1985 年出現的「尋根文學」有重要影響。關於這次會議的詳情，可參見李陀《一九八五年》，原載於《今天》，香港牛津出版社，1993 年第 3 期；許子東《「新人文論叢書」與杭州會議》，《郁達夫新論（三十週年版）》，上海華東師範大學出版社，2015 年。

26 米勒（J. Hillis Miller）：《敍事》（*Narrative*），申潔玲譯，原載張京媛編：《文學批評術語》（*Critical Terms for Literary Study*），頁 95。

27 先鋒派作家另外還有不少作品，表面上與文革無關，但中國的讀者會忍不住將這些作品（比如余華的《現實一種》、殘雪的《山上的小屋》等）讀作「文革故事」。正如趙毅衡所言：「文革的經驗是他們（先鋒派作家）作品中或隱或顯但無法擺脫的大背景。……讀一下他們的其他作品，或許不在寫文革題材，但文革鬼氣森然。」見《非語義化的凱旋 —— 細讀余華》，《當代作家評論》，1991 年 2 期（3 月），頁 33–38。

28 同注 26，頁 96。

29 如《我是誰》《一九八六年》《死》《奶奶的星星》《波動》《黃泥街》。

30 在「五十部本小說」裏，這類「我不懺悔」的作品至少有十三部，約佔總數四分之一，數量超過前兩種模式，大部分均為中長篇。其中包括不少獲獎暢銷作品，也不乏職業批評家所感興趣的先鋒小說。甚至只寫了文革一半的《墓場與鮮花》也包含了 3、6、7、8、12、14、18 等 7 項文革小說敍事模式之「情節功能」。

31 「情節功能 6、7、8、9、10、11、12、13」均十分罕見。

32 梁恒的《革命之子》、張戎的《鴻：三代中國女人的故事》及張承志的《紅衛兵的時代》等，還分別在美、英、日等國出版，受到廣泛重視。

33 在本書總結的一共 29 項可能出現的「情節功能」中，有 14 項貫穿於《血色黃昏》全篇。這是所有「五十部小說」中出現「情節功能」數目最多的一部，超過第一、二類的代表作如《芙蓉鎮》與《蝴蝶》。

34 老鬼：《血色黃昏》，頁 618–619。

35 這是《金牧場》全篇的最後一句，沒有句號。見張承志：《金牧場》，北京・作家出版社，1987 年，頁 506。

36 張抗抗在接受採訪時曾表示過苦難經歷造就作家的收穫感（見梁麗芳：《從紅衛兵到作家》，台北：萬象圖書，1993 年，頁 14），但至少在作品裏看不到類似的情節。

37 蔡翔在《對確實性的尋求》一文中，從閱讀心理的角度，對知青文學企圖證明青春沒有虛度的主題及其讀者接受背景，有很細緻的分析，見《當代作家評論》，1985 年第 6 期（11 月），頁 72–77。

38 《知青小說選》，頁 385。

39 禮平：《晚霞消失的時候》，《十月》（北京，1982 年第 1 期〔1 月〕）。

40 同注 39。

41 張承志：《金牧場》，頁 158–159。

42 老鬼：《血色黃昏》，頁 20。

43 或者像梁曉聲所描述的那樣，一羣中學紅衛兵想去跟隨哈軍工「紅色造反團」，因不受重視而立刻「背叛」，轉投「八・八團」。（《一個紅衛兵的自白》，頁 167–80。）

44 「引言」已有說明，五十部小說是按照一些獲獎、暢銷、有爭議等原則選擇的。分類是後來的事。所以本章所討論的「紅衛兵–知青」主角均是男性，純屬偶然。因為事實上知青出身的女作家為數不少，如王安憶、鐵凝、張抗抗、竹林，喬雪竹、張蔓菱等。

45 《中國新寫實小說選》，頁 172–73。

結論

伊麗莎白・福克斯–傑諾韋塞教授（Elizabeth Fox-Genovese）曾經轉述海頓・懷特（Hayden White）有關當代批評的一段話：「當代批評家傾向於認為，歷史就是歷史學家描寫過去事情的方式，至於歷史上究竟發生過甚麼事情，他們則不管，他們認為歷史主要是由一些文本和一種閱讀、詮釋這些文本的策略組成。」[1] 在某種程度上，今天乃至將來人們所謂的「文革歷史」，也主要是由一些文本（包括「文革小說」）和一些閱讀、詮釋這些本文的策略（「詮釋羣體」的共通趣味、公眾記憶）所構成。正是在這種意義上，我們才將「文革小說」，讀作歷史的文本。而那些曾經以「文化大革命」名義發生過，或可能曾經發生過的歷史事件，則不在筆者的研究範圍之內。換言之，我並不是通過當代小說研究文革，而是想研究文革如何被當代小說所敍述。在政治、新聞、史實、法律等領域的文革研究仍受限制的情況下，當代文學（主要是小說），八十年代以來已成為對文革的最主要的閱讀、詮釋方式。依據同一個文革「文本」，已經出現了很多完全不同的閱讀、詮釋策略而且受到不同意義上的歡迎。考察這些不同文革故事的敍述結構、事序邏輯、情節模式、抒情規則等，不僅是對當代小說技巧的一種研究，也可以在文化批評的意義上，探討所謂「文革集體記憶」的整理、建造與修改過程。

我們依據期刊、書籍暢銷、獲獎、引起廣泛爭論、改編電影且票房成績出色等原則，在文革以後出版的描寫文革的中國小說中選擇了五十部（篇）代表性作品。根據事序結構（Fabula）與敘述結構（Sjuzet）的不同對應組合關係，五十部「文革小說」可分為四個基本敘事類型，每種敘事類型均隱含着不同的意義模式：一，契合大眾審美趣味與宣泄需求的「災難故事」；二，體現「知識分子–幹部」憂國情懷的「歷史反省」；三，先鋒派小說對文革的「荒誕敘述」；四，「紅衛兵–知青」視角的「文革記憶」。

大眾趣味的「文革故事」，情節事序與敘述秩序大致重合。民女或老漢在「初始情景」中生活幸福但不乏缺憾；災難主要由道德敗壞的「反派」造成；主人公純粹受害；難中獲救方式主要是書生遇民女，或者靠「清明政治」；只要不在災難中死去，主人公在難後生活一定更加幸福，原先的情感缺憾也會得到彌補 —— 從而顯示「因禍得福」之意義結構。這類故事的主角大都是民眾和好的幹部。

「知識分子–幹部」情懷的「歷史反省」多以第一人稱心理視角展開敘述。敘述開始與事序分離，敘述技巧多變，但事序中的邏輯關係清晰。主人公在文革前已有過失；災難來臨並非「壞人」造成，卻與主人公早先的過失有關；災難能使主人公在民眾與知識女性的說明下改正錯誤；主人公在難後地位明顯上升 —— 足以證明「壞事最終可以變成好事」。這種敘述模式主要表達知識分子所想像的幹部情懷。

所謂「先鋒派」的「荒誕敘述」，既敘述文革之「荒誕」，也堅持敘述方法之「荒誕」。實驗性的敘述技巧支配作品結構，致使事序邏輯紛亂。其基本情節是「結局」一定不會比「初始情景」更好，從而打破禍與福、壞事與好事之間的常規因果關係；「災難來臨的種種方式」成為敘述重點；「反派」可以理解，主人公則在受難期間犯錯，且未必有獲救機會；小說結構常顯示受難過程並無意義，有些錯誤也永遠無法糾正。在某種意義上，可以說「荒誕敍述」是千方百計要將文革「解釋」成一個「不可解釋」的現象。這類作品較受西方現代主義文學的影響。

「紅衛兵－知青」角度的文革經驗，幾乎全是第一人稱的男性敍述。大部分情況下事序邏輯與敍述意圖基本重合。雖然「結局」也不會比「初始情景」好，但主人公通常都認為受難過程很有意義；主人公大都在文革中犯錯犯罪，卻都有可以自辯的理由，所以沒人懺悔；主人公也有機會靠民眾知識女性及母愛來獲救；難後回首舊事，則一定「青春無悔」，一往情深。如有機會，可能繼續「艱辛探索」……

這是迄今為止數量眾多的小說體「文革書寫」中四條最基本的詮釋思路與敍述線索。在這些不同的思路與記憶線索中，文革或者被描述成一場「少數壞人迫害好人」的災難故事；或者被總結成一個「壞事最終變成好事」的歷史教訓；或者被解析為一個「很多好人合作而成的荒謬壞事」；或者被記錄為一種「充滿錯誤卻又不肯懺悔」的青春回憶。

伊麗莎白・福克斯－傑諾韋塞教授在討論「新歷史主義」批評方法時說：「歷史，至少好的歷史，（它同文物整理恰成對比）必定是有結構的，它不是歸約主義的，不是迎合現時，不是目的論的，而是結構性的。這裏，我是在一個特殊的——或說一般的——意義上使用「結構的」這一術語，不是指索緒爾、列維－斯特勞斯的結構，甚至也不是羅蘭・巴爾特或呂西安・戈德曼的結構。結構，我是指歷史必須揭示並重構意識和行為的條件，這種條件應被視為社會關係的系統，包括女人和男人、富人和窮人、有權者和無權者之間的關係，此外，還包括不同信仰、不同種族、不同階層的關係。我所使用的結構這一詞的更進一步的意思是說，在任何一個特定的時刻，各種關係系統都是同一種賦予它們以結構的主導傾向……相聯繫而發生作用的。無論是在過失還是在對過去的詮釋中，歷史都遵循一種模式或結構，按照這種模式或結構，某種事件比其他事件具有更大的意義。在這一意義上，結構制約着本文的寫作和閱讀。」[2]

「新歷史主義」的上述觀點對我是有所啟發的。在我所假設的「文革敘述」中的「結構」中，顯然也有一些「情節功能」比另一些更為重要，更為常見。但這些「情節功能」必須在與其他事件的不無規則的聯繫中才會「具有更大的意義」。「文革敘述」的內在結構，也顯然「應被視為社會關係的系統」，也顯然是由民女和幹部、農民和知青、右派和紅衛兵等不同身份不同視角所組成。而這些社會角色又會在不同情景（語境）下輪流承當不同的敘事角色（「受害者」、「迫害者」、「背叛者」、「旁觀者」、「解救者」）。在這些角色功能的變化之中，我特別注意窮與富、民與官、多與少這三組關係的道德變化規律：在文革發生的 1966—1976 年間，在文革被講述的八十年代至今，甚至從 1949 年以來，「窮人比富人純淨」，「民眾比官員道德」，「多數比少數重要」等主流意識形態是如何在文革前建立、在文革中發展、扭曲並且在對文革的批判中繼續延伸。對「人民」這個關鍵字的崇拜如何在文革現場與重讀文革中都能起關鍵的文學和政治作用。而所謂「賦予」各種關係系統「以結構的主導傾向」，在「文革敘述」中主要就是「逃避文革」、「忘卻文革」的傾向。當然，這種「逃避」文革影響、「忘卻」文革歷史的「主導傾向」，相當程度上是以集體無意識的形式制約着各種「文革敘述」的內在結構，而且是以「因禍得福」、「壞事變成好事」、「不可解釋」或「青春無悔」等不同方式，使得「文革敘述」的製作者與接收者們可以求得放心與釋懷。當然，在記憶與忘卻、敘說與逃避之間，是一種既依存又矛盾的關係。不正視文革，不試圖弄清楚文革究竟是怎麼一回事（或至少自以為弄清楚是怎麼回事），中國的讀書人和民眾便無法走出文革的陰影；但是，為了忘卻而敍述，是否真的能夠導致忘卻？上述四個不同的敍述類型，第一和第二類型，為了忘卻的敍述結構比較明顯。第三類則是對這一結構形式的挑戰與修改。第四類型念茲在茲重申某些文革經驗，反復強調「我不懺悔」，其實也在逃避另外一些記憶。

對我的研究來說，文本的製作–流通過程比文本的具體作者更為重要。當然，不同敍事模式與不同的作家羣之間也不無規律性的聯繫。一般說來，「災難故事」的作者大都是有鄉土背景的文化館創作員，或工人教師出身的業餘作者，如古華、周克芹、劉克、陳國凱、劉心武、陳世旭等。也有少數曾在底層吃過苦的右派，如高曉聲、從維熙。「災難故事」的主人公大都是平民出身，民女或老漢。其讀者面則覆蓋最廣，尤其受到民間大眾的歡迎。「歷史反省」模式的作者絕大多數是曾被錯劃右派，或大學出身曾受政治批判的知識分子，如王蒙、韋君宜、張賢亮、張弦等。主人公不是想憂國救世的書生，便是知識分子腔的幹部。其讀者羣應該也是以比較關心政治問題的大學生、知識分子和有文化的幹部為主。「先鋒小說」的作者則主要是1985年以後湧現的所謂新潮作家，如莫言、阿城、殘雪、韓少功、陳建功、何立偉、馬原、鐵凝、王安憶、陳村、北島等，（林斤瀾、馮驥才、宗濮三位「勇於實驗」的「中年作家」可算例外）。這些作品的主人公的身份最為複雜，從科學家、教師、研究員到知青或農民，再到被改造的地主或工宣隊造反派，再到村鎮上種種實在或虛幻的人物角色，應有盡有。說明這類作品並不是為某個社會羣體而創作。但讀者卻相當單純：都是甘願其閱讀習慣經受挑戰的文學愛好者。至於「紅衛兵–知青」角度的文革記憶，寫作與接受的族羣特征最為明確。作者一定是前紅衛兵或知青（韓少功、梁曉聲、史鐵生、王朔、老鬼、張承志、鄭義等），主人公也是前紅衛兵或知青，讀者主要還是以前的紅衛兵和知青。

如果從二十世紀中國文學發展的背景來看小說形態的文革集體記憶，滿足大眾想像的「災難故事」可以說是民間通俗趣味與五十年代以後的革命現實主義的結合。沙汀、茅盾都欣賞《芙蓉鎮》能在鄉風民俗中寫出時代政治變遷，因為「災難故事」在將歷史通俗倫理化方面的確延續了《李家莊的變遷》《紅旗譜》的傳統。但如果缺乏「革命幹部性功能障礙」、「正面人物在偷窺捕捉反派通姦時發生戀情」、「女主人公難後得子」等民間趣味情節，災難故事（如《小鎮上的將軍》）只能得獎一時，很難真正暢銷。民國期間，張恨水和鴛鴦蝴蝶派報人其實一直擁有大多數的中文閱讀人口。1949 年以後一方面金庸（以及李碧華等人）真正做到毛澤東所謂的「人民大眾喜聞樂見」以及「先普及」（連載、暢銷、盜版）「後提高」（近年來迅速成為大學研討會及研究生的課題），逐漸將張恨水的「大眾口味」發展到一個可以在文學語言及藝術功能上挑戰與補充「五四」主流（「救世責任」、「文人格調」及其共同的歐化語言）的角度。[3] 另一方面，黃子平、陳思和等研究者近年來開始關注，民間趣味在「革命歷史小說」乃至樣板戲中也依然變態隱形地存在，還非「革命現實主義」所能消滅。有關文革的災難故事需要民眾趣味與革命現實主義的巧妙結合，其要點就是以忠奸分明的倫理化歷史來宣泄轉移大眾對於革命的犯罪感。不過近年來，也有些大眾趣味的傳奇演義及虛構的歷史回憶錄等，逐漸脫離主流文學，但依然在地攤小報上成為中國民眾文革想像的一個重要部分。而在香港、台灣及海外的文革敘述，也有相當部分（如李碧華、黃碧雲、張戎等人的作品）主要滿足難民記憶與英語讀者的通俗趣味（詳見拙作《略論海外華文小說中的文革敍述》)。

「歷史反省」模式的文革敍述與「五四」新文學傳統的複雜聯繫恰恰體現在「知識分子–幹部」這兩個概念的弔詭重迭上，準確地說是虛擬的幹部心態與被剝奪的知識分子身份的某種重合。憂國憂民的救世心態當然聯繫着企圖喚醒民眾、療救社會的「五四」文學主流：從魯迅的《吶喊》、雜文，經過茅盾、丁玲、巴金、夏衍、艾青等作家的集體努力和延安的轉折，一直發展到作協文聯、「干預生活」，以及九十年代的「以筆為旗」……知識分子書生意氣卻又總和新文學的文人立場有關：從胡適、周作人及魯迅的《野草》開始，經過郁達夫、聞一多、徐志摩、沈從文、老舍、施蟄存、梁實秋、林語堂、豐子愷、傅雷等很多作家合力維護，堅守藝術本分、堅持文人道德的傳統延續至今。這兩條常常對立又互相糾纏逼迫很多作家面臨艱難的選擇的新文學線索發展到文革小說主人公張思遠章永璘等人生活的年代，情況有了新的變化：知識分子在中國絕大多數地方都進入了幹部編制，「救世」不再只是心態願望而是身份義務。你如果不以文學或學術來為社會服務你就不是幹部同時也不能做知識分子也不能做普通百姓，你不救世就是敵人。歷史反省模式的文革敍述通常都描述「知識分子–幹部」被驅逐到底層民間後反而恢復了做「人」的本能，不過重獲人的力量尊嚴不是他們的目的而只是他們再做知識分子或幹部再去救世的一個療救洗禮過程。陶醉地寫出知識分子–幹部精神歷程怪圈的一些作家若干年後以不同方式(新的創作、評論或回憶錄)對「文人高於世人」因此有責任也有權力拯救世人的「知識分子–幹部心態」開始有所懷疑反省；與此同時他們筆下知識分子男主人公們的救世憂民傳統卻仍然不乏後繼者。

有關文革的「荒誕敍述」延續和發展着魯迅的悲觀主義批判精神

及文體實驗態度：在《祝福》與《奶奶的星星》，在《狂人日記》與《山上的小屋》《一九八六年》之間，存在着很明顯的意象乃至結構的承繼關係。除了魯迅以外，八九十年代的探索小說家似乎比較樂於追隨一些從底層民間角度出發強調市民世俗價值觀的非主流作家，如沈從文、老舍及張愛玲。或許因為莫言余華殘雪馬原等不僅在精神上「造反」而且在現實生存層面也的確「流浪」在社會底層與邊緣。他們既不相信左聯式的救世姿態，也不同於三、四十年代聞一多、施蟄存、卞之琳、錢鍾書等學院知識分子的文體實驗。如果說魯迅是本世紀中國文學的起點和高峯，張愛玲就是轉捩點。前者對後人的影響明顯而且理直氣壯，後者的影響則複雜曲折微妙。張愛玲有意用張恨水的方式來堅持文人立場，懷疑並挑戰「五四」救世主流。在都市感性（及強調市民生活價值的歷史觀）、傳統語言（學習從《紅樓夢》到《海上花列傳》的技巧）及大眾口味（將現代主義作通俗包裝進入閱讀市場）等三方面都對二十世紀後半期的很多作家，如白先勇、李昂、朱天文、西西、黃碧雲、阿城、王安憶、蘇童、賈平凹等產生重要影響。在有關文革的探索小說中，底層視角民間立場被強化了，偶爾也有以傳統小說技法質疑「五四」文化斷層的「尋根」（如《棋王》），也有少數人擺出姿態不拒絕通俗（《頑主》及其電影改編等），但總體來說，最大的挑戰仍是如何既承受又改造那由「五四」文藝腔、毛澤東語言及翻譯體影響所共同形成的當代語言困境。換言之，「當代先鋒」一如既往所做的事，就是解構文革語言（清潔被污染了的現代漢語）解析文革語法（清理革命的遊戲規則）。是「清潔」和「清理」，而非「清除」。

雖然紅衛兵–知青心態出現在六、七十年代以後，但表達這種心態的抒情方式——自敘傳、自哀自憐、缺乏節制的浪漫與真誠真摯的煽情，都可以追溯到創造社的革命傳統、郁達夫的文風和巴金的青年文體。這種青春的挽歌貫穿二十世紀中國文學。不過比起留學生的性苦悶或者少爺對丫環的愛情來，紅衛兵–知青的感傷浪漫抒情，似乎更加有病呻吟一些，形式上也稍微複雜一些。但世紀初的「狂人」早就在害怕被吃時擔心自己恐怕也吃過人，到世紀末卻只有蕭珊的丈夫或寫臨終回憶錄的季羨林韋君宜等懺悔自己的責任，而被不只一代人「救」過的不只一代「孩子們」仍是繼續抒情：「我雖有錯，但決不懺悔！」……

從藝術方法及文化功能看，文革敍述的各個類型好像也有分工合作：「災難故事」具備多種通俗文學要素，可讀性最強；而且能幫助人們宣泄文革後的憤怒並悄悄解脫文革當事人的犯罪感，所以最能體現大眾對文革的集體記憶。「歷史反省」模式力圖追求歐洲現實主義創作手法，在某種程度上也承襲中國士大夫的感時憂國傳統，主要功能替知識分子創造一個想像中的幹部身份，並以這種身份去救國救民，或維繫某種虛擬的幹部心態。「先鋒派小說」則受到西方及拉美現代主義影響，有意破壞大眾與幹部們有秩序的「文革想像」，有意挑戰「文革集體記憶」的主流模式。這也是一種當代中國知識分子的努力，雖然今後的發展仍充滿變數。而「紅衛兵–知青」角度的「文革記憶」，更多浪漫主義的抒情。這是各種「文革敍述」中最具爭議也最有特點的一個部分。這是一代人的寫作，也在某種程度上延續和發展着「文革文化」中的某些浪漫精神。

所以，說不完的「文革故事」……

在遵守普羅普規則將「五十部作品」視為一個整體的文本來解析討論其間的互動關係時，我也很清楚這種結構主義的閱讀方法包含着兩種可能的危險。一是「五十部小說」長短不一，形式各異，風格差別極大，藝術上的精疏高下更不可同日而語。將這些小說中非常複雜的細節充滿變數的技巧統計歸納為若干模式與量化的情節功能，有可能會忽略作品本身的藝術價值和很多作家的獨特追求。事實上，雖然本書重點關注有多少小說出現同一情節，但從不會假設同樣或類似的情節在不同文本不同形式中具有相同的藝術效果。（對於「不幸」被列入抽樣文本然後遭到枯燥解讀的一些小說的作者，筆者在此由衷致歉並再次說明：本書的目的不是研究當代的純文學。好在「五十部小說」大都是已有定評的名作，二十多年來很多當代文學評論，包括筆者以前的評論，都很注意這些小說的風格特點與藝術成就，偶爾被列成模式枯燥解讀相信也不會損傷作品本身的藝術趣味）。第二個可能的危險是將「五十部小說」放在一個共時態的平面上去閱讀，也許會忽視這些小說在時間上的發展變化關係。當然幾種不同的文革敘述的模式，也可以放在近二十年來當代文學發展的歷時態角度去考察：所謂「災難故事」大都出現於文革結束不久，七十年代末和八十年代初。「歷史反省」稍晚一些。「先鋒小說」在 1985 年出現以後，一直代表文革後中國文學的發展潮頭，但從來沒有佔領主流讀者市場。幾乎和「災難故事」同時出現的「紅衛兵-知青」的文革抒情，則一直貫穿二十世紀晚期的中國文學，至今沒有衰落的跡象。

儘管知道上述可能的危險，我仍然堅持採用結構主義的閱讀方法，原因之一是我關心形式模式多於小說內容，或者說我認為模式比內容更說明內容。原因之二也是選題的制約：文革不單是小說家的課題，更是民族的課題。為了要從小說模式來考察「集體記憶」的建構方法，有時不得不透過，甚至忽略藝術趣味匠心特色的差異變化，以尋找敘述策略風格選擇後面的歷史規定與情節設計敘事規範的文化邏輯。「文化大革命」是二十世紀中國最重要的文化事件之一（如果可以將「反文化」也列為廣義的文化事件），而且也是中國對二十世紀世界文化最引人注目的參與與「貢獻」之一。作為中國的讀書人，我以為我們有責任向全世界「說清楚」，或者至少告訴世人：我們為甚麼「說不清楚」？

十年前柏林牆未倒之前，我在西柏林圖書館裏看過一個有關二戰期間德國律師堅持或違反職業道德的案例展覽。我當時很奇怪：納粹當政，哪個律師能不違心而自保？還不都是「受蒙蔽無罪，反戈一擊有功」？可是德國朋友告訴我，其間的複雜情況，依然可以梳理。後來去日本，知道有個紀念館，每天接待很多中小學生，老兵義務講解駕機撞艦的神風隊員雖然行為錯誤，精神卻很勇敢。中國人在整理文革記憶時，是應該像德國人那樣反省清算歷史的殘酷呢，還是如某些日本人那樣堅持歌頌精神理想之「浪漫」？或者兩者都做不到徹底，而只是建造一種「為了忘卻的記憶」：於個人，以講述災難故事來療治心創；於國家，則將災難敍述成「少數壞人迫害多數好人」而且最終「壞事變成好事」。或者，還有辦法就是避開，省略，空白。希望工程做得怎樣不清楚，遺忘工程卻很成功……

文革初流行過一段據說是列寧的話：忘記過去，就意味着背叛。

---

1 Elizabeth Fox-Genovese, *Literary Criticism and the Politics of the New Historicism*, in H.Aram Veeser, ed., The New Historicism. New York and London: Routledge, 1989, p. 216. 參考孔書玉中譯，張京媛主編：《新歷史主義與文學批評》，頁 56–57。其實提倡新歷史主義方法的福克斯–傑諾韋塞教授並不完全贊同所謂「當代批評家」的上述觀點。

2 Elizabeth Fox-Genovese, *Literary Criticism and the Politics of the New Historicism*, in H.Aram Veeser, ed., The New Historicism. p. 217-218 參考孔書玉中譯，張京媛主編：《新歷史主義與文學批評》，頁 58。

3 金庸說他喜歡張恨水，他的境遇與張恨水不同。鄰居老舍有次鼓勵誇獎張恨水用白話為《啼笑因緣》寫序，張恨水十分高興。後期張恨水努力寫抗戰，頗希望進入啟蒙救亡主流行列。聽說後來張恨水的家人很不喜歡研究者將他們的父親歸入鴛鴦蝴蝶派 ——「五四」傳統的意識形態壓力由此可見一斑。金庸近年來也稱道巴金等憂國憂民，在嶺南大學演講時明言對「五四」歐化語言之不滿，又對諸如殘雪之類的純文學表示困惑。金庸對通俗文學、大眾口味的文學史價值，顯然比張恨水更有信心。

集外集

略論海外華文小說中的「文革敍述」

「敍述文革」，這是當代中國小說中的一個重要文學母題——甚至在台灣、香港及海外各地寫作、出版的華文小說也不例外。這些中國大陸以外的「文革小說」，或者是依據作家旅居中國內地時的所見所聞而寫的「文革故事」（如陳若曦著名的《尹縣長》《任秀蘭》《耿爾在北京》等）；或者作家完全沒有在文革時期來過中國內地，卻創造了建構於二手材料的「文革想像」（如李碧華影響很大的《霸王別姬》，以及《潘金蓮之前世今生》等）；或者是自傳體式的，仿佛是純粹記錄作者自己的親身經歷的「文革記憶」（通常先以英文發表在海外暢銷，翻譯成中文後在華文讀者圈也有反響，如梁恒《革命之子》、鄭念《生死在上海》、張戎《鴻：三代中國女人的故事》等）。在解讀這些作品的時候，本文將涉及以下幾個問題：第一，在不同時期，以上地區有關文革的創作中，「敍事者」及「反派形象」有甚麼發展變化？第二，台灣、香港和英美出版界及讀者羣對「文革小說」的寫作有些甚麼樣的不同制約和影響？第三，海外華文小說中的「文革敍述」，與 1977 年以後中國內地的「文革小說」相比，有甚麼關鍵的差異？有甚麼重要的相通之處？

一、《尹縣長》：海外知識分子的「文革解讀」

《尹縣長》[1]集中大部分的小說都有一個敘事者「我」（文老師或陳老師）。這個敘事者通常是文革慘劇中的一個無法置身「事」外的旁觀者，一個災難故事之中的「羣眾角色」。第一，敘事者的「羣眾角色」身份，使她對文革的歷史背景、政治內幕所知不多，所以面對運動，驚慌失措，無法超脫；即使敘事者擁有和作者相似的海外教育背景，也不能使她完全「獨醒」於「皆醉」的世人」面前。第二，敘事者的「羣眾角色」身份，使她在文革故事中，如果不是受牽連就要被動做幫兇，參與害人。讀書人的良知理念，與羣眾角色忍辱偷生的本能，構成了這個敘事觀點的內在矛盾。第三，因為這個敘事者通常都不是故事中的受難主人公，所以才能有一個較冷靜的「旁觀視角」。第四，這種「旁觀視角」又不等同於海外讀書人事後的批判觀點。小說敘述的是「局內人」「當時」的旁觀，而不是（至少不直接是）作者事後的反省。

短篇小說〈值夜〉與〈耿爾在北京〉中並沒有敘事者「我」的出現，但主人公柳向東與耿爾也都是從海外學成歸來的知識分子。〈值夜〉比較直露，因為敘事者脫離了人物，太靠近作者。葉維廉早就指出過：「〈值夜〉中已嫌增加了太多作者借他人的嘴巴說出的批判。柳向東和老傅的對話裏說大學教授在農場工作是浪費，說文化大革命把所有的書都革除了。這些對話已經無法視為故事中人物純然因某事件而發出的意見。作者一心要安插這些話作為她的抗議。」[2]〈耿爾在北京〉被白先勇稱讚為「集中……藝術成就最高」[3]，原因是敘事者貼近耿爾，與作者觀點拉開了距離。先後兩次失敗的愛情，只有耿爾在傷感，不見敘事者抱怨。第一個女友小晴離開的原因是在文革初怕人「閒話」。薛晴後來成為工宣隊員，但小說沒有直寫薛晴拋棄耿爾時的心情以及進駐北大後的表現。第二個女友小金離開耿爾，是因為耿爾單位的領導拖延批准耿爾的結婚申請。當事人「組長」「很知心地」告訴耿爾，小金出身不好，前夫在清理階級隊伍時自殺，「我們科研單位，保密性較高，這樣背景的愛人並不理想……」[4] 當耿爾與小金再次見面時，小金已嫁給了一個「身體不好，年紀也大了的」老幹部。雖然薛晴與組長都傷害了主人公也都參預「做壞事」，但兩個人物似乎都不算「壞人」。小說中有很多文字描寫耿爾一個人在西直門一家館子吃涮羊肉，熱氣騰騰，夥計對他也很客氣。他感慨不幸身世，卻找不到可以責怪與仇恨的「敵人」。[5]

敘事者在《尹縣長》中作為「局內旁觀者」出現，直接的敍述效果就是在文革中眼見很多悲情慘劇卻沒有「真正」的「反派」。

我在討論中國內地五十部有關文革的著名小說時注意到一個現象：是否在文革故事中設置「反派」(壞人)以及如何描寫、評價這些「反派」，會決定一部作品的基本傾向、讀者羣以及反思文革的基本態度。在研究海外的文革小說時，這個問題同樣值得探討。本文中所謂「反派」這個概念，包含三層意思。第一層意思是指某人物在作品中做了「錯事」、「壞事」(其行為為作者所反對和批判)。第二層意思是指某人物在作品中對作品主人公的生活、處境構成了負面的影響(妨礙、威脅、損傷、迫害主人公……)。而第三層意思，也就是通常所謂「壞人」，是指某人物在作品中得到明顯的低貶處理：包括貶義的形象描寫，以及對該人物的道德品質持明顯的否定態度。簡單地說，「反派」可以是指「做壞事的人」、「危害主人公(或敍事者)的人」(negative character)，以及被低貶文字形容為形象、道德品質惡劣的「壞人」(villain)。因為敍述文革的華文小說(無論中國內地還是台灣、香港、海外)，一般都對文化大革命持基本的否定態度，[6] 所以在作品中做「錯事」、「壞事」的人物(即第一層定義的「反派」),通常都是積極參與投身乃至努力策劃推動文革政治運動的紅衛兵造反派,以及工宣隊、軍宣隊等其他在文革中獲得權力的人物。而作品中的主人公,則通常是政治運動中的不同形式的「受損害者」。至於作品中的紅衛兵造反派所做的「錯事」、「壞事」是否一定對主人公的處境、命運造成明顯損害,「做壞事的人」與「危害主人公的人」是否一定就是道德意義上的「壞人」,海內外不同時期的「文革故事」,有着很不相同的敘述策略——正是這些不同的敘述策略,常常導致不同的意義結構。

除了〈值夜〉和〈耿爾在北京〉以外,敘事者在《尹縣長》集中的其他作品裏都直接以第一人稱出場。〈查戶口〉中的主角是為鄰居反感被眾人監視的漂亮女人彭玉蓮,而「損害」彭玉蓮的人,幾乎包括作品中除了她丈夫冷子宣以外的所有人。在某種意義上,書記馬遂、施奶奶、鄰居周敏、居委常主任,甚至敘事者「我」,都是不同程度的「負面角色」。既然敘事者也在「迫害者」行列,所以「我」介紹「反派形象」如施奶奶的筆調便極有分寸,既讓讀者明白施奶奶在害人,又沒有一字一句的批評貶斥:「怪不得施奶奶罵人,這老太太年輕就守寡了,一手撫養大兩個兒子,後來一個參軍,一個入了黨,她在我們宿舍裏也算得上個德高望重的人物,眼睛裏自然看不得一點邪。」[7] 對周敏、居委主任等,「我」也以類似的中性或者更溫和的筆調去處理。只有在描寫一個次要角色,即前黨委書記馬遂時,敘事者才突然換了一種語氣,出現了諸如「小白臉一張」、「兩片嘴又會說」、「搞上了手」、「手段、情節都惡劣透頂」之類的低貶語彙。[8]

這種在《尹縣長》一書中極為罕見的用低貶語彙在道德意義上醜化主人公的對手的方法,卻正是後來不少「新時期小說」能夠既得獎又暢銷,能夠既修補維護主流意識形態又宣泄大眾的積怨並洗刷讀者

「犯罪感」的一個關鍵。無論是知識分子被迫勞動、私生活被干涉，還是農夫飢餓偷竊乞討，或被審查者的痛苦自殺，《尹縣長》集中所涉及的「文革風景」(除了「縣長被槍斃」的細節以外)，幾年以後都在所謂「傷痕文學」中得到了更加淋漓盡致、慘不忍睹的發揮和展現。不過「新時期小說」如果要滿足大眾的「文革想像」，通常都必須濃墨重彩地刻畫「反派」。僅以榮獲首屆茅盾文學獎又改編成著名電影的暢銷長篇《芙蓉鎮》為例，在李國香與王秋赦還沒有開始危害主人公(胡玉音)之前的第一章裏，他們便已經被描繪成「反派形象」了 —— 不僅因為他們過去已有「男女關係」或好吃懶做的「劣跡」，更是因為諸如「不得不交代出肚裏的畜生孽種」[9]、「挺起那已經不十分發達了的胸脯」[10]、「失足落水，……和逃亡地主遺棄的小姨太太如魚得水」[11]等等有明顯低貶傾向的修辭用語。換言之，這些「反派」在開始(對主人公)做「壞事」前便已經是「壞人」。這種先塗上臉譜再演戲的文字處理，可以幫助讀者將後來發生的文革災難理解為一個「少數壞人迫害多數好人」的過程。事實證明，這是一種大眾(大多數文革過來人)最願意接受的「文革集體記憶」。因為第一，「壞人」的存在可以幫助澄清歷史是非；第二，「壞人」可以幫助讀者泄忿[12]。第三，「壞人」更可以幫助讀者洗刷和淨化自己的某種犯罪感：既然有道德墮落且外貌醜惡行為卑鄙的「壞人」被拉出來「示眾」，且已承擔了肇事者(迫害者)之罪責，那麼其他文革的參與者也就在無意識中獲得了一些解脫感。說到底，令反派形象更鮮明，之所以能使災難故事深受民眾歡迎，就是因為在「壞人」被醜化被象徵性地排除時，大眾讀者會有一種有意或無意的安全感。

然而「文革敍述」的弔詭之處就在於，用低貶語彙在道德層面上排除「反派形象」(李國香、王秋赦等)以宣泄民憤的文字處理方法，與李國香、王秋赦等在小說中醜化秦書田、胡玉音以發動、團結羣眾的政治批判情節，在邏輯上不無相通之處。「文革故事」需要「壞人」來做災禍根源，以使得有文革經歷的讀者能夠在憤怒中無意識地減輕自己的犯罪心理或內疚感；這就好像當初的文化革命需要製造「階級敵人」，以使得多數人可以在「整人」過程中感覺、享受身為「羣眾」、「人民」一分子的幸福與權利。這一點在〈查戶口〉中看得很清楚。馬遂的「姦情」被描寫成「惡劣透頂」，因為鄰居都不滿，羣眾譁然。然而小說的主要場景是文革中，馬遂已被批，眾人憤怒的對象便轉移到彭玉蓮身上。彭可能真的又有姦情，迫害她的是多數羣眾，對主人公有不利影響卻全無「反派面貌」——應該怎樣來看待這一種「眾人對一人」的排除呢？《尹縣長》在七十年代面對台灣香港的讀者，作品中有不少外加的政治解說，某些術語和細節都很不真實（比如「外子」、「投奔祖國」之類的用語，鄰居間轉述「反標」等細節），但在敍述「多數人迫害少數人」這一「文革風景」方面，《尹縣長》卻比後來很多「新時期小說」都更為敏感。

「新時期小說」中也有不少有意淡化「反派形象」的作品。是否將具體的「壞人」作為文革災難的肇事者來描寫，這也是《芙蓉鎮》《飛天》等有關文革的大眾想像，與體現知識分子的「幹部心態」的反省文革歷史的作品之間的一個關鍵性區別。張思遠在《蝴蝶》中被批鬥卻找不到具體的迫害者（打他耳光的兒子另當別論），災難來臨卻無禍首，這就促使幹部身份的主人公回首自己從前的過失，檢討「我們」在哪裏、自何時開始犯錯，才導致今日之文革？又如章永璘（張賢亮？）在勞改幾十年後也發現沒有一個勞改隊的幹部為他所仇恨，雖然海喜喜曾和他打架（《綠化樹》），曹書記更與他老婆通姦（《男人的一半是女人》）。這樣寬容處理負面角色，既可體現讀書人對人性的理解，又能表達士大夫「走上紅地毯」時對人民的感謝。《尹縣長》中的敍事者（及海外華人的閱讀期待）當然既無法以「我們」（幹部）自居，也不會像章永璘那樣去感謝苦難。在海外讀書人的角度看來，紅衛兵造反派毫無疑問在做「做壞事」；至於紅衛兵造反派是否必定傷害主人公，是否必定是道德意義上的「壞人」，卻要看具體情況。〈晶晶的生日〉中有一個鄰居：「精於政治辭令，又口若懸河，總擺出一貫正確的面貌。大家背後不服氣，喊他『左出奇』……」[13] 然而，在作品中對晶晶的母親構成危害的，卻不是「左出奇」，而是庸人自擾的王阿姨。王先是告訴「我」學校如何向小孩逼供，後又控告晶晶喊「反標」（「毛主席壞蛋」），令主人公極為恐慌。不過因驚嚇早產的「我」最後反而與王家成了莫逆之交。敍事者自身的無法超脫和驚慌失措，既強化了作品的歷史氣氛，也揭示了人性的軟弱。相比之下，〈任秀蘭〉中工宣隊員的形象，更耐人尋味。馬師傅雖然會罵「他媽的」，卻是「一個和氣的老頭子。他本來是南京化纖廠的掃地工人，被派來水院同『軍宣隊』佔領『上層建築』。地位變得顯赫，人倒從來不擺架子，仍是態度謙虛，一團和氣的。開會時，他常哈下腰，拱拱手說：『我來向大家學習！』」[14] 在前黨委書記任秀蘭從學習班逃走以後，馬師傅負責全面的追捕搜索 —— 這一緊張而又充滿懸念的追捕過程貫穿着整篇小說。馬師傅一方面唯恐任秀蘭的潛逃被「『五一六』的同黨知道了，又鬧出甚麼事情來。」所以緊急佈置陳老師（即敍事者「我」）等帶領幾十個五、六年級的小學生去搜山。另一方面馬師傅「臉上也有些歉意。『本來不該來麻煩你們三個老師，家裏都有餵奶的娃娃嘛！』……說着歎口氣。」[15] 圍繞着主人公任秀蘭的空缺，馬師傅、幾位老師、顧醫生，以及興高采烈搜山的小學生們，都忙得精疲力竭（又一次在文革背景裏出現魯迅模式：眾人圍觀、迫害一人，而且連孩子也參與「吃人」）。

但是當任秀蘭的屍體終於在學習班的廁所裏被發現以後，讀者才會懷疑，一直「扯直了喉嚨，沙啞着嗓音」，「眼睛都紅了」的馬師傅，是否只是一味愚忠？如果說馬師傅愚中有謀，那麼他的和氣究竟是天性還是世故？這樣一種工宣隊員的形象，在國內的「文革敍述」中確不多見。比起陳建功筆下那個在運動以後寂寞無聊，連買賣電影票的變態樂趣也被眾人剝奪的韓德來[16]，我們也很難說哪個工宣隊員更像迫害者或受害者。

葉維廉、白先勇在《尹縣長》書前的評論，以及很多海外讀書人的閱讀期待、評論意見，也都可以被視為這個七十年代「文革故事」的有機無形的組成部分。因為敍事者受到其「既害人又被害」的「羣眾角色」的身份限制，通常都不會以低貶、批判筆調將小說中的「做壞事」或「危害主人公」的紅衛兵造反派處理成道德意義上的「壞人」。馬遂和短篇小說《尹縣長》裏的小張，可以說是偶然的例外。[17]（然而，偏偏短篇《尹縣長》在台港海外最為知名，這是否純屬偶然？）《尹縣長》集中的造反派，或者危害了主人公卻沒有惡意（王阿姨、馬師傅），或者索性以「多數」羣眾的名義害人（施奶奶、居委常主任、敍事者「我」以及搜山的小學生）。由於小說集裏的「災難故事」並非必然由道德意義上的「壞人」所造成，這就自然促使讀者注意共同犯罪的羣眾以及釀成這種羣眾犯罪的社會機制。不過《尹縣長》並沒有如余華、馬原那樣去深入細緻地解析這種羣眾犯罪的心理（以及集體無意識）基礎；也不會像王蒙、張賢亮那樣讓受難主人公在「沒有壞人的悲劇」中獲得「拯救」和反省。災難就是災難，「壞事」決沒有機會「變成好事」—— 這是《尹縣長》與後來中國內地很多文革小說之間很重要的一個差異。

二、《霸王別姬》：香港民眾的「文革想像」

李碧華是土生土長的香港作家，產量很高，形象神秘[18]，據她自己說，她從來沒有在文革期間到過中國內地[19]。但是在她的不少作品裏，卻反復出現了文革的背景。近十幾年來在海內外影響最大的有關中國文革的三部影片之一《霸王別姬》[20]，便是李碧華和蘆葦根據李碧華同名小說改編而成。從香港的視角出發，依據「傷痕文學」等二手材料而發揮創造的「文革想像」，卻對海外和內地都有巨大影響，這不能不說是一個值得研討的文學現象。[21]

《青蛇》是《警世通言》中《白娘子永鎮雷峯塔》的故事新編，小說敘事者小青勾引許仙並與白素貞爭風吃醋，法海和尚要救許仙因為他是同性戀，最後小青殺死背叛白娘子的許仙，但對法海則恨中有情。這樣一個「酸風妒雨四角糾纏」的故事天馬行空，一直發展到「忽然有一天，……遙見雷峯塔火光一片，木廓角簷，熊熊焚毀，攀附藤蘿，霹靂亂響，磚瓦通赤，人聲鼎沸……只見一羣小娃兒，穿着綠得令人不安的制服，圍上紅得令人不安的臂章，高舉紅旗，在火海中呼喊：『先驅者，為革命，灑盡碧血；後繼人，保江山，掏出紅心！』『為革命，縱一死，又有何懼？捍專政，復永生，血染河山！』就這樣，自清晨太陽初起，直到黃昏夕陽殘照，他們不上學堂，淨在那兒叫喊唱歌，茶杯在人潮中遞來遞去。」[22]

文革畫面在《青蛇》中雖然場景不多，卻有畫龍點睛之功能：「感謝文化大革命！感謝由文曲星託世，九轉輪迴之後，素貞的兒子，親手策動了這偉大功業。拯救了他母親。也叫所有被鎮的同道中妖，得到空前的大『解放』。」[23] 不過，青、白二蛇所看到的文革景象頗為黑暗：「老百姓全都穿灰藍衣服，總是有遊行和大規模的破壞。眾人學藝不前，急劇退步。營營耳語，閃閃目光。堂堂大國，豐度全失，十億（原文如此 —— 引者）人民，淪為舉止猥瑣，行藏鬼祟的驚弓之鳥。紅衛兵是特權分子，隨便把人毒打、定罪、侮辱，那恐怖的情形，令我汗毛（蛇毛？ —— 引者）直豎，難以忍受。所以我倆慌忙躲到西湖底下去。誰知天天都有人投湖自盡，要不便血染碧湖，有時忽地拋擲下三數隻被生生挖出來的人的眼睛，真是討厭！」[24]

如果說有些「尋根文學」的作品希望挖掘文革災難與傳統文化之間的關係（如《爸爸爸》《山上的小屋》），那麼台港海外的文人讀者，則更願意將文革形容為對漢傳統文化的背叛與破壞。所以，連修煉千年、歷經宋元明清的素貞、青蛇也表示：「我們不喜歡這一朝代。」

「文革風景」在《青蛇》中構成荒誕的結尾，在《潘金蓮之前世今生》裏則是戲劇的開端。潘金蓮在宋代赴陰間途中於孟婆亭飲驅忘茶湯後，轉世投胎到 1968 年的上海舞蹈學院（應為舞蹈學校 —— 引者），變成年僅八歲的女芭蕾舞學員單玉蓮。這部後來也改編成電影的小說，其情節重心當然是女主角日後如何嫁給香港元郎老婆餅店老闆武汝大，又如何與花花公子設計師 Simon 偷情並與英俊的武汝大族兄武龍有情無緣，等等。但單玉蓮的整個少年、青年時代都在文革背景下度過，其中有三件事對這個女人影響至深。一是親眼目睹老院長跳樓，活活摔死在她的身旁；第二是被造反起家的章院長強姦，事後還被斥為「淫婦」；第三是被她的初戀情人武龍在批鬥會上當眾出賣、毆打。顯然，所有這三個「典型」的文革故事情節，都曾經是國內「傷痕文學」的重要「賣點」。不過同樣的細節，李碧華的文字處理似乎更加刺激感官。宗璞在《我是誰》中也寫自殺：「⋯⋯只有半邊頭髮的孟文起從樓上飄了下來，舉止還是那麼文雅⋯⋯他在哪裏呢？他在哪裏？對了！他是掛在廚房的暖氣管上。」[25] 在《潘金蓮之前世今生》

裏，跳樓人「兩條腿折斷了，一左一右朝意想不到的方向屈曲，斷骨撐穿了褲子，白慘慘的伸將出來。頭顱傷裂，血把眼睛糊住，原來頭上還戴了六七頂奇怪的鐵制的大帽子，⋯⋯」[26] 劉克寫軍區謝政委強姦飛天：「⋯⋯謝政委的拖鞋聲從身後傳來。飛天恐怖地手腳發麻，全身發抖，她撲通一聲向他跪下了，哭着哀求⋯⋯但是，謝政委還是輕輕抱起了美人。燈，滅了。」[27] 而在李碧華的想像中，同樣的場面應該更為粗暴：「章院長把桌上的鋼筆、文件、紙鎮⋯⋯都一手掃掉，在紅旗和毛主席像包圍的慾海中淫蕩。她掙扎，但狂暴給他帶來更大的刺激，⋯⋯不可以延遲，箭在弦上，特別的亢奮，他用很兇狠的方式塞進去——⋯⋯外面傳來：『文化大革命萬歲！』恰好淹沒了單玉蓮悽厲的痛楚呼聲。」[28]

女性的身體，在中國現當代文學中，常常被用來作政治動員的祭品。在大陸十七年間（1949—1966）的「革命歷史小說」中，在台灣五十年代的某些「反共文學」中，或者在文革後的傷痕文學裏，形形色色的「負面人物」（「蔣匪」、「共匪」、日本兵，或者高幹、土皇帝乃至造反派），如果要被作家描寫為真正道德意義上的「反派」，其共同劣跡之一，便是強姦美麗的女主角。大眾讀者對這類情節好像不太容易疲倦，所以無論考慮印數銷量（通俗文學），或者注重政治效果（救國救民），這類情節都是有理由常常出現的。

如果說自殺、強姦的細節，李碧華主要是將二手材料再加工以滿足香港讀者的「文革想像」，那麼在「背叛」主題上，李碧華顯然更多一些獨特的再創造。遭院長強姦又被趕出樣板戲劇組的單玉蓮，在製鞋廠愛上身材巍梧外表忠厚的青工武龍（武松轉世）。為了傳遞感情，她送給武龍一雙球鞋。但是在批林批孔運動中單玉蓮又被批鬥，連武龍也站出來表態。「無辜的武龍，被逼迫着。咬咬牙，上前打了單玉蓮幾記耳光。為怕自己心軟，出手十分的重。——基於神聖的革命的大道理。」[29] 作家在這裏直接使用「無辜」、「被逼迫」等道德判斷或形容句式，來說明武龍雖然在行為上傷害了主人公，但並非道德意義上的「壞人」。文字直露，細節誇張，卻都顯示了作家對「背叛」主題的高度重視。

李碧華並無有關文革的親身經驗，其創作基本上也是以香港都會男女情慾為中軸，何以一而再、再而三要在作品中描寫文革呢？——這裏至少有三種可能的解釋。其一是主題的需要。李碧華擅長處理嫉妒、爭奪、背叛、誘惑、古今荒誕穿插、情慾與政治等等的畸形關係。而所有這些主題都可以在文革背景下得到最大限度的自由發揮。所以，在某種意義上，文革在李碧華小說中首先是一種道具，一種佈景。其二是讀書市場的需要。為甚麼再荒謬再離奇再慘酷的細節都可以被放在文革佈景下呢？其實這也是基於香港及海外讀者既有的閱讀期待。這種以宣泄恐懼心理、淨化被迫害感為基調的閱讀期待，是由難民記憶、傳媒效應以及對傷痕文學的定向接收等多種因素綜合而成的。而李碧華涉及文革的幾部作品，又都是在八、九十年代之交寫成或改編。如何滿足（和利用）市民讀者對文革的公眾想像，可能也是李碧華式的新感覺派言情文學有意無意要採取的一種敍述策略。第三，李碧華的「文革敍述」，也是基於她對現代人性與中國傳統的某些獨特理解，其中最關鍵的一點，便是文革對親情道義的徹底瓦解：小說中對主人公造成最大傷害的，通常不只是羣體的紅衛兵造反派，還有來自具體的「小人」（乃至親人）的背叛。

小說《霸王別姬》有兩個版本。初版本[30] 僅 145 頁，而印有張國榮劇照陳凱歌題詞的修訂本[31] 則長達 368 頁。其中有關文革的段落，不僅篇幅增加，內容也有所不同。但文革之出現，還是一樣的荒謬：「大家都懵然不知，據說只不過是在某一天，清華大學附屬中學的壁報欄上，張貼了張小字報，說出『造反精神萬歲！』這樣的話，整個的中國，便開始造反了。」[32] 紅衛兵行為也是一樣的可怕：「不管是北京本土的，或是省外（原文如此 —— 引者）來的，隨時隨地，把他們家當砸爛、拿走。一來一大羣。蝗蟲一般。」[33] 黑幫跳樓情節再次出現：「腦袋破裂，地上糊了些漿汁，像豆腐一樣。血肉橫飛，模糊一片。有些物體濺到蝶衣腳下，也許是一隻牙齒，也許是一節斷指。」[34] 不過，修訂本至少有兩點與初版本明顯不同。第一，初版本中菊仙在文革剛來臨時便被鬥「失蹤」了，所以，後來紅衛兵火燒戲裝時只有段小樓程蝶衣兩個人互相揭發。而在小說修訂本中菊仙是在火燒戲裝以後才上吊自盡的 —— 三個主人公之間的互相背叛恰恰構成了修訂本及電影的高潮。第二處修改是增加了文革前夕小四飾演楊子榮並嫉妒段小樓（座山雕）的反派表演，從而豐富了小四這個邪惡小人的背叛動機。

總體來說，李碧華的「文革想像」中的「反派」包括第一，羣體的無名的紅衛兵造反派；第二，十足邪惡的壞人小人（章院長、小四）；以及第三，有傷害主人公的「負面行動」卻非「壞人」（如青蛇暗害素貞、武龍傷害單玉蓮、菊仙損害蝶衣……）。紅衛兵羣像的功能是設置悽慘恐怖的佈景，既構築又滿足香港民眾的「文革想像」；「壞人」、「小人」形象作為禍首災源的存在，則維繫着海外通俗文學讀者的傳統道德價值系統；而最後一種「負面人物」則演繹着作品中的「背叛」主題 —— 這也是李碧華「文革敍述」的一個相當獨特的視角。

三、《鴻》：東方女性的「文革記憶」？

《天讎》[35]《革命之子》[36]《上海生死劫》[37] 及《鴻：三代中國女人的故

事》[38] 等作品，或許在嚴格意義上並不完全屬於海外華文文學的範疇，因為這些作品最初都不是以中文（而是用英文）出版，而且大都屬於自傳、紀實、回憶錄的性質，並非虛構意義上的小說。但本文仍然要討論這另一類的「文革敍述」。原因是第一，這些英文作品在翻譯或改寫成中文出版以後，在海外華人讀者中有較大影響。第二，這些作品在海外的批評界被當作「文學作品」而推崇。例如《鴻》曾獲「1992 年英國 NCR 圖書獎」、「全英作家協會紀實文學獎」、「1993 年英國 FAWCETT 女性文學獎」，等等。限於篇幅，下面的討論僅以張戎原著、張樸翻譯的《鴻：三代中國女人的故事》為例。

《鴻》與《尹縣長》與《霸王別姬》的不同，一是與題材有關的「女性主義」角度（三代美女分別嫁給北方軍閥、中共省級幹部和英國 BBC 作家）。二是無意流露的「東方主義」觀念，視中國為苦難荒蠻等待解救的異國情調。三是敍事者的主觀道德情感判斷貫穿「歷史事實」，頗合西方中產階級的通俗文學趣味，英文本影響遠大於中譯本。《尹縣長》中的「我」是小說中的一個角色，雖有愛憎卻必須置身「事」內充當受迫害者或幫兇。所以敍事者只能旁觀不能評說。而李碧華的「文革故事」無論第一人稱或第三人稱，都是從受難主人公（青蛇、單玉蓮、小樓）的角度展開敍述。既然受害，當然可以直接貶斥文革（何況她們不是通靈轉世便是化裝演戲）。但《鴻》是一部回憶錄形式的家族史，敍事者「我」同時具有在文革當時受苦受難以及在今天向海外（英文）讀者評說文革歷史這兩種敍述功能。前一個「我」是一個十幾歲的幹部子弟（省委宣傳部長的女兒），興奮地參加紅衛兵，又因父母被鬥而擔驚受怕，再下鄉勞動歷經千辛萬苦；後一個「我」則和 BBC 記者結婚，在九十年代的西方評說毛周關係、分析紅衛兵與造反派之區別、總結「知青下鄉是人類有史以來最大規模的人口遷徙」，等等。

作家很清楚這兩種敍事者身份和語氣是不應混淆的，所以作品裏有不少明顯的時間標記來聲明「當時心情」與「今日評論」之間的界線。比如「進京朝聖」一節在描寫「我」和其他紅衛兵在北京街道上接受毛主席車隊檢閱的時候，插入了一段有關毛劉關係的冷靜分析，接着「我」馬上另起一行——

> 一九六六年十一月二十五日上午，我腦子裏面沒有想到這麼多，我全心全意想的是看毛澤東。我看見了毛澤東寬大結實的背影，右手正穩穩地揮動着。一眨眼間他就從我的視野中消失了。這就是我朝聖的全部？這麼久的艱苦等待換來的就只是瞥見他的背影？太陽似乎失去了光輝，周圍呢？紅衛兵還在又跳又叫。我注意到身旁的一位姑娘正在刺破右手食指，擠出鮮血在一張整整齊齊摺迭的手帕上寫字。我知道她在寫甚麼，千千萬萬紅衛兵都做過這樣的事，報上也不厭其煩地報導：「今天我是世上最幸福的人，我見到了偉大領袖毛主席！」……[39]

「寬大結實的背影」、「穩穩地揮動」等形容詞似乎的確再現當時紅衛兵的觀感，但「毛澤東」「朝聖」「不厭其煩」等用語卻又不知不覺滲入事後的敍述觀點，使讀者看不清楚這「太陽似乎失去了光輝」的象徵意義，究竟是紮小辮的紅衛兵張戎在六十年代長安街上的主觀感受呢，還是用英文寫作的張戎在九十年代敍事策略？

同樣令人困惑的敍述也出現在主人公極想參加紅衛兵又「明顯地缺乏熱情」，見學生打老師便轉身溜走的時候，也出現在和戰友一起在抄家卻又反感抄家的時候，也出現在興奮地戴上紅臂章又同情跳樓者的時候……梁恒的《革命之子》中也有類似的情況：主人公一方面回憶當初造反的真誠單純熱情可愛，一方面又常常顯示「世人皆狂我獨醒」，早就看破文革之荒謬。相比之下，鄭念的《上海生死劫》就很少這類敘事態度的尷尬。一則因為鄭念從來都不是紅衛兵，不需要在海外為自己的造反辯護；二則由於鄭念在受難之前早已接受西方教育和基督教文化的薰陶，所以對文革之仇恨可以一以貫之，不必到美國後才修改「記憶」。

《鴻》的敘事者雖然在「紅衛兵心情」與「女性主義書寫」之間常有敘述裂痕，但在處理「反派形象」方面，「我」的態度倒是始終如一。關於文革中的事，可能當時看不清，事後有不同詮釋。對於文革中的人，卻是當時所恨即今日所惡，當時所遇好人，事後分析也的確善良。

如果說在複製主人公「文革心情」時，今天面對西方讀者時必須要遵循的「政治正確」(politically correct)的敘述策略有意無意會有一些制約與影響，那麼在解釋「反派」的行為動機時，昔日的私人愛憎卻可能反過來影響着事後的「歷史評說」。

和《尹縣長》《霸王別姬》以及其他很多「文革敘述」一樣，《鴻》也將紅衛兵造反派描寫為行為荒謬、作惡多端的一羣：掃四舊，封茶館，砸古建築，燒書，批鬥會及抄家都使用暴力，學生打老師，成分歧視導致十七歲女生自殺，等等。[40]《鴻》暴露文革陰暗，畫面之悽慘，遠遠超過《尹縣長》的旁觀(及很多「傷痕文學」的哭訴)；其細節之殘忍，文字之煽情，也不在李碧華之下。我在閱讀國內各種不同類型的「文革小說」時，注意到一個現象：如果紅衛兵形象在作品中以羣體面目出現，通常都是兇惡野蠻狂熱粗暴(在《蝴蝶》[41] 中往張思遠頸後灌漿糊；在《芙蓉鎮》上逼人跳牛鬼蛇神舞；在《我是誰》[42] 中侮辱教授……)；但如果紅衛兵形象在作品中有名有姓個別出現得到詳細描述，那通常都會成為被同情、受委屈乃至遭迫害的人物(《重逢》[43] 中因武鬥傷人而受審的葉輝；《楓》[44] 中自殺與被殺的盧丹楓、李紅鋼；《金牧場》[45] 主人公以「五一六」罪名入獄；《晚霞消失的時候》[46] 裏帶兵抄家卻手下留情的李淮平；《血色黃昏》[47] 中因打人被劃為現行反革命的林鵠，等等）。在李碧華小說中，我們看到文革「佈景」中的羣體的紅衛兵造反，也是被作為「羣眾暴力」而得到負面描寫、全盤否定的。但在張戎筆下的紅衛兵造反派，則無論「羣體」或「個別」出現，都會得到「一分為二」的描寫：「……我開始把中國人分成兩種：一種是有人性的，另一種是無人性的，不管他們是十幾歲的紅衛兵，還是成年的造反派、走資派，文革大動盪使人的本性全露了出來。」[48] 換言之，所有「做錯事」或「做壞事」的人在《鴻》中都可分成兩類：一類人「做錯事」、「做壞事」但不是「壞人」，另一類「做錯事」、「做壞事」則因為他們是「壞人」。

問題是，這兩類人怎麼劃分？

有一個劃分標準是與文革邏輯相通的，即「多數與少數」。書中第十六章描寫幾十個中學生掃四舊封茶館，其中有幾個紅衛兵粗暴地將顧客正在下的象棋子扔進河裏，「當時在茶館外，我可以看到大多數同學都對這種無理的時髦的說話方式感到羞愧不妥……」請注意「大多數」這三個字。根據敘事者的解釋，文革初「其實只有一小部分的紅衛兵真正捲入殘酷的暴力活動，大部分的人都儘量避免參與這種殘暴的活動。」[49] 這一種「批判少數壞人爭取大多數」的敘述策略，與《尹縣長》中「眾人迫害一人」的場景，與《霸王別姬》中參與造反的羣眾都是「反派」的情況，形成鮮明對照。雖然《鴻》在英文讀書市場大受推崇，「峯迴路轉的冷嘲熱諷，對追名逐利的反派角色描寫，甚至超過了巴爾扎克筆下的芸芸眾生。」[50] 但敘述者關於「壞人總是少數」的描寫，倒是與其父母曾參與建設的革命意識形態不謀而合。在《芙蓉鎮》等大部分國內得獎小說中的有名有姓的角色中，真正的「反派」總是少數。借用丁玲評論韋君宜《洗禮》的說法，「好人」與「多數」之間好像有邏輯關係，「……這樣的同志是多數，這樣的好人會越來越多，……我真高興，我們還有這樣多的好同志啊！」[51]

「多/少」之外，張戎的另一個價值標準更具體、更有效，且貫穿作品始終，幾乎無一例外：那就是凡當年危害敘事主人公及其家人的「壞事」、「錯事」必定是「壞人」(反派)所做；凡有利於敘事主人公及其家人的「壞事」、「錯事」皆是「正派人」的可原諒行為。換言之，革命造反燒書抄書毆打整人者，並不一定就是道德意義上的「壞人」，只有損害主人公及其家人的處境與利益才會在《鴻》的敘述中被作為「反派形象」處理。

主人公父親張守愚，原是四川省委宣傳部副部長。劉結挺、張西挺夫婦是張守愚的老同事，因張西挺曾經「誘惑」張守愚未遂，兩家私人關係惡劣。「二挺」文革時期在四川掌權，便全力迫害主人公的父母。二挺在作品裏有很多政治劣跡道德醜聞，是十惡不赦的「反派」，後來也被罷官。「姚女士」是《鴻》中又一個反復出現的「邪惡小人」，「和大多數政治鬥爭一樣，羣眾的真正動力其實來自個人怨恨，批鬥我父親最積極的要算姚女士，一個看上去正經得要命，革命得不得了的副處長，她一直希望有扶『正』的一天，認定是我父親擋了她的路。眼下報復的機會終於來了。她在一次批鬥會上朝父親吐口水，還抽他耳光。」[52] 七一年姚女士也被攆到西川幹校，其實也應該是文革的受害者，但得不到敘述者的半點同情。

除了「二挺」、「姚女士」是貫穿始終的「敵人」以外，還有一些次要的人物，也因損害了主人公的家人而也得到明顯的負面文字處理。比如主人公的弟弟京明暗戀一位同齡女生，「她在他心目中算得上是十足的窈窕淑女——美麗、溫柔、未語面先紅，臉上卻又略帶高傲神氣，像個冰山美人。」但某天京明與她一起去抄家看押犯人，因京明允許犯人上廁所，「……她一下子狂怒地衝着京明破口大罵，罵他對『階級敵人發慈悲』，『喪失階級立場』，一面從纖細的腰上解下軍用寬皮帶，卷成個圈，一隻手握着，晃動着指着京明的鼻子——紅衛兵標準的姿勢。」[53] 又如有個居委主任，帶「我」和其他紅衛兵抄家，「這個居委會主任令我十分反感，特別是她那張諂媚的笑臉，我也恨她弄得我第一次去抄家。」果然，抄家結果證明居委主任卑鄙，「她是借紅衛兵之手整人……」[54] 再如主人公母親因「叛徒」罪名被捕後，「她的處境好壞完全取決於看守的良心，有好幾個看守暗地裏對她好。……後來好心腸的看守被換成一名黃瓜臉的婦女，……她從折磨我母親來取樂。……文化大革命結束後這名女看守被診斷是個虐待狂患者，進了精神病院。」[55] 總之，凡是在文革中傷害過主人公及其家人的人，如果有名有姓，每一個都是「壞人」(或者是精神病患者)。九十年代的敘述者與六十年代的主人公界線不清，以致於讀者會覺得就是這少數道德品質惡劣的人造成中國的文革慘劇並使「我」這個紅衛兵和我的幹部家庭和大多數人一起受難。最極端的例子是主人公的母親有次被批鬥，其中毆打她的羣眾，竟然都是以前的「刑事犯」(而不是可能會被英文讀者同情的「政治犯」)。有一個要傷她眼睛的羣眾，原來是解放前的妓院老鴇，因仇恨共產黨取締妓院而報仇……[56]

在另一方面，也有些紅衛兵造反派成員甚至頭頭，雖然實際上可能也參與、領導羣眾暴行，卻完全不是以「反派」面目出現——但這些人物必須曾經在文革中的某個時候保護、幫助過主人公及其家長。主人公中學班上的紅衛兵頭頭姓耿，似乎有點喜歡張戎，「過去他總是找機會跟我待在一塊，在一起時又變得局促不安。」讀者從沒見過這個小頭頭如何帶領紅衛兵燒書抄家打老師，只知道他幫助主人公在「十・一」前及時加入紅衛兵。翁、顏是造反派「紅成」的參謀人員，與「二挺」支持的「八・二六」對立。「紅成」當然也介入武鬥、破壞城市、傷害無辜，但翁、顏曾幫助主人公的母親赴京告狀，並讓主人公發瘋的父親住院治療。所以這兩位大學生的形象一直善良溫和，「顏生動的臉上架着一副顯眼的厚眼鏡，她很愛笑，笑時不斷把頭向後仰，令人暖洋洋的。」「翁非常機智又善解人意，我覺得他很不平凡。」[57] 主人公的另一男性追求者小溫也是高幹子弟，思想很「左」，「然而溫的思維方式並沒有使我對他敬而遠之，文化大革命教育了我不要按人們的信仰來區分他們，而該看他們是否心術不正，是否殘酷。我知道溫是個正派人，……」[58] 怎麼才算是「正派人」呢？——後來溫為了幫女主角調動戶口而私刻公章假造檔案。[59] 這個例子頗為典型:「偽造檔案是嚴重的犯罪行為」,即使在文革中也是「壞事」。但「做壞事」的可以是「正派人」,關鍵就是這件事的後果是否有利於主人公。

這種「文革敘述」中「以我為線」將政治歷史事件倫理化情感化的文學方法，在中國內地也已受到了尋根派以後的先鋒文學的挑戰。但西方的通俗文學市場和女性主義角度及東方主義習慣在閱讀文革時仍有一定程度的共謀關係。《紐約書評》說「張戎是很少幾個能找到中國歷史悲劇根子的中國人之一。」[60] 不知道這悲劇根子是指作品所有意批判的姚女士、「二挺」等「無人性」中國人的文革心態行為呢？還是作品所無意顯示的在九十年代仍以個人情感來總結政治反思歷史的文化慣性？

有沒有可能，「二挺」、姚女士等人也和《尹縣長》中的紅衛兵小張或〈任秀蘭〉中的工宣隊馬師傅一樣是在迫害他人時又被人操縱，因而不是「無人性」而是人性被扭曲呢？有沒有可能，小溫在偽造公文幫助主人公時卻損害了其他人調動戶口的機會？小溫是否還是「正派人」是否「心術不正」？有沒有可能，從前被省宣傳部副部長錯劃的右派甚至被槍決的地主的親人也覺得張戎父親「無人性」因而活該被鬥呢？

然而，《鴻》的敍事角度的特點與「好處」，就在於排除了這些「可能」。

《尹縣長》《霸王別姬》與《鴻：三代中國女人的故事》至少有一個共同點，那就是都將紅衛兵造反派的所謂「革命行為」作為壞事、錯事來描寫。在《尹縣長》集中，做「壞事」的一定危害主人公，卻不一定是「壞人」。紅衛兵造反派的行為大都給受難主人公的生活、處境及精神狀態帶來負面影響。但除了小說《尹縣長》中的小張等極少數例外，大部分情況下紅衛兵造反派並不是道德意義上的「壞人」、「惡棍」。這種通篇絕少低貶文字的對「反派形象」的淡化處理，一方面可以顯示迫害者同時被人操縱的歷史處境，另一方面也可以揭示「好人（或普通人）做壞事」的人性扭曲現象，進而驅使讀者去思考文革慘劇的歷史、文化原因。

在《霸王別姬》及李碧華其他的「文革故事」裏。行為粗暴、破壞文明的紅衛兵造反派直接就被低貶文字處理成「羣體」的「反派」，直接就構成了災難「佈景」。然而對主人公傷害最大的，卻並非「羣體」的「反派」，而是關係親密者的背叛。「背叛者」可以是道德意義上的「壞人」（如小四），但更多的還是親人、戀人（武龍、蝶衣、許仙……）。李碧華筆下的反派形象處理，一則劃清了通俗文學讀者所期待的忠奸界線（做「壞事」的都是「壞人」），二則也強調了人性變化的戲劇性與世事因果之偶然性（造反派未必能造成對主人公的最大傷害，如紅衛兵野蠻破壞雷峯塔，反而陰錯陽差救了白娘子）。

而在張戎的「文革敍述」中，紅衛兵造反派所做的「壞事、錯事」可能、但並不必然傷害主人公。凡傷害主人公者，便得到低貶處理，成為道德意義上的「壞人」(「心術不正」、「無人性」)；凡幫助主人公者，則一定被描寫成「正派人」。這樣一種對反派形象「一分為二」的處理方法，既有意識地描寫了私人恩怨、利害衝突在文革具體進程中的「歷史作用」(這裏滲透着今日西方觀點對昨日中國政治的解讀和詮釋)，也在無意之中顯示了整理文革記憶時的某種將歷史發展倫理化並將倫理判斷情感化的傾向。

以三位作家的幾部作品來概括「海外華文小說中的文革敍述」，當然只是管中窺豹，無法真正全面。所能略見的「一斑」，也都可以歸納到文章開始時提出的幾個問題。

第一，敍事者與反派形象的不同變化決定着「文革故事」的不同類型：冷靜的參與者在悲劇中看不到絕對的反派，看到的只是「多數好人圍觀、迫害個別人」的魯迅式的圖景；全知全能神通廣大的敍事者則看到造反派的醜惡羣像，再加上儘可能用熱鬧、離奇與戲劇性的色彩來描寫文革的荒誕；而如果敍事者既是紅衛兵又「一貫受迫害」，那麼所有她(或他)的情感上的敵人，也就自然會被描述成文革慘劇的肇事者。

第二，從出版界、讀者的制約角度看，多數好人怎麼會合起來做成一件壞事？這樣的景象自然會引向對制度的思考。所以《尹縣長》式的歷史反省較符合海外知識分子的閱讀期待：隔岸觀火，卻心急如焚。而《潘金蓮之前世今生》《霸王別姬》以及其他很多港產的文革故事，更多體現了香港海外民眾有關文革的集體想像——一種難民記憶與大眾趣味的結合。而《鴻：三代中國女人的故事》則一方面重複着某些運動參與者(無論在大陸還是在海外)始終不肯放棄的「一貫正確」、「永不懺悔」的情緒記憶，一方面又有意無意地契合了英語讀者市場中的一些賣點：女性命運、對共產主義的有距離的恐懼宣泄、善惡分明的通俗趣味，等等。

第三，與同時期中國內地有關文革的創作相比，我們不難發現《尹縣長》的悲劇中沒有王蒙、張賢亮、古華筆下常見的拯救主題；《霸王別姬》則在文革佈景下加入了傷痕文學或尋根文學中罕見的同性戀異彩；而《鴻》之中 BBC 口吻的中國政治局勢分析也不會出現在類似的重申「我也是紅衛兵，但我也受迫害，所以我不必懺悔」的紅衛兵–知青回憶錄中。不過除此之外，《鴻》與梁曉聲、張抗抗甚至張承志的一些自傳文體的小說，實在不無相通之處。

原載《略論海外華文小說中的文革敘述》，《現代中文文學學報》Journal of Modern Literature in Chinese（香港，中英雙語出版），第五卷（1999）。

---

1 陳若曦 1961 年於台大外文系畢業，曾赴美留學。1966 年至 1973 年期間在北京、南京生活。1973 年離開中國內地以後創作《尹縣長》。小說集《尹縣長》包括六個短篇。除〈查户口〉外，都曾在香港《明報月刊》上發表。小說集自 1976 年 3 月在台灣遠景出版事業公司初版以後，到 1983 年 12 月便已印行二十六版。

2 葉維廉：〈陳若曦的旅程〉，見《尹縣長》，台北：遠景出版事業公司，1983 年 12 月，頁 16。

3 白先勇：〈烏托邦的追尋與幻滅〉，見《尹縣長》，頁 37。

4 〈耿爾在北京〉，見《尹縣長》，頁 130。

5 不知道是因為白先勇所稱道的「藝術成就」，還是由於這篇作品中所揭露的「傷痕」是最「輕」的，（知識分子在文革中「失戀」，這算甚麼「傷痕」？）福州海峽文藝出版社 1985 年出版《陳若曦中短篇小說集》時，選收了《耿爾在北京》（而不是《尹縣長》）。

6 本文並不涉及 1966 年至 1976 年間在中國內地發表的有關文革的「文學作品」。

7 〈查户口〉，見《尹縣長》，頁 60。

8 「早在一九六三年『四清』運動時，⋯⋯系裏的黨委書記馬遂便藉口關懷教工家屬，來接近彭玉蓮，不時問寒問暖地獻殷勤。這馬遂生的小白臉一張，兩片嘴又會說，彭玉蓮禁不住引誘，便被他搞上了手。那時，鄰居全都看在眼裏，但馬遂是党支書呀，誰敢哼一聲？⋯⋯這馬遂在彭玉蓮之後，又搞上了學校裏一個鍋爐工的老婆。事情作得不密，叫人家丈夫發現⋯⋯等坦白書一交出來，羣眾都譁然了。原來連彭玉蓮在內，馬遂前後勾引了五個本校的女教工，手段、情節都惡劣透頂。」（〈查户口〉，見《尹縣長》，頁 63–64。）

9 「李國香本是縣商業局的人事幹部，⋯⋯今年春上，正當要被提拔為商業局副局長時，她和有家有室的縣委財辦主任的秘事不幸泄露。因她去醫院打胎時不得不交代出肚裏孽種畜生的來歷。⋯⋯」見《芙蓉鎮》，香港：天地圖書有限公司，1994 年，頁 13。

10 這個句子第一次出現在李國香尋找階級鬥爭目標時，「她像個舊時的鎮長太太似的，挺起那已經不十分發達的胸脯，在墟場上看過來，查過去，最後看中了『芙蓉姐子』的米豆腐攤子。」（《芙蓉鎮》，頁 12。）形成對比的是女主人公出場時的描寫文字：「胡玉音黑眉大眼，面如滿月，胸脯豐滿，體態動人⋯⋯」（《芙蓉鎮》，頁 7。）我們很難設想如果李國香與胡玉音的外表對換一下，全部情節不變，這部小說（及電影）會有怎麼樣的閱讀（觀賞）效果。

11 《芙蓉鎮》中對王秋赦的描寫，諷刺多於憤怒，所以文字之中的批判色彩，也比較婉轉一些。

12 「文革敍述」中最有效的「祭品」（讀者大眾最喜歡看的反派），通常一是「壞女人」（如李國香：不好看，也不年輕，有點性變態，不僅弄權術，而且淫蕩，或者如《蝴蝶》《洗禮》中背叛受難幹部的第二任妻子們⋯⋯）。二是玩弄民女的幹部（《飛天》中的謝政委、《在社會檔案裏》中污辱李麗芳的軍隊高級幹部⋯⋯）。在「沒有反派」的《尹縣長》中，唯一的例外也是欺負民女的黨委書記，是否巧合？

13 〈晶晶的生日〉，見《尹縣長》，頁 18–19。

14 〈任秀蘭〉，見《尹縣長》，頁 80。

15 〈任秀蘭〉，見《尹縣長》，頁 81。

16 見陳建功：《轆轤把胡同九號》，《北京文學》，1981 年第 10 期。

17 「這小張身上一套草綠軍裝，因為捨不得換下來洗，領口和袖口都油污發亮了；臂上戴着五寸長的紅綢袖章，倒是非常耀眼，見了人喜把右手叉在腰上，迫得別人不得不正視這紅袖章所代表的權威。」（〈任秀蘭〉，見《尹縣長》，頁 81。）白先勇曾引用這幅「紅衛兵肖像」，說明「新生的一代，在陳若曦的筆下，反而顯得囂張、輕浮、缺乏人味。」其實，小張在後來批鬥遠房親戚尹縣長的過程中也不無猶疑、焦慮，但終於，要證明自己革命的慾望戰勝了倫理親情。當上「造反團的副司令兼宣傳部長」後「還配備了女秘書，一身嶄新的軍服，腰裏紮着寬皮帶，紅光滿面⋯⋯」不過在大義滅親（槍斃尹縣長）以後，小張因為在武鬥派仗中失勢，最終也要「躲起來」，顯然也是犧牲品。

18 李碧華的小說、散文都很暢銷，而且也開始引起學院批評的重視。李碧華的專欄每天見報，有時候幾個院線同期上映她不同的影片。但作家本人很少露面，行止低調。所有的作品集前面都附一份幾乎相同而且標語出錯的作者簡介。篇幅不長，不妨照抄：「為免饔餐不繼，且具自虐傾向，同期做着多份職業。其中若干份致力於榨取有限之腦汁。七六年秋至今，任職記者（人物專訪）、編劇（電視作品：七女性、北斗星、年青人、小時候、獅子山下、歲月河山、烙印、屋簷下、霸王別姬、江湖再見、男燒衣⋯⋯；電影作品：父子情、細圈仔、窺情、胭脂扣、潘金蓮之前世今生、秦俑、川島芳子⋯⋯；舞劇作品：搜神、女色。）又在東方日報及香港週刊撰寫專欄及小說，結集出版： —— 」。

19 1994 年 5 月我在寫一篇有關香港散文的論文，因為找不到李碧華的生平資料，最後只好致電作者本人，查詢若干問題，包括她描寫文革的動機、依據、材料等。

20 另外兩部影片分別是古華原作、謝晉導演的《芙蓉鎮》和王朔原作、姜文導演的《陽光燦爛的日子》。

21 1997 年出版的《香港文學史》(劉登瀚主編，香港作家出版社) 中有關李碧華的章節 (第十二章第三節) 評價中肯，褒貶含蓄，卻完全沒有涉及李碧華作品中的「文革背景」。

22 李碧華：《青蛇》，香港：天地圖書有限公司， 1986 年 5 月初版，頁 196。

23 《青蛇》，頁 201。

24 《青蛇》，頁 201–202。

25 宗濮：《我是誰》，《長春》， 1979 年第 12 期。

26 李碧華：《潘金蓮之前世今生》，香港：天地圖書有限公司， 1989 年，頁 16。

27 劉克的《飛天》(《十月》， 1979 年第 3 期) 曾因上述細節描寫而受批判。

28 《潘金蓮之前世今生》，頁 24。

29 《潘金蓮之前世今生》，頁 24。

30 李碧華：《霸王別姬》，香港：天地圖書有限公司， 1991 年 2 月第十次印刷。

31 李碧華：《霸王別姬》，香港：天地圖書有限公司， 1992 年 5 月修訂本初版。

32 李碧華：《霸王別姬》，初版本頁 107；修訂本頁 269。

33 李碧華：《霸王別姬》，初版本頁 102；修訂本頁 269。

34 李碧華：《霸王別姬》，初版本頁 106；修訂本頁 274。

35 凌耿原著、丁廣馨、劉昆生翻譯：《天讎：一個中國青年的自述》。我在香港所看到的中文版沒有標明出版社，卻印有《新聞週刊》(Newsweek)、《洛杉磯時報》(Los Angeles Times)、及《遠東經濟評論》(Far Eastern Economic Review) 的評論介紹，說「作者寫出了文化大革命的第一部真實的內幕歷史」。譯者序 1972 年 4 月寫於美國加州。

36 梁恒、夏竹麗合著，香港：遠東評論出版社， 1983 年 6 月初版。

37 鄭念著，程乃珊、潘佐君譯，杭州：浙江文藝出版社， 1988 年 9 月初版。英文原著書名：*Life and Dedth in Shanghai.*

38 張戎著，張樸譯：《鴻：三代中國女人的故事》，香港：九十年代雜誌社 / 臻善有限公司，1994 年 4 月第四版。英文原著書名：*Wild Swans: Three Daughters of China by Jung Chang.*

39 張戎著，張樸譯：《鴻：三代中國女人的故事》，香港：九十年代雜誌社 / 臻善有限公司，1994 年 4 月第四版，頁 290。

40 僅以《鴻：三代中國女人的故事》(香港版) 第 259 頁到第 266 頁的記載為例。

41 王蒙：《蝴蝶》，《十月》， 1980 年第 4 期。

42 宗濮：《我是誰》，《長春》， 1979 年第 12 期。

43 金河：《重逢》，《上海文學》， 1979 年第 4 期。

44 鄭義：《楓》，《文匯報》(上海)， 1979 年 2 月 11 日。

45 張承志：《金牧場》，北京：作家出版社， 1989 年。

46 禮平：《晚霞消失的時候》，《十月》，1982 年第 1 期。

47 老鬼：《血色黃昏》，北京：工人出版社，1987 年。

48 《鴻：三代中國女人的故事》（香港版，以下簡稱《鴻》），頁 308。

49 《鴻》，頁 256。

50 美國《洛杉磯時報》（Los Angeles Times）書評，見《鴻：三代中國女人的故事》（香港版）封底。

51 丁玲：《我讀〈洗禮〉》，《當代》（北京，1982 年第 3 期〔5 月〕，頁 247）。

52 《鴻》，頁 291–292。

53 《鴻》，頁 278。

54 《鴻》，頁 275–276。

55 《鴻》，頁 325。

56 《鴻》，頁 296。

57 《鴻》，頁 312。

58 《鴻》，頁 358。

59 事成之後女主人公並沒有任何盛情回報，傷心的溫到寮國打遊擊踏地雷而死。敘述文字十分簡潔，沒有顯示任何歉疚情緒。見《鴻》，頁 372。

60 見《鴻：三代中國女人的故事》（香港版）封底。

幾個簡化的「文革」讀本

一、為大眾解脱犯罪感的《芙蓉鎮》

我自己也奇怪，怎麼會現在想到要重讀且重評《芙蓉鎮》呢？

在文學界，尤其是在圈子裏，小說《芙蓉鎮》早已成為「過去」了的話題，無論是它的創新還是它的弱點，也都「過去」。「過去」並不只是個時間上的概念，《戰爭與和平》《邊城》就沒有「過去」。「過去」也並不意味作品已無價值已失去意義，而是說作品的價值只有放在特定時間環境及文學、社會的特殊發展階段中看才有意義。「文革」後有不少很轟動的名篇如《班主任》《喬廠長上任記》《苦戀》等，也都和《芙蓉鎮》類似，特定社會意義遠遠超過其「文學性」的意義。1983 年人們初讀《芙蓉鎮》，都覺得該長篇有勇氣全面描寫「文革」的來龍去脈，細節真實，愛憎鮮明，頗符合劫難後中國老百姓想迅速劃分善惡吐口惡氣的道德化審美心理需求。不過當時也有些青年作家不滿作品將政治動亂作倫理化解釋，這些不滿很少訴諸批評文學，大都轉化在 1985 年以後的新潮創作中。時至今日，評論家們不僅再無興致來闡發《芙蓉鎮》的深意，甚至也懶於指摘其缺陷了。

然而《芙蓉鎮》卻名聲在外了。它上過香港三聯文學類暢銷書榜首；我八十年代在東京、大阪作講座，很多日本學者的提問涉及該書；

北美大學生想了解「文革」也首先以《芙蓉鎮》為教材；據古華在香港版《芙蓉鎮》序言中謙虛地介紹：這本書不僅受全國工農兵歡迎和一大批老人家的讚賞，而且已譯成十幾種外文，連巴黎、阿姆斯特丹也有賣《〈芙蓉鎮〉評論集》……當然，小說暢銷影響廣泛，與謝晉導演劉曉慶姜文當年的電影也有關，與海外人士對文革的政治興趣有關，但同時，也與後來中國知識分子及民眾「重讀文革」的心理需求有關。

很多人都希望能通過《芙蓉鎮》認識、解釋和批判「文革」。湘西封閉的小鎮成了中國的縮影和象徵，人們跟着古華的筆又重新經歷了「四清」、紅衛兵造反、大字報、牛棚、坐牢、參觀大寨、鬥私批修、平反、文革紅人照樣升官或發瘋等一系列難忘難受難以解釋的事件，結果他們發現：整個過程基本上就是少數壞人（如李國香、王秋赦）迫害多數好人（豆腐西施、秦書田、糧管所長等）的過程！文革前，多數好人都生活得不錯，只是由於壞人當道才苦了大家，最後多數好人終於勝利，小鎮（中國？世界？）又走向光明，只是仍需提防壞人再次作亂即可……多麼清晰簡單的歷史教科書呵，它將現代史、黨史上種種複雜到令人頭痛令人害怕的問題用倫理尺度分解得一清二楚黑白分明，除非你願意認同淫亂的李國香認同江青，否則，你就一貫是受迫害者一貫是革命派……《芙蓉鎮》簡捷有效的心理宣泄通道，能使所有（至少大多數）在文革中唱過歌舞過旗受過傷沾過腥流過血也昏過頭的人們都可以問心無愧慷慨激昂地逃離「昨天」走向明天。後來在國慶遊行中四個方陣能夠緊密銜接概括六十年，使人民記憶空缺十年而在情感上渾然不覺，《芙蓉鎮》等當代文學的宣泄忘卻作用功不可沒。在把濃縮匯聚所有人罪惡缺陷錯誤卑鄙的少數壞人狠狠釘在恥辱柱上時，大多數人在文革中的基於各種原因的不愉快或內疚也都全部或大部分被洗脫了。難怪阿城在改編電影劇本時想刻畫李國香、王秋赦性格的另一面阻力重重如此困難，真像巴金提倡的那樣大家都以「懺悔」姿態回首文革，大家心理上不就沒有那麼輕鬆了嗎？中國人，多麼渴望心理平衡和心理輕鬆呵！

我想我其實並無意苛求《芙蓉鎮》，問題是這樣一部將文化大革命簡單倫理化的作品，怎麼會產生這樣的影響？作為中國民眾在特定時期對「文革」的一種情緒反應來看，該小說頗有價值。但想靠《芙蓉鎮》解釋文革歷史，那就成問題了。

進一步再想下去，如果中華民族，中國的知識分子至今仍用《芙蓉鎮》式的方式來「重讀文革」（然後在六十年光輝歷史中無形「切割」掉文革），那中國真是不幸了。

二、張賢亮筆下的「畸形屈辱感」

據說是因為《綠化樹》單行本曾被放在新華書店植物學櫃台出售，所以作者才將其續篇改成這樣一個嘩眾取寵的書名：《男人的一半是女人》，那麼另一半呢？張賢亮的回答似乎是：「政治」。書名可能的讀法至少有三：一，男人的一半是女人，離開女人，就無法成為完整的真正的男人；二，女人只成就男人的一半，男人的另一半還需要憂國救世為民……三，男人的一半是女人，是否意味着「女人的全部是男人」？（自願成為女性主義文學批評的活標靶？看來張賢亮曾受一些女作家非議，並不僅僅因為陳年往事的緋聞。）

把「政治」和「女人」（革命和愛情）扭在一起並尋求其間最佳組合方案，本是「五四」以來很多中國作家一直想做一直在做的事。張氏的獨特之處，只是將兩者都推到「屈辱」的極端（政治犯 + 性無能）並絞在一起打個結。在現實生活中互為因果，在結構意象上互相隱喻。

很多歷經劫難飽受政治迫害之苦的文化人，今天都不能忍受張賢亮這種對知識分子「屈辱感」的津津樂道。怎麼臉頰被粗暴的耳光抽得鮮紅還說如何痛快幸福，還說過去面色太蒼白現在更健康？！他們懷疑作者的政治品格，或者至少是心理上有被虐狂傾向。其實在我看來，張賢亮作品所客觀呈現的中國知識分子在五十至七十年代「捱了耳光還覺甜」的精神狀態，不僅是歷史事實，而且這種政治屈辱還是從某種原本高尚的政治使命感逐漸演變轉化而來的。從魯迅《一件小事》、郁達夫《薄奠》中着長衫者對人力車夫的負疚感，到巴金《家》裏覺慧對鳴鳳的解救與負罪感，再到丁玲《我在霞村的時候》艱難調整知識分子與大眾的政治關係，楊沫《青春之歌》承認知識分子只有投入大眾投入革命才有出路，再到張賢亮所記述的知識分子雖為革命迫害仍苦求大眾原諒他們的「原罪」—— 這一整個現代中國知識分子的「懺悔」歷程，都是以「『士』無力救大眾而後愧對大眾」為邏輯起點的。一個高尚的起點，怎麼會導向荒謬的後果呢？這其間過程很值得思考。「愧對大眾」，而後真心負疚，而後不斷「懺悔」（再從俄國作家那裏學點貴族對農奴的「原罪感」），而後面對假借大眾名義的政治迫害也自以為是覺得是在為大眾改造和犧牲自己。而後這種「贖罪感」也成了無力反抗迫害時忍受非人屈辱的心理平衡因素，而後我們看到章永璘一方面苦苦哀求大眾原諒他：接過鄉女遞來的饃饃也會熱淚縱橫；一方面，潛意識裏仍有「士」的優越感，落難時才靠風塵女子肉體相救，一旦人性恢復，馬上又要搞政治救人民了……

我不欣賞章永璘（張賢亮？）這個知識分子在劫難中的上述畸形屈辱感，但我感謝張賢亮寫出了知識分子在劫難中的這種畸形屈辱感。

因為張氏的男主角的性愛情熱，潛意識中是與渴求母愛溫暖與求民眾庇佑的浪子心態相聯繫的，所以諸如野地窺浴牀上「寫意」等做作細節生硬筆觸也都攜帶着一定的社會心理內容。也因為張賢亮太執着於男主角的政治厄運政治慾求，他對男女性心理的探究最終只成為寫政治「屈辱」的工具手段，而不構成人性「屈辱」本身。張賢亮的「性描寫」只有放在政治背景上看才較有意義。郁達夫、丁玲等人「五四」時期是從表現「性苦悶走向表現生的苦悶」再發展到努力表現「社會苦悶」，「文革」後的愛情文學卻完全反方向而行，先在「社會苦悶」，在社會政治意義上討論「愛情的位置」（劉心武），後來變成情感價值問題（張潔《方舟》），然後才有張賢亮、王安憶等人的「性文學」。有人批評張賢亮的性描寫，尚未達到郁達夫的水平。不知道這是張氏才力氣質所限，還是歷史轉了一個圈。

三、紅衛兵梁曉聲的自白

梁曉聲的《一個紅衛兵的自白》（四川文藝出版社 1988 年 3 月版）扉頁上的題字——「我曾是一個紅衛兵。我不懺悔」，給我留下很深的印象。二戰是非已過去四十多年，德國亦鮮有「我曾是衝鋒隊員我不懺悔」之論。日本人去靖國神社，還始終有國內外的反對聲音。何以在文革後的中國，十年仇怨創傷未愈，而且眾人異口同聲「徹底否定」，為甚麼「紅衛兵情緒」仍能理直氣壯地以「不懺悔」為驕傲。

細讀這個長篇，我發現作品主人並不肯因其紅衛兵身份而懺悔的原因有三：

第一是梁曉聲顯然覺得他自己青少年時期身為紅衛兵並未做過甚麼具體的「壞事」（即使依照今天的好壞標準）。在中學造老師反的時候他因為出身不太硬混在「紅五類」之中，所以膽子亦不大。公安局長受圍攻時他還比「革命羣眾」更清醒，在紅衛兵狂熱「掃四舊」臥軌擠車大串聯、在長安街天安門接受紅太陽檢閱等「歷史事件」中，主人公似乎都只是個旁觀者、見證人……雖然通篇敘述儘量傳遞紅衛兵當年情緒感受，但實際上小說的敘事人立場卻站在今天，像「那是人民的艱難歲月。也是黨的艱難歲月」之類的事後理性（是否是作者獨立的理性？）評說的經常插入，使讀者不斷「出戲」而且不無理由對「自白」的資料價值持保留態度。

小說中那個「紅衛兵」主人公不肯懺悔的第二個原因是：即使盲從潮流或為保自身，他也鬥老師打派仗狂熱「獻忠心」全國亂「串」，那責任也不在他。他，或者說他們這一代紅衛兵也同樣是文革的受害者。這種思維邏輯文革以後極有成效極快速地幫助很多中國人較輕鬆地在理性和心理上擺脫了文革的重負而「走向明天」。但這種「受蒙蔽無罪」的邏輯一旦推至極端便會導致王力、徐景賢、吳法憲、姚文元也說他是受害者的地步。不錯，大小王力輩也確是文革的受害者，但受害者就等於可以對災難不負責任了嗎？——在這個嚴峻問號下小說的整體思辨傾向不明確，但卻以不少生動的實例（如王文祺殺人案，張珊、姚舜兩「聯動」紅衛兵的浪漫行為等）提醒人們思考上述問題，很多細節比作者的議論精彩得多。

小說主人公「曾是紅衛兵」卻「不懺悔」的第三個原因，或者說最值得注意的一個原因，那就是小說在比較真實展示文革爆發前社會氣氛時所無意間透露的情況：紅衛兵們的整體運動是盲目荒謬的，但不少紅衛兵反領導反幹部反官僚制度的具體行為卻又不無「合理」因素。這種「合理」性首先表現在青年人受社會壓抑後有理由產生反叛情緒——近年來，張承志、梁曉聲、曉劍、嚴婷婷等作家反復傾訴的「理性意義上錯了但情感意義上沒錯」的「紅衛兵心態詠歎調」，便是重申上述「情感合理性」。但在我看來，更重要的「合理」因素是不少紅衛兵的具體造反對象是五六十年代官僚體制中的具體人與事。只造「具體人與事」的反固然無用，而且造反方式本身極不合理，但只要這種體制弊病沒有隨文革完全「過去」，那麼青年人的那種造反心態今天依舊存在且不肯懺悔，又有甚麼可奇怪的呢？

所以，與其將梁曉聲這個長篇視為當年紅衛兵運動的「史料」，不如把它看作今日某些中國青年心態的「自白」而更有意思。

對「文革」的兩種抗議姿態

《上海生死劫》(*Life and Death in Shanghai*，鄭念著)和《血色黃昏》(老鬼著)都是海內外「文革文學」的重要作品。將兩書放在一起讀尤其有意思。鄭念女士原是英國亞細亞石油公司上海分公司經理，在文革中遭難入獄，獲平反後於 1980 年離滬去美。小說原以很漂亮的英文寫成，經《時代》週刊專文推薦後很快贏得大量西方讀者，其影響後來「外轉內銷」。1987 年台灣有了題為《生與死》的中譯本，1988 年大陸出了譯本，十分搶手。國內評論界迄今為止卻保持沉默。老鬼(真名林鵠)是五六十年代著名作家、《青春之歌》作者楊沫之子，在文革中當過紅衛兵闖將、兵團知青、「現行反革命」兼勞改犯。《血色黃昏》寫於「傷痕文學」時期，當時沒能出版。後輾轉了六家出版社，一直未作修改，最後終於在 1987 年由北京工人出版社付梓，一年內竟接連重印，銷到三十幾萬冊。在純文學、社會文學似乎越來越少有「轟動效應」、印數已逐年減少的文學市場中，樸實記述「文革」經驗的《血色黃昏》反而更為讀者們接受，這不能不說是個耐人尋味的現象。

我並不想比較這兩個長篇的長短優劣，應該說，它們均有自己的價值和意義，我只想將兩本不相關的書並置閱讀。在文學中，一加一常常並不等於二。

只要放在一起讀，人們就很容易看到若干有趣的相同或類似之處。首先是自傳內容，兩書都寫文革中的個人災難。前「買辦」鄭念入獄共六年半（1966—1973），前紅衛兵老鬼被監督勞改也近六年（1970—1976），他們都描述了被批判、被「幫助」、被「飛機式揪鬥」、被「疲勞式審訊」以及忍受種種苦役、精神肉體折磨的全過程，對手臂被反銬的心理生理感受幾乎一樣細膩。在表面的「賣國」和「現行反革命」罪後面，兩個主人公捱整其實各有具體背景：鄭念的「賣國罪」是因為一份有助於批周恩來外交政策的材料；殺殺「黑文人」「狗崽子」威風則有助於農墾兵團中復員軍人管理北京學生。似乎極為巧合，這樣兩個截然不同的「文革」冤案個例，最後都是經周恩來直接過問才獲得徹底平反。其次，兩部長篇結構類似，都以現場實錄主人公遭難經過及心情為情節主線，以另一個不無懸念的感情線索（思念女兒和單戀韋小立）為情節副線。主線一直在沉悶、緊張和苦痛中順時態發展，副線則帶着光明、生機的可能在主線旁邊浮蕩。最後主線中主人公終於逃出劫難，但明亮的副線皆消失了，象徵主人公生命中的亮色已被災難帶走。在主線發展開始不久，兩個主人公便已落難。初讀作品時我很替作者擔心：新時期「大牆題材」已很濫，再寫這種脫離普通百姓身份的「文革奇遇」已很難。後來我承認，兩書都是在主線發展的中段（定案、申辯）和末段（「平反」後的反省）才越來越精彩。兩書結構的重心，都落在「面對災難的申辯姿態」上。第三，在敍述姿態上兩書的共同點在於只做現場實況記錄，而儘量不做事後的分析解釋（歷史觀照）。《上海生死劫》裏也有一些向美國讀者解釋中國「國情」的議論，但鄭念運用敍述技巧，將這類事後的解釋與小說中面對「文革」的臨場反應分得很清楚。而《血色黃昏》裏則幾乎自始至終只有紅衛兵加知青的情緒反應，找不到事後的「反思」角度。這與寫作時間有關，更說明了作者今天的反思態度（老鬼何以堅持不作修改呢？）

老鬼和鄭念好像都只是不厭其煩詳細記述自己捱整遭難時的心理細節，而不努力跳開視角去分析別人整他（她）的心理以及整個災難究竟從何而來 —— 大概正是「現場實況效果」吸引了讀者，使得兩書熱銷，讀者們在得到一堆似乎未經加工處理的「文革」原材料的同時，也得到了一個（其實是由作者給予的）評判、審視和反省「文革」的機會和權利。至少現在，人們覺得這種自己來審視「原始資料」，要比透過諸多複雜技巧得到別人一些匆忙的歷史教訓更好些。

當然，將《上海生死劫》與《血色黃昏》放在一起，我們看到的絕不只是上面這些相通。

兩部長篇的情節主線均可分成三段，劃開三個階段的兩個轉捩點分別是鄭念入獄、老鬼捱整和兩人獲平反。

在第一階段（即文革初期）裏，鄭念是隻家產被抄、自己被鬥的驚弓之鳥，充滿了恐怖和憤怒的情緒；老鬼（在作品中叫林鵠）則是個貼母親大字報、想去越南打遊擊、押着當時的團中央書記胡耀邦進人民體育館批判場地的紅衛兵闖將，充滿了亢奮、激動的情緒。雖然一在上海一在北京，但實際上他們處在完全對立交鋒的位置上。一是被抄家的階級敵人，一是抄家的紅衛兵。鄭念當時對那些橫蠻魯莽打碎她珍藏的明代瓷器的紅小將恨得咬牙切齒，老鬼假如碰到像鄭念那樣貨真價實的「買辦資產階級」，大概他的拳頭會更硬一些。

我自己曾想寫一部記錄 1966 年的小說，書名叫《抄家》。至今還沒寫出來。我一直覺得，在所有各種文革敘述中，千千萬萬形形色色的抄家故事（包括寫實意義上的抄搶家庭物質財產，包括象徵意義上破壞家庭人倫精神財產）並沒有被作家們足夠重視好好描寫。

我們完全可以說鄭念的「文革遭遇」不典型。亞細亞石油公司是 1949 年以後仍留在中國內地的唯一一家西方公司。經過革命反復洗禮後，直到 1966 年仍擁有私人洋樓珍貴古玩，仍保持英式生活方式及好幾個僕人，這種情況即便不是絕無僅有，也肯定十分罕見。更罕見的是鄭念看到自己家被抄時的情緒反應。當時絕大多數被抄家者都處在恐懼、驚慌、躲藏乃至懺悔的精神狀態中，像鄭念那樣以憲法為依據向紅衛兵抗議且憤怒感超過恐懼感的例子確實很少。初讀這本書時，我有些不喜歡鄭念那種貴族氣息 —— 即便她在遭受不幸。鄭念仿佛視衝進她家的紅衛兵如草寇搶財，有一種居高臨下的有錢人的蔑視姿態。她不像別的很多中國知識分子和工商業者那樣因為拿幾百元「高薪」、定息就覺得對不起百姓，對大眾抱着犯罪感，也不像巴金、老舍那樣真的相信毛澤東，相信羣眾，真的懷疑自己有錯（即便是自殺的傅雷，可能也蔑視「羣眾」，但至死並不怎麼懷疑毛澤東所領導的這場運動）。西方中產階級讀者可能會將鄭念的經歷視為一個文明人在混亂的野蠻文化中的遭遇，但中國的「當事人」們，看到的卻是一個文化意義上的「西方人」，面對「文革」所可能持有的態度。持西方國家護照的外國人即便 1966 年在中國，也不大會有鄭念的遭遇，因此鄭念的態度自有其獨特意義。鄭念早年在北京讀書，後留學倫敦並曾在澳洲工作，她的教育和宗教背景，乃至整個生活、經濟基礎都更連着西方。我後來才漸漸發現鄭念面對厄運那種種不太像「中國人」的言行反應，正體現了一種在中國比較少見的個性主義價值觀與「文革文化」的對抗。

小說中的老鬼，雖然也是文革受害者，其心態則完全是「文革文化」的產物 —— 同時兼有野蠻、蒙昧的非理性行為特徵及某些情感合理因素。楊沫三十年代也曾求學於北京，後來投身抗日救亡接受了革命的「再教育」。老鬼正是在《青春之歌》的文化背景裏長大的，從小被父母告知要首先聽毛主席的話，為了追求革命不惜背棄家庭 —— 林道靜便是榜樣。到後來真的聽了毛主席的話造母親的反，為了投身「文革」不惜捆綁姐姐搶走家裏的錢，這中間心路歷程的發展順理成章。老鬼紅衛兵心態的實例使我們看到，「十七年文學」為文革做了多麼重要的準備工作（至今國人仍缺乏足夠的反省，甚至繼續以紅歌、紅色經典為工具，全然忘卻其中有些紅人的父輩在文革中的經歷）。《血色黃昏》中對運動初期的回述較略，對主人公下鄉後在草原上抓階級鬥爭（抄「牧主」的家並毆打「牧主」），以及參加農墾連隊開門整黨的過程記錄較詳。作為主動要求下鄉的「先鋒派」知青，老鬼在捱整前亢奮的革命情緒，既體現了紅衛兵盲從趕潮流姿態與某些期望改良社會的天真理想的複雜混合，也表現了時尚模仿中的個人心理需求：一是年輕時普遍受壓抑後借「革命」為宣泄途徑（如老鬼崇武好鬥就拚命打人，換個「善棋者」也許會努力整人家的黑材料，換個「貧民」造反者也許會撈些經濟上的小便宜）；二是用過激行為保護自己（否則「不革命」等於「反革命」）。十年來寫紅衛兵的作品不能算少，但簡單批判或文過飾非或匆忙地歷史總結，都妨礙着這類創作的深度。相比之下，老鬼心態倒是一個更有解剖價值的「病例」。

使鄭念憤怒害怕的「紅衛兵精神」，在《血色黃昏》裏呈現了內在的情感邏輯、心理依據；被老鬼抄家毆打的「階級敵人」，在《上海生死劫》裏堅持了人文主義的道德操守。將兩部長篇放在一起，文革初期的風貌不是更「立體」了嗎？按照文革的理論定義，這種「洋奴買辦」與「紅小將」之間的鬥爭應該持續下去才是，怎麼過不多久鄭念和老鬼竟共患難同厄運了呢？——大概這也正是「文革」最精彩、「文革文學」最值得寫的地方。

兩個主人公遭批鬥、受審查、被定罪的過程都寫得極其詳細。貫穿兩部作品的中軸，都是面對這種批鬥、審查和莫須有罪名的主人公的申辯姿態。雖然他（她）們所受到的迫害劫難很相似，但申辯方式卻不一樣——

「……這裏是第一看守所，一個囚禁政治犯的監獄，是審查和監禁反對人民政府的反革命罪犯的地方。」

「事實上，我不應該被帶到這裏來。」我堅定地聲明。我的聲明並沒有引起他的不安，他繼續平靜地説：「你被監禁在這裏，是因為你犯了反對人民政府的罪。」

「那是錯誤的，」我説。

「人民政府沒有錯。」……

「要證實你説的話，必須出示證據。」……「為甚麼浪費審問的時間，為甚麼不出示證據就處罰犯人？」（省略號係引者所標示）

在鄭念的這段受審記錄中最值得注意的有兩點：一是她「請對方證實她有罪」；二是她認為對方錯在不出示證據便處罰人。

我們再來看看老鬼被抓後割破手指寫的血書：

敬祝毛主席萬壽無疆

陳政委、齊團長：

來牧區後，因不注意思想改造，犯了許多嚴重錯誤，我願意接受組織上的任何處理。但是我不反黨，不反社會主義，不是反革命。

敬愛的團首長，懇請你們不要輕信謠言，不要偏聽偏信，儘快恢復我的人身自由。

此致

敬禮

永遠忠於毛主席！

永遠忠於毛澤東思想！

毛主席萬歲！萬歲！萬萬歲！

七連　林鵠

另：沈指導員那把刀根本沒還給我，我敢發誓。

這封鮮血寫成的一百四十八個字的信絕非虛構，它直到現在還保存着。

在老鬼這段申訴裏也有兩點值得注意：一是他想向對方表白他無罪；二是他也認為對方錯了，但錯在工作方法，「偏聽偏信」—— 誤將好人當壞人，搞錯了。

上述不同申辯姿態分別貫穿、支撐兩部長篇，簡而言之，鄭念的態度是；請證實我有罪，否則你們便有罪！而老鬼的態度則是：我要證明我是無罪的，請你們相信我吧……

毫無疑問，這兩種申辯姿態之間的差異、區別是極其重要的。前者基本上是一種有人權觀念支撐的法律立場。人權觀念使鄭念有足夠的勇氣不顧利害地堅持她自己的「無罪」，使她在文化心理上不向迫害她的政治文化秩序認同，於是她就有可能在心理平等的基礎上，於法律的層面表達她的申辯：你們若拿不出證據證實我有罪，那便是你們犯了罪……而後者更接近於一種在家庭倫理秩序中自下而上的情感申訴，同時夾帶着若干東方式的忍讓智慧。因為審判老鬼知青行為和培養老鬼紅衛兵心態的是同一個政治文化（乃至情感語言邏輯）系統，所以這種審判一旦發生，必然遵循家庭遊戲規則而且依據倫理道德原則（有時也會充滿「家庭溫暖」），在文化心理上一定是不平等的。對老鬼及很多別的紅衛兵來說，向上述政治文化秩序的心理認同和依附是唯一的，他們既沒有上帝（超世俗的秩序），也沒有外國（不僅地理上太遠，而且精神空間裏不容納）。最絕望時，老鬼也唱：「抬頭望見北斗星，心中想念毛澤東……」他可以恨少數壞人，但面對整個精神秩序的長輩式的威嚴，他只是獻上自己委屈的淚：黨啊，母親呵，請相信我吧，你的孩子並沒有錯，你的孩子在受苦呵……

後一種聲音我們大概更為熟悉。從傷痕文學中的委屈哭訴基調，到仰面長歎的「苦戀」、「第二種忠誠」式的苦諫，再到很多被指為「信仰危機」、「情感迷惘」的青年創作中，那迫不及待渴求理解的內在願望……雖然申辯口氣越來越硬、申辯勇氣越來越強，但「想證明自己無罪」的申辯心態沒變，申辯背後的倫理秩序感也沒變。文革後很長一段時間，人們好像只求從道德意義上擺脫受審處境，而很少去想（哪怕是在心理意義上的）平等審判。

也許，在特定歷史文化處境裏，「老鬼」們是「別無選擇」的，但看看別一種申辯姿態也有好處（儘管別種姿態亦有局限）。

面對劫難的不同申辯方式，後來自然會發展成回首劫難的不同反思方式。兩個主人公在分別聽到留有「尾巴」的出獄和結束勞改的判決後，其瞬間反應完全不同——鄭念是極力控制自己的憤怒和顫抖，表示要繼續留在監獄裏，因為對方沒有認錯，「我沒有罪，沒有犯任何政治錯誤。對我的錯失要賠禮道歉，徹底平反。另外，必須在上海和北京兩地的報紙上公開刊登聲明道歉……」；而老鬼則是「情不自禁笑了，覺得胸口憋得慌，幾乎喘不過氣」。然後「歡樂沖昏了頭腦」，「出了門，加快腳步，騰騰疾行。活見鬼，咽喉怎麼給噎住了？喔，激情。一股氣直頂到嗓子眼兒……」然後是獨自空吼，砸屋裏東西，吻牛糞塊……「毒蛇一樣的反革命帽子終於去掉，再也不必頂風冒雪跋涉上訪，再也不必縮在牛圈裏偎着小牛犢睡覺。終於和別人平起平坐了！

首都知青慰問團發的毛巾、筆記本、茶缸也有我的一份了！」如果說鄭念是逃出劫難氣猶未消，那麼老鬼則重回革命大家庭身心溫暖。所以他們經歷了類似的厄運，事後回首卻看到兩個不同的「文革」。在出獄和結束勞改後，也就是在兩部長篇情節主線的第三階段，兩個主人公都開始重新打量周圍事物的變化和周圍人們的命運，都開始冷靜下來思考中國究竟發生了甚麼事。鄭念看到的文革後期上海的社會動亂，只是證實了她原來的見解，堅定了她的敵對抗議姿態而已；但老鬼目睹的農墾兵團失敗知青混亂回城，卻是整個地動搖了他原先的社會觀念。一個極有意思的現象是：對於曾經審判批鬥他們的人（幹部、軍人、紅衛兵、鄰居、假朋友等等），鄭念在被抄家時曾極其憤怒，到運動後期反而漸漸由憤怒轉為憐憫、理解乃至同情（比如她對達德的看法）；而老鬼在捱整時極為害怕（卻很少憤怒），後來聽說那些整他的幹部也因貪污或「搞女人」紛紛倒楣時，他才咬牙切齒並興高采烈。可以說面對迫害他們的人，鄭念是越來越不恨，而老鬼是越來越恨。除兩人閱歷識見差距外，這種情緒變化軌跡的交錯，大概還能見出宗教、法律視角與倫理道德態度之間的差異。看到老鬼氣憤地將「壞幹部」視作災難之源時，我很擔心他只是從道德受審處境轉到倫理審判位置；整個文化心理上的秩序感依舊。

更耐人尋味的是，鄭念和老鬼出獄，結束勞改時都聽到了一樣的「良言忠告」：有個醫生勸鄭念出獄後「不要觸怒羣眾……否則你會吃苦頭的」。農墾連長則認為老鬼捱整真實原因就是「羣眾關係太差」——「要是你能在羣眾中站得住，有威信，那就不好打倒囉，你說是不是？」鄭念後來至少在策略上聽從了醫生的忠告，老鬼也連連點頭稱是。雖然鄭念認為文革其實並非只是壞人作祟，而老鬼更相信「那妖婦」是「萬惡之源」，他們回首災難得出了很不相同的反思結論，但至少在這一點上他們都觸及了「文革」的深層文化根源，那就是他們都發現了——個性、地位與眾不同且不善搞好世俗人倫關係，是他們遭難的重要原因，甚至比政治原因更為重要。

這無論如何是個精彩而又令人擔憂的發現。如果經過劫難後的中國人，都進一步學會「做人」、「搞好羣眾關係」，將每個人的個性價值全部維繫於世俗倫理關係網，那以後會出現甚麼情況呢？鄭念可能再也不必這樣做了，我更關心的是「老鬼」們。

原載《讀書》（北京），1989 年第 5 期，頁 59–67；收入《吶喊與流言》，上海文藝出版社，2004 年，頁 153–163。

紅衛兵—知青的歷史命運

以《血色黃昏》為例

本文試圖分析一個小說人物 —— 長篇小說《血色黃昏》男主人公林鵠（外號和筆名：老鬼）在「文革」期間的生活與精神的歷程。放在紅衛兵和知青生態心態的歷史背景上，老鬼形象同時具有實證和象徵的雙重意義。實證意義不僅基於該小說的自傳性和「非虛構性」[1]，而且也基於老鬼的經歷，文革後很多青年讀者接受認同了這一事實（因小說在八十年代後期頗暢銷）。也就是說，小說不僅提供了一個「紅衛兵—知青心態」的實例，也提供了這種心態在文革以後如何被評價和如何繼續延伸的實例。在象徵意義上，老鬼的心路歷程上接「十七年文學」的精神影響，下通「文革後」文學的主潮脈胳。如將老鬼心態視為畸形的「文革文化」的一個標本，則這種「文革文化」與整個當代（以及現代甚至傳統）中國文化的關係，無疑都是我感興趣的問題。

在社會文學和探索性作品花樣越來越多、印數越來越少，出版逐漸困難、讀者反應日趨平淡（麻木？冷靜？）的中國大陸文學市場，記錄文革的長篇小說《血色黃昏》能印到三十幾萬冊，不能不說是八十年代後期中國小說界一件引人注意的事。小說的廣告宣稱是探索性的「新新聞主義長篇小說」，人們只要打開作品，就會發現該書文學性不是很強。語言可以說是質樸自然，也可說是平淡的學生腔。技巧可以說是素樸也不妨說是粗糙。結構的營造、時空的剪輯處理、意識流的運用、哲理化的傾向等等，都談不上。唯一一段雪中看落日的意象，有力卻也做作。整部長篇，像是一段未經處理過的原材料。據說該書寫於七十年代末。如果在傷痕文學高潮期間這部小說完全可能被別的更悽慘的故事更離奇的遭遇更悲傷的眼淚更嘶啞的哭喊所淹沒而不為人們注意。有意思的是，《血色黃昏》十年之間輾轉了六家出版社都得不到出版的機會，作者亦一直拒絕作修改。到八十年代末，在所謂「新時期文學」歷經意識流實驗、詩化散文化非情節化探索、「反思」和哲理深度的追求以及「尋根」熱潮、「偽嬉皮士」風氣流行等種種風雲變化後，從內容到技巧都極為樸素的《血色黃昏》反而大受讀者歡迎。在我看來，《血色黃昏》並非傑出的藝術品，在「文學性」層面討論該小說意義不大。但它無疑卻是直接記述「文革」的重要作品之一（另外幾部重要的「文革小說」如鄭念的《生死在上海》、梁恒的《革命之子》、古華的《芙蓉鎮》等，也多是「文學性」不強的作品，這裏有甚麼共同原因？），因為整個「新時期文學」，準確地說就是「文革後文學」（將來中國歷史書寫，1977 年後很長一個歷史時期，在文化意義上都是「文革後時期」）。老鬼在「文革」中的八年經歷，幾乎濃縮了當代中國文學幾十年來的精神武器倉庫 —— 知青造反、下鄉所憑藉的文化武器來自「十七年文學」薰陶；知青返城時對文革的懷疑則預示了日後人們對文革的不同反思態度。五十年代中國青年的文化心態大致可用當時熱銷的長篇《青春之歌》加以概括：上一代青年都願意背離家庭改造自我以投身革命。《血色黃昏》不妨可視為新時期的《青春之歌》，它概括了青年人如何在革命中改造自我最後重新依靠家庭。有意思的是，《血色黃昏》的作者及主人公林鵠（老鬼），也正是《青春之歌》作者楊沫之子。小說始於老鬼造母親的反，用大字報批判《青春之歌》，結束於老鬼求得母親的幫助才得以平反冤案返回北京。

老鬼的精神變化過程在小說裏可劃分為五個階段。第一階段是「紅衛兵造反階段」—— 種種過激行為在作品裏是補述回憶的。比如：無情地造母親和家庭的反；為了離家鬧革命便搶走家裏的錢還將親姐姐綁起來；跑到四川偷搶，說是為了日後救國；組織「毛澤東抗美鐵血團」；偷越國境去越南被民兵押回，等等。小說在複述「紅衛兵行為」時下筆輕輕解剖不嚴，主人公行為雖荒唐過激，心理上卻似乎不像膽大妄為打倒一切的紅衛兵闖將。如果假定老鬼複述的都是實在的精神狀態的話，那麼他在「文革」初期的心態，則更多地與當代文學中的「前文革」思潮相通 —— 下鄉前的老鬼，還沒有完全取得審判社會審判歷史的政治權力和自信，因為在「文革」中他出身不「硬」「先天不足」，他作出種種大膽過激的舉動（包括最神氣的將當時的團中央書記胡耀邦押上批鬥台），其實只是高調表態以爭取革命資格 —— 這種「爭取革命資格」正是 1949 後十七年間中國青年文學的基本主題。我們注意到支撐老鬼造反的文化武器，大多是「十七年文學」所鍛造的。在小說中我們看到老鬼最欽佩的人物是許雲峯、江姐及保爾・柯察金，最憎恨的人物是甫志高、戴瑜，偶然他還會想到高爾基和武松，但基本文化背景卻是在《青春之歌》時期封閉形成的。老鬼是以《青春之歌》的精神來批判《青春之歌》作者的 —— 即使那是他的母親（林道靜不也曾為了追求革命而背離丈夫背離家庭嗎？）。在老鬼的造反心態這個實例中，我們可以發現「十七年文學」對於文革中紅衛兵心態的形成，具有無法忽視的影響（現在被人忽視的是十七年「紅色經典」作為兒童電視教材對新一代網絡語言暴力的影響）。1949 年以後那些為宣傳正義戰爭而出的英雄打仗一點不恐怖的虛假的小說電影，後來卻指導了年輕觀眾讀者參加許多真實的語言及肢體武鬥（比如電影《楓》中有一個小男孩參加武鬥，動作態度均模仿「小八路」），十七年間那些挖叛徒抓特務的階級鬥爭故事模式，後來也啟發影響了紅小將、工宣隊員們在「清理階級隊伍」、「一打三反」、「抓五一六」等運動中的鬥爭策略、方法（好些以寫革命鬥爭而聞名的當代作家在牛棚裏驚訝地發現，小將們審問他們的思路、方式及語彙，都是他們過去在作品裏創造的）；更為重要的是，「十七年」的很多作品，在表現「否定個人、改造自我」主題時常常借助於家庭與革命的矛盾衝突，讓人們被迫在父（母）子感情（倫理道德）與階級感情（政治道德）之間作選擇——這是「前文革」時期中國青年文化與傳統文化最「決裂」的一個姿態。這種「決裂」使「文革」必然爆發，同時也隱含了「文革」走向失敗的基因（革命倫理最後敗於家庭倫理，老鬼若干年後向其母求援投降，是很有象徵意義的）。九十年代以後，文革在政治上被否定了，但導致文革的很多「十七年」意識形態宣傳技術，卻仍在電視劇（而不是詩歌小說）中被當作「紅色經典」再三複製，效果難以預料。

小說開始時，老鬼費盡心機終於取得了志願下鄉作「知青先鋒」的資格，從爭取革命身份到獲得下鄉資格，從紅衛兵到知青是順態轉折合理延續的，差別只是在北京造反時「底牌」不硬，所以需以過激行為爭取資格，下鄉等於「身份」問題解決，於是氣也順了拳頭也硬了——這很像文革爆發前後青年文化思潮的變化情況：從自小觀摩階級鬥爭「活報劇」到親手抓出胡同裏單位裏及至家裏的「國民黨殘餘」，從自小認定香水皮鞋乃資產階級歪風到大膽橫掃南京路王府井一切玻璃櫥窗，從自小被父母教導說「要首先聽毛主席的話」到後來聽了毛主席的話打倒父母——這其間的心路歷程順理成章。在時間上，老鬼的心理變化比社會思潮滯後一點，這是因為當時他年幼正在受教育之故。自下鄉後，他的精神歷程就幾乎與時代思潮同步了。到他返城時，他的精神狀態簡直就有些超前地反映文革後文學中的「青年心態」了

（或許也並非「超前」，「文革後文學」所表現的，也許本來就是中國人在「文革」中的精神狀態？）

老鬼並不像阿城、史鐵生筆下的「我」那樣是個被迫下鄉的隨大流派知青，更不像「革命之子」梁恒那樣先知先覺一下鄉便知是場劫難。老鬼和他的「哥兒們」可以說是知識青年中的「先鋒派」—— 他們是在毛澤東「一二・二一」指示（「知識青年到農村去，接受貧下中農的再教育，很有必要」）下達以前，自發自願甚至跑關係走後門才到了內蒙古草原的。這種典型的紅衛兵向知青身份的主動過渡，頗類似張承志、梁曉聲小說中的理想主義人物。（多年以後人們才漸漸看到大的歷史背景：怎麼處理當初造反有功但在 1967 年以後已成為事實上的城市失業人口兼潛在動亂因素的幾百上千萬紅衛兵呢？大規模的人口遷移在意識形態口號下，其實包含更多政治乃至經濟管理的理由。）老鬼的三個戰友，奇異早熟倔強的徐佐，無知而又性格扭曲的雷夏及怯懦善變聰明的金剛，分別代表了知青羣體裏的不同道路。剛下鄉時，老鬼主要做了兩件事：一是剛到草原便以革命戰士自居，主動在牧民中間抓階級鬥爭，抄「牧主」的家甚至毆打「牧主」；二是在農墾連隊組建不久的「開門整黨」中天真地揭發批評領導，同時又拳打復員軍人地頭蛇。把這兩個行動放在整個紅衛兵造反心態的歷史背景上看是很有象徵意義的：前者體現紅衛兵造反的無理方式，後者隱含紅衛兵心態中若干合理因素。老鬼也好，無數別的紅衛兵也好，他們上街抄家打人砸東西，當然是尾隨潮流，模仿時尚，拳頭皮帶由他們揮出去，氣力實際是別人的。不過時尚模仿中亦有個人與社會需要，有理性或無意識動機存在。理性或者也有為公成分：為理想反抗官僚制度（揭發領導）為弱者伸張正義（拳打復員軍人），但也有為了在秩序大亂利益再分配時以極端行為顯示才能以改善自己在羣體中的地位的目的。無意識動機源自於：一，青春遭「革命」壓抑，年輕人普遍身心不健康，皆需要心理宣泄途徑（於是林鵠善拳好鬥就常打人，換個「擅棋者」也許就更多地整材料打報告舞文弄墨，從中求得身心平衡）；二，「革命」資格來之不易，行動激烈些也為了防身，防止被別人批評「不革命」（因為不革命 = 反革命）。在連隊整黨中貼大字報時，林鵠顯示了紅衛兵精神比較天真的一面（也是我們今天「重讀文革」，發現這次革命所可能有的比較最善良的一面）：和很多別的紅衛兵一樣，他們相信自己的（抑或是毛澤東的？）「不斷革命」行動，會有助於消除官員欺侮百姓黨員佔有特權的腐敗現象。他們當時想不到「不斷革命」的結果是官僚主義更加嚴重（不知毛澤東有沒有想到）。更像其他文革當事人乃至事後「重讀文革」的史學家那樣，他們無法辨認「不斷革命」的意識形態動機和權力鬥爭謀略之間的區別與界線。今天要想分清六十年代的紅衛兵心態中有哪些成分是盲從潮流並摻入個人心理需求，有哪些想法帶天真的理想主義色彩，也無疑是件極為困難的工作，而且恐怕不是件文學和文學批評所能勝任的工作。但至少，作品中老鬼剛下鄉時的行為及心態，卻是一個接近原生態的樣本，分明告訴我們上述兩者確實曾經是並存過的。除了某些一眼即能望穿的道德辯解外，基本上小說只是不厭其煩地複述事件過程及心理細節，極少給予事後的理性評價或哲學「反思」—— 唯其如此，老鬼的一舉一動才可以成為我們討論「紅衛兵—知青」生態和心態的一個樣品。

然而好景不長，林鵠下鄉十五個月以後，1970 年 2 月，他所在的農墾連隊「開門整黨」結束了，接下來他捱「整」了。到同年 7 月他被定案為「現行反革命，帽子拿在羣眾手裏」，極其複雜而又驚心動魄的捱整過程前後歷時五個月。這時主人公心路歷程出現了真正的變化。「傷痕文學」的基調：委屈、悲憤、哭喊、抗議，可以用來概括男主角當時的情緒。一個反復旋轉的男人可憐地號叫：「我冤枉啊……不應該啊……」《血色黃昏》中圍繞着林鵠被「整」，周圍私仇公報落井下石者，為保自身出賣朋友者，受蒙蔽或隨大流喊口號批判者，甚至整人成功而精神亢奮心智失常者，他們其實也都在整林鵠的過程中「受了教育」—— 準確地說他們也在精神上人格上道德上被「整」了。我們今天看林鵠捱「整」的原因，就事論事，是由於在整黨中得罪了指導員又拳打復員軍人。在農墾兵團，復員軍人的勢力想壓一壓北京知青的傲氣，選了林鵠做靶子。在象徵意義上，林鵠的倒楣也算是他們這批前紅衛兵所受到的警告，是審判別人的紅衛兵角色向接受再教育的知青身份過渡的一個轉折（另一些北京紅衛兵的先鋒們，早在 1967 年軍人和工宣隊進駐大學時已接受了類似的警告）。如果不是他，該連隊恐怕也會有別的北京學生來受這份「洗禮」。當代中國青年好不容易在 1966 年得來的那一種審判社會的文化自信心，最遲在 1968 年就被剝奪了。說明這種自信心本來就不是他們自己的，而是別人臨時「借」給他們的。耐人尋味的是，時至今日，對這種「借」來的文化信心戀戀不捨的，大有人在。

然而小說裏的林鵠在打擊來臨時是茫然不知發生甚麼事的。他莫名其妙地抗議着，眼見最信任的朋友情義崩潰，眼見自己喜愛的女性也投來譴責的目光，眼見政治處主任那麼和藹可親地幫他認識錯誤……漸漸地，他垮了，終於按照別人希望的方式認罪了：他承認自己議論過林彪、江青。作為現行反革命他必須服苦役，在自己同學、戰友的監督下改造。在昔日戰友們的唾沫責罵面前，老鬼哭了。

老鬼的掙扎注定是要失敗的，因為審判林鵠的和林鵠賴以維繫自己政治生命的是同一個政治文化秩序。「文革」號稱「打倒一切」好像要破壞秩序，其實「文革」中中國世俗人倫關係和社會結構中的那種政治文化秩序感反而更強化了。人都在一定的級別、秩序中，依附某種力量和關係——絕大多數情況下，這種依附是絕對的、唯一的。對林鵠以及他的很多同代人來說，既沒有上帝（超世俗的秩序），也沒有外國（不僅是地理上到不了外國，更是精神空間裏不能容納別種秩序）。最絕望時，林鵠也在唱，「抬頭望見北斗星，心中想念毛澤東……」。小說中專職整人的保衛幹事的一句口頭禪至少迴旋了幾十遍：「跟姓共的碰沒你的好下場！」但實際上，林鵠的思想信念情感性格甚至生活習慣甚至基本語言邏輯不也都是從十七年政治文化背景裏鍛造培養出來的嗎？難怪他再苦再悲痛，也只是恨少數壞人，對於整個政治文化秩序，他只是獻上自己委屈的淚：黨啊，母親啊，你的孩子並沒有錯呵，你的孩子在受苦啊……

從政治文化角度分析林鵠捱「整」時的委屈心態，有助於我們更透徹地把握「傷痕文學」的精神實質。從盧新華的《傷痕》到鄭義的《楓》，從孔捷生的《在小河那邊》到葉辛的《蹉跎歲月》，整個「傷痕文學」裏不都是充滿了上述委屈、哭訴的聲音嗎？這不是偶合，傷痕文學想表達的，本來就是在文革中受迫害受壓抑受苦難的人們的心情。呈現在「傷痕文學」中的青年文化心態，既有對「革命」失望對黨（極左路線）不滿的因素，同時也有對「革命」繼續認同向黨求援渴望得到愛護的成分。曾經有一度，國內某些對文學批判功能不滿的文藝界政界領導，與海內外很多對「傷痕文學」極為支持的文化人，分別從恐懼和激賞的態度出發表達意見，卻都片面強調了「傷痕文學」失望不滿的一面。殊不知「傷痕文學」骨子裏是種「孩子型」的青年心態。青年人無意間還是將黨、政府認同為父母家長大人的（林鵠給領導寫血書、給父母寫家信，申訴求援姿態是差不多的），他們責怪父母（以及應該比父母更「父母」的毛主席）沒有給他們足夠的溫暖；他們總是將自己視為「青年」—— 一個在傳統家庭倫理化政治架構中有待於被關心被愛護的弱者羣體。五十年代是「唱支山歌給黨聽，我把黨來比母親」，到「文革」結束時則是「吟個哀曲給黨聽，我要怨您沒做好母親」，聲調雖變，倫理秩序卻沒變。所以我的看法是，「傷痕文學」就其間表現的青年文化心態而言，實在仍屬於「文革文化」的範疇。

我讀鄭念的《生死在上海》(*Life and Death in Shanghai*，也有中譯本題為《上海生死劫》)，看到女主人公被控犯罪入獄時頁碼還剩三分之二之多，我當時挺擔心作者如何寫下去：冗長的獄中血淚經歷怎能令人卒讀？看《血色黃昏》時我也曾有類似擔憂：下鄉才一年便已判為勞改，以後的時光怎麼捱？這勞改生涯與知青運動史有甚麼關係？—— 當然，現在我承認，這兩本書都是後來越寫越好，都是以入獄、勞改後的不斷申辯為主要內容，而且(是否巧合？)兩個冤案後來都是在周恩來的過問下才獲解決。不同點在於，前者的申辯方式是：請你們證實我有罪，否則你們錯了……而後者的申辯方式是：我要證明我無罪，請你們相信我……

毫無疑問，這兩種申辯方式之間的差異是極其重要的。前者基本上是一種歐洲近代文化和宗教感支撐的人權立場，是一個文化意義上的西方人面對文革劫難所可能持有的態度。《生死在上海》在美國熱銷恐怕是因為契合了西方中產階級想看「文明人」如何在「野蠻」地區歷險的閱讀心理，但中國讀者卻可能會從該書中意外地看到一種貫穿到底的人道精神。在獄中鄭念的很多具體言行似乎太「迂」，不像「中國人」，但實際上她是嘗試以法律權利來抵抗文化革命的。「你們不能證實我有罪，那便是你們犯了罪」，因為她在文化心理上並不認同審判她的政治秩序，所以她能和強大的革命秩序在道德、法律、心理等意義上處在平等地位……在一些東歐和蘇聯流亡文學中，也有這種「不是我有罪，便是你有罪」的抗議姿態存在。一個值得深思的問題是，為甚麼文革後的中國文學在各種意義上均已有重大突破，但類似的心理上平等的抗議主題卻非常罕見呢？林鵠式的申辯方式（我向你們證明我無罪，請你們相信我）一方面極為典型地概括了大部分知識分子和青年人在文革中的反抗姿態，另一方面這種申辯心態也延續伸展在文革後大部分青年作家的創作中。雖然這些作品也在批判文革甚至徹底否定文革，但確實很難說這種申辯文學是否完全擺脫了「文革文化」的陰影。前後五年的勞改生活（林鵠當初並不知道只有五年），小說主人公除了忍受各種繁重苦役外，全身心孜孜不倦反反復復做的只有一件事：申辯自己無罪。這是他心路歷程中的最重要的一個階段。林鵠所有的申辯努力朝兩個方面開展：一是不斷給兵團各級領導寫申辯信，也給母親楊沫寫求援信；二是私下寫信寫日記，給單相思的「女友」小立。前者是渴望道理上的理解，後者是渴望情感上的理解。當然，他都失敗了。申辯信一次次被領導駁回，楊沫也宣稱斷絕與反革命兒子的關係。林鵠的單相思儘管極精彩極嚴肅，最後卻也只換來一個破碎的幻影和一把少女嘴唇裏吐出來的瓜子殼。我們看「文革後」的青年文學，不也同樣存在着尋求「觀念理解」和尋求「情感理解」兩種基本願望與形態嗎？《波動》（趙振開）、《公開的情書》（靳凡）、《晚霞消失的時候》（禮平）大致表達前一種尋求觀念理解的願望，《雨，沙沙沙》（王安憶）、《冬天的童話》（遇羅錦）、《我們這個年紀的夢》（張辛欣）大致傾訴了後一種尋求情感理解的渴望。無論是「請理解我們青年人的思想」，還是「請理解我們青年人的情感」，兩種請求理解的聲音後面，也都有一個申辯心態存在：我們要證明我們是無罪的，請相信我們吧。這種申辯心態在「文革」後繼續存在的原因，一是因為現實政治環境確有人仍不斷給青年一代找罪名，比如上述作品中，《波動》曾被批為「存在主義作品」;《晚霞消失的時候》不僅使保守的評論家擔心青年人的「信仰危機」，連思想解放的評論家也曾想幫助作者禮平「端正思想」；還有《冬天的童話》被斥為道德敗壞；《我們這個年紀的夢》更被指為「虛無」、「頹廢」、「有反社會傾向」……不過我總覺得，「文革」後青年文學中申辯心態的存在，除了有批判壓力外，還有第三個或許是更重要的原因：那就是青年人在文學中（豈止是文學），有着過於強烈急迫的同父母家長化的社會對話的願望，而不是首先同自己對話。請注意他們證明自己無罪的方式：「我們要獨立思考，也許我們的想法和你們不同，但請相信，我們的想法是嚴肅的，是正確的」—— 不是力爭思想的權利（哪怕想錯），而是力辯思想的是與非，無意間是否又回到精神家長們的邏輯起點？「我們要有自己的情感追求，也許看上去有些消沉、迷惘、失落，但請相信，骨子裏我們的情感追求是積極的，是健康的」—— 仍然不是力求有情感追求的自由，而是力辯情感追求的價值。殊不知失去了「權利」和「自由」的過程意義，是非價值評判只能維繫於目的論。講到「目的」（社會發展方向），「孩兒們」還能與「大人們」有甚麼不同嗎？……整個情況，就和林鵠當初用《青春之歌》方式造楊沫的反一樣，也和他用「文革」語彙反「文革」定他的案一樣，用同一文化系統中的思維、情感乃至語言邏輯來造該系統的反，最後勝利時也意味着失敗。

這類「孩兒們」要向社會（「大人們」）證明自己無罪的例子，比較有名至今仍然被人拿來討論的還有一個所謂「潘曉事件」。表象有點變化實質其實相通的便是後來對「八〇後」、「九〇後」價值觀的申辨維護。

終於有一天，連長告訴林鵠，說他的現行反革命罪已減為嚴重政治錯誤，在林鵠驚喜萬分的一瞬間，他的漫長申辯似乎成功了，但他也比以往任何時候更向那個審判他的政治文化秩序認同了——「首都知青慰問團發的毛巾、筆記本、茶缸又有我的一份了。」

當然，在另一層意義上也可以說，不斷失敗也是一種成功。八十年代那麼多青年文學被批判遭非議，那麼多請求理解證明無罪的願望無法實現，「理解萬歲」的大字報最後竟象徵性地出現在北大多事的校園，傾吐着無數青年人的懇求……但好作品留下來了，申辯雖無結果，漸漸卻成了一種方式，一種過程。漸漸地青年人已不太關心我在申辯甚麼及人們怎麼看，他們只覺得他們在申辯中，如此而已。

這才醞釀了一種轉變，一種對「文革文化」的真正懷疑。評論界不少同人高度評價 1985 年以後尋根、先鋒文學的意義，是有道理的。

從得到不徹底的平反到一年後農墾建設兵團解散林鵠回北京，這是《血色黃昏》的最後部分。這一階段的基本心態是痛定思痛的反思。政治和勞改壓力稍一減輕，我們的主人就開始關注周圍人的命運。

他找到出賣過他的昔日好友雷夏，讓對方感到道德上的不安；他目睹怯懦書生金剛如何在環境壓迫下一步步油滑機智起來；他眼見以前「整」他的指導員、政委、處長紛紛犯錯誤出洋相（搞女人或貪污等）因而興高采烈；他發現農墾戰士多年血汗結果毫無生產成果，反而破壞了草原生態，因而極為懊喪。兵團解散了，知青們可以回城了，林鵠這個前「現行犯」卻在那裏痛心疾首，同時也為他失敗的愛情而傷感。

觀察林鵠平反後的「反思」姿態也是極有意思的：

> 我暗暗垂涎統計的位置，盼着把白音拉摔個全身癱瘓；天真伶俐的齊淑貞勇敢地以肉體換取黨票；剛勇仗義的雷夏不得不靠告同事的密來保存和發展自己；還有的人為了當一個小衛生員、

開二十八的司機、糧食保管、燒茶爐的……算盡了心計。

為甚麼年輕人都變成這樣？為甚麼？萬惡之源在哪裏？

我們被愚棄得像狗一樣狂吠階級鬥爭亂咬人。

……

祖國啊，祖國，您在妖婦的裙袍下顫抖！

（省略號原有，重點號係引者所加）

真是精彩，難道「萬惡之源」就歸結到「妖婦的裙袍」嗎？作者在1976年的這種真實的「文革尋源」，也和他日前的申辯方式一樣，在「文革後」的中國小說中延續日久。不過申辯者多為青年，而以譴責「壞人」來尋「萬惡之源」的多為「青春常在」的中年作家。

終於看清文革是「壞事」了，「壞事」顯然應該是「壞人」所為（怎能設想好人或不壞的人合起來做成大壞事呢？），於是，批判文革，首先從道德化的譴責入手——轉來轉去，仍在「文革文化」的圈子裏。

林鵠又提供了一個這類「轉圈」的實例。沿着「萬惡之源」在於「壞人破壞了革命」的思路，林鵠對每一個後來被證明不夠純潔的幹部都十分憤怒。有個李主任，「愛和女青年談心」，被揭發批判後，林鵠極為高興：

一九七〇年，我因為給一個家遭不幸的姑娘寫封信，在日記裏有些自我批判的話，就被李主任誣之為「偽君子」，「靈魂骯髒透頂」。

到底誰骯髒透頂？（重點號為引者所加）

「到底誰骯髒透頂」？這問題問得好極了！林鵠仍在「到底誰骯髒

透頂」這個邏輯圈子裏打轉。他沒有去想一下：既然你當初寫情信與靈魂髒不髒無關，為甚麼李主任那麼個屯墾邊疆的軍隊幹部喜歡接近女性，就一定是「靈魂骯髒」的問題了呢？還有「靈魂骯髒」是否能構成「反革命罪」呢？倘若「孩兒們」也總是以這樣的邏輯來反抗「政治—文化長輩們」，那麼等他們也做「長輩」以後呢？

小說最後部分「痛定思痛」的思路大致有兩條線索。一條如上所述是主人公想從道德角度辨明是非、分清善惡，並以此尋「文革」動亂之源 —— 這大致相當於新時期從「傷痕文學」到反官僚主義的一條思路，從古華、魯彥周到柯雲路。另一條「反思」線索在《血色黃昏》裏主要借別人議論展開，最有代表性的便是作風正派的連長對林鵠被「整」真正原因的一段分析：

> 我看有個很重要的原因，就是你羣眾關係太差。除了摔跤，從不關心別人。表面上，你好像很強，把王連高打得喊爹叫娘，其實你弱着哩！因為你沒羣眾，誰都團結不了。要是你能在羣眾中站得住，有威信，那就不好打倒囉，你說是不是？

如果人們認同「羣眾關係」、「團結」、「有威信」、「不好打倒」這套語言邏輯的文化內涵，那他一定和林鵠一樣連連點頭稱是（再從此學會「做人」、「搞羣眾關係」）。但如果換一套語義符號來表述同一個忠告，剛強如林鵠者，必定會反駁：「怎麼，難道人的個性自由的權利，就只存在於與旁人的感情關係中嗎？一個人有沒有罪，最終不依據法律而只取決於世俗人倫關係嗎？如果一個人將其全部生命放在與旁人搞好感情關係上，最後他的性格是否會扭曲變形？如果一個民族中的每一個人都這樣扭曲自己以求不犯罪，那麼久而久之這個民族又將會怎麼樣？」—— 1985 年以後，韓少功等人從歷史—文化角度用隱喻象徵手法表達的差不多就是這種反詰；殘雪從心理—生理角度用官能感覺更透徹地發揮了這種懷疑。從這個意義上看，老鬼心路歷程的最後階段，事實上已經間接（或者從反面）開通了走向「文化尋根」的思路，連長那段意味深長的忠告，更使我們清楚看到「尋根」的意義所在 —— 不是（至少不主要是）尋找傳統文化法寶，而是尋找令林鵠（及老鬼）困惑不已的「萬惡之源」—— 文革之源。

但最後我仍有一個問題需要解答：既然「尋根」等新潮文學對文革的文化批判已相當深入，何以八十年代末的中國讀者們反而對那個直到小說結束仍執迷不悟的老鬼心態更有興趣呢？可能有的答案是兩個：一是因為老鬼身上那種用家長給予的文化邏輯精神武器來反家長專制的造反情緒，以及那種仰頭請求「社會」理解的申辯心態，至今仍有意無意地為青年人所認同；二是由於「尋根」等探索文學在缺乏足夠理性力量的情況下過分依賴玄虛哲理、新奇技巧去批判文革，人們覺得還不如先回頭仔細研究一下「感性」的原材料。以我個人的願望，我但願後一種可能性大一些才好。但是，這只是我的希望，並不是分析。

1　我是在文學的意義（而非歷史、新聞的意義）上使用所謂「非虛構性」的概念的，本文分析的是作為小說人物的老鬼的心路歷程，而不是作家老鬼本人的心路歷程。

紅衛兵—知青的理想主義

讀張承志的《金牧場》與《金草地》

一、《金牧場》與《金草地》

張承志的《金牧場》完稿於 1987 年初，同年 10 月由北京作家出版社印行了精、平裝兩個版本。張承志聲明說這「是我唯一的一部長篇小說」[1]。雖然其實他今後還有很多年可以寫作。1993 年《心靈史》被收入青海人民出版社的《回民的黃土高原 —— 張承志回族題材小說選》時亦被標為「長篇小說」。既然是「唯一」，當然有其獨特的意義。《金牧場》或可被視為張承志創作中的一個很關鍵的轉折：第一，這部長篇濃縮、並置和概括了他前期作品(《綠夜》《黑駿馬》《北方的河》《糊塗亂抹》等[2])中幾乎所有的心情感覺思想素材，而且同時也透露了他日後的書寫方向：以某種宗教精神來批判和拯救當代中國文化。這是一次「把二十年思索獲得的思想裝進一個框架」[3]的精神總結，也是作家心理上的「一次真正的成人式；是告別我這已經太長的青春的祭典。」[4]第二，《金牧場》也是張承志在小說形式上的一次頗具野心的試驗。自《金牧場》以後，他開始放棄小說敍述，轉用歷史研究(史詩？)和散文詩來繼續他一貫的浪漫主義抒情。

《金牧場》不僅在張承志那裏很重要，放在整個文革後中國文學的發展背景上看，亦有其特殊的價值。這是當代作家第一次在長篇格式裏以結構主義觀點敍述種種複雜的「紅衛兵—知青」心理經驗。《金牧場》裏，既有韓少功同情的知青頹唐(《飛過藍天》[5])和梁曉聲謳歌的知青理想(《這是一片神奇的土地》[6])，也有尋根派尋找精神家園的主題以及類似史鐵生式的鄉民學生情感溝通。而且，作為「紅衛兵」這一名稱的首創者，張承志在《金牧場》裏為「紅衛兵精神」作了曲折而又明顯的詮釋。除了他後來以日文出版(又拒絕「譯」成中文)的《紅衛兵的時代》(東京：岩波書店，1992年)以外，《金牧場》可以說是張承志用文學方式討論中國紅衛兵運動的最重要的一個文本。

然而在1994年下半年，張承志通知作家出版社，「永遠地停止了《金牧場》的再版。」[7] 用作家自己的解釋，是「為這部長篇小說的不成功遺憾。」[8] 用評論家的理解，則是作家為了「減輕自己《金牧場》情結的痛苦與羞愧。」[9] 與此同時，張承志將三十萬字的《金牧場》刪改成了另一部十六萬字的長篇，改題為《金草地》，1994年9月在海南出版社出版，印數五千。

張承志為甚麼會對《金牧場》如此不滿乃至要「重寫」呢？在文學史與當今文壇上，許多作家以各種方法重印作品，反復修改自己「名作」的情況也很常見。但將一部長篇刪卻一半，變成另一部長篇，這樣的例子實在不多。本文所感興趣的，並不只是《金牧場》或《金草地》的複雜意義指涉，更是兩個文本之間的結構差異，即《金草地》對《金牧場》的具體改寫過程。《金牧場》在1987年是當時「紅衛兵一知青」精神歷程的一個文學總結。到了1994年出版《金草地》時張承志已成為當今中國頗令人注目也引起爭議的「抗戰文學」的旗手。[10] 因此，考察一下從《金牧場》到《金草地》這七八年間，作家想刪除些甚麼修改些甚麼，作家想保留些甚麼發揚些甚麼，是否也可從中一窺從尋根反思文學主流到「抵抗投降」的「新左派思潮」之間的若干發展線索？

《金牧場》分上、下兩部共十章。每章均由 J 部和 M 部及黑體字段落三部分所組成。而在 J 部和 M 部裏又各有主、副兩條敍述線索。J 部的主線是小說主人公「我」在日本東京做訪問學者的生活實景，副線是主人公若干年前考察青海、新疆時的印象片段。M 部的主線是「我」在文革中期於內蒙草原插隊放牧的現實經驗，副線則是「我」在文革初作為紅衛兵沿紅軍長征路步行串聯的回憶線索。黑體字部分則大都是較抽象的散文詩或寓言。在上部中每章的秩序是黑體字—J—M，在下部則改為 M—黑體字—J。無論在 J 部和 M 部，主線和副線通常是有規則地每隔數頁間隔切換，但有時也會攪拌混雜在一起，隔段甚至隔句跳躍。有些局部有意識流效果，但總體上是有規則地佈局：以共時態的結構並置原本歷時態發生的四個故事四種生活狀態：留日、考察、插隊、「長征」。或者可以說是主人公的四個身份四種心情被並置在一個敍述平面上：中國人、學者、知青及紅衛兵。

簡而言之，《金草地》刪改了上述留日和插隊的生活實景，保留和重申了大西北考察和紅衛兵「長征」的心理狀態。在敍述層面上，可以說《金草地》是在刪除「故事」，保留「抒情」。

二、被刪除與被修改的

《金草地》對《金牧場》的第一個刪改重點就是留日生活實景。貫穿《金牧場》全篇的主人公「我」在東京的生活大致由下列四個部分合成。一是現代都市氛圍的壓迫（及一些令「我」厭惡的人與事）；二是兩位「正面」的日本人形象：「我」的研究夥伴平田英男與女友夏目真弓；三是「我」對搖滾歌手小林一雄的歌曲的癡迷；四是轉述六十年代日本左翼「全共鬥」在東京大學造反被鎮壓的歷史。在《金草地》裏，上述第一、二部分完全被刪除，第三部分刪去了「我」的癡迷只保留歌詞，只有第四部分完全保留。

長篇《金牧場》開始於主人公「我」搭乘國際航班赴日。雖然「襯衫的硬領卡着脖頸」，要威士卡須用生硬外語且有漂亮空姐來提醒他「No Smoking」，但主人公在看到富士山影再抵達「新東京國際空港」時，還是「意識到自己正被一股興奮攫着」，「有一種……終於達到了目的的快樂。」[11] 作家巧妙地使用了乘客在飛機降落後感到耳鳴及聽覺短暫消失的細節，讓主人公先暈眩於一個絢麗濃烈而又無聲的都市夜景，「海上火災」、Coca Cola、資生堂男性化妝品、美瞳……然後突然，主人公恢復了聽覺，光怪陸離的燈影頓時變成「令人頭顱膨脹」的尖銳噪音塵世轟鳴。從此以後，主人公一直對現代都市的繁華喧囂感到煩噪和壓抑。他住在宿舍裏，感覺像牢房[12]；他百無聊賴打電話，可人們都在庸俗地忙碌，並不在意他的孤獨；他去大學上班，只感到「一些硬白領和考究的衣料逼近又離開」，而他「自己的軀肉在硬硬的西服裏正一陣陣地掠過一種痙攣」[13]。他大量地喝「純」酒，甚至也去「歡樂街」，雖沒有像前輩留日作家郁達夫的主人公那樣真的「為國沉淪」，卻也在抹滿脂粉的女人和性病醫療廣告前，又噁心又惆悵地聯想到「每個中國留學生每個亞洲人在東京，都覺得自己在捱着欺負和侮辱。」[14]

夏志清教授早就指出過留學環境對中國現代作家思想及藝術傾向所可能產生的影響：「我們即使把自由派與激進派的紛爭看作留美、留英學生與留日學生的紛爭也不為過。」[15] 張承志的個人氣質與藝術取向當然和創造社作家不同，可是在他那裏，我們卻再一次看到中國作家如何在東洋鄰國痛切感受祖國的屈辱地位。《金牧場》主人公激動焦灼的民族主義情緒和當年「五四」留日作家們的屈辱感的基本區別在於：郁達夫等人，是首先感受個人的心理情慾苦悶並訴緒藝術的形式，然後再隨着二、三十年代左傾思潮的發展逐漸使用較系統化的「民族—國家」語言來詮釋他們的浪漫情緒。[16] 而張承志是在一個「民族—國家」語言高度系統化制度化、幾乎無所不在的政治文化環境裏成長並開始識字和寫作的，所以《金牧場》主人公的幾乎任何生理感官觸覺，都有意無意地滲透着「民族—國家」意識。比如他討厭日本教授大湯常喜，不僅因為大湯肥胖、禿頂，更因為「大湯在他剛剛來到這間研究室時向他問了一個侮辱意味的問題：『您還回中國嗎？』」[17] 中國姑娘胡彩霞，因嫁人改名「鐮田枝子」，也使主人公十分不悅。[18] 小說裏更勾勒了不少中國學者的「無恥」：「陳先生每看見一座樓就憤憤地說一聲嘿瞧人家這樓」；麥先生抗日期間曾就讀於滿洲國立大學，所以是漢奸；而周先生看上去「氣度軒昂、彬彬有禮」，也「憂國憂民」，「痛貶時弊」且「一生坎坷」，但主人公因為周先生講演時當眾「哽咽」而感到特別噁心：「決不能讓悲劇重演啦 —— 嗚嗚嗚！」應該指出，《金牧場》中被戲謔漫畫的「丑角」大都不是日本人（除了大湯），而是有失尊嚴的同胞。周先生錯在哪裏呢？並不僅僅因為「男兒落淚」，《金牧場》的主人公也常常在小林歌聲或友人目光下幾乎落淚；也不全因「出賣苦難」，主人公也自嘲他的草原抒情為「賣血」（「我的血能記憶」）—— 看來關鍵仍在內外有別的「家醜」意識。「你對着日本人哭甚麼是你遇上知音啦還是你在這兒裝洋蒜 —— 你哭可以回家以後對着你老婆哭個夠嘛！」[19] 這是對矯情的真誠憤怒，但憤怒方式也有些誇張。更戲劇性的細節發生在主人公漫步東京街頭時。他時而碰到高喊反共口號的右翼高音喇叭車，時而又遇見播放《國際歌》尋求捐款的左派宣傳車，但最出乎意外的是突然有個老人在雨中跪在身着中裝的主人公面前：

濕人直硬硬地，咚地跪在雨水裏，嗚嗚地哭了起來。那柄傘被撇在水窪裏，在風雨裏緩緩地翻轉。接着濕人開始撕自己的頭髮。他（主人公——引者注）的心猛地一抽。

「中國⋯⋯」那人揪扯着頭髮哭泣着。

這是一個原來的日本兵。⋯⋯[20]

小說主人公「盡力忍住心裏的激動，和顏悅色地」扶起當街跪着的老人，但卻拒絕和老伯一起去喝杯茶拒絕聽那昔日日本兵的懺悔。「他突然心情惡劣。他挺直胸脯，把雨傘舉正，拔腿離開了那個老人。我不是中國外交部⋯⋯我不願冒領失物，冒充個接受贖罪的人物，我討厭人人冒充中國外交部。」[21] 主人公在這裏看似推卻國家的名義，但整個情節的設置恰恰突出和強化了個人和國家名義之間的關係。有意思的是，主人公後來在生活壓力日甚心情煩躁苦悶之時，常會漫步繁華街頭暗暗期待再遇見老兵。這個細節極具象徵內涵：這是同代人的通病，以昨日的苦難來慰藉今日之焦灼呢？還是像前輩一樣，以「民族—國家」語言來解救個人情感危機？

《金牧場》裏的東京並非黑暗一片，平田英男和夏目真弓便分別代表了主人公所欣賞日本人的踏實理性工作態度和絢麗神秘的美感。平田和主人公合作，一起從事中亞古文獻《黃金牧地》的研究和翻譯。在主人公生病、潦倒及工作受挫時，平田總是默默相助。真弓小姐的形象更複雜些。她不僅美麗多情，也極有主見；不僅在街頭募捐，也着迷人的和服為主人公跳舞、插花，而且能洞見主人公的內心，「你顯然受了中國伊斯蘭教的遭遇的刺激」—— 一語中的。張承志後來在《金草地・序言》中特意介紹真弓是「出身被歧視的部落的日本基督教徒。」與主人公傾心於「人民的暴力主義」[22] 不同，真弓崇拜馬丁・路德・金。政見雖有不同，但不妨礙真弓說主人公像她從前戀人，臨別之際還告訴以男子漢野性自許的主人公：「你的臉真美！……」

所有這些故事，在《金草地》裏都被刪除了。

東京故事在《金牧場》中從來都不是單獨存在的。結構主義佈局的基本效果就是 1 加 1 加 2 並不等於 4 。在每章的 J 部，喧嘩都市總伴隨着大坡戈壁畫面：其間透出「回漢」、「中日」雙重的民族對峙；再與 M 部的知青苦難紅衛兵長征構成呼應對照，於是異國奮鬥又接續了青春反叛傳統。

但為甚麼張承志不惜拆掉這多重含義的敍述結構，在《金草地》裏裁掉絕大部分的異國背景呢？主人公的東京經歷，在我看來，並不僅是增加《金牧場》的現代氣氛和可讀趣味的異國情調，也不只是對日本的批判或美化。更重要的意義在於：這是重新詮釋紅衛兵精神重新理解知青（及草原）苦難的一個當代參照 —— 守衛昨日的革命夢，正是基於今日的「現代性」危機感。抽掉東京背景之後的《金草地》，基本上也就淡化了《金牧場》的兩個基本抗爭主題之一：民族屈辱感。或許，這也是因為作家已將這條抗爭線索轉移到《心靈史》及《清潔的精神》等一系列新作中去且進一步強化了[23]。而另一個抗爭主題，即反都市崇尚荒原，則轉換了一種表現形式：《金牧場》是喧嘩都市與荒蕪高原並置對照，《金阜地》則是讓浮躁的都市讀者在喧嘩背景下閱讀文本中的荒涼（反諷的是，《金草地》是在九十年代走私泛濫的開放特區海南出版的）。究竟是作家因為太酷愛內蒙草地和伊斯蘭高原，所以才懷疑恐懼並抵抗浮華都市呢？還是因為作家反感仇恨（甚至是基於自卑的仇恨）都市秩序，所以才製造荒蕪的「他者」（The other），以關懷、解救浮城廢都 —— 這個令很多沈從文研究者困惑的悖論，在張承志身上，也未見得能迅速理出簡單的因果。

《金草地》對《金牧場》的第二個刪改重點是知青苦難。

《金牧場》裏的知青故事大致可分為寫實與抒情兩個部分。前者包括「我」與小遐的戀情，「我」與「藍貓」的友誼，女知青「越男」因「血統論」壓力而嫁給牧民，知青頭戈切的複雜性格，以及李子葵、徐莎莎等知青的遭遇、掙扎和頹唐等等。這些故事在《金草地》裏基本上都被刪除了。而抒情部分則主要表達「我」與額吉（éjí，蒙語母親或奶奶）的情感溝通，窮困的牧民在草原上大遷徙及「我」面對草原所得到的感悟。這些段落幾乎全部保留在《金草地》裏，其中牧民大遷徙更成為改寫後的長篇中唯一的情節主線。

不難理解張承志何以要在 1994 年刪去那形形色色悲慘的知青故事。一則這些故事已在韓少功、王安憶、阿城、陳村、孔捷生、梁曉聲等人的知青文學中多側面地展示過了。張承志自己的《黑駿馬》和《綠夜》也早已被認為是知青文學發展中的重要文本。二則這些知青遭遇，既和民族意識無關，也無法表達反都市文化的情結（學生在鄉村受苦，豈不反證城市進步？），所以，刪不足惜。

然而，如上所言，《金牧場》的結構已有其生命，刪除一些線索必然會影響乃至改變其他（被保留）部分的意義。比如第七章寫藍貓等知青絕望頹唐以酒澆愁，然後唱「知青之歌」，歌聲使得堅強的主人公「心裏湧着一浪又一浪的酸酸的潮，這是藍貓寫的歌呵。我覺得我得心裏臭罵着自己才能忍住淚。」[24] 這段傷感文字在《金牧場》裏是裝嵌在幾段抒發紅衛兵豪情的回憶之中的。本來這「知青之歌」與紅衛兵模仿紅軍攀登天險臘子口恰恰構成互補的反諷關係，但由於《金草地》抽掉了知青段落，於是紅衛兵的舊夢，就由可笑可愛可悲的複雜交織，「淨化」為比較單純的「可愛」了。類似的例子很多，都說明《金牧場》的思想被單獨抽出來「堅持」「重申」時，其作品內涵的複雜性受到了削弱。

同樣道理，中國很多對革命歷史對領袖行為的記述，由於時段及細節的選擇性刪節，常常記錄的也可能是真實事件，卻損失了歷史的複雜性。

三、被保留和被重申的

在東京背景與知青故事這兩條被刪的線索中，《金草地》醒目地保留了「全共鬥」的歷史敘述，小林的歌詞，以及絕大部分與草原母親有關的抒情文字。

但「絕大部分」與全部畢竟不同。即使是有心「重申」草原母親的偉大，額吉的形象和意義在《金牧場》和《金草地》裏還是有所不同。

知青上山下鄉有不同方式。梁曉聲記錄的是兵團：一種半軍隊形式的發工資的農場；阿城陳村史鐵生描寫的是插隊：若干學生自成一戶，編入農村最基層生產單位；而在張承志那裏，每個知青都單獨入住牧民家裏。雖然知青間仍聚會來往，但每日之食宿起居，都和牧民（而非其他學生）在一起。相對來說，最後這種形式，對城市學生的改造應該最為徹底。農（牧）民不僅成了學生的勞動夥伴和「再教育老師」，而且也成了他們的家人。

但倘若，這個牧民家庭已經太多孩子，並不真心歡迎住進來一個學生（只是因為毛主席說：「……各地農村的同志要歡迎他們去。」所以必須歡迎）；或者，主婦本來就不喜歡孩子，何況非自願接受的「養子」？也可能，額吉也有強烈的「反都市心態」，討厭城市文明有關的一切人和事？

然而，張承志好像沒有碰到這些情況。《金牧場》裏的額吉樸素善良，十分疼愛和理解她的「都市養子」。她年輕時曾是癱子，父親暴戾嚴厲，她所愛的男人又是瞎子。艱難身世使額吉變得剛強堅忍。她外表粗糙，表情冷漠，且十分迷信。但主人公「我」深深感受到這位草原母親的細心和柔情。作為一個二十來歲的英俊小夥子，他在額吉那裏得到的不僅是貧下中牧的教育、幫助，更是某種感性的啟蒙和「母愛」。小說裏有很多細節有「戀母情結」的跡象：他頑固地詢問額吉她過去是否很美；他反復想像額吉從前有甚麼樣的男人；無論在額吉家裏或是主人公所敘述的自己的家庭裏，都有着成人男性（父親形象）的明顯空缺……張承志大概不是在閱讀弗洛伊德（Sigmund Freud）學說後才回憶草原的，不過「戀母情結」在當代中國自有其特殊的含義。男子愛着有「母親形象」的異性，母親形象聯繫着草原，遼闊草原以及河流山脈構成大地，大地山河意味着祖國，所以祖國便意味着母親，為兒子（們）所深情摯愛。所以二十年後張承志這樣概括他與額吉的感情：

> (她是) 主人公的交流對象，影響者和教育者，一名偉大的草原女性，久經磨難但是不失遊牧民族本質，在六十年代到七十年代中國的關鍵時刻中，完成改造紅衛兵為人民之子使命的，中國底層人民溫暖和力量的象徵。[25]

感情可以是私人的，但語言卻是公共的。或許，這一代作家別無選擇，只能使用「毛文體」抒情。也可能是張承志的書寫策略，將青少年微妙心理迅速「昇華」為國家語言。但這裏有一個概念極其重要，那就是「人民之子」。

《金草地》用刪節的方式對額吉形象作了兩處微妙的改動。一是在

第十章全部草原故事結束後，作者突然改換筆調，用調侃口氣與讀者直接對話並以後設敘述交代人物的結局。由於一改全篇的抒情視角，寥寥幾筆便傳神地畫出草原母親比較現實的一面：

> 額吉活着。她現在是一個佝倭縮巴、動作含混的瘦瘦老人……她六十歲大本命年我回去那天，她顛巍巍一步一步地小跑過來。她不由分說不管我是作家兼學者她逮住我就是一個嘬臉。我正不好意思呢她已經自顧自地走開了……[26]

但是額吉的這一個既可笑又可愛的側影在《金草地》裏被裁掉了。所以《金草地》中的草原母親形象就更詩化更神聖化了。

另一處更重要的刪改是第九章裏主人公與額吉的一次深夜對話。他在額吉幫着掖好被子後睡不着，一心想着額吉年輕的模樣。額吉好像洞見了「我」的失眠，叫他「別亂想啦！」「她突然發出的聲音嚇得我全身都抽搐了。」

> ……我這麼胡説八道你不生氣吧額吉？
>
> 唉，嗯。
>
> ……我覺得除了像你——額吉我是説，要是找不見像年輕的你那樣的老婆，我就當喇嘛！
>
> 住嘴！
>
> 額吉！
>
> 嗯？
>
> 你告訴我，既然阿勒坦・努特格是神的家鄉既然阿勒坦・努特格那麼好，那麼我能在阿勒坦・努特格找到一個真正稱心的姑

娘當老婆麼？

她久久沒有回答。我瞥見露出皮膚的那頭蓬亂白髮也紋絲不動。

不能。吐木勒，額吉不説謊話。

我覺得心被重重刺了一下。

不能，孩子。額吉知道你是個不平常的人，可是阿勒坦・努特格只是片牧場。……[27]

張承志之所以要在《金草地》刪去這段對話，我之所以要在這裏不惜篇幅引用這段對話，不僅是因為這裏有着過於明顯的「戀母情結」跡象，而且也因為這最後一句，額吉講了實話——足以點明（和解構）張承志的全部草原神話。阿勒坦・努特格（「黃金牧地」）是小説中牧民大遷徙的目的地，在象徵層面上也是主人翁草原理想的終極。但額吉其實在告訴張承志：草原不屬於你，你也不屬於草原。草原牧場屬於平常人（人民？），而你是個不平常的人（「人民之子」）。老百姓本能地知道，城裏人下鄉，如能主動吃得苦中苦，那必是「天降大任於斯人……」老百姓更神奇地知道「人民之子」與「人民」的關鍵區別。

自以為是「人民之子」，這是紅衛兵精神的理想主義。從「人民之子」變回「人民」，這是紅衛兵向知青身份的過渡轉化。活在「人民」之中仍然覺得自己是「人民之子」，這就是毛澤東的好學生們可貴可悲可敬可憐之處了。

其實，《金牧場》裏的很多場面，如不顧妻子生產而攀登冰川大阪，深入西海固皈依伊斯蘭殉道精神，在五彩雜色的都市只聽一個人的歌，面對穿着和服深情起舞的東洋美女動心不動慾……所有這一切不都在證明「你是個不平常的人」嗎？甚至，《金草地》所努力為之辯護、保衛的「紅衛兵理想」也必須聯繫「天降大任」(時代需要我們)的使命感才能解釋。作為「常人」，依照「常理」，部分學生在領袖和軍隊支持下所成立的政治組織，違反人道和法律準則地使用暴力，有目的或無目的地侵犯他人的身體財物 —— 這樣的行為和「熱情」，很難為之辯護。但作為「不平常的人」，不僅在信仰上，而且在實踐上也要反抗一切體制的束縛，為此不惜手段，不怕犧牲。所以儘管行為錯了，「反叛精神」還是可貴的。[28] 所以，從《金牧場》到《金草地》，刪改最少，保留最完整的，就是一羣年輕紅衛兵模仿紅軍步行「長征」的故事了。

《金牧場》中的紅衛兵故事，並沒有展示紅衛兵最初在清華附中成立的情況(張承志本來最有發言權來討論紅衛兵的草創與初衷)，對於掃四舊抄家打派仗等也只是跳躍式地虛寫，重點則放在幾個北京紅衛兵從大西南到陝西的「模擬長征」上。相對而言，這是首都紅衛兵最富理想色彩也最少傷害他人的一項行動。[29] 張承志後來說紅衛兵「好的方面是反一切體制。」但他小說裏的紅衛兵其實是不會反對一切體制的，至少無意反叛紅軍的體制。對《金牧場》主人公以及他的戰友大海、小毛等來說，長征是一個偉大的神話。但他們的模仿對象，與其說是歷史上由李德、周恩來、毛澤東、張國燾及湘江烈士、江西鄉民及劉志丹老鄉們所共同書寫的長征，不如說是在五十年代以後由「革命歷史文學」所敘述所創造的「文本」的長征。所以當小紅衛兵們不畏難險胸懷豪情過白龍江尋找草地時，不僅他們的模仿行為頗具戲劇性，而且他們的模仿對象就是戲劇電影。張承志在小說裏巧妙地點出了紅衛兵行動的諸多文章指引:《長征組歌》《黑牢詩篇》《鋼鐵是怎樣煉成的》……小毛等甚至在四川草地迷路時靠回憶油畫《星火燎原》的細節和重唱歌曲《紅軍南下行》來尋找地理方位。而主人公出獄後獲得女友浪漫迎接時的一段感慨，幾乎可以概括「紅衛兵長征」的全部歷史意義:「我滿意地覺得自己完全是在重複着革命先烈的英勇話劇。」[30]

從尋根文學起，有很多作家都從各個不同側面有意無意地解構重寫「革命歷史故事」。[31] 但張承志在 1994 年改寫《金牧場》時，不僅保衛而且進一步純化紅衛兵的長征夢。畢竟，在當年這是一個真實的夢。大海為了實踐這個夢而死於越南。小毛、藍貓和「我」最後仍不捨得將降下的紅衛兵旗幟的原件送交博物館。《金牧場》裏也有一個和《靈旗》主人公青果老爹頗類似的人物，一個當年受傷流落的紅軍今日成了領救濟的窮漢。喬良的《靈旗》從這一「革命後果」推擬至革命的方式（血流成河）以及革命的代價（是否值得）。《金牧場》裏本來有紅衛兵長征的豪情與知青頹唐的精心對比，似乎也提出了類似的疑問。但《金草地》刪除了知青遭遇，紅衛兵的故事就變成浪漫的讚歌了。

四、民族屈辱感與「人民之子」

簡單概括，《金牧場》全篇貫穿交錯着四個描寫「失敗」的故事：主人翁在日本苦心研究中亞文獻，其學術報告最後在國際會議上被質疑；知青寫血書赴內蒙，最後頹唐潦倒回城；牧民千辛萬苦大遷徙，最後被取消在家鄉的「居留權」；紅衛兵長征追逐紅軍夢，最後亦在失望中降旗。《金草地》刪去了前兩個故事，保留了後兩條線索。歌頌失敗的英雄，強調追求過程大於目標 —— 這一基本主題並沒有變化。但混濁世界煩躁心情淡化了，浪漫舊夢和清潔的精神被突出了。以張承志的話來說，就是「放棄包括受結構主義影響的框架在內的小說形式，以求保護我久久不棄的心路歷程，放棄不真實的情節，以求堅持真實的精神追求。」[32]

混濁世界煩躁心情「不真實」嗎？是否只有紅衛兵舊夢和清潔的精神才是真實的精神追求？我總覺得張承志對《金牧場》的意義估計不足否定太快。也許再過些時日作家會發現，誇張浪漫舊夢強調清潔精神，其實正因為世界太混濁心情太煩躁。

《金牧場》在歌頌失敗的英雄九死不悔的結構框架下，其實有兩條情緒主線，即民族屈辱感和反都市崇尚荒原。再細加辨察，這兩條情緒線索，又都連着張承志所努力守衛的「紅衛兵理想」。

《金牧場》第七章裏主人翁「我」和夏目真弓小姐爭吵起來，「我」這樣為自己的粗暴態度辯護：

……「對不起。不過富國的人和窮國的人在一起時，窮國的人可以失禮。」

真弓喊道：「為甚麼？！……」

「因為我們每天都感到……自尊心在受傷，」他的聲音啞住了，……[33]

這是一段非常重要的宣言。為甚麼「窮國的人可以失禮」呢？這裏有幾種可能的解釋。一是假定「禮」（禮節、牌理、遊戲規則、文明秩序）只是富國（權貴、上層、強者）制訂，窮國（貧民、底層、弱者）完全可以無視這種「禮」（因此「可以失禮」）。這當然是一種比較根本的反體制邏輯。但問題是，既然全盤否定了牌理，又何必太在乎在這種規則下的競爭結果（窮富強弱）並為之感到自尊心受傷呢？強調「窮國（處在劣勢地位上）可以「失禮」，不是反過來肯定了「禮」的重要？說到底，紅衛兵本來是特定體制的產物，當然很難真正反叛「一切體制」。激烈地反叛體制，恰恰證實了反叛者之重視體制。強調「可以失禮」，說明「禮」的意識很強。

第二種解釋是承認「禮」是窮富上下中外強弱都無可選擇要共同參與共同面對的。既然富國（強權者）已佔了現實的優勢（包括制訂了「禮」），那窮國（貧弱者）理當有權利去懷疑、挑戰和破壞這個「禮」。所以在這裏，失禮（反叛）的合理性必須建築在反叛者的劣勢地位上——這是《金牧場》紅衛兵心態的關鍵所在。只有在「失禮」者處於劣勢地位，在遭欺負受侮辱被攻擊時，他的激烈反叛精神才顯得浪漫美好。「紅衛兵理想」在張承志那裏，只有作為一種弱者的信念（宗教）才值得懷念和守衛。張承志後來在回答梁麗芳提問時，強調早期清華附中紅衛兵並非高幹子弟，而且都受校方、保守派壓制，紅衛兵在後來的運動中也受很多懲罰等，總之是強調：紅衛兵理想，是弱者的追求。然而，在本質上，紅衛兵的行動，並非純粹精神追求，更不是宗教信仰，紅衛兵從一開始就必須介入政治行動。一旦信念付諸政治行動（「政治」當然要爭奪強勢），哪怕是在局部暫時的強勢情況下，「失禮」（反叛）的性質就改變了（如第四章兩個「長征」途中的小紅衛兵「我」和藍貓，帶着替老紅軍報仇的道德義憤，用皮帶鞭打一個前國民黨士兵）。這就是為甚麼史鐵生在回顧紅衛兵運動時特別強調「理想價值」與「政治」之間的界線：「宗教……是一種理想價值，我們的文化大革命恰恰是利用了人的理想價值來搞一種政治。宗教這種東西甚麼時候變壞了，就是當它被政治利用的時候。」[34] 作為「理想」的「反叛精神」一旦轉變為功利的造反行為，那也就顯示出了紅衛兵運動最「痞」、最阿 Q 、最「湖南農民運動」的一面了。其實張承志並不欣賞紅衛兵「貧民造反」的一面。《金牧場》裏凡寫到武鬥、抄家、暴力、派仗等，都十分隱晦含糊節制且不無警惕和批判。如前面所說長征途中的那次打人，作家細細分析自己初次暴力宣泄時的快感與緊張：「這皮帶堅着的時候濕淋淋的，分量像重了一倍，那顫抖是心中憤怒的火焰的顫跳……我把濕透的皮帶掄得呼呼作響。大海也在暴跳怒罵，也在閃閃發光地掄着他那一根。關隘就這樣度過了，簡單而殘酷。我開了這輩子的打戒。」[35] 在第九章裏，面對真弓的非暴力主義理論，主人公又在內心回顧自己三次打人的心理經驗：「我的罪就是我自己。……歷史的一切罪惡也都潛伏在我的肉體上。」「然而，……我說我是罪人並不是說我已經犯過罪孽，……」「我知道我為了母親可以殺人放火。如果是在清朝如果我活在左宗棠製造了一條血河的世道，為了母親我要滅他左宗棠滿門！」[36] 這真是一面感到負罪內疚，一面仍堅持革「命」的精神。雖然談不上是紅衛兵的懺悔[37]，像這樣的幾段反省暴力的文字，在《金草地》裏也被刪掉了。

張承志要在紅衛兵的政治行為中辨析其間某種非功利的青春熱情和浪漫理想，他就必須為紅衛兵的「失禮」尋找新的價值支柱。「紅衛兵精神」既根植於自下而上的弱者處境（學生批老師、羣眾鬥領導、子女「背叛」父母……），又同時必須擁有自上而下的道德優勢（你們高貴者最愚蠢，你們受蒙蔽了，你們是行屍走肉，平庸墮落……）張承志在《金牧場》尋找的道德支柱，第一是長征傳統，第二是草原大地，第三是伊斯蘭教哲合忍耶精神（後來在《心靈史》裏有重大發揮）。三種道德資源都具備弱者劣勢條件：紅軍明明已掌握政權，學生們還要模擬「潰逃」；貧下中牧名為社會主人，生活卻苦如奴隸；哲合忍耶更是在歷史上屢遭扼殺的教派……然而有意思的是，這些「弱者」的反叛其實都在挑戰中確認了強者的「禮」：長征就是為了政權；牧民認定知青並非「常人」；回民也樂於見到他們的秘密被寫成中文（甚至，主人公「我」在日本，也要借用國際學術會議來完成他個人的「青春的祭典」)……

總之，劣勢地位和優勢道德，這是張承志在《金牧場》裏將「紅衛兵精神」理想化的兩個關鍵。

假定弱勢地位和優勢道德天然結盟，這也是原教旨主義紅衛兵精神在二十一世紀新媒體(網絡)上也能夠繼續傳承甚至發揚光大的主要原因。重讀文革，重讀張承志，可以同時看到這種「紅衛兵理想主義」的合理性與虛幻性 —— 合理性在於這種觀念支持弱者的道德發言權，相信「窮人大多是好人；虛幻性在於弱勢與道德的天然聯繫，不僅在各種「萬惡的舊社會」，即使在改革後 GDP 至上的中國，或在全球化遊戲規則中，甚至在 1966—1967 的北京，也只是一種被政治利益操控的意識形態假說。

在張承志的小說裏，劣勢地位，雖然也表現在紅衛兵入獄，異國屈辱等細節上，但最重要的，還是草原的煉獄過程。在優勢道德的資源方面，雖有來自名稱(「紅」衛兵)的革命傳統，以及在異國激發的民族意識，但更主要的，還是在草原大地上額吉(人民)的培養。所以額吉的形象至關重要。她的主要功能，便是「改造」紅衛兵為「人民之子」。其方法就是在幫助紅衛兵忍受克服種種「平常人」難免的苦難磨煉之後再告訴這個紅衛兵:「你不是一個平常的人。」換言之，這是先做「人民」,然後成為「人民之子」。[38] 歸根結底，被張承志反省的紅衛兵行為雖近乎貧民造反，但被他維護的紅衛兵理想卻聯繫着士大夫的救世使命感。張承志評論魯迅省卻姓名直呼「先生」，雖然「先生」是企圖以進化論或尼采哲學或俄國人道主義來救救孩子，而張承志是企圖以草原西海固大阪哲合忍耶來拯救墮落的中華，但救世責任卻不無相通之處。只是，文學家救世，自知功效有限；而紅衛兵救世，倘若從個人信念(宗教)化為政治行動、或道德批判，後果就值得懷疑了。

冥冥之中，張承志好像始終在等「神奇的召喚」，他曾這樣自言自語地領受荒原、人民和大陸給予他的崇高使命：

> 莽莽綿遠的大陸，穩穩壓住了世界重心的大陸，孕養文明改換風流的大陸，它正屏息凝神地望着你，雄渾浩大的它正注視着你。
>
> ……你把結束當成了開頭，把生命交付給了道路，你又走進了你的大陸，你去別了你的休息和安寧。
>
> 你是大陸的兒子……[39]

注意，這是《金草地》的版本。在《金牧場》裏，最後一句是「你是大陸的驕子」(更加偉大)。

《張承志：守衛昨日之夢——從〈金牧場〉到〈金草地〉》，《二十一世紀》，第 31 期(1996 年 10 月)，頁 66–76。

---

1 《註釋的前言：思想「重複」的含義》，《金草地》，海南出版社，1994 年 9 月版，頁 1。

2 其中《黑駿馬》曾被收入《中國新文藝大系・中篇小說集 1976—1982》，北京：中國文聯出版公司，1985 年。

3 同注 1，頁 4。

4 《金牧場》，北京：作家出版社，1987 年 10 月，頁 410。

5 韓少功最典型的知青小說是《飛過藍天》和《歸去來》。四川文藝出版社 1986 年出版的《知青小說選》選的是《遠方的樹》。

6 這個短篇曾被選入多種選本。1993 年 12 月中國文學出版社的《中國新時期文學精品大系・短篇小說卷》便以《這是一片神奇的土地》為題。

7 蕭夏林；《無援的抗戰 —— 張承志和他的抗戰文學》，見《無援的思想》，華藝出版社，1995 年 6 月，頁 142。

8 同注 1，頁 4。

9 同注 7。

10 蕭夏林：《時代的哀痛者和幸福者 —— 寫在〈抵抗投降書系〉的前面》，見《無援的思想》，北京：華藝出版社，1995 年。

11 《金牧場》，頁 12–13。

12 《金牧場》第二章 J 部曾描寫主人翁在後樂賓館的斗室裏背誦伏契克的詩句：「從門到牆是七步，從牆到門也是七步。」(頁 46)。

13 《金牧場》，頁 23。

14 《金牧場》，頁 282。

15 夏志清原著，劉紹銘編譯：《中國現代小說史》，台北：傳記文學社，1979 年，頁 52。

16 郁達夫的《沉淪》後來被認為是愛國的小說，但 1921 年初版時作者自稱只是「描寫着一個病的青年心理……裏面也帶着現代人的苦悶」(《沉淪．自序》)。然而過了十年，在九．一八事件以後，郁達夫嘗試重新解釋自己的創作：「……正是在日本，我開始看清了我們中國在世界競爭裏所處的地位……是在日本，我早就覺悟到了今後中國運命，與夫四萬五千萬同胞不得不受的煉獄的歷程。」(《懺餘獨白》)。

17 「您還回中國嗎？」這句話的六個字採用不同的字體印刷。見《金牧場》，頁 49。

18 《金牧場》，頁 101。

19 《金牧場》，頁 270。

20 《金牧場》，頁 98。

21 「人民的暴力主義」是張承志《心靈史》中的一個標題，見《回民的黃土高原 —— 張承志回族題材小說選》，青海人民出版社，1993 年 10 月，頁 298。

22 張承志創作中的「男子漢氣概」早就為包括王蒙在內的很多評家所注意。現抄錄朱偉的一段原意是讚揚張承志的文字。「一位女編輯說：『如今那麼多人都在那裏裝男子，裝來裝去，還數他最像。』」(《張承志記》，《鍾山》，1994 年第 1 期。)

23 《清潔的精神》(牛津大學出版社，1995 年) 封二有如下介紹：「這本散文集只是我的橫掄豎砍，沒有開仗也沒有休戰……我雖然屢屢以反叛中國式的文化為榮，但在列強及它們的幫兇要不義地消滅中國時，我獨自為中國而戰。」

24 《金牧場》，頁 313。文中的「知青之歌」，是按文革期間一首真實流行的「南京知青之歌」改寫的。這首「南京知青之歌」曾在知青中廣泛流傳，後因在蘇聯「莫斯科之聲」上播出，原作者被捕入獄。

25 同注 1，頁 3。張承志後來在接受採訪時說，他曾住過的那一家牧民，因為出現在他的小說裏，「後來沒有人不知道他們家，也出名了。」(見梁麗芳編：《從紅衛兵到作家》，台北：萬象圖書股份有限公司，1993 年 5 月，頁 196。)

26 《金牧場》，頁 484。

27 《金牧場》，頁 430。

28 張承志：「紅衛兵最可貴的是反叛精神。」見梁麗芳編：《從作家到紅衛兵》，頁 139。

29 同注 26。

30 《金草地》，頁 104。

31 如莫言《紅高粱》、格非《大年》、陳忠實《白鹿原》等。參見拙作《當代小說中的現代史》，《上海文學》，1994 年第 10 期。

32 同注 1，頁 4。

33 《金牧場》，頁 345。

34 史鐵生：《輪椅上的命運挑戰者》，見梁麗芳編：《從紅衛兵到作家》，頁 112。

35 《金牧場》，頁 158–159。

36 《金牧場》，頁 456–457。

37 紅衛兵的懺悔，在文革後的中國文學中並不多見。除非是作為沉默的羣體（他們），紅衛兵通常被形容成粗野暴力愚昧法西斯。否則，凡是從主人公角度寫紅衛兵，大都同情多於批判、理解多於責備，辯護多於懺悔。對於昔日的「錯」，張抗抗認為「懺悔也是沒有必要……懺悔是沒有用的，錯了就是錯了，是當時必然要犯的錯誤。」（《從紅衛兵到作家》，頁 183）連坐在輪椅上的史鐵生也覺得「有些人把一切罪惡都推到紅衛兵身上，簡直太不公平了。好比第二次世界大戰，把許多罪責推到士兵身上，是荒謬的。」（同上書，頁 104）。

38 梁曉聲張抗抗也都說若沒有知青下鄉的苦難，他（她）們便都不會成為作家。對此王安憶回答說，當作家也不算甚麼，「如果要我下鄉才當作家，我寧可不當。」參見拙作《為文學所敍述的『文革』》，《明報》1996 年 5 月 15 日。

39 《金草地》，第 42 節。

許子東：老舍的死是喊冤 傳雷的死是抗議

按：本文是鳳凰衛視 2016 年 9 月 12 日《鏘鏘三人行》之文字實錄。

核心提要：許子東先生提到，老舍的死是冤死，而對於脾氣暴躁的傅雷來說，他的死是抗爭 —— 我死給你們看。而女性也很偉大，他的妻子朱梅馥也隨他一起赴死。

竇文濤：《鏘鏘三人行》，今天又把雷頤老師請來，我請來雷頤老師是因為這兩天雷頤老師發的一條微博，引起了我的共鳴，我發現咱們倆有一點同感。

雷　頤：是。

竇文濤：我們這個節目，是個馬後炮節目

竇文濤：其實我原本是一個不太能記住特殊日子的人，但最近發生了一些時間上的巧合。我常說我們這個節目是「馬後炮」節目，不過有時候「馬後炮」也能讓人恰好體驗到某一天在朋友圈中廣泛傳播的情緒。就比如 9 月 3 日，在這之前，很巧的是，我當時不只是談論傅雷，大家也能看到朋友圈中出現了許多懷念傅雷的文章。因為五十

年前的 9 月 3 日，傅雷夫婦在上海自殺。然而，就在同一天 —— 我今天更想聊一聊我非常傾慕的一個人：陳夢家 —— 時間上存在諸多巧合，五十年前的 9 月 3 日，傅雷在上海自殺，陳夢家則在北京自殺。此外，往前追溯還有一個時間巧合。五十年前的 8 月 23 日，老舍遭到批鬥毆打，8 月 24 日，老舍投太平湖自盡。而在 8 月 24 日這同一天，陳夢家也選擇了自殺。這是陳夢家第一次嘗試自殺，他服用了大量安眠藥，與老舍自殺是同一天 。

雷　頤：安眠藥。

竇文濤：但是沒死成，又救過來了。

雷　頤：量不夠。

竇文濤：量不夠，然後他又在 9 月 3 日再次自殺，恰好跟傅雷夫婦成了同一天。

許子東：就是他第一次自殺是跟老舍一起，第二次自殺是跟傅雷一起。

竇文濤：不能說跟老舍一起，是跟老舍恰好在同一天。

雷　頤：時間。

竇文濤：時間，是同一天。我們可以先看看照片，懷念一些當年的先輩吧。這是傅雷夫婦，然後你再看下邊這是傅雷夫婦在門前，傅雷種花。

許子東：朱梅馥。

竇文濤：這是傅雷的故居。

許子東：是的，故居。

竇文濤：最初我喜歡陳夢家，沒別的理由，就一個字：帥！

竇文濤：當年他在這個園子裏種滿了花。我們再看，再看就是剛才講的陳夢家。你知道我喜歡陳夢家就跟這兩天我看見一個女作者寫的文章一樣，其實最初沒別的理由，還是那個字：帥。

許子東：顏值（高）。

竇文濤：就是太帥了，是個翩翩佳公子。你再看這是陳夢家和他的太太，當時的北大校花趙蘿蕤。

雷　頤：趙蘿蕤。

竇文濤：趙蘿蕤，這是夫妻倆的合影，這個待會兒我講到。這個是當年著名的文物販子叫盧芹齋，這個盧芹齋的名聲曾經不大好，因為他在那個年代把中國的昭陵六駿（即唐太宗的六匹馬的石刻）賣到了美國，六匹馬中他賣了兩匹。但是後來他跟陳夢家在外國有一段因緣。雷老師最適合講講這個陳夢家，所以我把您請來。

雷　頤：謝謝。你剛剛說陳夢家帥，（我確實可以來說一說）。因為在我們單位，就是我們近代史所和考古所是在一個院子裏面的。原來這個院子是黎元洪的總統府，後來歸入了北大。當年北大紅樓不都在那附近嘛，那時是北大的文科研究所還是甚麼部門，當時胡適就住在那兒。那麼四九年之後，就有三個單位，當時都屬於中國科學院。近代史所和考古所和科學院圖書館都屬於中科院，這三個單位就都在那個院子裏，實際上就等於說是好像一個大學的三個系一樣。

許子東：你在近代所，陳夢家在考古所。

雷　頤：對。

許子東：OK。

雷　頤：但是我 1985 年去的時候，他早已經故去很多年了。我們所的很多人都跟他認識，都很熟。我們都在一個院子裏，我也認識考古所的很多人，尤其當年的老先生們都跟他很熟，自然而然在幾十年談話中都會時不時地談起他。前幾天我們談起這事，幾個老先生還說他真瀟灑，帥，錢多。

竇文濤：對。

雷　頤：他（陳夢家）花錢很任性，喜歡甚麼就買甚麼，並且愛幫助人。他買房子買明代家具，有時候他買了家具之後就沒錢了。所以你看王世襄也（這樣）說過，王世襄大家知道是明代家具（的專家）。

竇文濤：文玩大家王世襄。

雷　頤：大家說王世襄是明代家具（的專家），（王世襄）主要就是跟着陳夢家學的。

竇文濤：王世襄就說在明代家具這方面，陳夢家是他的引路人。他當時就說過——我跟陳夢家沒法比，我就買點邊邊角角，陳夢家買的都是一堂一堂的明代的家具。

陳夢家用一本書的稿費，在北京錢糧胡同買了十八間房子

許子東：（我曾聽說）他在北京哪個地方，曾經有一次買了十八間平房。

雷　頤：就是錢糧胡同，離我們所也不遠。

許子東：錢糧胡同。

雷　頤：對，錢糧胡同。

許子東：據說是用他寫考古的一本書的……

雷　頤：一本書的稿費。

竇文濤：是《殷墟卜辭綜述》（這本書）。

許子東：你想想，那是啥年代，他出一本書可以買十八間房，今天我們是出十八本書也買不了一間房。

竇文濤：這是知識分子泄私憤的（話）。

許子東：真是，太不像話了。

雷　頤：他這個人非常有才，他曾經説過嚴格來講他應該是成為律師的，因為他考上的是中央大學法律系，還有律師職業證。

竇文濤：就相當於有律師執照。

許子東：我所知道的陳夢家是新月派詩人。就是徐志摩、聞一多、朱香、陳夢家名字是連在一起的，在我這個研究的學科裏面，我們上課還會提到他。

陳夢家上過聞一多的選修課

雷　頤：對呀，他是很重要的。他在讀法律的時候，選修了聞一多的課，就對文學藝術詩歌感興趣，到後來徐志摩也欣賞他，他就開始寫詩，發表詩作。

許子東：那時候他才二十出頭。

雷　頤：沒有，他發表詩歌的時候還沒有二十歲。那之後他開始寫詩，就成了新月詩人，後來編了一些詩集出版。

許子東：但（他）後來怎麼做起考古來了呢？

雷　頤：這其實是近代一個很奇怪的現象。比如說「一二八抗戰」的時候他到上海去了前線，回來還寫了詩，歌頌抗戰。到後來聞一多漸漸成為考古學者。聞一多是搞美學的，又是新月派詩人。他走上這條路了，就希望陳夢家也走這條路。陳夢家也就跟隨聞一多逐漸走上這條路了。聞一多到青島，他也到了青島，後來他覺得自己應該再繼續學習去，於是就到燕京大學上了宗教學院，後來習慣稱之為神學院。神學院學生當然就要學古代文化了，甚麼希臘羅馬包括中國的，這樣他就開始往這方面轉，到後來他的成就越來越多，寫詩好像和這種古文字研究完全又是兩個不同的（方面）。

許子東：但已經不是一位學者有這種轉變了。聞一多是，他是，還有郭沫若也是，最早是寫詩的，後來也研究甲骨文，等於就是最早是寫詩或者寫小說，是最懸乎的東西，但是他們後來都是也做考古，做最扎實的這種文化的研究。文革當中紅衛兵批判他，你知道批判他甚麼？—— 他好像曾經在一個不知道甚麼場合裏邊說過，說西南聯大的時候聞一多衣服臭了，就是身上都有味道，文革的時候紅衛兵就說他誣衊革命烈士。

雷　頤：因為他和聞一多很熟很熟，聞一多是他老師，很欣賞他。

許子東：誣衊革命烈士，這個行為在當時可不是開玩笑的。

雷　頤：那當然了。

許子東：聞一多是革命烈士。

竇文濤：我還看過呢，那個時候就很多學者也被發動，要求必須得批判他。批判他時，說他研究的這個殷墟卜辭甲骨文這些古文字（的成果），全是抄襲的。因為大家都對他有錢這個特點有印象，於是說他沒甚麼自己的真本事，他就是到處抄襲，出這本書是為了換錢，過他腐朽的生活。那個時候就是這麼批他的。

雷　頤：對呀，所以反右之後，他被打成右派。其實最主要的原因是甚麼呢？他對文字改革抱有不同意見。雖然他有不同意見，但他談得還是謹慎的，他並不是說「我根本反對」，他是說「要慎重」，就是改哪個字要慎重。這一下紅衛兵就覺得你反對這個當時認為是國家主導的或者黨中央的決策吧，就屬於右派。因為他的威望很高，他就成為歷史學界幾個大右派之一，是著名的大右派。

雷頤：陳夢家是歷史學界著名的右派

許子東：其實他那時候也才四十出頭。

雷　頤：四十出頭。

許子東：對。

雷　頤：但是今天看看，他幹了多少事！寫詩二十來歲就成名了，還編了書，到四十來歲就成了古文字這方面的權威。他被打成右派那就是同行在「揭發」，那是一個沒有沉默的權利的時代，你必須得（發聲）。

許子東：但是他後來為甚麼自殺呢，是他被批得特別厲害？

雷　頤：不，儘管在反右過程中他被批甚麼（罪名），他還做自己的研究，直到「四清」的時候他還收集很多資料，想做很多的研究。你知道，一直到文革，這種牛鬼蛇神 —— 尤其你是大右派，馬上就成為首批揪鬥的吧，揪鬥揪打，被紅衛兵打鬥。

許子東：但是紅衛兵打鬥很多人，為甚麼他就自殺呢？比方我們上次討論老舍，老舍有很多個人性格上的原因，家庭的原因，還有老舍一直表現很進步，（所以）他受不了。他第一次被打，就完全受不了。那麼陳夢家自殺的原因是甚麼？

雷　頤：這個自殺原因可以說剛才文濤也講了，是兩次。第一次，是從北京這個 8 月 18 日之後遭到大批鬥。

竇文濤：傅雷是個暴脾氣，早就有自殺念頭

竇文濤：你問傅雷為甚麼自殺，實際上你都會發現他早有死的意志。這第一個跟傅雷的性格有關係。人們說傅雷身上其實有中國古代儒學的一種（剛直不阿）的氣質，而且他性格本身就是脾氣暴躁，就是既剛直又暴躁的人。我看到一些記載提到他第一次，最早被打成右派的時候，他自己就表示：要不是看在傅敏——第二個孩子還小我早就死了。我現在有時候覺得女人很偉大，真的，我有很多其他的感想。你知道嗎？比如說他的太太朱梅馥，朱梅馥是一個怎樣的女人？她非常賢慧，能夠忍受傅雷這樣的爆脾氣。但是傅雷決定死了之後，有一個他們家的親戚就跟傅雷說，說老傅你走就走了，你能不能把梅馥留下來？但是你看傅雷這種性格是不是有點（類似於）暴君，他會覺得說不行，我不能留下她獨自一個人受苦。同樣，朱梅馥自己也跟傅雷就表示，我不能讓你一個人在那邊孤獨，就是說男人不知道殉了他相信的一個甚麼信念，女人就跟了男人走了。

許子東：這一段史實是有不同記載的，你們看到的是這樣，但另一個版本是說，傅雷是吃藥片的，是他老婆倒了開水讓他吃了藥片看他平靜的死去，兩個小時以後他夫人拿被單在窗前吊死。這是另一個版本，對不對？你有看到吧？

竇文濤：我看到。

許子東：這個版本是極其戲劇化的，因為我們會無限地想像這兩個小時的場景，就是一個人已經去了，一個人再跟隨他去，這個我們（看到就很震撼）。

竇文濤：但是我看到的是葉永烈講的。

許子東：對。

竇文濤：他通過（調查得知嗎？）

許子東：他說不是（那樣的）。

竇文濤：他否定了這個。他說當時呢之所以給人造成是服毒的印象，是因為傅雷那個保姆，可能兩個鐘頭之後才去，去了之後傅雷已經躺在地上，她覺得可能過了兩三個小時會有屍斑甚麼的，這個場景造成一個（傅雷像是）服毒的假象。這是他那個保姆說的。但是呢，葉永烈後來又去找了派出所最早進去的那個人，那個人的意思就是門被大力撞開之後，實際上拿這個牀單擰成布條掛着的傅雷就掉下來了。

雷　頤：掉下來。

竇文濤：對，掉在籐椅上，意思就是傅雷還是上吊而死的。

許子東：如果是上吊的話，就等於是兩個人一起上吊。

竇文濤：掛在窗子上。

許子東：一起上吊的。

竇文濤：對。

許子東：老舍的死是喊冤，傅雷的死是抗議

許子東：因為前面這個講的太煽情，等於就是說一個去了另一個真的去殉。我的一個感想就是老舍是冤死的。傅雷這個上海人，他說死給你們看，就死給你們看。正如陳丹青講的，這是骨氣。他是抗議，他不像老舍會說「我是冤枉的」之類，所以他很不一樣。他的那個夫人為他付出很多。你知道傅雷有一段婚外情吧。那位女士叫成家榴。成家那個時候跟傅雷家都在江蘇路，他們是鄰居。成家榴的姐姐叫成家和，嫁給劉海粟的，後來跟劉海粟離婚以後，那個成家和跟別人結婚以後生了個女兒叫蕭芳芳。

竇文濤：就是香港的那位演員。

許子東：有這麼一個故事。成家榴那個時候呢天天到傅雷家裏去，她要在，傅雷才能工作，他老婆都看見了，但就一直忍受。那麼這個事情呢後來被張愛玲寫進了一部小說，這部小說的名字很奇怪，《殷寶灩送花樓會》，誰也不知道她在寫甚麼。小說裏邊就說有個女的來找這個作家，作家也叫愛玲，女的就講她愛上了一個教授，非常愛，教授也愛她，可是他有家庭有小孩，問「我該怎麼辦？」然後這個女作家就跟她說，你趕快找另外別的人，或者呢你離開上海到別的地方去參加革命甚麼的。張愛玲寫的是真事，而這個人真的就離開了，但是並沒有找到愛的人，有說她一生沒嫁，有說她到了香港結婚了。這件事情後來傅敏回憶錄裏邊都有，都有回憶都有提到，但是他說我們的母親真偉大。

竇文濤：你說傅敏說這些話我就想起，陳夢家應該也風流。就是說為甚麼那麼帥，對吧，因為說起來非常有意思。你記得上次我們講錢鍾書嘛？

雷　頤：對對對。

竇文濤：他們講錢鍾書的時候，提到馮友蘭的女兒寫過一個小說叫《東藏記》，寫西南聯大的那個時候教授們之間的關係，有人（把各人）對號入座，也不知道是不是真的，那畢竟是個小說。比如有人就說這個是錢鍾書，那個是楊絳，似乎在裏邊也有一些揶揄吧，對吧？有那麼一些描寫說裏面還有陳夢家，裏面還有趙蘿蕤，甚至有人說趙蘿蕤這個北大校花其實就是《圍城》裏邊的唐曉芙，說傳聞錢鍾書年輕的時候曾經追過這個趙蘿蕤，但是最後趙蘿蕤選擇了陳夢家。在《東藏記》這部小說裏，我就很莫名其妙地竟偶然翻到，好像是陳夢家有外遇之類的內容。

雷頤：陳夢家選擇自殺的日子很特殊

雷　頤：其實在文革前後那會鬧得沸沸揚揚，給每個人的歷史都要扒得清清楚楚，就是說如果有外遇，（那一定會被挖出來講）。但卻一直沒有這個（事情）。唯一就是陳夢家有一個好朋友，他代為照顧了一下這位朋友的妻兒。因陳夢家本來就錢多花錢大方，比如說聞一多被殺害之後，他有時候也給聞一多的夫人一些錢，因為她帶着很多孩子。比如在西南聯大的時候，陳寅恪有一段時間生活有困難，他也資助了陳寅恪。就是說只要陳夢家有錢，他就會資助（有需要的人）一點。那麼他的好朋友去世了，這位好朋友的妻子還帶着小孩，就是孤兒寡母嘛，沒有工作，就委託他來照顧。她們母子就住在我們所對面。我剛才也講了，我們實際上是一個院子，我們近代所把門開在東廠胡同，就是門朝南，他們考古所門開在東邊，就是門朝東，我們是在王府井大街上一個四方形的院子。那麼他的那個朋友的孤兒寡母，後來實際上就是在我們所門對面的院子裏，他經常照顧，而那家人因為趙蘿蕤身體不好也去他家幫着照顧趙蘿蕤。經過那個年代的人都知道，政治上生活上要打壓你的時候，那一切都可以加在你帽子上。

竇文濤：你剛才講這個陳夢家為甚麼兩次自殺呢？

雷　頤：剛才就是還是說日子，就是說一個 8 月 24 日，因為從「八・一八」之後，紅衛兵公開提出來「紅色恐怖萬歲」，北京市那些紅衛兵在（籌劃）。

許子東：要武（鬥）。

雷　頤：要武鬥有問題的人吧，你比如說打砸搶甚麼的。因為當時我了解的，比如說單位學校紅衛兵去打自己老師，知道自己老師誰有問題，他單位就找街道。街道上往往是找居委會或者是找派出所，因為派出所都有地址，誰家的一個老太太是地主婆，誰家一個老頭原來是個甚麼右派是國民黨軍官，等等，他們就按照這個名單挨家挨戶地去這些家裏抄家打人，也有打死（人）的。8 月 24 日那一天，東廠胡同的人都記得，（這麼）一個小小的胡同，在那一天就被打死了六個人，還有女的，老年婦女。有的用的方法比較殘酷，比如人被開水澆的那種嚎叫，一些老人說都聽見了。人們一個個都心驚膽戰，尤其像陳夢家本身也是捱打了，捱鬥了，（就更加擔心害怕）。這種日子還能活嗎？尤其像他那麼瀟灑的人要受這種侮辱，他當時本身已經捱鬥了，捱鬥捱打戴高帽遊街，那麼瀟灑的人都做了這些，所以他就（忍受不了了）。剛才說了，陳夢家買了十八間房子，就在錢糧胡同，這時候紅衛兵把他家房子都給封了，就留了一偏門，就一個小小的偏房讓他來住。

許子東：是哪裏的紅衛兵到他家的呢？

雷　頤：現在就不太清楚了。

竇文濤：現在不清楚了，就是有證據表明，很有可能陳夢家在 8 月 23 日到 8 月 24 日凌晨這一夜，聽見人被打的慘叫聲，他整整聽了這一夜。兔死狐悲，我覺得有些時候就是說，文人或者說有些骨氣的人，他有他的選擇，但是有時候我想，從最低級的角度講。

許子東：害怕。

竇文濤：最低級的，換了我（我也會害怕）。

許子東：就是。

竇文濤：我粉陳夢家，濁世翩翩佳公子

竇文濤：許老師假設說你看見給別人被打成這個樣子，假設說你

想可能未來十年，我每天都要這樣，你還活不活？我覺得其實有時候這不是一個很難的選擇，因為你對前途的一種預估，你認為那就是這樣了，天天被弄出去打，還怎麼活？

雷　頤：對。

竇文濤：其實今天很多人不知道這個陳夢家，他們知道傅雷，知道老舍，但我覺得人們不知道陳夢家。陳夢家在我心目中是我很喜歡的人，就這麼帥，公子。

許子東：又有錢。

竇文濤：濁世翩翩佳公子。

許子東：還會玩文物。

竇文濤：不是，到最後他研究青銅器。你知道後來呢他到美國上學了。

雷　頤：對對對。

竇文濤：到美國上學，他在美國期間——

雷　頤：訪問。

竇文濤：對，訪問。後來他給清華校長寫信，要求再在美國多留幾年，因為他要做一個中國青銅器流散在全美博物館的一個記錄，他都看過，都記錄了。而且最後在他即將回國前找到盧芹齋。就是我剛剛講的那個盧芹齋大文物販子，就是把中國的很多文物販到（國外）。這個盧芹齋不願意回國，因為他自覺慚愧，他把很多國寶賣到國外了。陳夢家就去找他，勸他說，你呀如果要想跟祖國人民贖罪，你就捐出一件來。

雷　頤：捐出一點文物來。

竇文濤：捐出一件青銅器。盧芹齋當時就是在陳夢家勸說下，捐出一件很有名的青銅器，現在就在國博，所以陳夢家是一個一心撲在金石文字、詩文當中的這麼一個人，他對政治實際是不通的，就完全不明白。比如他有兩句話，你就知道這個人當時對政治（的看法）幼稚到甚麼程度，其中一句話是說一九幾幾年的時候，那時候還沒甚麼事，說出去做集體操。

雷　頤：1952 還是 1951 年。

竇文濤：讓出去做集體操，結果他來了一句，他說「這個《1984》裏邊說的就來了」，這多幼稚。後來自殺時據說他也留下一句話，就 8 月 24 日的時候，他說「我不能再給他們當猴耍了」。

雷　頤：對對對。

許子東：不幼稚，一點都不幼稚。

竇文濤：而且我那天看了個女作者寫的文章，那女作者也是陳夢家的粉絲，還唸了一遍他的詩。其實你仔細想想這個新月派，他有詩人的感受，他把自己鑽進一株野草，一朵野花去體會。你仔細看看，寫的很有意思。咱們都可以看看陳夢家的詩 —— 一朵野花在荒原裏開了又落了，不想這小生命，向着太陽發笑，上帝給他的聰明他自己知道 —— 你看他變成了小野花去感受。

雷　頤：對。

竇文濤：「他的歡喜，他的詩，在風前輕搖。一朵野花在荒原裏開了又落了，他看見青天，看不見自己的渺小，聽慣風的溫柔，聽慣風的怒號，就連他自己的夢也容易忘掉。」你看這個詩意，他竟然寫野花把自己的夢都忘掉了，這種客觀的主觀化，實在是很有才華的，又研究青銅器這樣一個人。

雷　頤：你剛才講的話，讓我還想起一個人 —— 王國維，他是研究詩學還研究 ——

竇文濤：甲骨文。

雷　頤：後來他是甲骨文大家。

許子東：這真的是兩個極端之間的跨越。

雷　頤：這兩個人都是在極端中跨越。

許子東：這可以做個研究的。

許子東：六十年代的很多東西，我們這個時代真的追不上

雷　頤：可以做個研究，包括聞一多。我寫過聞一多的文章，他這個跨越一方面就是說這種甲骨文研究，確實裏面的學術魅力很大，這種學說跟猜謎一樣，又跟中國傳統文化緊密的相連，好像要破解傳統文化的密碼，你非要通過這些（才能搞清楚）。並且呢他寫詩需要更多的激情（表達）對社會的關注，在某種程度上說他們又覺得這樣（很有必要）。

許子東：我們當代的朦朧詩人、許多新的詩人，詩也寫的非常好，但是你不會看到一個詩人能夠過幾年變成一個考古學家，你明白我說的這個意思沒？

雷　頤：我知道您是做這一行的，有沒有我們不是針對這行來說。

許子東：很少，就是說這些詩人我都非常佩服，有些真是天才——像顧城、北島這些都是，但是你很難想像這些詩人隔了多少年以後變成一個考古學家。

雷　頤：很難的。

許子東：那個時代的很多東西，就是我們這個時代真是追不上，小說家也是，你追不上，真的。

竇文濤：我覺得那個時代的人物，有時候我覺得我寧願跟他們神交，這都是一些甚麼樣的人啊！

雷　頤：就是。

竇文濤：風流倜儻。

許子東：所以瘋傳趙蘿蕤她就是唐曉芙（的原型），雖然是捕風捉影，但也可以是《圍城》的一個註釋。

雷　頤：這個趙蘿蕤的父親實際上也很有名，趙紫宸是燕京大學剛才說的宗教學或者叫神學院（的教授）……

雷頤：陳夢家第一次自殺那天，東廠胡同六個平民被打死

雷　頤：陳夢家 8 月 24 日，就是說他第一次自殺，因為那一天我們所在的那個東廠胡同打死了六個人，都是普通的居民，也可能是（某些特別的人）。

許子東：那六個人是誰就不知道。

雷　頤：這就不知道了。之所以要提起這六個人，往往還是因為要分析陳夢家受到了甚麼刺激。那六個普通人無名無姓，這也是歷史學界的一個局限，所以我很早就寫過一篇文章，談到歷史學是有它的局限性的，它往往是偏重於精英。比如說我們一談文革，一談在那個年代受迫害的這些人，你舉出來的例子就是這些精英。事實上，比如說像類似於那一天，一個短短的幾百米的東廠胡同，六個人就被打死了，那麼到現在（都沒人能說出他們姓甚名誰），老人們都知道那天可慘了，但是就是被打死的人都沒姓沒名。那麼以後在歷史的記載中，有可能就是說一個甚麼運動、一個甚麼事件，就是這幾個精英受了迫害。

許子東：這是我現在常常在網上看到的一個觀點，常常有一些也許是年輕人吧，說你們老是講那個時代，但不就是那些知識分子和一些走資派幹部嘛。我們廣大羣眾工農羣眾並沒有（受到）甚麼（傷害），

常常有這樣的觀點。

雷　頤：也是受了這種刺激，所以我在 1999 年還是 2000 年就寫過一篇文章叫做《日常生活歷史最重要》，就覺得歷史研究應該把視角往下看，放到普通人的身上，記錄在那個年代普通人的衣食住行，包括他們受了甚麼樣的待遇，有甚麼樣的境遇。否則歷史記錄確實（不夠準確），我們（記錄的歷史中，記下的往往）要不然是最好的人，要不然是最壞的人，即便是壞人，記的也是梟雄，普通一個土匪是怎麼生活的，也不太記錄。只有梟雄才能走入歷史。受迫害的也是那些精英，他受迫害是走入了歷史才被記載下來。所以（我覺得）這是史學本身也有這個局限性吧。

許子東：我有一次去做演講，我記得在廣東一個甚麼地方做演講，就講我對文革小說的研究。最後有一個年輕人站起來提問，我印象非常深，看上去非常認真的一個年輕人——他說你講的這些迫害，就是所有這些受迫害的人，加起來都不超過中國人口的 5%，95% 的人是沒事的。他說今天正好相反，是 5% 的人他們有錢有勢在壓迫 95% 的人。我說你這個觀點當然是錯的，你用的正好是那個時候的邏輯，但是我想告訴你一個基本的常識，基於我在鄉下生活的情況，我說那個時候發生的事情不是 5% 的人的事情，是 100%。我極端地來講，江青也是倒楣在那個時候，江青要不碰到她都沒這個事情。我跟他講了我生活過的農村，可是貧下中農所有的人，他們種地產量不高，他們不能夠採用自己的方式（生活），他們只有自留地裏才能保存自己吃一點東西，他們一年到頭吃不飽東西，所有人都在受苦。

雷　頤：你當時插隊在哪兒？

許子東：我在江西，革命根據地，當時那個豬肉上面長滿了毛他們還拼命搶。

雷　頤：江西哪兒，因為我當兵在江西。

許子東：廣昌。

雷　頤：哦，廣昌。

許子東：毛澤東寫詩《廣昌路上》這個地方。我就告訴那個青年，我說不是少數人倒楣，是所有人。你以為老舍被打，老舍倒楣，以為打他的那些第八女中的紅衛兵，那些十五六歲就把人家打死的人不倒楣嗎？他們一輩子背着的負擔，他們自己不知道。

雷　頤：後來其實絕大多數人也被迫上山下鄉了。

許子東：當然，當然，他今天跳廣場舞，只要他想起當時他打甚麼人，他能夠放得下心嗎？這個學校現在還改成叫魯迅學校（按：即上文提及的「第八女中」）。

雷　頤：魯迅中學。

許子東：對，魯迅中學。

竇文濤：真正的大徹大悟，能有幾人？

竇文濤：我還有一個角度，就是任何歷史上大的運動，影響的當然都不是少數人，但是少數人也是非常值得重視的。為甚麼我會對一些個人，或者說極少數人感興趣呢？你看，這就像中國的禪宗有這麼一個思想，就是真正的大徹大悟世上能有幾人？但禪宗需要有覺悟的人，不能斷絕，所以禪宗有個思想叫傳燈人，就是說不需要 99% 的人民都理解我禪宗的思想。我們禪宗，只要有一盞燈，只要有一片土地（就能傳承下去）。你看（慧可和尚為了求得佛法真諦甚至可以立雪斷臂），禪宗這個一祖、二祖、三祖、四祖只要有一個真懂了的，他就沒有斷，他這盞燈就會點燃更多的燈，這個文化、文脈它就能繼承下去。

所以我給你看幾張照片，咱們就說那個時候的人物，今天也可以稱為「京城四少」了。你看，民國時的張伯駒，這是張伯駒，所謂風流蘊藉，我覺得就是這個樣子。你再看下面這是張伯駒後來的夫人潘素，他把潘素由一個青樓女子培養成了一個書畫家，這是非常有名的。然後你看這是當時的四大公子，北京四大公子之一袁寒雲，就是袁世凱的二兒子。那個時候的人物，比如這個袁寒雲，長得這麼好看，跟今天的這些個富二代 —— 你知道嘛，我就覺得沒法比。袁寒雲是甚麼人？他勸爸爸袁世凱別稱帝，留下詩句寫詩寫的極好 ——「絕憐高處多風雨，莫到瓊樓最上層」，這就是在勸他爸別稱帝。他自個兒呢跑到上海，當上青洪幫的堂主，大堂主，後來在天津靠寫字 —— 他字寫得好 —— 最後窮困潦倒靠寫字為生，最後他死在了天津。

雷　頤：青樓女子（都為他動容啊）。

竇文濤：成千的青樓女子給他出殯送行。

許子東：羨慕。

竇文濤：就是，就一時風流總被雨打風吹去。我說的不是袁寒雲，我說的是張伯駒。故宮最近要有展覽了，我勸大家可以去看看。你會看到杜牧的《張好好詩》卷，錢選的《山居圖》，這都是張伯駒私人的收藏。還有國之重寶，中國現在傳世、留下來最早的墨跡 —— 陸機的《平復帖》，傳世最早的畫跡 —— 展子虔的《遊春圖》。建國後，張伯駒當年是買這幅《遊春圖》花了二百二十兩黃金，為此他把他河南老家裏的地也賣了，把他北京的大宅院也賣了。我給你說，他們老派人還是有點愛國思想的，他就為了這件東西不能流出中國。張伯駒讓它留在了中國，到最後把這件國寶一起捐給了故宮。

雷　頤：所以，陳夢家在美國看到（國家的文物）也是勸這個文物商，說你儘量把一些東西弄回來。他自己也知道很多東西他弄不回來，所以他一定要把那個圖錄弄全，這個對現在研究考古的人太珍貴了，是太有學術價值的東西。

竇文濤：然後呢，在那個特殊的年代，被打倒了之後，人家的院子變成了大雜院。北京人都很熟悉，你知道大雜院的老太太其實都在監視着你，你們說甚麼，你們吃甚麼，（她們都清清楚楚）。其實有時候問這些文人為甚麼死，我給你講，像張伯駒這樣的人，都是甚麼人啊，他們一輩子的這種生活方式，他心中的美，他心中這一切（都被毀了），我給你說我就覺得他們的想法我太能理解了。你懂嗎，這種完全不一樣了的生活，（他們無法忍受）。到最後，張伯駒晚年感冒了，到了醫院住七八個人的病房，單位裏還不准他轉院。我看唐師曾寫的文章裏就講到，後來有人到領導面前為他打抱不平，說他捐的東西能買幾所你們這家醫院了！最後領導批示 2 月 26 日同意他轉院，但那時張伯駒已經停止了呼吸（按：講到這裏，竇文濤幾乎落淚）。

許子東：如果能穿越，我會對老舍說「小不忍則亂大謀」

許子東：8 月 23 日我們重走老舍當初被鬥的包括他自殺的地方，提了一個問題。現在不是流行穿越嘛，假如我們穿越到當年的 8 月 23 日，我們能做些甚麼事情？假如我們在那裏，或者我們碰到當時的人，真是不知道怎麼樣，你要是從歷史的角度來講，那真是很短的一點。從歷史研究來講，8 月 18 日接見，8 月 28 日中央就下令了，停止武鬥，中間只有十天，這個最瘋狂的時候只有十天，8 月 28 日沒有真正的停止，後來這個有慣性傷害的事情都發生在 9 月。也許站在這個理性的角度來講，我們假如知道有今天的話，我們會對老舍說，小不忍則亂大謀，你忍，忍過這一關，中國不會一直這樣的，對不對？

你忍過去。跟傅雷也是這樣說，你還有很多事情，你看陳夢家的太太後來一直做了很多貢獻，當時有精神分裂，後來她還是在學術前線很久。但是當他們問我這個問題的時候，我又在想，要是你有老舍的經歷，站在他和陳夢家、傅雷的性格立場上，他是忍不下去的，他這一口氣就忍不下去。

雷　頤：並且你剛才講到精神分裂，你看他也曾有短暫的（這種病）。因為從六十年代起各種肅清整風自我思想檢查，就很嚴重的，對於這些都是留學回來沒經歷過所謂運動的人，他適應不了，適應不了。

竇文濤：所以說咱們講這些，當然也是回顧歷史教訓。經過那個特殊的年代，我覺得到後來黨和政府也有所反思了，都對歷史若干的問題作出了明確的結論。

許子東：後來都開會平反了，而且《傅雷家書》這麼多人喜歡，對不對？你剛剛講的一人傳燈，我仔細想想他的骨灰被那個江女士真是活生生的保存下來，當代的一人傳燈。

竇文濤：又比如我剛才講的這個張伯駒，他就沒有死，你滅不了他。當年他就說：「我的東西不怕丟，永遠在故宮。」就算咱們都死光了，千秋後世都有張伯駒。

雷　頤：那是。

竇文濤：只要故宮有咱的國寶，那就是他捐出去的。

雷　頤：對。

竇文濤：你說對嗎？

雷　頤：那是。

竇文濤：其實我是想講，你別講這些人只是極少數精英，這些人身上的確有咱們中華民族的文脈，有中華民族的精神，他凝聚着中華的文明。

許子東：一百個人裏打死一個，其他九十九人都不安全。

雷　頤：好像不僅僅是這樣，因為現在確實有的人說，你看就算受迫害的也不過是 5%、10% 的人。雖然有 15% 的人數，但和絕大多數人比還是算少數。但我們不能這樣算，如果這樣不經過任何法律程序人就可以被打死的話，這是很恐怖的事情。咱們樓裏現在估計有百十號人，咱們設想現在只有一百十來號工作人員在這兒，據說有五個人到六個人是有問題的，咱們可以一頓就把這五六個人當場打死嗎？這種恐怖的行為是合法的嗎？所以這個比例應該是很高的了。

許子東：你反正一百個人裏能夠任意打死一個，也說明你另外九十九個人不安全。

雷　頤：就是。

許子東：就是這樣的簡單。

雷　頤：今天可以打死這個人，明天就可以打死那個壞分子。

竇文濤：所以說咱們這個反思歷史教訓就知道今天依法治國的重要性了，咱們這個國家其實已經是向着依法治國的方向發展了。想起過去你也是有所唏噓，但是你以後就得更堅定走依法治國的道路對吧？我講這個話在水平上嗎？

雷　頤：在在在。

竇文濤：咱們還是要看到今天和明天的美好，以及我們應該吸取的教訓。

附錄

「五十篇」小說目錄 [1]

短篇小說

1　盧新華:《傷痕》,《文匯報》(上海)1978 年 8 月 11 日;獲 1978 年全國優秀短篇小說獎。

2　蕭　平:《墓場與鮮花》,《上海文學》1978 年第 11 期;獲 1978 年全國優秀短篇小說獎。

3　陳世旭:《小鎮上的將軍》,《人民文學》(北京)1979 年第 2 期;獲 1979 年全國優秀短篇小說獎。

4　陳國凱:《我應該怎麼辦》,《作品》(廣州)1979 年第 2 期;獲 1979 年全國優秀短篇小說獎。

5　鄭　義:《楓》,《文匯報》(上海)1979 第 2 月 11 日。

6　張　弦:《記憶》,《人民文學》1979 年第 3 期;獲 1979 年全國優秀短篇小說獎。

7　金　河:《重逢》,《上海文學》1979 年第 4 期;獲 1979 年全國優秀短篇小說獎。

8　高曉聲:《李順大造屋》,《雨花》(南京)1979 年第 7 期;獲 1979 年全國優秀短篇小說獎。

9　古　華:《爬滿青藤的木屋》,《十月》(北京)1981 年第 2 期;獲

1981 年全國優秀短篇小說獎。

10 韓少功：《飛過藍天》，《中國青年》（北京）1981 年第 13 期；獲 1981 年全國優秀短篇小說獎。

11 宗　濮：《我是誰》，《長春》1979 年第 12 期。

12 陳建功：《轆轤把胡同九號》，《北京文學》1981 年第 10 期。

13 梁曉聲：《這是一片神奇的土地》，《北方文學》（哈爾濱）1982 年第 8 期；獲 1982 年全國優秀短篇小說獎。

14 史鐵生：《我的遙遠的清平灣》，《青年文學》（北京）1983 年第 1 期；獲 1983 年全國優秀短篇小說獎。

15 史鐵生：《奶奶的星星》，《作家》（長春）1984 年第 4 期；獲 1984 年全國優秀短篇小說獎。

16 何立偉：《白色鳥》，《人民文學》1984 年第 10 期；獲 1984 年全國優秀短篇小說獎。

17 陳　村：《死 —— 給「文革」》，《上海文學》1986 年第 9 期。

18 余　華：《一九八六年》，《中國小說一九八七》，黃子平、李陀主編，三聯書店（香港）有限公司，1990 年。

19 馬　原：《錯誤》，《中國小說一九八七》。

20 林斤瀾：《氤氳》，《中國小說一九八九》，黃子平主編，三聯書店（香港）有限公司，1992 年。

中篇小說

21 從維熙：《大牆下的紅玉蘭》，《收穫》（上海）1979 年第 2 期；獲 1977—1980 年全國優秀中篇小說二等獎。

22 劉　克:《飛天》,《十月》1979 年第 3 期。

23 馮驥才:《啊!》,《收穫》1979 年第 6 期;獲 1977—1980 年全國優秀中篇小說二等獎。

24 葉蔚林:《在沒有航標的河流上》,《芙蓉》(長沙)1980 年第 3 期;獲 1977—1980 年全國優秀中篇小說一等獎。

25 王　蒙:《蝴蝶》,《十月》1980 年第 4 期;獲 1977—1980 年全國優秀中篇小說一等獎。

26 趙振開(北島):《波動》,《長江》(武漢)1981 年第 1 期。

27 韋君宜:《洗禮》,《當代》1982 年第 1 期;獲 1981—1982 年全國優秀中篇小說獎。

28 劉心武:《如意》,《如意》(小說集),北京出版社, 1982 年。

29 禮　平:《晚霞消失的時候》,《十月》(北京)1982 年第 1 期。

30 王安憶:《流逝》,《鐘山》(南京)1982 年第 4 期;獲 1981—1982 年全國優秀中篇小說獎。

31 梁曉聲:《今夜有暴風雪》,《青春增刊》(南京)1983 年第 1 期;獲 1983—1984 年全國優秀中篇小說獎。

32 張賢亮:《綠化樹》,《十月》1984 年第 2 期;獲 1983—1984 年全國優秀中篇小說獎。

33 阿　城:《棋王》,《上海文學》1984 年第 7 期;獲 1983—1984 年全國優秀中篇小說獎。

34 莫　言:《透明的紅蘿蔔》,《中國作家》(北京)1985 年第 2 期。

35 朱曉平:《桑樹坪紀事》,《鐘山》(南京)1985 年第 4 期;獲 1985—1986 年全國優秀中篇小說獎。

36 張賢亮:《男人的一半是女人》,《收穫》(上海)1985 年第 5 期。

37 史鐵生:《插隊的故事》,《中國新寫實小說選》,三聯書店(香港)

有限公司，1988 年。

38　王安憶：《叔叔的故事》，《神聖祭壇》，北京：人民文學出版社，1991 年。

39　王　朔：《動物兇猛》，《王朔文集・純情卷》，北京，華藝出版社，1992 年。

長篇小說

40　周克芹：《許茂和他的女兒們》，天津：百花文藝出版社，1980 年；獲第一屆茅盾文學獎。

41　莫應豐：《將軍吟》，北京：人民文學出版社，1980 年；獲第一屆茅盾文學獎。

42　戴厚英：《人啊，人！》，廣州：花城出版社，1980 年。

43　古　華：《芙蓉鎮》，北京：人民文學出版社，1981 年，獲第一屆茅盾文學獎。

44　胡月偉：《瘋狂的上海》，成都：四川文藝出版社，1986 年。

45　殘　雪：《黃泥街》，《中國》（北京），1986 年第 11 期。

46　梁曉聲：《一個紅衛兵的自白》，成都：四川人民出版社，1988 年。

47　老　鬼：《血色黃昏》，北京：工人出版社，1987 年。

48　鐵　凝：《玫瑰門》，北京：作家出版社，1989 年。

49　張承志：《金牧場》，北京：作家出版社，1989 年。

50　韓少功：《馬橋辭典》，《小說界》（上海）1996 年第 2 期。

1　「五十篇小說」按照短篇小說、中篇小說和長篇小說三個類別排列，每一類再按作品首次發表的時間為序。

「五十篇小說」作者簡介[1]

盧新華：（1954— ）江蘇如皋人。1973 年參軍。1978 年考入復旦大學中文系，同年發表短篇小說《傷痕》。1982 年畢業後便很少發表作品。後到美國留學，定居。

蕭　平：（1926—2014）本名宋蕭平，山東乳山人。1944 年在家鄉當小學教師。1955 年入北京師範大學中文系學習文藝理論。1957 年結業後任教內蒙師範學院。1971 年任教於山東煙台師專。主要作品有短篇小說《海濱的孩子》《墓場與鮮花》，短篇小說集《三月雪》，長篇小說《寧海沉浮》等。

陳世旭：（1948— ）江西南昌人。1964 年初中畢業後在九江務農。文革期間曾在中共九江縣委宣傳部工作。1981 年起任職於江西省文化藝術研究所。主要作品有短篇小說《小鎮上的將軍》《驚濤》等。

陳國凱：（1938—2014）廣東五華人。1958 年起在廣州氮肥廠當工人。1979 年發表短篇小說《我應該怎麼辦》，後調往中國作協廣東分會任專業作家。1990 年任作協廣東分會主席。主要作品有小說集《羊城一夜》《家庭喜劇》等。

鄭　義：（1947— ）本名鄭光召，四川重慶人。1966 年清華大學附中畢業。1968 年到山西太谷縣插隊落戶。1977 年考入晉中師範專科學校。1979 年發表短篇小說《楓》，後任專業作家。現流亡美國。

主要作品有中篇小說《遠村》《老井》等。

張　弦：(1934—1997)本名張新華，浙江杭州人。1953 年清華大學鋼鐵機械專修科畢業，先後在鞍山、北京任技術員。1956 年開始發表小說。1957 年被錯劃成右派，在農場農村勞動。1963 年起在馬鞍山市文化局任編劇。1983 年起任中國作協江蘇分會專業作家。主要作品有短篇小說《記憶》《被愛情遺忘的角落》《未亡人》及小說集《掙不斷的紅絲線》等。

金　河：(1943—　)本名徐鴻章，內蒙古敖漢旗人。1963 年入內蒙大學中文系。1968 年參軍。文革後期在赤峯市醫院擔任領導。1978 年後任中國作協遼寧分會專業作家，兼任中共鐵嶺縣委副書記。主要作品有短篇小說《重逢》《不僅僅是留戀》《打魚的和釣魚的》等。

高曉聲：(1928—1999)江蘇武進人。農民家庭出身。五十年代在江蘇省文化局工作。1954 年發表短篇小說《解約》。1957 年因發起「探求者」文學社團而被錯劃成右派，回家勞動二十餘年。1980 年後任專業作家。主要作品有短篇小說《李順大造屋》《陳奐生上城》《錢包》《魚釣》等。

古　華：(1942—　)本名羅鴻玉，湖南嘉禾人。出身貧農。當過十四年農工。文革後期在郴州歌舞劇團任創作員。1981 年出版長篇小說《芙蓉鎮》及短篇小說《爬滿青藤的木屋》等。現客居加拿大。

韓少功：(1953—　)湖南長沙人。1968 年初中畢業，到湖南汨羅縣插隊落戶。1974 年調往縣文化館。1978 年考入湖南師範學院中文系。後從事專業創作。現居海南。主要作品有短篇小說《月蘭》《西望茅草地》《飛過藍天》《歸去來》，中篇小說《遠方的樹》《爸爸爸》《女女女》及長篇小說《馬橋辭典》等。

宗　璞：(1928—　)女。本名馮鍾璞，筆名綠蘩、任小哲等。北京人，是著名學者馮友蘭之女。1951 年清華大學外文系畢業，曾任《文藝報》《世界文學》編輯，後到中國社會科學院外國文學研究所工作。1948 年發表處女作《A.K.C.》，1957 年因小說《紅豆》而受批判。作品有短篇小說《我是誰》《蝸居》《魯魯》及中篇小說《三生石》等。

陳建功：（1949— ）廣西北海人。1968 年起當煤礦工人。1978 年考入北京大學中文系。畢業後任專業作家，曾任中國作家協會第六、七、八、九屆全國委員會副主席。主要作品有短篇小說《丹鳳眼》《飄逝的花頭巾》《轆轤把胡同九號》，中篇小說《找樂》等。

梁曉聲：（1949— ）山東榮城人。1966 年中學畢業。1968 年赴北大荒參加黑龍江生產建設兵團。1974 年入復旦大學中文系（工農兵學員）。1977 年起任職於北京電影製片廠，曾為副廠長。主要作品有短篇小說《這是一片神奇的土地》、中篇小說《今夜有暴風雪》、長篇小說《雪城》《一個紅衛兵的自白》等。

史鐵生：（1951—2010）北京人。1967 年清華附中畢業。1969 年去陝北延安插隊落戶。三年後因雙腿癱瘓回北京，曾在街道工廠工作，1979 年開始創作，1981 年後因病重停職。主要作品有短篇小說《我的遙遠的清平灣》《奶奶的星星》《命若琴弦》，中篇小說《插隊的故事》、長篇小說《我的丁一之旅》等。

何立偉：（1954— ）湖南長沙人。曾當過工人，1975 年入湖南師範學院中文系（工農兵學員）。畢業後在中學教書。1984 年起在長沙市文聯工作。主要作品有短篇小說《白色鳥》《小城無故事》等。

林斤瀾：（1923—2009）浙江溫州人。三十年代曾輟學從事抗日宣傳。五十年代在北京市文聯工作，並開始創作。八十年代任《北京文學》主編。主要作品有《頭像》《矮凳橋風情》等。

陳　村：（1954— ）本名楊遺華，上海人。1971 年到安徽插隊落戶，後因病回滬。1985 年起任中國作協上海分會專業作家，現任中國作家協會網絡文學委員會副主任。主要作品有短篇小說《一天》《死》，中篇小說《走通大渡河》，長篇小說《鮮花和》等。

余　華：(1960—)浙江杭州人。曾在醫院工作，後任職於海鹽縣文化館。1983 年起開始創作。主要作品有短篇小說《河邊的錯誤》《四月三日事件》《一九八六年》，中篇小說《世事如煙》、長篇小說《活着》《許三觀賣血記》等。

馬　原：(1953—)遼寧錦州人。1970 年到遼寧縣插隊落戶。1974 年考入瀋陽鐵路運輸機械學校。1978 年考入遼寧大學中文系。畢業後曾到西藏任記者、編輯。1982 年開始發表小說。主要作品有短篇小說《錯誤》，中篇小說《岡底斯的誘惑》《虛構》，長篇小說《上下都很平坦》等。

從維熙：(1933—2019)河北玉田人。1950 年考入北京師範學校，並開始創作。1957 年被錯劃成右派，在北京山西等地的勞改工廠農場勞改。1979 年任中國作協北京分會專業作家，後任作家出版社總編輯。主要作品有中篇小說《大牆下的紅玉蘭》《雪落黃河靜無聲》《遠去的白帆》等。

劉　克：(1928—2002)安徽合肥人。1949 年參軍。1952 畢業於西南人民藝術學院文學系。同年隨軍進藏。1971 年回安徽。1979 年加入中國作協，後任合肥市文聯副主席。主要作品有中篇小說《飛天》《新苗》《康巴阿公》等。

馮驥才：(1942—)浙江慈溪人，生於天津。1961 年高中畢業後曾參加天津市籃球隊，後因傷轉入天津書畫社。1978 年起從事專業創作。曾任天津市文聯主席。主要作品有中篇小說《啊！》《神鞭》《三寸金蓮》及《一百個人的十年》等。

葉蔚林：（1934—2006）廣東惠陽人。1950年參軍，曾任文工團俱樂部主任、文化宣傳幹事。1960年到湖南省民間歌舞劇團任創作員。文革期間曾下放山區勞動。1979年參加作協，曾任海南省文聯副主席。主要作品有短篇小說《藍藍的木蘭溪》，中篇小說《在沒有航標的河流上》《五個女子和一根繩子》等。

王　蒙：（1934—　）河北南皮人。讀中學時加入中共地下組織。1949年起任青年團幹部。1956年完成長篇小說《青春萬歲》，同年發表短篇小說《組織部新來的年青人》。1956年被錯劃右派，曾舉家赴新疆，1978年回北京。曾任《人民文學》主編、中共中央委員、國務院文化部部長。主要作品有短篇小說《夜的眼》《春之聲》，中篇小說《蝴蝶》《布禮》《雜色》，長篇小說《活動變人形》等。

趙振開：（1949—　）筆名北島，原籍浙江，生於北京。文革期間當過工人、鐵匠，也做過編輯。1978年創辦文學雜誌《今天》。1981年發表中篇小說《波動》。曾任教於加州大學戴維斯分校，現定居香港，任香港中文大學文學院榮譽教授。

韋君宜：（1917—2002）本名魏蓁一，女，北京人。三十年代在清華大學讀書時參加「一二・九」學生運動並加入中國共產黨，1939年到延安。歷任教師、編輯、黨校幹部等。五十年代在北京任《人民文學》副主編。1958—1959年間曾下放河北農村。1960年後任作家出版社總編輯。主要作品有中篇小說《洗禮》《母與子》，小說集《女人集》等。

劉心武：（1942—　）四川成都人。1961年北京師範專科學校畢業，任教於北京十三中。1980年後從事專業創作。曾任《人民文學》主編。主要作品有短篇小說《班主任》《醒來吧，弟弟》《我愛每一片綠葉》，中篇小說《如意》《立體交叉橋》，長篇小說《鐘鼓樓》等。

禮　平：（1948—　）四川人。1969 年參軍，任海軍某部幹事。1980 年轉業。1981 年發表中篇小說《晚霞消失的時候》。

王安憶：（1954—　）福建同安人，生於南京。1970 年由上海到安徽五河插隊。1972 年考入江蘇省徐州地區文工團。1978 年調往上海《兒童時代》雜誌任編輯。1982 年任中國作協上海分會專業作家。主要作品有短篇小說《雨，沙沙沙》，中篇小說《流逝》《小鮑莊》《小城之戀》《叔叔的故事》，長篇小說《69 屆初中生》《流水三十章》《長恨歌》等。

張賢亮：（1936—2014）江蘇盱眙人。五十年代在北京讀中學。1957 年因發表詩作《大風歌》被錯劃為右派，從此在寧夏勞動管制關押前後二十二年。1980 年發表短篇小說《靈與肉》。曾任中國作協寧夏分會主席。主要作品有中篇小說《河的子孫》《綠化樹》《男人的一半是女人》《菩提樹》等。

阿　城：（1949—　）本名鍾阿城，四川江津人，是著名電影評論家鍾惦棐之子。文革時期在山西、內蒙插隊，後又去雲南農場做工。1979 年回北京。1984 年發表中篇小說《棋王》。現定居於美國加州。其他作品有中篇小說《樹王》《孩子王》，短篇小說《遍地風流》，散文集《閒話閒說》等。

莫　言：（1956—　）本名管謨業。山東高密人。小學五年級即輟學回鄉務農十年。1976 年參軍，歷任戰士、班長、保密員、馬列主義理論教員等。1985 年發表中篇小說《透明的紅蘿蔔》。現為中國人民解放軍總參政治部幹事。主要作品有中篇小說《紅高粱》、長篇小說《天堂蒜苔之歌》《酒國》《豐乳肥臀》等。

朱曉平：（1952—　）河北威縣人。1969 年在陝西插隊落戶。同年參軍。1978 年考入中央戲劇學院戲劇文學系。1985 年到中國作協工作。主要作品有中篇小說《桑樹坪紀事》《私刑》等。

殘　雪：(1953—　) 本名鄧小華。湖南長沙人。學歷只有高小畢業，當過街道工廠工人，赤腳醫生，個體裁縫。1983 年開始創作。主要作品有短篇小說《山上的小屋》，中篇小說《黃泥街》《蒼老的浮雲》，長篇小說《突圍表演》《思想彙報》等。

王　朔：(1958—　) 出生於江蘇省南京市，在北京長大。1976 年中學畢業。曾參加海軍，又在北京醫藥公司工作。主要作品有中篇小說《一半是火焰一半是海水》《頑主》《動物兇猛》，長篇小說《玩的就是心跳》《我是你爸爸》等。

周克芹：(1937—1990) 本名周克勤。四川簡陽人。五十年代在家鄉務農，當過農民、教師、生產隊長、會計、農業技術員、縣文化館創作員等。1979 年起從事專業創作。主要作品有短篇小說《勿忘草》《山月不知心裏事》和長篇小說《許茂和他的女兒們》。

莫應豐：(1938—1989) 湖南益陽人。少時家貧輟學。1956 年就讀於武漢藝術師範學院附中。1961 年參加廣州軍區空軍政治部文工團。1978 年到湖南電影製片廠任創作員。主要作品有長篇小說《將軍吟》《桃源夢》等。

戴厚英：(1938—1996) 女，安徽潁上人。1960 年華東師範大學中文系畢業，到中國作協上海分會工作。六、七十年代曾參加寫作一些大批判文章。1979 年後先後任教於復旦大學中文系、上海大學文學院。1996 年在上海寓所被搶劫犯殺害。主要作品有長篇小說《人啊，人！》《詩人之死》《空中的足音》等。

胡月偉：(1951—2023) 在上海讀中學時參加紅衛兵。1969 年赴黑龍江軍墾建設兵團，曾任獨立一團報導員。文革後任浙江電影製片廠副廠長，曾任職於浙江省文化廳影視創作中心。主要作品有長篇小說《四・一二・上海灘・張春橋》(原載於上海《小說界》，1986 年第 5 期；同年由四川文藝出版社出版單行本，書名為《瘋狂的上海》)。

老　鬼：(1947—)本名馬波，北京人，是著名女作家楊沫之子。1968 年到內蒙古插隊，後在軍墾建設兵團因現行反革命罪名而關押、勞改八年。1976 年因楊沫向周恩來求救而獲釋回京。1975 年開始創作自傳體長篇小說《血色黃昏》，1987 年出版。1989 年後曾應邀到美國布朗大學做訪問學者，九十年代後期回國。

鐵　凝：(1957—)女。河北趙縣人。1975 年高中畢業於河北保定，後赴農村插隊落戶。1979 年起任編輯並從事創作。主要作品有短篇小說《哦！香雪》，中篇小說《沒有鈕扣的紅襯衫》《麥秸垛》和長篇小說《玫瑰門》等。現任中國文聯主席。

張承志：(1948—)原籍山東，生於北京，回族。1966 年文革爆發時在清華附中發起並參加紅衛兵組織。1968 年到內蒙古插隊落戶。1972 年考入北京大學歷史系(工農兵學員)。1978 年考入中國社會科學院研究生班。畢業後從事北方民族史研究。曾赴日本進修。後又參加海軍。主要作品有中篇小說《黑駿馬》《北方的河》，長篇小說《金牧場》《心靈史》等。

主要參考書目[1]

一、著作（中文）

蔡　翔：《一個理想主義者的精神漫遊》，杭州：浙江文藝出版社，1987 年。

陳平原：《中國小說敘事模式的轉變》，上海：上海人民出版社，1988 年。

陳炳良：《形式、心理、反應 —— 中國文學新詮》，香港：商務印書館，1996 年。

程德培：《三十三位小說家》，杭州：浙江文藝出版社，1991 年。

戴　翊：《新時期的上海小說》，上海：社會科學院出版社，1992 年。

丁柏銓、周曉揚：《新時期小說思潮和小說流變》，南京：南京大學出版社，1991 年。

馮　牧：《文學十年風雨語》，北京：作家出版社，1989 年。

高小康：《人與故事》，北京：東方出版社，1993 年。

高辛勇：《形名學與敘事理論》，台北：聯經出版事業公司，1987 年。

漢佛萊著，劉坤譯：《現代小說中的意識流》，桂林：廣西師範大學出版社。

黃子平：《倖存者的文學》，台北：遠流出版公司，1991 年。

黃子平：《革命・歷史・小說》，香港：牛津大學出版社，1996 年。

季紅真：《文明與愚昧的衝突》，杭州：浙江文藝出版社，1986 年。

江　沛：《紅衛兵狂飆》，鄭州：河南人民出版社，1994 年。

雷　達：《文學活着》，北京：人民文學出版社，1995 年。

李澤厚：《中國現代思想史論》，北京：人民出版社，1991 年。

李歐梵：《現代性的追求》，台北：麥田出版，1996 年。

李　倩：《特定時期的大牆文學》，瀋陽：遼寧大學出版社，1988 年。

梁麗芳：《從紅衛兵到作家》，台北：萬象圖書股份有限公司，1993 年。

林建法、王景濤編：《中國當代作家面面觀》，長春：時代文藝出版社，1991 年。

劉青峯編：《文化大革命：史實與研究》，香港：中文大學出版社，1996 年。

馬玉田、張建業：《十年文藝理論論爭言論摘編（1979—1989）》，北京：十月文藝出版社，1991 年。（內部發行）

米鶴都：《紅衛兵這一代》，香港：三聯書店，1993 年。

南　帆：《小說藝術模式的革命》，上海：三聯書店，1987 年。

潘旭瀾、王錦園主編：《十年文學潮流（1976—1986）》，上海：復旦大學出版 社，1988 年。

潘旭瀾主編：《新中國文學詞典》，南京：江蘇文藝出版社，1993 年。

彭華生、錢光培編：《新時期作家創作藝術析探》，北京：人民文學出版社，1991 年。

宋耀良：《十年文學主潮》，上海文藝出版社，1988 年。

滕雲主編：《新時期小說百篇評析》，天津：南開大學出版社，1985 年。

唐冀明著：《大陸新時期文學（1977—1989）：理論與批評》，台北：東大圖書公司，1995 年。

王　蒙：《文學的誘惑》，長沙：湖南文藝出版社，1987 年。

王德威：《眾聲喧嘩——三〇至八〇年代的中國小說》，台北：遠流出版有限公司，1988 年。
王泰來等編譯：《敘事美學》，重慶：重慶出版社，1987 年。
王曉明：《所羅門的瓶子》，杭州：浙江文藝出版社，1989 年。《我的批評觀》，桂林：灕江出版社，1987 年。
吳　亮：《文學的選擇》，杭州：浙江文藝出版社，1985 年。
席　宣、金春明著：《「文化大革命」簡史》，北京：中共黨史出版社，1996 年。
徐　岱：《小說敘事學》，北京：中國社會科學出版社，1992 年。
張頤武：《在邊緣處追索——第三世界文化與當代中國文學》，長春：時代文藝出版社，1993 年。
張京媛主編：《新歷史主義與文學批評》，北京：北京大學出版社，1993 年。
祖文、江孝男著，季紅真譯：《簡明文化人類學》，北京：作家出版社，1987 年。
張國義編：《生存遊戲的水圈（理論批評選）》，北京：北京大學出版社，1994 年。
張　鐘：《當代中國大陸文學流變》，香港：三聯書店，1992 年。
洪子誠：《中國當代文學概說》，香港：青文書屋，1997 年。
葉舒憲編選：《結構主義神話學》，西安：陝西師範大學出版社，1988 年。
樂黛雲、王寧主編：《西方文藝思潮與二十世紀中國文學》，北京：中國社會科學出版社，1990 年。
楊治經、楊詩糧、彭放等著：《北大荒文學藝術》，哈爾濱：北方文藝出版社，1988 年。

二、著作（英文）

Bakhtin, Mikhail. *Problems of Dostoeveky's Poetics*. Ann Arbor: Ardis, 1973.

Barthes, Roland. *Degree Zero and Elements of Semiology*. Boston: Beacon, 1970. Lentricchia, Frank & MeLanghlin, Thomas, *Critical Terms for Literary Study.* Chicago: The University of Chicago Press, 1990.

《文學批評術語》，張京媛等中譯，香港：牛津大學出版社，1994 年。

Foucault, Michel. *The Archaeology of Knowledge*. New York: Pantheon，1970. 王德威中譯，台北：麥田出版，1994 年。

Hinchliffe, Amold P. *The Absurd.* London: Methuen and co ltd 1972.

劉國彬中譯：《荒誕說一從存在主義到荒誕派》北京：中國戲劇出版社，1992 年。

Kurzweil, Edith. *The Age of Structuralism*: *Le'ni-Stras to Foncault.* New York: Columbia University Press, 1980. 尹大貽中譯：《結構主義時代 —— 從萊雅・斯特勞斯到福科》上海：上海譯文出版社，1988 年。

Kuhn, Thomas S. *The Structure of Scientific Revolutions*. Chicago: University of Chicago, 1970.

Middliton, David & Edwards, Derek ed. *Collective Remembering* . London: Sage Publications, 1990.

Mukarovsky, Jan. *Aesthetic Function*, *Norm and Value as Social Facts*. Ann Arbor: University of Michigan, 1970.

Piaget, Jean. *Structuralism*. New York: Basic Books, 1970.

Propp, Vladimir. *Morphology of the Folktale*. Austin: University of Texas, *70.*

Rimmon-Kenan, Shlomith. *Narrative Fiction: Contemporary Poetics*.

London: Methuen, 1983. 姚錦清等中譯：《敍事虛構作品》，北京：生活・讀書・新知三聯書店，1989 年。

Saussure, Ferdinand de. *Course in General Linguistics*. New York: MeGraw-Hill, 1966.

Scholes, Robert. *Structuralism in Literature, An Introduction*. New Haven: Yale University Press, 1974. 劉豫中譯：《文學結構主義》北京：生活・讀書・新知三聯書店，1988 年。

Todorov, Tzvetan, trans. *Theories de la literature*. Paris: Seuil, 1965.

Todorov, Tzvetan, trans. *Critigue de La Critigue*. Paris: Seuil, 1985. 王東亮、王晨陽中譯：《批評的批評》，北京：生活・讀書・新知三聯書店，1988 年。

Wellek, Rene. *The Literary Theory and Aesthetics of the Prague School*. Ann Arbor: University of Michigan, 1969.

三、論文

蔡　翔：《對確實性的尋求 —— 梁曉聲部分知青小說概評》，《當代作家評論》（瀋陽）1985 年第 6 期，頁 72－77 。

程德培：《敍述語言的功能及局限 —— 新時期小說變化思考之一》，《作家》（長春）1987 年第 1 期，頁 73－80 。

陳國球：《文學結構與文學演化進程 —— 布拉格學派的文學史理論》，《文學史》（北京）第一輯（1993 年 4 月），頁 87－116 。

陳　晉：《論新時期現代主義小說的敍述方法》，《小說評論》（西安）1988 年 第 1 期，頁 3－9 。

陳思和：《關於長篇小說結構模式的通信》，《當代作家評論》1988 年第 3 期，頁 39－50 。

陳曉明：《無望的救贖 —— 論先鋒派從形式自「歷史」的特長》，《花城》（廣州）1992 年第 2 期，頁 198－208 。

達　流：《女性崇拜：〈男人的一半是女人〉的神話主題》，《文論報》（石家莊）1986 年 2 月 21 日，第 2 版。

戴厚英：《結廬在人境，我手寫我心》，《文學評論》（北京）1986 年第 1 期，頁 57－62 。

丁　玲：《我讀〈洗禮〉》，《當代》（北京）1982 年第 3 期，頁 244－247 。

丁　東、謝　泳：《關於中國文革中的地下文學》，《上海文學》1994 年第 3 期，頁 77－80 。

范　星：《宗教與人心 ——〈晚霞消失的時候〉與〈金牧場〉的一個比較》，《當代作家評論》1988 年第 4 期，頁 63－67 。

方　淳：《泡在女人眼淚裏的卵石 —— 論張賢亮〈男人的一半是女人〉中的章永璘》，《當代文藝探索》（福州）1986 年第 1 期，頁 32－35 。

馮驥才：《十年再回頭 —— 從〈啊！〉到〈感謝生活〉》，《小說選刊》（北京）1985 年第 7 期，頁 151－154 。

高朝俊：《論情節在小說中的地位和作用 —— 兼論新時期小說創作忽視情節的傾向》，《南京師範大學學報》（社科版）1990 年第 4 期，頁 75－79 。

古　華：《木屋，古老的木屋 —— 關於〈爬滿青藤的木屋〉》，《小說選刊》1981 年第 9 期，頁 74－76 。

古　華：《閒話〈芙蓉鎮〉》，《作品與爭鳴》（天津）1982 年第 3 期，頁 66－69 。《古華談〈爬滿青藤的木屋〉》，《作品與爭鳴》1981 年第 8 期，頁 76 。

何　新：《當代中國文學中的存在主義影響》，《文學自由談》（天津）

1986 年第 3 期，頁 18－26 。

胡河清：《論阿城、莫言對人格美的追求與東方文化傳統》，《當代文藝思潮》（蘭州）1987 年第 5 期，頁 4－14 。

胡河清：《馬原論》，《當代作家評論》1990 年第 5 期，頁 78－83 。

潔　泯：《向現實的深度開掘 —— 評一九八〇年若干短篇小說》，《文學評論》1981 年第 3 期，頁 3－13 。

季紅真：《文明與愚昧的衝突（上）—— 論新時期小說的基本主題》，《中國社會科學》（北京）1985 年第 3 期，頁 9－34 。

季紅真：《文明與愚昧的衝突（下）—— 論新時期小說的基本主題》，《中國社 會科學》1985 年第 4 期，頁 151－172 。

季紅真：《中國近年小說與西方現代主義文學》，《文藝報》（北京）1988 年 1 月 2 日，第 3 版；1988 年 1 月 9 日，第 3 版。

季紅真：《現代人的民族民間神話 —— 莫言散評之二》，《當代作家評論》1988 年第 1 期，頁 80－89 。

雷　達：《一卷當代農村的社會風俗畫 —— 略說〈芙蓉鎮〉》，《當代》1981 年第 3 期，頁 204－208 。

雷　達：《〈綠化樹〉主題隨想曲》，《作品與爭鳴》1984 年第 12 期，頁 59－63 。

李潔非、張陵：《探索、實驗性小說困難論》，《當代文藝思潮》1987 年第 5 期，頁 73－81 ， 72 。

李　劼：《創造，應該是相互的 —— 評〈男人的一半是女人〉的性觀念》，《讀書》（北京）1986 年第 9 期，頁 61－64 。

李　劼：《論中國當代新潮小說的語言結構》，《文字評論》1988 年第 5 期，頁 110－118 。

李慶西：《尋根：回辨事物本身》，《文學評論》1988 年第 4 期，頁

14－23。

劉　火：《自卑與自大共演的悲劇——論「文革」的文學精神》，《飛天》（蘭州）1993 年第 9 期，頁 102－107。

劉潤為：《庭院深深幾許？——評長篇小說〈玫瑰門〉》，《光明日報》（北京），1989 年 4 月 25 日第 3 版。

劉俐俐：《新時期小說人物的文化學考察》，《甘肅社會科學》（蘭州）1991 年第 3 期，頁 91－96。

劉　克：《〈飛天〉作者談〈飛天〉》，《安徽文學》（合肥）1981 年第 1 期，頁 70－73。

劉再復：《新時期文學的主潮》，《文匯報》（上海）1986 年 9 月 8 日；9 月 10 日。

李子雲、王蒙：《關於創作的通信》，《讀書》1982 年第 12 期，頁 72－87。

李子雲：《女作家在當代文學史所起的先鋒作用》，《當代作家評論》1987 年第 6 期，頁 4－10。

李　怡：《文藝新作中所反映的中國現實（中國新寫實主義文藝作品選代序》，《文藝研究》（北京）1981 年第 1 期，頁 133－140。

李以建：《張承志的困惑和矛盾》，《當代作家評論》1988 年第 1 期，頁 4－10，17。

南　帆：《小說技巧十年——1976—1986 中短篇小說的一個側面》，《文藝理論研究》（上海）1986 年第 3 期，頁 18－30。

南　帆：《再敘事：先鋒小說的境地》，《文學評論》1993 年第 3 期，頁 21－32。

南　帆：《〈馬橋辭典〉：敞開和錮禁》，《當代作家評論》1996 年第 5 期，頁 4－10。

喬　山、俞　起：《略談〈人啊，人！〉的得與失》，《文藝報》1982 年第 5 期，頁 45－50。

石天河：《〈蝴蝶〉與「東方意識流」》，《當代文藝思潮》1985 年第 1 期，頁 4－10。

宋永毅：《當代小說中的性心理學》，《文學評論》1985 年第 5 期，頁 34－42。

譚學純、唐躍：《新時期小說的文體融合》，《藝術廣角》（瀋陽）1988 年第 3 期，頁 34－40，33。

王富榮：《為千百萬知識青年樹碑 —— 梁曉聲知青小說漫議》，《萌芽》（上海）1985 年第 8 期，頁 20－22。

汪政、曉華：《「故事」的纏繞》，《小說評論》（西安）1988 年第 5 期，頁 58－63。

吳　俊：《當代西諸福斯神話 —— 史鐵生小說的心理透視》，《文學評論》1989 年第 1 期，頁 40－49。

吳　亮：《告別 1986》，《當代作家評論》1987 年第 2 期，頁 87－95。

吳　亮：《中國鄉村小說裏的若干現代主義傾向》，《文藝報》1988 年 2 月 6 日，第 3 版。

吳　亮：《回顧先鋒文學兼論八十年代的寫作環境和文革記憶》，《作家》1994 年第 3 期，頁 75－80。

張廣昆：《知青籍女作家掃描》，《當代文壇》（成都）1988 年第 6 期，頁 53－58。

趙　玫：《先鋒小說的自足與浮泛 —— 對近年來先鋒實驗小說的再認識》，《文學評論》1989 年第 1 期，頁 31－39。

張　弦：《慘淡經營 —— 談我的兩個短篇的創作》，《上海文學》1981 年第 11 期，頁 57－59。

趙　園：《張承志的自由長談》，《當代作家評論》1991 年第 4 期，頁 48−58。

徐劍藝：《新時期中國小說中的神話模式》，《浙江學刊》（杭州）1990 年第 6 期，頁 130−133。

蕭　榮：《敍述話語的審義創造 —— 評何立偉的小說語言的實驗工作》，《杭州大學學報》（哲社版）1992 年第 4 期，頁 104−110，135。

夏志厚：《紅色的變異 —— 從〈透明的紅蘿蔔〉、〈紅高粱〉到〈紅煌〉》，《上海文論》1988 年第 1 期，頁 28−30，49。

謝　冕：《沒有主潮的文學時代》，《文藝爭鳴》（長春）1988 年第 3 期，頁 4−13。

趙毅衡：《非語義化的凱旋 —— 細讀余華》，《當代作家評論》1991 年第 2 期，頁 33−38。

周　揚：《文學要給人民的力量 —— 在一九八〇年全國優秀短篇小說評獎發獎大會上的講話》，《人民文學》（北京）1981 年第 4 期，頁 5−10。

于　青：《走出「玫瑰門」—— 談女性文學中的「自賞意識」》，《文藝爭鳴》1991 年第 1 期，頁 56−59。

于　晴：《批評和量文的尺 —— 從幾篇對〈飛天〉、〈檔案〉的批評文章所感到的》，《十月》1981 年第 1 期，頁 205−215。

閻　綱：《文學四年 —— 一個評論會上的發言》，《鴨綠江》1981 年第 2 期，頁 66−71。

葉　櫓：《談〈晚霞消失的時候〉創作上的得失》，《文藝報》第 23 期（1981 年），頁 30−33。

四、作品集

艾曉明：《血統——一個黑五類子女的文革記憶》，廣州：花城出版社，1994年。

壁華編選：《中國新寫實主義文藝作品選》（第五編），香港：當代文學研究社，1985年。

陳曉明選編：《中國先鋒小說精選》，銀川：甘肅人民出版社，1993年。

陳曉明選編：《中國新寫實小說精選》，銀川：甘肅人民出版社，1993年。

陳曉明選編：《中國女性小說精選》，銀川：甘肅人民出版社，1994年。

陳曉明選編：《中國城市小說精選》，銀川：甘肅人民出版社，1994年。

陳曉明選編：《中國新本土小說精選》，西寧：青海人民出版社，1995年。

冬曉、黃子平、李陀、李子雲編：《中國小說一九八六》，香港：三聯書店（香港）有限公司，1988年。

馮驥才：《一百個人的十年》，香港：香江出版公司，1987年。

黃子平、李陀編選：《中國小說一九八七》，香港：三聯書店（香港）有限公司，1989年。

黃子平、李陀編選：《中國小說一九八八》，香港：三聯書店（香港）有限公司，1989年。

黃子平編選：《中國小說一九八九》，香港：三聯書店（香港）有限公司，1990年。

黃子平、李陀編選：《中國小說一九九〇》，香港：三聯書店（香港）有限公司，1992年。

賀紹俊、楊瑞平編：《知青小說選》，成都：四川文藝出版社，1986年。

江曉天主編：《中國新文藝大系・中篇小說集1976—1982》（上、下卷），北京：中國文聯出版公司，1985年。

李　陀編：《中國尋根小說選》，香港：三聯書店（香港）有限公司，1993 年。

李　陀編：《中國新寫實小說選》，香港：三聯書店（香港）有限公司，1995 年。

李　陀編：《中國實驗小說選》，香港：三聯書店（香港）有限公司，1995 年。

劉錫慶編、吳波選評：《生命如同那年夏天》，北京師範大學出版社，1992 年。

劉　勇編：《中國新時期文學精品大系・短篇小說：這是一片神奇的土地》，北京：中國文學出版社，1993 年。

李丹編：《中國新時期文學精品大系・中篇小說：紅高粱》，北京：中國文學出版社，1993 年。

李怡編：《中國新寫實主義文藝作品選》，香港：七十年代雜誌社，1981 年。

唐達成主編：《中國新文藝大系・短篇小說集 1976—1982〉（上、下卷），北京：中國文聯出版公司，1986 年。

吳亮、程德培主編：《探索小說集》，上海文藝出版社，1985 年。

吳亮、辛平、宗仁發編：《荒誕派小說》，長春：時代文藝出版社，1988 年。

吳亮、辛平、宗仁發編：《意識流小說》，長春：時代文藝出版社，1988 年。

吳亮、辛平、宗仁發編：《魔幻現實主義小說》，長春：時代文藝出版社，1988 年。

吳亮、辛平、宗仁發編：《結構主義小說》，長春：時代文藝出版社，1989 年。

王彪選評：《新歷史小說選》，杭州：浙江文藝出版社，1993 年。

王蒙主編：《全國小說獎獲獎落選代表作及批評》（中篇卷・上），長沙：湖南文藝出版社，1995 年。

王　蒙主編：《全國小說獎獲獎落選代表作及批評》（中篇卷・下），長沙：湖南文藝出版社，1995 年。

蕭德生、閻綱、傅活、謝明清編選：《一九八五年短篇小說選》，北京：人民文學出版社，1986 年。

蕭德生、閻綱、傅活、謝明清編選：《一九八六年短篇小說選》，北京：人民文學出版社，1987 年。

蕭德生、閻綱、傅活、謝明清編選：《一九八七年短篇小說選》，北京：人民文學出版社，1989 年。

蕭德生、閻綱、傅活、謝明清編選：《一九八九年短篇小說選》，北京：人民文學出版社，1991 年。

徐劍藝選評：《新都市小說選》，杭州：浙江文藝出版社，1993 年。

張承志：《無援的思想》，北京：華藝出版社，1995 年。

張賢亮：《張賢亮近作》，珠海：珠海出版社，1995 年。

鄭念著，方耀光、鄭培君、方耀楣譯：《生死在上海》（*Life and Death in Shanghai*），上海：百家出版社，1988 年。

張戎著，張樸譯：《鴻：三代中國女人的故事》（*Wild Suons: Tre Denghes of China*），香港：九十年代雜誌 / 臻善有限公司，1992 年。

張抗抗：《永不懺悔》，香港：天地圖書有限公司，1994 年。

葉　辛：《孽債》，南京：江蘇文藝出版社，1992 年。

1　「作者簡介」依照「附錄一：五十篇小說目錄」的次序排列。編寫「作者簡介」時曾參考潘旭瀾主編《新中國文學辭典》（南京：江蘇文藝出版社，1993 年），收入本書時資料已更新。

2　主要參考書目分「著作（中文）」、「著作（英文）」、「論文」和「作品集」四類。第一、三、四類按照作者中文姓名的中文拼音次序排列。第二類按照作者姓名的英文字母次序排列。

《為了忘卻的集體記憶——解讀 50 篇文革小說》（三聯・哈佛燕京版）後記

寫作本書的直接動因是為了 Ph.D —— 在香港或海外教書，如果沒有哲學博士學位，便很難升級或取得終身教職。從擬定論文選題，列出大綱，到確定方法，甚至是一些概念術語的界定，都要多謝陳炳良教授的悉心指導。也多謝馬幼垣教授「痛苦」審閱沉悶的論文全稿，並幫我糾正幾十處資料及翻譯錯誤。本書的出版則要感謝王德威和汪暉的支持。本書的繁體字版已被列入王德威教授主編的「麥田人文學術系列」，汪暉則將拙著推薦給「三聯・哈佛燕京學術叢書」。當然更要感謝叢書學術委員會的支持。後來才看到王蒙先生所寫的近兩千字的詳細評審意見，諸多嘉勉令我汗顏，批評與建議對我的修訂也有很大幫助。

但是本書的寫作不只是為了 Ph.D。「解讀 50 篇文革小說」顯然不是一個理想、規範的博士論文題目，結構主義在後現代的學院理論「遊戲」中也早已不再時髦。我知道這個題目可能有爭議，也很沉悶，但我並不後悔自己的選擇。從搜集材料到最後修改、做索引等，前後三四年，但書中有些標題，卻是從 1990 年在芝加哥大學圖書館和李歐梵、李陀、黃子平、劉再復、甘陽、班傑明・李等人一起參加每週讀書會時已經開始思考。寫作動機在「導論」和「結論」中已有一些說明。還有一些道理，我現在還沒想清楚。我以為這個題目有着很大的繼續探討的餘地，本書只是一個匆促的開始。

記得幾年前的某天晚上，我還住在太古城，照例埋頭電腦輸入資料。女兒悄悄走進書房站在身後，我並沒有發覺。她在洛杉磯南帕莎迪那讀了數年幼兒園和小學，來香港後學習中文，對一切剛認識的漢字都很有興趣——

「牛——鬼——蛇——神，……」

這四個字從我女兒口中慢慢讀出，嚇了我一大跳。回頭一看，女兒好奇的表情告訴我，她大概聯想到《獅子王》《美女與野獸》之類的卡通畫面。

「甚麼意思？牛鬼甚麼神？」

我忘了當時是怎樣向她解釋的，大概也沒法解釋。但我至今都無法忘記聽到細聲稚氣的「牛鬼蛇神」幾個字時，我在那一瞬間的震動。

或許，這也是我寫作本書的理由之一。

1999年6月12日於香港加州花園

收入《為了忘卻的集體記憶——解讀50篇文革小說》(三聯．哈佛燕京版)，北京：生活．讀書．新知三聯書店，2000年。